DONGSUH MYSTERY BOOKS 80

THE FALSE INSPECTOR DEW

가짜 경감 듀

피터 러브시/강영길 옮김

동서문화사

옮긴이 강영길(文澔)

조선대학교 정치외교학과 졸업. 미육군성 기갑학교 수학, 미육군성 행태과
학연구소 연구관 역임. 옮긴 책으로 와일드《행복한 왕자》, 디킨스《크리
스마스 캐럴》, 멀린즈《미국은 점령당했다》등이 있다.

DONGSUH MYSTERY BOOKS 80

가짜 경감 듀

피터 러브시 지음/강영길 옮김
초판 발행/1983년 12월 1일
중판 1쇄/2003년 7월 1일
중판 5쇄/2006년 4월 1일
발행인 고정일/발행처 동서문화사
창업 1956. 12. 12. 등록 16-345(윤)
서울강남구신사동 540-22 ☎ 546-0331~6 (FAX) 545-0331
www.epascal.co.kr

*

편찬·필름·제작 일체「동판」자본으로 이루어짐에 따라
출판권 소유권자「동판」에서 제조출판판매 세무일체를 전담합니다.
사업자등록번호 211-90-02201
ISBN 89-497-0165-0 04840
ISBN 89-497-0081-6 (세트)

가짜 경감 듀

차례

'잭 사건'이라 불린 그 토막살인만 빼면 내가 맡은 사건은 모두 깨끗이 해결되었다.

전직 주임 경감 월터 듀
《내가 크리펜을 체포했다(1938)》에서

등장인물

월터 바라노프 치과의사

리디아 바라노프 월터의 아내, 여배우

알머 웹스터 꽃집 점원

마제리 고델 대부호

리빙스턴 마제리의 남편

바바라 바린스키 마제리의 딸

폴 웨스터필드 바바라의 친구

포피 듀크 여자 소매치기

잭 고든 카드놀이꾼

캐서린 매스터스 선박 승객

조니 핀치 자동차 영업사원

아서 H. 로스트론 선장

섹손 해양경비대 경위

찰리 채플린 영화배우

프롤로그

60년이 지난 지금도 가짜 경감 듀의 비밀을 푼 사람은 없다.

그나마 남아 있던 증거도 수도경찰 경시총감의 명령으로 파괴되었다. 하지만 그와는 별도로 또 다른 기록이 아직 존재한다는 것을 스코틀랜드 야드에서는 모르고 있었다. 크나드 선박회사 문서과에 보관된 기록에는 모리타니아 여객선의 선장과 그밖에 여럿 고급선원의 진술뿐 아니라 1921년 9월 9일 오후 9시 30분에 선장이 크나드 선박회사 본사에 보낸 전보 내용도 있었으며, 그 전보문은 스코틀랜드 야드에도 전송된 것이었다.

다음날 9월 10일 아침, 스코틀랜드 야드 경시총감이 가짜 경감 듀의 등장을 알리는 그 전보를 손에 쥔 그 순간, 그 옛날 호화여객선을 무대로 한 그 로맨틱한 사건이 다시 펼쳐지기 시작한다.

제1부 방랑자

1

모리나티아 호, 1921년 9월 9일 발신.

선상에서 괴사건이 일어나 스코틀랜드 야드의 듀 주임 경감에게 조사 의뢰.

선장 A.H. 로스트론

듀 경감이라, 듀 경감이라면 경시총감도 기억하고 있었다. 크리펜 박사를 연행한 공로자다. 1910년에 있었던 사건이다. 그해 듀 경감은 경찰복을 벗었다.

경시총감은 연필을 쥐자, 전보문 하단에 이렇게 썼다.

"쓸데없는 짓거리 마, 너희 부서 놈들은 모두 코미디언들이냐?"

그리고는 혼자 싱글싱글 웃으면서 '부총감 앞'이라고 서명했다.

이날 부총감은 워털루 역에 찰리 채플린을 호위하기 위해 출동해 있었다. 200명의 경관이 서로 팔짱을 끼고 경계선을 치고 있었다. 채플린은 9년 동안의 미국 생활을 마치고 런던으로 돌아온 것이다. 미국에 건너갈 때는 뮤직홀의 코미디언으로 구성된 칼노 극단의 단원 중 한 사람이었지만, 이제는 세계적인 유명인사가 되어 귀국한 것이다.

열차가 들어서자 부총감과 그의 상급부하들은 채플린이 타고 있는 전용 칸으로 달려들어, 마치 포로처럼 채플린을 잡아채어 발 빠르게 플랫폼을 걷게 했다. 군중이 기다리고 있는 개찰구 앞에는 푸른 제복 차림의 경찰들이 한 사람이라도 놓칠세라 기를 쓰고 있었다. 채플린은 대기하고 있던 리무진 속으로 떠밀려 들어갔다. 그 모습을 본 사람은 극히 몇 명 되지 않았다.

부총감은 선발 경찰차를 타고 호텔로 향했다. 피커딜리 광장은 마치 휴전이 선포된 날이라도 되는 것처럼 온통 난리였다. 일행은 뒷골목을 지나 세인트 제임스 거리에서 알링턴 거리로 들어갔다.

채플린과 그의 형은 자동차 문을 잠그고 창문을 올린 차내에서 창백한 얼굴로 앉아 있었다.

군중들은 웃음 띤 얼굴들을 차창에 디밀었다. 차량 행렬은 천천히 전진했다. 어디선가 수많은 경찰들이 나타나 채플린을 내리게 했다. 도착한 곳은 리츠 호텔 뒷문이었다. 채플린은 뒷문으로 들어가고 싶지 않다고 버텼다. 그는 국위 선양을 했다. 그는 보잘것없는 뮤직홀 단원일 때부터 리츠 호텔을 꿈꿔왔다, 자기가 대부호나 명사들 속에 속해 있는 모습을……. 그렇다, 하잘것없던 부랑자가 상류사회에 들어가는 장면을 보고 싶은 마음에 저렇게 많은 군중이 모여든 것이 아닌가. 채플린은 무슨 일이 있어도 정문으로 들어가겠다고 고집했다.

자동차 행렬은 느릿느릿한 속도로 피커딜리 광장으로 들어섰다. 채플린은 차에서 내리더니 손을 흔들었다. 그러자 군중들이 한꺼번에 몰려들었다. 부총감은 정신이 하나도 없었다. 채플린은 타고난 끼인지 소양의 힘인지 군중들을 간단히 통제한 뒤 짧은 연설을 시작했다.

마중 나온 군중들은 이 연설에 빠져들었다. 군중들은 만세를 불렀다. 그리곤 채플린을 그들 한가운데로 지나가게 해주었다. 그러나 사람들은 해산하려고 하지 않았기 때문에 하이드 공원 끝에서 피커딜리 광장까지의 왕복 차선은 인파로 뒤엉켜 아수라장이 되었다.

채플린은 호텔 귀빈실로 들어가자 창문을 열게 하고 꽃병에서 카네이션을 뽑아 군중을 향해 던졌다. 경찰부대가 해산하기까지는 그 후로도 몇 시간이나 더 지나야 했다.

그날 밤 부총감은 스코틀랜드 야드로 돌아왔다. 그는 책상에 쌓인 서류를 정리해야 했다. 배고프고 다리도 욱신거렸다. 배달된 서신들을 서둘러 살펴보고, 예의 전문과 경시총감의 농담도 읽었다.

"너희 부서 놈들은 모두 코미디언들이냐?"

부총감은 하나도 우습지 않았다.

월터 듀에 대한 기억은 생생했다. 듀가 아무리 높은 명성을 얻었어도 거물급 형사는 아니었다는 것이 부총감의 변함없는 생각이었다. 듀는 증거조사가 허술했고, 형사로서는 지나치게 심성이 부드러워 살인범인 크리펜에게조차도 동정심을 보였다.

크리펜에게 유죄 판결이 내려질 수 있었던 것은 행운이었으며, 듀 자신도 그렇게 생각하고 있었다. 항소가 기각되던 그날 월터 듀는 경찰을 그만두었다. 그때 그의 나이 마흔이었다. 연금생활자가 되었음을 그렇게도 기뻐하는 남자를 부총감은 이제껏 보지 못했다. 듀는 워싱턴 해안지대에서 조용히 지냈다. 그런 인물이 대서양 항로의 호화 여객선에 나타나 뭔지 모를 사건의 수사를 돕겠다고 나서다니 기묘한 일이었다.

그러나 듀란 남자 자체가 수수께끼이고, 항해 중에는 선장의 말이 법이다. 듀 경감이 그 전설적인 명성대로 명탐정으로서의 면모를 유감없이 발휘해 줄 것인지 구경해 보는 것도 나쁘지 않다.

지금 상황에서 스코틀랜드 야드로서는 사태를 지켜보는 수밖에 다른 방법이 없었다.

부총감은 전보에 검토했다는 표시를 한 뒤 서류 보관함에 던져 넣고는 이 사건을 완전히 잊어버리기로 하고 택시를 타러 나갔다.

다음날 이 전보는 사무원에 의해 파일박스에 처리되었다.

2

가짜 경감 듀가 될 운명이었던 자는 바라노프라는 이름의 남자로, 1915년 5월 7일까지는 평탄한 인생을 살아왔으나, 그 시점에서 제1차 세계대전 중에 일어난 악명 높은 사건 중 하나에 자신도 모르게 말려들고 말았다.

아일랜드 해안의 바다는 미동도 없이 청아한 푸르름을 자랑하고 있었다.

크나드사의 호화여객선 루시타니아 호의 거대한 선체는 햇빛을 반사하고 있었으며, 배에는 2천여 명의 승객과 승무원 외에도 220톤의 폭약과 66톤의 폭발성 초산면을 싣고 퀸스타운 항을 향해 항해 중이었다. 예정선로에 해당하는 두바 해협에 독일군 U보트가 출몰한다는 소식에 퀸스타운으로 항로를 바꾼 것이다.

오후 2시 10분, 돛대에서 망을 보고 있던 감시원이 우현으로 하얀 것이 지나간 흔적을 발견했다. 모양과 속도로 봐서 그 흔적은 어뢰의 진동모터에서 생긴 압축공기 거품이 확실했다. 어뢰가 배를 명중시킬 것이 불을 보듯 뻔했다. 감시원은 곧바로 선교에 통보했다.

윌리엄 터너 선장은 여느 때와 마찬가지로 선교에서 점심 식사를 막 마친 참이었다. 함선시대에 활약한 베테랑 선원인 터너는 근대적인 여객선에서의 사교 생활을 싫어했다. 전날 밤에는 일등실 승객들과의 저녁 식사를 위해 단단히 마음의 준비를 해야만 했으며, 식사 후 흡연실에서 일등실 승객들로부터 집중 규탄을 받았다. 집중 규탄에 앞장섰던 이는 바라노프 2세라는 뮤직홀의 베테랑 예능인으로 아들과 함께 영국으로 돌아가는 중이었으며, 다리에 깁스를 하고 있었다. 바라노프는 공격적인 태도로, 선실 담당자들이 왜 창문을 검정천으로 가려 버렸는지, 구명보트는 왜 바깥에 매달아 두었는지, 갑판에서 시가에 불을 붙이려 하면 선원들은 왜 말리는지 등등 쉴 새 없이 공격했다. 터너 선장은 그렇게 하는 것이 전투 해역에서의 적절한 예방책이라고 설명했지만, 바라노프 2세는 납득하는 것 같지 않았다.

어뢰는 루시타니아 호 선교의 전방에 명중했다. 물기둥과 연기와 파편이 선장의 시야를 가로질렀다. 미처 닫지 못한 방수문을 전부 닫으라고 조타수에게 외친 뒤, 선내에 화재나 침수가 발생하지는 않았는지 계기판을 살펴보았다. 선체는 15도 정도 기울었다.

앞선 것보다 한층 더 강한 두 번째 폭발이 루시타니아 호를 뒤흔들었다. 이번의 폭발은 어뢰 때문이 아니었다. 감춰둔 짐이 유도폭발을 일으켜 내부에서 배가 파괴된 것이다. 터너 선장은 구명보트를 내리라고 명령했다. 선장은 그 순간 잠시 연기와 먼지 너머로 얼굴에 찬 바람을 맞고서 섬뜩한 기분이 들었다. 믿어지지 않는 일이었지만 배가 아직도 움직이고 있었다. 배가 움직이고 있는 한 구명보트를 내린다는 것은 위험했다.

3등 기관사인 조지 리틀의 귀에 선장의 명령이 날아들었다. 전속력을 다해 후퇴하여 배의 전진을 막으라는 것이었다. 리틀은 공포심으로 속까지 울렁거렸다. 지난번 조사 결과, 저압 원동기관의 고장이 발견되었던 것이다. 전속력으로 후퇴하면 증기가 역류되어 위험하다는 것을 이미 선장에게 보고했었다. 그러나 지금 같은 상황에선 다른 방법이 없었다. 리틀은 명령에 따랐다. 그러자마자 증기의 역류가 일어나 중추 증기 파이프가 파괴되어 버렸다. 이에 당황한 리틀은 기관실 제어장치를 다시 전속력 전진 상태로 전환하고 말았다. 역류로 인해 증기는 약해지긴 했지만, 루시타니아 호는 여전히 앞으로 나아가고 있었다.

대서양 횡단 여객선에서 점심 식사를 일찍 마치는 사람은 없다. 그래서 배가 어뢰에 의해 명중된 그 순간에, 백색과 황금색의 루이 16세식 호화식당에는 일등석 승객이 아직 많이 있었다. 월터 바라노프는 다리가 불편한 부친과 출입구 계단에 가까운 테이블에 앉아 있었기 때문에 누구보다 먼저 갑판으로 뛰어나왔다. 무슨 일이 일어났는지 알아보기 위해서였다. 그때는 이미 뱃머리 쪽 갑판이 물에 잠겨 곧 배 전체가 침몰될 상황이었다. 월터는 힘겹게 부친이 있는 곳으로 돌아올 수 있었다. 그의 부친 바라노프 2세는 곡예사였다. 미국에서 공연을 하던 중 높이 친 와이어로프에서 떨어져 다리에 복합골절을 입은 것이다. 그래서 육군 치과의사인 월터가 휴가를 얻어 아버지를 영국으로 모시고 오던 길이었다. 목발 때문에 재빨리 움직이지 못한 두 사람이 식당을 빠져나온 것은 맨 마지막이었다.

구명보트가 있는 갑판에서는 생존자들이 앞으로 평생 꿈에서 시달릴 만한 일이 일어나고 있었다. 배가 기울어지면서 우현에 있던 구명보트가 정위치에서 벗어나 탈 수 없게 되자, 좌현에 있는 구명보트로 승객 모두가 달려들었다. 긴급 상황에서의 책임자인 부선장 앤더슨이 각 부서에 부하들을 집합시켰을 때는 이미, 11척의 구형 구명보트와 그 아래에 있던 13척의 고무보트에 공포에 질린 승객들로 가득 차 한 척에 최고 80명이 탄 후였다. 보트가 안쪽으로 흔들리는 것을 막기 위해 모든 구명보트에는 밧줄이 매달려 있었으며 이것은 보트 안쪽 뱃전과 갑판 끄트머리를 연결시키고 있었다. 3등 항해사인 알버트 베스틱이 구명보트를 루시타니아 호 뱃전 바깥쪽으로 옮기는 것을 도와달라고 외쳤다. 보트는 아무것도 싣고 있지 않아도 5톤가량의 무게가 나가는데, 사람을 가득 태우면 그 배 이상의 무게가 된다. 사람들이 보트를 밀기 시작하자 누군가가 밧줄을 풀었다.

보트는 심하게 안쪽으로 흔들리면서 보트를 밀던 사람들 머리를 넘어 밑에 있던 고무보트에 타고 있던 사람들과 강하게 충돌했다. 부서진 2척의 구명보트 잔해와 절규하는 백여 명의 부상자들이 기울어진 배의 앞쪽으로 미끄러져 내려와 선교와 또다시 충돌했다.

연이어 다음 보트에서도 이와 같은 참사는 되풀이되었다. 선원들이 승객들에게 구명보트에서 내릴 것을 외치고 있는 와중에도 3척의 보트가 갑판과 심하게 충돌하였고, 피범벅이 된 나무 파편들이 시체 위로 날아들었다.

선실 담당인 캐서린 버튼은 아래쪽 B갑판에서 아직 비상사태를 모르고 있는 일등실 승객이 있는지 조사하고 있었다. 열려 있는 객실 문이 많았다. 승선한 사람들 가운데 최고 부호인 알프레드 밴더빌트는 이미 8호실에서 나가고 없었으며, 프로듀서인 칼 프로맨도 10호실에 없었다. 12호실에 묵고 있는 뉴욕 사교계의 꽃인 딜리 호크맨 부인의 객실에서는 무슨 소리가 들려왔다. 버튼이 들여다보니, 누군가가 화장대에 앉아 있었다. 검정색 정장을 입은 뚱뚱한 젊은 남자였다. 열린 보석함의 내용물을 허겁지겁 주머니에 넣고 있는 중이었다. "뭘하고 있습니까?" 버튼은 날카롭게 소리쳤다. 도둑은 뒤돌아서 보석함을 버튼 양의 머리를 향해 던졌다.

같은 B갑판의 통로에서 역시 선실 담당인 해밀턴은 무슨 일이 일어났는지도 모른 채 홀수 번호 방을 조사하고 있었다. 그때 갑자기 선실 문이 힘껏 닫히는 소리가 들린 뒤 젊은 남자가 이쪽으로 걸어왔다. 해밀턴은 젊은 남자에게 구명조끼를 착용할 것을 주의줬으나, 남자는 대꾸도 없이 옆을 지나 계단 쪽으로 뛰어갔다. 해밀턴은 다시 점검을 시작하였고, 통로 끝까지 조사가 끝났을 때 문득 버튼이 반대쪽 선실을 점검하지 않았다는 것을 알아채고 되돌아가 보니, 12호실 문이 잠겨 있었다. 버튼은 선실에 의식을 잃고 쓰러져 있었으며, 입과 코에서는 피가 흐르고 있었다. 해밀턴도 버튼도 생존자 가운데 끼었다.

구명보트 갑판에서는 부선장인 앤더슨이 보트 한 척을 손으로 밀어 바깥쪽으로 밀어냄으로써, 이미 타고 있던 승객 몇 명을 그 보트에서 내리게 할 수 있었다. 그 보트가 아래쪽 갑판과 같은 높이까지 내려지자, 더 많은 사람들이 타려고 덤벼들었다. 이미 타고 있던 사람들은 합심해서 이들을 저지해야만 했다. 보트에 타고 있던 누군가가 승무원에게 보트를 더 내려 달라고 외쳤다. 그때 누군가의 실수로 구명보트의 선미를 매달고 있던 밧줄이 풀려 보트가 뒤집어져, 타고 있던 사람 모두는 바다에 떨어졌다. 보트는 순간 제 위치에서 흔들리더니 이내 뱃머리 밧줄이 끊어져 5톤짜리 구명보트는 바다에 떨어진 사람들 위로 곤두박질쳤다.

그밖에 3척의 구명보트가 루시타니아 호 좌현에서 튀어나온 리벳에 부딪혀 산산조각이 난 채 바닷물에 침몰하고 말았다.

앤더슨 부선장은 루시타니아 호의 사망자 중 한 사람이 되었다.

뉴욕 사람인 아이잭 레맨은 자기 선실에서 권총을 꺼내와 아직 내려지지 않은 구명보트에 올라탔다. 보트는 만원이었으며, 도끼를 든 선원은 갑판이 해수면에 닿으면 밧줄을 끊을 준비를 하고 있었다. 레맨은 지금 당장 보트의 밧줄을 끊어 버리라고 요구하며 선원에게 총을 겨누었다. 선원이 밧줄을 끊어 버리자 보트는 아래쪽 고무보트 위로 떨어져, 다른 구명보트와 마찬가지로 기울어진 갑판으로 미끄러지더니 30여 명을 압사시켰다. 그러나 레맨은 살아남았다.

대다수의 승객과 승무원들은 앞 다투어 구명보트에 타려고 하는 무리에서 벗어나고자 했다. 알프레드 밴더빌트와 칼 프로맨 부부는 입구 쪽 홀에서 자고 있던 아이들의 낮잠용 소형 침대에 구명조끼를 묶었다. 밴더빌트와 프로맨 부부는 침대에서 자고 있는 아이들과 함께 익사했다.

첫 번째 폭발이 있고 약 15분이 지나자, 루시타니아 호의 뱃머리는 화강암으로 된 해저에 충돌해 버렸고, 스크루가 여전히 돌아가는 선미는 해수면 위로 높이 솟구쳤다. 그러나 아직도 수백 명의 사람들이 배 안에 남아 있었다. 구명보트의 밧줄을 끊으려고 발버둥치는 사람도 있었고, 선미가 침몰하기만을 냉정히 기다리고 있는 사람도 있었다. 월터 바라노프와 깁스한 그의 부친도 그중 하나였다. 두 사람은 수면에서 버티다 겨우 구명보트에 구조되었다.

보일러가 파열되어 4개의 연통 중 하나가 증기와 화약에 휩싸여 쓰러졌고, 몇 초 후에는 나머지 선체도 침몰해 버렸다. 선장인 윌리엄 터너는 물살에 밀리면서 선교에 필사적으로 매달려 있었다. 그는 그렇게 살아남았다. 사고 후에 이루어진 신문 때 그는 겁쟁이로 낙인찍혔다.

루시타니아 호의 생존자는 총 764명이었다. 그중 대다수는 바다에 뛰어들었거나, 떨어졌거나, 배와 함께 가라앉은 사람들로 운좋게 우현에서 분리된 구명보트에 올라탈 수 있었던 사람들이며, 그 밖에 부유물에 매달려 있다가 살아남은 자들도 있었다. 어떤 사관과 그의 모친은 중앙 라운지에 있던 그랜드 피아노에 올라앉아 있다가 살아남았다.

이 사고로 1,201명의 사망자가 발생했다. 그러나 나흘 후 아일랜드 해안에서 엄청난 수의 사체가 추가 발견되었다. 크나드사와 유족이 내건 현상금 때문에 사체 수색은 한층 더 활기를 띠었다. 사체 한 구당 1파운드, 미국인이면 2파운드, 알프레드 밴더빌트는 1000파운드였다.

제2부 라임라이트

1

가짜 경감이 어떻게 해서 생겨났는지, 그 경위의 제2단계는 1921년 봄에 비롯되었다.

치과의사 의자에 앉은 알머 웹스터는 바라노프가 쥐고 있는 치료기구는 무시한 채 바라노프의 오른손에 신경을 집중했다. 오른쪽 손가락에 난 금빛 털을 바라보며 그대로 털이 난 곳을 따라 셔츠의 커프스까지 올라가니 손목 부위에는 좀 더 진하게 많은 털이 나 있었다.

알머는 바라노프가 미치도록 좋았다.

치아 치료는 적어도 6주간은 계속될 예정이었으며, 오늘이 세 번째였다.

"치아 상태에 대해 걱정할 필요는 없으십니다."

바라노프는 설명해 주었다.

"당신 정도 나이에…… . 몇 살이시죠? 24살이시던가요? 나이에 비해 나쁜 상태는 아닙니다. 군데군데 공동(空洞)이 있을 뿐이니까요. 치아를 뽑을 필요는 없습니다. 저는 치아를 가능한 한 뽑지 않는 것이 좋다고 믿습니다. 웹스터 양, 치아를 뽑아 버리는 것은 차선책입니다. 치료에는 시간이 좀 걸릴 것 같습니다. 변명할 마음은 없습니다. 귀중한 시간이 치료에 많이 할애되겠지만, 실망시켜 드리지 않겠습니다. 안심하세요."

알머는 자기 귀중한 시간을 한순간도 아깝게 생각하지 않았다. 치아 치료는 견딜 수 없이 싫었지만, 이튼 프레스에 있는 바라노프의 치과에 발을 들여놓는 순간 그런 마음도 순식간에 날아가 버렸다. 병원 내부에는 샹들리에가 빛났으며, 무게 있어 보이는 벽돌과 놋쇠로 만든 벽난로에서는 굵은 장작이 붉게 타오르고 있었고, 검은 말에 올라탄 용맹스런 카자흐 기병의 그림이 든 금테 두른 액자가 걸려 있었다. 금빛을 띤 아프칸제 양탄자 위에는 셰리어핀 (Fyodor Ivanovich Shlyapin, 1873~1938. 러시아 가수) 정도의 덩치 큰 사람들에게 맞춰 제작된 가죽 소파가 있었고, 마치 겨울 궁전의 어느 방처럼 알맞게 호화로웠다. 발칸 지방 특산품인 시가 향도 은은했다. 바라노프 씨는 흑단 책상에 앉아 뭔가 쓰고 있었다. 알머가 들어서자 이내 일어서서 웃으며 인사했다. 눈이 마주치자 알머는 피부 속 깊숙이에서 뭔가가 꿈틀거리며 불타오르는 듯한 묘한 기분이 들었다.

알머는 자기 나이에 대해 바라노프가 한 말을 정정하지 않았다. 실은 28살이었던 것이다.

15살 때 알머는 위더의 로맨틱한 연애소설을 읽고서부터 그것이 그녀에게 무엇보다 소중한 것이 되었다. 《나방》주인공인 벨 하버드와 자기 사이에 공통점이 많다는 것을 알고 적잖이 놀랐다. 알머 자신도 책과 풍경에 매료되어 있었으며, 자기 자신이 대단한 미인이라는 사실을 전혀 깨닫지 못하고 있었고, 자기를 제대로 알아주지 않는 변변찮은 엄마를 뒀다는 점도 《나방》의 주인공과 똑같았다. 게다가 알머는 이 세상에는 두 종류의 남자밖에 없음을 정확히 꿰뚫어 알고 있었다. 허점투성이지만 테너가수 콜렛과 같은 모범적인 남성과, 불쌍한 여자들을 갖고 노는 데만 열중하는 즈로프 공과 같은 쓸모없는 인간, 두 종류뿐인 것이다. 위더에 대한 알머의 열정을 잠재우기에는 상당한 흡입력이 있는 작품이 필요했는데, 드디어 에셀 M. 델이라는 작가가 《독수리의 길》을 집필하였다. 닉이 산 정상에서 뮤리엘에게 청혼하자 하늘에서 유성이 떨어지는 장면을 묘사한 작품 절정 부분에 이르러서는 아무리 위더에게 반한 알머라 하더라도 에셀 M. 델에게 빠져들지 않을 수 없었다.

이는 전쟁 전의 일이었다. 전쟁으로 인해 모든 것이 변하고 말았다. 알머는 소설 읽기를 그만두고 직장에 다녔다. 그녀는 탄약 공장에서 일하는 여자들처럼 머리를 짧게 잘랐다. 집에서 버스로 출퇴근하던 거리에는 탄약 공장이 없었기 때문에 탄약 공장에 취직했다는 뜻은 아니다. 그녀는 〈리치먼드 앤드 트위캔햄 타임스〉지 앞으로 오는 통신문을 취급하는 일을 하고 있었다. 머리를 짧게 자르던 그날 집에 돌아온 그녀는 거울을 들여다보고 자기 얼굴이 변한 것을 알았다. 더 이상 아름다운 얼굴이 아닌, 중성적인 여자 영웅 같은 얼굴이었다. 움푹 꺼진 눈은 길고 짙은 속눈썹에, 세상의 그 어떠한 일도 동정어린 마음으로 볼 수 있을 것 같았다. 코는 옆에서 보면 약간 긴 듯했으나, 머리를 뒤로 젖히거나 남자들 앞에서 부끄러운 듯 얼굴을 돌릴 일도 이제 더 이상 없었기 때문에 전혀 개의치 않았다. 입은 큐피드의 활처럼 곡선을 그리고 있었는데 이제는 완전히 변해 작고 결연해 보였다. 안색은 창백했으며, 목에도 귀에도 장식이 없었다. 이때 알머는, 이전에는 로라 숙모의 집이었던, 리치먼드 힐에 있는 하얀 3층 건물에 혼자 살고 있었다. 그녀는 밤이 되면 전선의 병사들에게 보낼 양말이나 철모의 망을 짜곤 했다.

휴전이 성립되자 알머는 평화로운 생활에 적응하는 것이 오히려 어려웠다. 전시태세의 나라에서 사는 데 익숙해져 있었던 것이다. 가난하지 않았기 때문에 굳이 일할 필요는 없었다. 신문사 일은 그만두었으나, 얼마 뒤 역 옆에 있는 꽃집에서 시간제로 주 3일 일하게 되었다. 이로써 다시금 자기가 세상에 필요한 인간이라는 생각을 할 수 있게 되었다. 일하면서는 화환이나 화분을 주문하는 유족들을 위로할 일이 많았다. "내 남편도 프랑스에서 돌아오지 못했어요." 알머는 손님들에게 말했다. 꽃집에서 일하는 일이 좋아진 또 한 가지 이유는 발목에 토시를 하고 지팡이를 짚은 신사들이 옷깃에 꽂을 꽃을 사러 오기 때문이었다. 알머는 약간씩 볼 화장을 하게 되었다. 장미꽃에 둘러싸여 있으면 얼굴이 더 창백해 보였기 때문이다.

알머가 치통을 호소했을 때 바라노프 선생님한테 가보라고 말해준 사람은 꽃집 주인인 맥스웰 부인이었다. 리치먼드에도 치과는 몇 군데 있었지만, 맥스웰 부인은 그리 권해줄 만한 곳이 못 된다고 생각했다. 요즘 젊은 여자들은 치과의사를 선택하는 데 왜 좀 더 신중하게 판단하지 못하는지 맥스웰 부인은 이해할 수 없었다. 목걸이에 박힌 진주 한 알 망가진 것도 리치먼드 거리에 있는 보석점에서 수리하지는 않는다. 누구든 본드 거리나 리젠트 거리에 있는 보석점으로 갈 것이다. 진주에 비하면 치아는 훨씬 더 소중하지 않은가?

바라노프는 첫 대면 때부터 알머에게 강한 인상을 주었다. 알머의 꿈에 늘 등장하는 젊은 남자들과는 전혀 달랐던 것이다. 우선 젊은 남자가 아니었다. 아무리 젊게 봐도 바라노프의 나이는 45세 정도는 되어 보였다. 머리와 수염에 희끗희끗한 게 보였으며, 눈꺼풀도 처졌고, 눈과 입가에서는 지금까지의 인생역정을 읽을 수 있었다. 엷은 푸른빛 눈은 깊은 평정으로 빛나고 있었다. 이 사람은 자기가 하는 일로 인해 더할 나위 없이 행복해 보였다.

첫 번째 진찰 때 바라노프는 알머를 소파까지 안내해 주었다. 그는 정중히 지금까지의 치아상태에 대해 두세 가지를 물어보았다. 치료비에 대한 이야기도 했으나 알머는 제대로 알아듣지 못했다. 바라노프의 음악소리와도 같은 목소리에 빠져들었던 것이다. 라흐마니노프의 전주곡처럼 느릿느릿한, 그러면서도 잘 울리는 목소리였다.

흰 장갑을 낀 손을 악어 백 위에 포개 놓은 알머는, 최면술에라도 걸린 것처럼 멍하니 생각에 잠겨 얌전히 앉아 있었다. 이 사람이 '자, 그럼 일어서 주세요'라고 말할 때 너무 흥분한 나머지 내가 쓰러져 버리면 어떡하지? 기절해 버리면 이 사람은 재빨리 나를 안아줄까? 두 팔로 단단히 안고 긴 의자가 있는 곳까지 데려가 줄까? 이 사람 가슴에 머리를 묻고 그대로 기절한 채 잠들어 버리면, 이 사람의 심장소리가 들릴까?

"괜찮습니까? 웹스터 양?"

"괜찮나니요?"

"진찰해도 괜찮겠냐구요. 물론 마음이 진정될 때까지 좀더 상담해도 좋고요."

"아닙니다. 이제 진찰해 주세요."

"그러서야죠. 그럼, 어떤 처치를 하면 좋을지 살펴봅시다."

손짓을 하자, 바라노프의 책상 뒤에 있는 진홍색 비로드 커튼을 간호사가 젖혔다. 간호사는 동양인으로 나이를 가늠할 수는 없었으며, 그다지 예쁘다고는 할 수 없는 인물이었는데, 단정한 몸가짐에 엷은 청색 유니폼을 입고 있었다. 정중한 행동거지로 봐서 바라노프의 부인도 정부도 아닌 것 같았다.

커튼 너머로 정사각형의 검은 대리석 위에 치료용 의자가 보였다. 그 위와 주변에는 치료용 기계와 자유자재로 조정할 수 있는 조명이 설치되어 있었다. 엷은 청색 커버를 씌운 스틸 손수레도 있었다. 바라노프는 의자 쪽으로 손을 뻗으며 안심시키려는 듯 웃어 보였다. 엷은 청색 커버는 환자용 덮개로 의자에 앉은 알머의 몸을 가볍게 덮었다. 알머에게는 기구가 놓여 있는 손수레도 간호사도 보이지 않았다. 지금은 흰 린넨 소재의 가운을 입은 바라노프 씨밖에 보이지 않았다. 치료용 의자로 다가서자 바라노프는 호감 가는 얼굴로 알머를 보았다. 알머는 볼을 붉히지도 않고 마주 쳐다보았다. 부끄럽지도 않았다. 섹스에 대해서라면 잘 알고 있었다. 무엇보다 메어리 스톱스의 소설을 읽었기 때문에.

"잘 부탁드립니다."

알머는 상대방을 지그시 올려다보았다.

바라노프는 알머의 입을 가리켰다.

"아, 네."

바라노프가 왼손으로 치료용 기구를 입에 넣는 순간 조명 빛에 반사되어 뭔가가 번쩍였다. 결혼 금반지였다. 알머는 움찔했다.

"아프셨나요?"

"아뇨."

"혹시 속이 안 좋으신 건 아닌가요?"

"아뇨, 아무렇지도 않습니다."

바라노프가 손을 움직이다가 알머의 볼 화장을 문지르고 말았다. 반지를 낀 손가락 관절에 분홍색이 번졌다.

알머는 당황하지 않았다. 이 사람 부인은 공화당 볼셰비키파에게 사살된 거야. 틀림없어. 아님, 혁명 후 오랜 망명여행에 지쳐 죽었거나. 불쌍한 부인. 바라노프 씨도 안됐어. 이국땅에서 혼자 슬픔을 안고 살아가야만 하다니.

슬픔에 관해서라면 알머도 잘 알고 있었다. 그녀도 몇 년 동안이나 슬픔에 젖어 살아야 했던 것이다.

1914년 부활절 다음날 막 20살이 되었던 알머는 단짝 친구인 아이린과 큐 식물원에서 수선화를 둘러보았다. 두 사람은 움직일 때마다 하늘거리는, 부드러운 소재의 큰 챙이 달린 흰 모자를 쓰고 있었다. 하늘에는 먹구름이 끼어 있었지만 두 사람은 개의치 않았다. 굵은 빗방울이 두 사람이 입고 있는 목면 원피스를 적시기 시작했을 때, 두 사람은 연못가 서쪽의, 건물과 온실에서부터 좀 떨어진 곳에 있었다. 두 사람은 장난스럽게 큰 소리를 지르며 빗속을 뛰어 나무 밑으로 들어가서는 서로의 모습을 보며 키득키득 웃기 시작했다. 하늘거리던 새로 산 모자는 낡은 등산모처럼 늘어져 버렸다.

두 사람은 갑자기 웃음을 멈췄다. 누군가가 헛기침을 한 것이다. 중절모에 홈스펀 옷을 입은 젊은 남자가 같은 나무 반대편에 서 있었다. 큰 우산을 들고 있었다. 남자는 웰스 공을 닮은 미남이었다.

"아서라고 합니다." 그는 모자를 약간 올리더니, 자기소개를 하였다. "제 우산을 두 분과 함께 쓰기는 좁을까요? 괜찮으시다면 정문까지 모셔다 드리겠습니다." 두 사람은 다시 키득거리고 웃으며 각각 아서의 팔짱을 끼었다.

빅토리아 문에 도착해서도 비는 그치지 않았다. 거리 맞은편에 있는 '메이드 오브 오너'에서 케이크와 차를 사달라고 아서가 졸랐다. 비가 유리 창문을 타고 흐르는 동안 세 사람은 창가 자리에 앉아 있었다. 아서는 옥스퍼드의 피터하우스 기숙사에서 런던으로 부활절 휴가를 보내러 왔다고 말했다. 집은 답답해서 오후는 대개 큐 식물원에서 보낸다고 말하는 순간 아서의 손이 알머의 손에 닿았다. 순간 남자의 손가락에 힘이 들어가는 것이 알머에게 느껴졌다. 알머는 심장이 뛰기 시작했다.

그날 밤 알머는 잠을 이루지 못했다. 아침이 되자, 엷은 분홍색 정장에 하얀 실크 스타킹을 신고 버스를 타고 큐 식물원까지 갔다. 어제 비를 피했던 나무 밑에 서서 그대로 2시간이나 기다렸다가 폐원시간까지 식물원 구석구석을 둘러보았다. 알머는 슬펐다. 금요일에도 나갔다. 비가 내리고 있었지만, 아서는 없었다. 알머의 옷은 엉망이 되었다. 돌아오는 버스 안에서 알머는 소리죽여 울었다.

집에 돌아온 알머는 목욕부터 했다. 욕조물에 몸을 담그고 있는 동안 자신은 젊은 남자와의 행복한 교제를 허락받지도 못하고 홀로된 자로 운명지어진 여자라 생각하며 연애에 절망했다. 물이 점차 식기 시작해서 욕조에서 나와 가운을 입었다. 초인종 소리가 울렸다. 함께 합창단 연습에 가자고 아이린이 찾아온 것이었다. 알머는 큐 식물원에서 너무 지쳤기 때문에 도저히 합창 연습 같은 건 할 수 없다고 거절했다.

자존심도 있고, 아이린의 호기심을 만족시킬 필요도 있어 알머는 지어낸 이야기를 하기 시작했다. 에셀 M. 델의 소설에서 약간의 힌트를 얻은 이야기였다.

"그 나무 밑에서 다시 만나자고 아서와 몰래 약속해서 가 봤지만, 어디에도 그의 모습은 보이지 않았어. 그런데 어디선가 위쪽에서 내 이름을 부르는 소리가 들렸어. 아서는 나뭇가지가 갈라지는 곳에 앉아 있었던 거야. 그리곤 더 이상 아무 말 없이 나무에서 뛰어내린 아서는 두 팔로 나를 꼭 껴안고 정열적으로 키스했지. 처음에 내 몸은 꼿꼿이 굳어져 버렸지만, 그에 익숙해지자 내게도 이런 힘이 있었나 싶을 정도로 강하게 아서를 밀쳐냈어. 나는 도망가거나 하지 않았어. 입술이 뜨거워지고 가슴이 쿵쾅거렸지만 그 사람을 힘껏 노려봐 줬어. 그러자 그 사람이 얼굴이 벌게져 '당신의 아름다움에 정신을 잃고 말았어요. 전엔 이런 일이 한 번도 없었는데……' 하며 사과했어. 그리고는 '똑같은 일이 다신 일어나지 않으리란 보장은 할 수 없습니다. 그만큼 당신에 대한 내 정열은 억누를 수가 없어요'라고 말하는 거야. 이런 정직한 모습에 난 깜짝 놀랐어.

그 사람의 거친 행동과 솔직한 말에서 난 나를 감싸는 남자의 생명력을 느꼈어. 그래서 마음을 어느 정도 누그러뜨리고 전에 함께 갔던 찻집까지 함께 걸어갔지. 찻집에 들어가 자리를 잡자 케임브리지 대학의 5월 무도회 때 파트너가 되어 달라는 거야. 사람을 강하게 끌어당기는 그 눈빛에 최면이라도 걸린 것처럼 나는 허락해 버리고 말았어."

알머는 이렇게 이야기한 뒤 이 지어낸 이야기에 사실감을 더하기 위해 내일 오후 무도회 때 입고 갈 가운을 만들 천을 고르러 가게에 가는데 함께 가 달라고 아이린에게 부탁했다. 그러자 이상할 정도로 알머의 절망감이 누그러졌다.

알머의 거짓말은 계속되었고, 5월 말이 되자 아이린에게 무도회 이야기를 했다.

"아서는 처음엔 흠잡을 데 없이 행동했지만, 밤이 깊어 모드린교 아래에서 배를 탔을 때 살며시 내 뺨에 입술을 가져와서는 결혼해 달라고 속삭였어. 나는 충동적으로 그 사람을 끌어당겨 떨리는 입술을 허락했어. 결혼하겠다고 대답하는 걸 잊어 버릴 뻔했지. 약혼은 아마존에 선교사로 부임해 있는 아서 부모님이 돌아오시는 크리스마스 때까지 알리지 않기로 했어."

알머는 섬세한 부분까지 이야기를 꾸며내는 자신의 치밀함에 스스로도 놀랐다. 벌써 크리스마스가 지나서도 약혼반지를 안 끼고 있는 이유를 어떻게 설명해야 좋을지 앞날의 일까지 생각하고 있었다. 아서의 부모님이 밀림에서 행방불명이 되어 수색대 지휘를 하게 된 아서는 불치의 열대병에 걸린다. 아니면 독화살에 맞아 죽는 걸로 할까. 거기까지는 아직 정하지 못했다.

그러던 중 실제로 일어난 사실 덕분에 알머는 좀더 치밀한 이야기를 꾸며낼 수 있었다. 그해 8월 독일군이 벨기에를 침략하였으며 그

다음날엔 영국이 참전했다. 전국의 젊은이들이 속속 입대하였으며 대학생들도 학업을 중단하고 국왕과 조국을 위해 싸움터로 나아갔다. 아서도 그중 한 사람일 거라는 걸 알머는 의심치 않았다. 9월이 되자 알머는 프랑스에서 한 통의 편지가 날아와 아서가 근위 보병부대의 사관임명을 받았다는 것을 알았다고 아이린에게 말했다. 아서가 전사했다고 말하면 언제든 자기가 원할 때 이 만들어낸 이야기에 종지부를 찍을 수 있었지만, 별로 그러고 싶지 않았다. 남편이나 애인이 살아 돌아오기를 기도하는 여자가 되어보고 싶었던 것이다. 알머는 적십자를 위해 철모의 망을 떴으며, 적십자 지부 사람들에게 "전쟁터에서 애쓰고 있을 누군가의 남편이나 애인을 위로할 수 있다면 그것으로 족합니다"라고 말했다. 지부 사람 중에 "그럼 당신도?"라고 묻는 이가 있으면 그녀는 즉각 "약혼자가 출정했거든요"라고 답하곤 했다.

전쟁이 진행됨에 따라 아서는 혁혁한 공로를 세웠다. 전쟁터에서 2년간 군무에 임했던 것이다. 아서는 프랑스 느브 샤펠로부터 전쟁공로 십자훈장을 받았다. 1916년이 끝나갈 무렵 알머는 아서를 영국공군에 전속시켰다. 아서는 편대장이 되어 독일군과 맞서 용맹스런 공격을 수십 차례에 걸쳐 지휘했다. 핸드리 페이지 항공기 제작소에서 근무하는 동생을 둔 적십자 부인회 회원은, 아서가 타는 비행기는 어느 모델이냐고 물었지만, 알머는 그이는 그런 말은 절대 하지 않는다며 시치미 뗐다.

"아서는 전쟁이 시작되기 전 영국에서 함께 했던 짧지만 소중한 나날의 추억들을 정열적으로 편지에 담아올 뿐이에요. 그이는 귀국해서 결혼할 생각밖에 없는 것 같아요."

알머는 다른 누구보다도 간절히 휴전을 기다렸다. 그리고 드디어 휴전이 되자 아서가 아직 살아 있다는 것을 생각했다. 아이린은 알머를 위해서도 아서를 위해서도 두근거리는 마음으로 결혼식 준비는 어떻게 되는지 궁금해 했다. 알머는 고민 끝에 좀 늦어질 것 같다고 말했다. 유럽에서 유행한 감기에 걸려 아서가 입원한 것이다. 편지엔 심하지 않다고 씌어 있지만, 속상하다…….

그 후 아이린을 만났을 때 알머는 상복을 입고 있었다. 믿어지지 않을 정도로 의연했다.

알머는 아서를 잃은 것에 대해 그 누구도 이해할 수 없는 방법으로 슬퍼했다. 알머의 생활에 큰 구멍이 뚫렸다. 세상 사람들은 그녀를 동정하며, 좀더 자주 외출하라고 권했다. 새로운 시대가 열린 것이다. 삶을 드러내 놓고 즐기는 것이 당연시되었으며 영화관이나 댄스홀, 나이트클럽 등이 도처에 문을 열었다. 알머는 아직 젊었지만, 왠지 자기가 다른 시대 사람인 것 같았다. 1920년대를 맞을 준비가 안되어 있었던 것이다. 그녀가 젊은 남자에게 끌리는 일은 좀처럼 없었다.

"좀더 입을 크게 벌려요."

바라노프가 말했다.

"아프면 말씀해 주세요."

아플 리가 없다고 알머는 생각했다. 알머에게 바라노프 씨는 최고의 치과의사다. 연인으로도 그럴 것임에 틀림없다.

"환자분들 중에는 마취를 원하시는 분도 계십니다. 클로로포름 마취제죠, 아시죠? 하지만 지금의 방법이라면 아프지 않다는 것을 환자분들에게 알려드리고 싶어요."

바라노프 씨는 좀더 품위 있는 전쟁 전 세대의 인물이었다. 댄스홀 같은 곳엔 관심도 없고, 가까운 사람들과의 저녁 식사 자리가 그의 무대이며, 그런 자리에서 그의 화술은 크리스털처럼 빛날 것이다. 그가 하는 말은 무엇이든 잘 울리는 목소리로 인해 세련되어 보였다.

그는 러시아 사람치고는 놀라울 정도로 영어를 잘했다. 아무도 외국인이라고는 생각지 못할 것이다. 아마도 영국인 가정교사로부터 귀족교육을 받았을 것이다.

"스트란드 거리에 미국인 치과의사가 있지요."

바라노프는 말했다.

"금관이라든지, 금속 바라든지 가공의치라든지를 전문적으로 취급하고, 연극인 잡지인 〈무대〉에 매일 광고를 내고 있지요. 그 광고에는 자기 병원에서 치료를 한 유명한 배우의 이름을 죄다 싣는 거예요. 뭐, 당사자들의 허락을 받은 것일 테니 할말은 없습니다만, 저 같으면 그런 짓은 하지 않습니다. 약속드리는데, 환자분 성함이 다음 주 신문에 실리는 일 따위는 없을 겁니다. 그 치과의사식 광고를 못마땅하게 생각하는 이유는 '미국식 무통 치과치료'라는 선전 문구 때문입니다. 그 문구는 마치 신기하게도 미국인만이 환자들에게 고통을 주지 않고 치료할 수 있다고 말하는 것 같지 않습니까? 미국식 무통 치과치료의 비결이 무엇인지 알려드리지요. 별거 없습니다. 그 구식 클로로포름이죠. 웹스터 양, 저는 클로로포름은 마지막 수단으로 재껴 둡니다. 신중하게만 치료하면 고통을 주지 않고 치료할 수 있으니까요. 자, 그럼 입 안을 헹궈 주세요."

알머의 손에 물이 든 커다란 컵이 건네졌으며 간호사는 사기 볼을 내밀었다.

"다시 한번 보여주세요." 바라노프는 말했다.

알머는 바라노프의 말을 믿었다. 이 사람은 나를 아프게 할 사람이 못 된다. 몸을 내밀고 입 안을 살펴보려는 바라노프의 가랑이와 복부가 알머의 오른팔을 가볍게 눌렀다. 알머는 긴장하지 않으려 애썼다. 그러나 언제가 됐든 '당신은 이제껏 제가 만난 그 누구보다 멋진 남자'라는 것을 전할 방법을 찾아야만 했다.

"치아 치료를 명목으로 행해지는 일 가운데는 정말 끔찍한 사건도 있습니다. 전쟁 전의 일이었습니다만 홀로웨이에 살았던, 부인을 죽인 치과의사에 관한 이야기를 어디선가 읽었죠. 크리펜이라는 이름의 남자였습니다. 알머 양은 기억 못하실 겁니다. 아직 댕기머리 소녀시절이었을 테니까요. 그 사건은 대단한 충격이었죠. 이웃에 소문이 퍼졌기 때문일까요? 형사가 방문했을 땐 이미 크리펜 박사와 박사의──이런 단어를 쓰기엔 좀 뭣합니다만──정부가 겁을 먹고, 캐나다로 건너갈 배편을 구해 도망을 간 뒤였어요. 그 에셀인가 뭔가 하는 젊은 여자는 남장을 하고, 크리펜도 콧수염을 깎고 안경도 벗고, 젊은 남장을 한 그녀의 아버지로 변장을 해가지고 말이죠. 그렇지만 그런 변장도 별 소용이 없었는지, 두 사람이 탄 배의 선장이 항해 첫날에 두 사람의 정체를 알아차리고 무선으로 통신을 보냈죠. 스코틀랜드 야드에서는 더 빠른 배로 형사를 급파하여 배의 도착지에서 두 사람을 체포하려 했습니다. 그 형사가 듀 경감이었죠. 입 안을 헹궈 주세요."

바라노프가 조명의 위치를 조절하고 있는 동안 간호사가 치아 충전용 시멘트를 발랐다.

"자, 이제 거의 다 끝났습니다. 그런데 크리펜 박사가 치과의사와 어떤 상관이 있는지 궁금하시죠? 살인을 범하기 전 박사는 미국인 젊은 남자와 함께 일을 하고 있었죠. 두 사람은 자기들을 이엘 치과 전문의사라고 사람들에게 소개했었죠. 크리펜은 치과의사로서는 실력이 별로였기 때문에 경영 쪽을 담당했고 가끔 치료를 돕는 정도였어요. 에셀은 간호사였고요. 지금부터가 이 이야기의 핵심인데……. 에셀은 두통 환자였어요. 신경통이죠. 그 원인이 치아에 있다고 판단한 두 사람은 이를 뽑아 버렸습니다. 한꺼번에 21개나요. 그 당시 에셀은 지금의 당신 또래였어요. 정말 불쌍하기 짝이 없는 일이죠. 그건 범죄 행위예요. 에셀의 성이 뭐였는지 생각이 안 나는군요. 왠지 이국적인 이름이죠?"

알머는 입을 다문 채 '르 네브'라고 말할 뻔했다.

"네, 웹스터 양, 좀 힘드시겠지만 조금만 더 참아주세요."

알머는 크리펜 사건을 기억하고 있었다. 몇 주간이나 신문은 그 사건으로 떠들썩했다. 1910년, 그녀가 17살 때의 일로 에셀 M. 델의 소설을 즐겨 읽던 시기였다. 그녀는 그 사건에 마음이 많이 흔들렸다. 열흘 동안이나 비참하게 변장한 모습으로 그 조그마한 증기선 갑판을 초조한 마음으로 거닐었을 두 도망자에겐 동정심밖에 일지 않았다. 눈치 빠른 선장과 무선통신이라는 현대 기술로 어떤 멍청이라도 신문만 읽는다면 목적지인 토론토에 듀 경감이 수갑을 들고 기다리고 있을 거라는 예상은 했을 텐데, 그 동안 내내 두 사람은 필사적으로 사람들의 눈을 피하려 했던 것이다. 그들의 체포소식을 듣고 알머는 두 사람을 위해 눈물을 흘렸었다. 그녀는 자기도 체포의 순간에 위엄을 잃지 않고 맞이할 수 있을까 하는 생각을 했었다. 사랑, 그야말로 사랑이 두 사람을 강인하게 했음이 틀림없다.

"자, 이것으로 됐습니다."

바라노프는 알머의 입에서 도구를 벗겼다.

"이쪽 치아는 오늘 밤 사용하지 마세요. 다음 치료 날은 간호사가 예약해 둘 겁니다. 어디 아픈 데 없으세요?"

"그 여자 이름, 르 네브였다고 말하려 했어요. 에셀 르 네브예요."

"아, 그렇군요. 대단한 기억력입니다."

"영국의 모든 신문에 났었으니까요."

"네, 저도 기억하고 있습니다."

"1910년에 영국에 계셨어요?"

"그해뿐만이 아니라 태어나서부터 죽 살았는데요."

바라노프는 웃으며 말했다.

"하지만……."

"러시아인인 줄 아셨죠? 그렇게 생각하신 것도 무리가 아니에요. 그리고 그렇게 생각하신 분도 당신이 처음이 아니고요. 제 부친은 헨리 브라운이라는 외줄타기 곡예사였어요."

그는 두 팔을 힘껏 벌리고 외줄 타는 흉내를 냈다.

"명인 바라노프죠."

알머는 할 말을 잃었다.

"그럼 영국분이세요?"

"세례명은 월터 브라운입니다. 왜 그러세요? 안색이 나쁘신데."

"그럼 부친께서 뮤직홀 출연용 예명으로 바라노프라는 이름을 사용하신 거예요?"

"네, 그것을 제가 치과 간판에 사용한 거죠. 이런 쪽에서는 외국이름같이 들리는 이름을 사용하는 것이 결코 나쁘지 않거든요. 월터 브라운이라는 이름이면 별 특별할 것 없는 치과의사라고 영국 사람들은 생각하기 쉬우니까요."

알머는 멍해졌다.

"인상 쓰고 계시는군요."

바라노프는 말했다.

"합법적인 거예요, 이건. 부친에겐 단지 예명에 지나지 않았지만, 저는 개명 신청까지 냈으니까요. 결혼을 생각하고 있던 시기였는데, 아내가 될 사람도 역시 무대에 오르는 직업을 가졌었기 때문에 개명에 대찬성이었죠. 리디아 바라노프라는 이름이라면 여배우 이름으로도 나쁘지 않으니까요. 당신도 들어본 적 있으시죠? 극단에선 꽤 알려진 편이니까요."

이 사람 부인은 살아 있었구나.

알머는 다리가 후들거렸다. 여기서 나가야지. 바라노프에게 등을 돌리고 진료실을 가로질렀다. 눈물로 사물이 흐려져 보였다. 간호사가 문을 열고 기다렸다가 알머에게 예약 카드를 건네주었다.

거리로 나온 알머는 카드를 찢어 가까운 배수구에 던져버렸다.

2

또 한 사람, 젊은 여자가 등장한다. 그 이름은 포피 듀크.

포피는 한 주간을 보통사람들과는 반대로 사용하고 있었다. 그녀는 평일 6일 동안은 쉬고 안식일 날 일했다. 일터는 페티코트 레인 시장이었다. 나이는 18세, 반짝이는 눈에 장난치는 듯한 미소, 웨이브 진 금발. 포피는 아주 날쌘 도둑이었다. 그녀는 쿵, 하고 사람과 부딪히면 "어머 죄송해요"라고 말하면서 지갑을 그 주인의 주머니에서 빼낼 수 있는 긴 손가락의 날렵한 손을 가지고 있었다. 그 손으로 핸드백과 그 속에 든 지갑을 열어 지갑 주인도, 그 속에 든 돈을 좀더 합법적으로 노리는 노점상인도 눈치 채지 못할 정도로 민첩하게 자기 것으로 만들었다. 포피는 이 시장에선 현대판 로빈 훗과 같은 의적으로 불려 사람들이 많이 봐줬다. 물건을 사기보다, 구경하고 값만 물어보는 사람들의 지갑을 노렸으며, 대여섯 명의 아이들에게 망보기 등을 시키며 수고비도 두둑이 챙겨주곤 했기 때문이다.

이날 아침, 슬슬 일을 시작해 볼까 하는 찰나에 더할 나위 없는 봉이 걸렸다. 세련된 정장을 입고 중절모를 쓴 젊은 남자가 사관용 트렌치코트를 어깨에 걸치고 나타났다. 홍차를 파는 노점상 앞에 멈춰선 그 남자, 잔돈이 없다면서 1파운드짜리 지폐를 내밀며 상인에게 폐를 끼치고 있었다.

"자, 여기 있습니다." 노점상 여자는 한 움큼의 잔돈을 세면서 남자의 손에 떨어뜨려 주었다.

"어차피 확인해 볼 거잖아요."

그녀는 그에게 홍차 한 잔을 건네주었다.

그는 손에 지갑을 쥐고 있었기 때문에 트렌치코트 주머니에 지갑을 넣은 뒤에야 홍차 잔을 받아들을 수 있었다.

이때 포피가 등장했다. 이 일을 초보 소매치기에게 맡길 마음은 추호도 없었다. 포피는 마치 줄을 서서 차례를 기다리듯 남자의 뒤에 섰다. 그리고 왼손으로 트렌치코트 주머니 덮개를 들어올려 지갑을 찾았다.

식은땀이 흘렀다. 그런데 주머니 속에서 포피의 손을 잡는 이가 있었다. 손을 뺄 수 없었다. 남자는 돌아보며 싱긋이 웃었다. 그의 오른손엔 아직도 홍차 잔이 들려 있었다. 포피의 손을 잡고 있는 것은 가슴 앞을 지나 트렌치코트 안감 솔기 사이로 뻗은 왼손이었다.

그는 말했다.

"이봐, 포피. 어린애한테서 사탕 뺏는 것만큼 쉬웠어."

포피는 말했다.

"손이 잡혔군."

"맞아. 난 손을 놓아줄 생각 없어. 얌전히 이대로 나에게 바짝 붙어 따라와. 저쪽에 택시를 세워 두었으니까."

"경찰에 끌고 가려고? 제발 부탁이니까 봐 줘."

"아무 소리 말고 걸어, 포피."

포피는 그의 말에 따랐다. 어린 공범자들이 가세하려다 함께 잡혀 버리면 더 큰일이다. 혼자라면 형도 그리 무겁지 않을 것이다.

화이트 차펠 하이 거리에 세워둔 택시까지 와서야 그는 잡고 있던 손을 놓았다. 수갑을 채울 줄 알았던 포피의 예상은 빗나갔다.

"당신 경찰 아니야? 그럼 도대체 뭐야?"

남자는 택시 안에 포피를 밀어 넣고, 그 옆에 탔다.

"포피."

남자는 또다시 싱긋이 웃어 보이며 말했다.

"오늘은 네 생일이야."

"도대체 무슨 일이야. 어디로 데려가는 거야?"

"선물을 고르러 가는 거야."

"나를 도대체 어떤 여자라 생각하는 거야?"

"진정해. 드라이브나 하려는 거니까. 알았지?"

중심가와 홀본을 지나 옥스퍼드 거리에 도착했다. 포피는 상대방을 쏘아보며 이 사람이 누군지 알아보려 했다. 오늘 아침까지도 레인 시장에서 본 적이 없는 남자였다. 신사답게 차려 입었지만, 아무리 봐도 이 사람의 정체는 신사가 아니었다.

택시는 좌회전해서 본드 거리에 들어가 멈춰 섰다.

"여기서 뭘 하는데?"

포피는 날카롭게 쏘아붙였다.

"내려, 그럼 가르쳐 줄게. 그렇지만 애먹이지 마. 알았지? 이 주변은 초일류 고급 상점가니까."

그는 눈이 휘둥그레진 포피를 드레스 가게로 데려갔다. 잡지에서나 본 옷가게였다.

"한 벌 골라봐."

그는 말했다.

"파티에 갈 거야."

"잠깐, 도대체 내게 뭘 시키려는 거야?"

"가르쳐 주지, 포피."

함께 쇼윈도를 들여다보며 그는 말했다.

"너는 런던 최고의 영리한 소매치기라고 들었어. 하룻밤 너를 고용하고 싶어. 파티엔 드레스가 필요하잖아. 은색 스팽글이 달린 저

검은 드레스 어때? 나랑 일하려면 복장부터 갖춰야지. 게다가 드레스는 가져도 돼. 알았지?"

3

패트니 힐에 있는 대저택에서 리디아 바라노프는 전화를 걸고 있었다. 오디션에서 돌아오자마자 줄곧 전화기를 붙잡고 있는 그녀는 지금도 수화기에 대고 뭐라고 소리 지르고 있었다.

"당신처럼 무능한 인간은 없을 거야!"

누구랑 통화하고 있는지는 몰라도 험악하게 덤비고 있었다.

"극히 간단한 문제가 왜 이렇듯 어처구니없게 꼬여 버렸는지 이해할 수 없어요!"

그때 현관문이 열리더니 월터가 들어왔다. 가정부 실비아가 변함없이 주인의 모자와 코트와 우산을 받아들기 위해 기다리고 있었다.

전화로 인한 긴 설전은 계속되고 있었다. 월터는 위층을 힐끔 올려다보았다. 그런 다음 실비아를 향해 무슨 일이냐는 듯 눈썹을 치켜뜨며 쳐다보았다. 실비아는 고개를 가로저었다. 월터는 인상을 쓰며 거실로 들어가 위스키를 따라 단숨에 마셔 버렸다.

2층으로 올라가자, 마침 리디아는 "멍청한 사무원과 이야기하느라 더 이상 내 귀중한 시간을 낭비할 수는 없어요"라며 소리치고 있었다.

"내일 아침 매니저로부터 전화 오는 걸로 알고 있겠습니다. 하지만 10시 전도 안 되고 11시를 넘어서도 안 돼요."

이렇게 말하고는 수화기를 내려놓았다.

"당신은 오늘 하루 어땠어요?"

리디아는 월터의 대답이 그다지 중요하지 않다는 듯이 말했다.

"미칠 것 같았어."

월터는 강한 어조로 말했다.

"상대방 시간을 낭비하는 놈들은 끝도 없어. 예약 취소가 2건, 그것도 단 한마디 설명도 없이. 치과의사에게 사전에 알려주는 정도의 예의는 갖춰 줘야 될 거 아냐. 파크 부인한테는 그 정도도 기대할 수 없겠어. 엄청 잘 잊어버리거든. 아마 내일 정도에 부랴부랴 나타날 거야. 하지만 두 번째 환자였던 웹스터 양은 시간 약속 정도는 지켜 줄 줄 알았는데. 지금까지 3주 동안 언제나 같은 요일에 같은 시간으로 예약해 줬거든. 심하게 아픈 치료도 아니었는데."

"당신 불만은 그게 다야?"

리디아는 말했다.

"그렇담 이번엔 내 이야기도 좀 들어 줘."

그녀는 아무래도 연기 지도를 받은 만큼 상대방의 영향력을 약화시키는 비법을 잘 알고 있었다. 이날 아침 리디아는 리치먼드 극장에서 〈즐거운 쿠엑스 경〉의 단역을 정하는 오디션을 받고 왔다. 34살의 리디아는 1914년 이래 웨스트 엔드 무대에 서지 못했다.

"실망스런 오디션이었구나."

월터가 말했다.

"실망스럽기는커녕 웃겼지. 한편의 코미디였다고."

배역을 정하는 연출가가 이런 리디아를 봤으면 앞으로 죽을 때까지 이 여배우에게 중요한 배역만 줬을 것이다. 리디아는 분개하면 사람이 변해 버린다. 평상시에는 창백했던 피부가 흥분한 분홍빛을 띠고, 곱슬거리는 검은 머리는 흥분한 그녀의 움직임에 따라 춤을 추었으며, 콧구멍은 벌렁거렸고, 다갈색 눈은 집시 저리 가라 할 정도의 정열로 불타올랐다.

"그 연출가는 미치광이야. 도저히 같이 일할 수 없어. 같이하게 되면 여배우로서의 내 경력도 끝이야. 그 연극의 주제를 전혀 이해하지 못하고 있어. 피네로를 전혀 이해하지 못하고 있더라고, 그 사람은."

"그 역할은 누구로 결정 났어?"

"레뷔_(경쾌한 음악 무용극) 경험이 6주밖에 안 되는 어디서 굴러먹다 온 여자야. 대역이라면 내게도 시켜 주겠대. 그게 무슨 말인지 알아? 휴식시간에 초콜릿 팔러 다니라는 뜻이야. 그래서 내가 이래 봬도 〈두 번째 턴가리 부인〉에 출연했었다고 말해 줬지."

"그랬더니 뭐래?"

"이건 희극이라며 내 연기 경험엔 적합하지 않다고 하더군. 그건 그렇다고 나도 인정했어. '당신들이 원하는 연기 경험은 코클랭 씨의 뮤지컬 노선에서 배우고 익혀야 하는 것이라고 당신들 자신이 분명히 말하고 있잖아요. 나는 거기까지 망가지지 않았음을 다행스럽게 생각해요'라고 말해 줬지."

"사실이 그렇잖아."

"그렇게 내뱉고 극장을 나와 버렸어. 그런데 너무 흥분해서 내가 출연한 연극에 대한 극평을 모아둔 스크랩북을 두고 왔지 뭐야."

"그들이 그걸 보면 큰 실수였다고 생각할 거야."

"절대 그렇지 않아. 어찌됐든 간에 그 연극의 배역은 이미 정해졌어. 설사 주역을 맡아 달라 하더라도 절대 안 해. 내게도 자존심이 있지. 하지만 그 스크랩북은 필요한데……."

"물론 필요하지."

"월터."

"왜?"

"내 대신 가져와 주지 않겠어?"

"난 시간이 없어. 하루 종일 예약이 빽빽해."

"그럼, 지금 가서 가져와 줘."

두 사람 사이에 일순간 침묵이 흘렀다.

리디아가 말했다.

"한 시간 이상 걸리지는 않을 거야. 식사가 식지 않도록 조리사에게 말해 둘게."

그녀는 가볍게 키스를 하면서 덧붙였다.

"그 스크랩북을 잃어버리고 싶지 않아."

월터는 모자와 코트를 실비아로부터 받아들었다.

리디아는 창문에 서서, 월터가 역 앞에서 택시를 타기 위해 언덕길을 내려가는 것을 바라보았다. '저 사람 환자들은 그이를 두려워할지 모르지만, 집에서는 저 사람, 내게 꼼짝 못해. 그것은 내게 감사하는 마음이 있기 때문이야.' 리디아의 돈과 앞날의 희망이 보이지 않았다면 그는 아직도 지방의 허름한 뮤직홀을 전전하며 한심스럽기 짝이 없는 독심술 연기를 팔고 있었을 것이다. 단 한 사람, 오직 리디아만이 월터에게 무대는 전혀 맞지 않는다는 것을 납득시킬 수 있었다. 리디아는 치과의사의 수입이 좋다는 것을 가르쳐 주고 그에 대해 확신한다는 증거로 월터와 결혼하였다. 치아 기공사로서 레딩에서 수업을 받는 비용도, 뉴캐슬 아폰 타인의 치과 병원에서 3년간 인턴 기간의 생활비도 전부 리디아가 맡았다. 월터는 그때가 가장 행복했었다. 자기의 천직을 찾았기 때문이었다. 두 사람은 좀처럼 만나지 않았다. 아니, 리디아가 〈두 번째 턴가리 부인〉에 출연하고 있었기 때문에 만날 수 없었다. 그녀는 무대에 서는 것에 온 힘을 다했고, 만족했던 것이다.

두 사람의 결혼생활은 월터가 1914년 최종시험에 합격해서 치과의사 자격을 따기까지 이른바 시간제 부부생활이 계속되었다. 월터가 졸업식 때 런던에 와 있던 어느 날 플라스카티에 점심 식사를 하러 갔던 리디아는, 주방에서 끊이지 않고 흘러 나오는 소음을 들었다.

종업원이 뉴스를 봤냐고 물었다. 로이드 조지가 하원에서 연설했다는 것이다. 영국이 독일과 개전했다는 내용이었다. 이어 30세 미만의 미혼 남성은 군에 지원하라는 요청이 내려졌다. 월터는 결혼도 했고 나이도 39세였지만, 스트랜드 거리에 있는 입대 접수처를 방문했고, 그로부터 4년간 스코틀랜드 북부에서 국왕 폐하와 조국을 위해 목숨을 바친 군인들의 이를 치료했다.

리디아에겐 전쟁중이라 해서 이렇다할 변화는 없었다. 오디션을 받고 싶어도 이렇다 할 연극 공연이 별로 없었다. 건강한 남자 배우들은 거의 대부분 입대했다. 웨릿지에서 〈하버 라이트〉를 공연했을 때는, 상대 남자 주연배우가 너무 늙어서 그가 리디아 앞에 무릎을 꿇고 사랑을 고백했을 때, 리디아가 손수 일으켜 세워 줘야 했을 정도였다.

1914년 즈음에는 완전히 의욕을 상실하여 무대를 쉬면서, 부친으로부터 상속받은 패트니힐의 큰 저택에서 전쟁 전의 극평을 읽으며 시간을 보냈다. 성적으로도 욕구불만이었다. 포트넘 앤드 메이슨 홍차 가게의 카운터 일을 보는 털보 남자에게 은밀한 마음을 갖기도 했으나 별다른 일은 없었다. 독일군의 U보트 때문에 영국 내의 생활은 가혹했다. 식량 부족으로 배급제가 될 것이라는 소문이 흘렀고, 사재기는 범죄행위가 되었다. 리디아 집 가정부는 말이 많은 여자였다. 결국 소문을 들은 경찰이 들이닥쳐 집을 수색하였고, 포트넘 앤드 메이슨 홍차를 68상자나 찾아냈다. 몇 개만을 남겨두고 나머지는 전부 몰수당했다. 리디아는 10파운드의 벌금과 7파운드의 수색 비용을 물어야 했고, 신문엔 이름까지 났다. 〈더 타임스〉지에 리디아의 이름이 실린 것은 이때가 처음이었다.

월터는 줄 서서 기다리고 있던 택시 중 한 대에 올라탄 지 20분도 못 되어 리치먼드 극장 앞에서 기사에게 요금을 지불했다. 7시를 조금 지난 시각이었다. 극장은 한산했다. 관객이 옷을 멋지게 차려입고, 식사도 마치고 볼 수 있도록 밤 공연은 8시 반부터 시작된다. 지금 공연하고 있는 것은 레뷔였다. 리디아의 말이 옳았다. 뮤직 홀은 한물갔다. 독심술도 동물 곡예나 단 레노와 함께 무대로부터 사라지고 말았다.

매표소 여직원에게 사정을 말하자, 여자는 특등석 고객 바에 가 보라고 했다. 바 안에는 많은 사람들이 있었으며 시가 연기로 가득했다. 끊임없이 손짓과 더불어 잘 울리는 목소리로 말을 짧게 끊어서 하는 것을 보면 〈즐거운 쿠엑스 경〉의 연출가와 새로 선발된 배역진인 듯했다.

월터는 드라이 세리를 한 잔 사서 가장 많은 사람들이 모여 있는 곳으로 다가갔다. 그들의 대화에서 저스퍼라는 남자가 연출가임을 알아냈다. 저스퍼는 빨간 머리 미인의 어깨에 팔을 두르고 있었으며, 그 여자는 저스퍼가 뭔가 말할 때마다 간드러지게 웃었다. 새로운, 등이 훤히 드러나는 드레스를 입고 있었으며, 나이는 리디아보다 10살 정도 어려 보였다.

월터는 대화가 끊기기를 기다렸다. 저스퍼가 빨간 머리 여배우에게 마티니를 한 잔 더 권하면서 바에 주문하려 했다. 이때 월터는 자기를 소개했다.

"매력적인 이름이시군요."

저스퍼는 말했다.

"하지만 누구신지는……."

"제 아내 리디아가 오늘 오후 당신에게 오디션을 받았습니다."

"같은 거 한 잔 더, 조지."

저스퍼는 바텐더에게 말했다.

"배역을 못 받은 것 같았습니다."

"네, 오디션이란 게 받는 쪽도 심사하는 쪽도 정말 힘들죠. 물론 잘못된 판단을 내릴 때도 있습니다만, 일단 결정되면 아무도 서로 에게 책임을 전가하는 짓 따윈 하지 않습니다."

"제 아내가 이곳에 극평 스크랩북을 두고 왔습니다."

"아, 그런 일이셨군요. 그런데 그게 어디 있나……."

등을 환히 들어낸 여자가 돌아보았다.

"저기 있어요. 아까 좀 봤는데……. 한마디만 하죠. 그 여자는 나 같은 여자보다 훨씬 더 경험이 많아요."

"나라면 그렇게 말하지 않겠어, 브랜치."

누군가가 의미심장하게 말했다.

"하수도 같은 마음을 가진 사람도 있죠."

브랜치는 이 세상에 싫증났다는 듯이 말했다.

"자, 마티니야."

저스퍼가 무뚝뚝하게 말한 뒤 월터의 팔을 잡고 스크랩북이 놓여 있는 테이블로 이끌었다.

"리디아의 오디션은 최고였어요. 그녀는 프로 여배우니까요, 바라 노프 씨. 재능 있는 부인이시더군요. 만약 저 혼자서 결정할 수 있 는 일이었다면……."

월터는 목소리를 높이지 않으려 노력하며 상대방의 말을 가로막았 다.

"저도 극장에서 일한 경험이 있습니다. 3살 때부터 그런 위선적인 말들을 신물나게 들어왔죠. 만약 아내의 경력에 조금이라도 흥미가 있으시다면 제게 사실대로 말씀해 주셔서 제 아내의 자존심을 세워 주세요."

바라노프의 공격은 정확히 정곡을 찌르는 것이었고 그만큼 효과도 있었다.

바의 주변이 갑자기 조용해지고 저쪽 편에서 누군가가 말을 걸었다.

"저스퍼, 무슨 일 있어?"

"아니, 아무 일도 아니야."

저스퍼는 대답한 뒤 월터에게 말했다.

"사실을 아시고 싶다면 말씀드리겠습니다. 부인은 이런 젊은 여자 역엔 너무 성숙하십니다. 그렇다고 해서, 미망인이나 보모를 연기할 정도의 나이도 아니고."

저스퍼는 이 평을 완화하기 위한 한마디도 잊지 않았다.

"물론 곧 연기하시게 되겠지만서도."

월터는 아무 말도 하지 않고 극평을 모아둔 스크랩북을 집어 들었다.

"그 나이 때 여배우가 한평생 중 가장 어려운 때이죠. 누구에게나요."

저스퍼가 계속했다.

"같은 연극 일이라도 연기 이외의 부문도 괜찮으시다면 그보다 좋은 일은 없습니다. 그만한 경험이면 분장에 대해서도 잘 아실 겁니다. 의상 담당도 좋죠, 만약 재봉에 소질이 있으시다면……."

월터는 기막히다는 듯 상대방을 쳐다보았다.

"택시는 어디서 타면 됩니까?"

"이 시간이면 역 근처가 좋습니다. 극장 앞에서 오른편으로 가서 다시 또 오른편으로 가면 역입니다. 오디션에 참여해 주신 것에 대해 고맙다고 전해 주세요. 부탁드립니다."

월터는 1층으로 내려가, 저스퍼가 말한 대로 길을 찾아가 역이 나오자 택시를 탔다. 택시가 움직이기 시작하자 시선을 끄는 뭔가가 있었다. 월터는 기사의 어깨를 두드렸다.

"잠깐만 세워 주시겠소? 저기 꽃집에서 아내를 위해 꽃을 사다주고 싶어서 그러는데……."

"서둘러 주세요, 손님. 오래 못 기다립니다."

꽃집에 들어서서 꽃을 둘러보았다.

점원이 안에서 나왔다.

"어서 오세요. 뭐를? 어머!"

여점원은 월터를 보며 말을 잇지 못했다.

"안녕하세요. 실은 꽃을……. 아니 이런, 웹스터 양 아닙니까?"

"네."

알머는 속삭이는 듯한 목소리로 대답했다.

"월터 바라노프, 당신 치과의사입니다. 기억하시죠? 오늘 예약을 안 지키셨죠? 알고 계시죠?"

알머는 당황해서 얼굴이 빨개졌다. 아무 말도 할 수 없었다.

월터도 어찌할 바를 모르는 듯했다.

"아니, 실례했습니다. 마치 추궁이라도 하러 온 것처럼 되어 버렸군요. 이렇게 우연히 뵙게 되어 놀랐던 것뿐입니다."

"네……."

꽃 한 송이를 들고 있던 알머는 그것을 잘게 찢고 있었다.

"오늘 리치먼드 극장에서 아내가 오디션을 받았거든요. 여배우라서요."

"네, 말씀 들었습니다."

월터는 아직 리디아의 스크랩북을 들고 있었다.

"아내가 극장에 이걸 두고 왔던 겁니다. 그녀가 출연한 연극의 극평을 모두 모아둔 거죠. 매우 소중한 것입니다. 이걸 찾으러 다녀오는 길이었습니다."

밖에서 택시 기사가 경적음을 울렸다.

"장미가 좋겠는데……."

그는 말했다.

"12송이 부탁합니다."

"알겠습니다. 색은?"

알머는 꽃이 진열되어 있는 곳으로 갔다. 노란색, 흰색 외에도 붉은색, 분홍색 등 색깔이 각기 다른 몇 가지 종류의 장미가 있었다.

"모두 12송이에 3실링입니다."

월터는 스크랩북을 카운터 위에 올려놓고, 주머니에서 돈을 찾았다.

"아무 색이나 좋습니다. 하지만, 음…… 분홍색으로 할까요?"

"다양하게 섞으실 수도 있어요."

또다시 택시에서 경적음이 울렸다.

"그럼 그렇게 해 주세요."

"한 송이씩 골라 줘요."

월터는 그녀 옆에 서서 다양한 색깔의 장미를 12송이 골랐다. 알머가 그것을 포장하자 월터는 돈을 건넸다.

"다시 만나고 싶네요. 웹스터 양."

월터가 가게에서 나가고 택시가 떠난 뒤, 알머는 카운터 위에 두고 간 스크랩북을 보았다.

4

이 이야기에 등장하는 또 한 사람의 부인을 찾아가기 위해서는 무대를 파리로 옮겨야 한다.

마제리 리빙스턴 고렐은 금요일 밤이면, 그곳이 어디든 간에 목욕을 해야만 했으며, 목욕할 곳도 가능하다면 터키탕이길 원했다. 그녀는 탕에서 나와서도 전신 마사지까지 받아야만 만족했다. 체력을 회복하는 방법으로 진한 커피나 소금에 절인 간, 칵테일, 공원을 산책하는 것보다 마사지가 훨씬 효과적이라는 것을, 그 다섯 가지를 다 해본 마제리는 알고 있었다. 마제리는 항상 생명력 넘치는 여자로 보이길 원했으며, 그러한 자신을 자랑스럽게 생각했다. 어떤 파티에서건 그녀가 참석하면 활기가 넘치게 되어, 그녀는 자주 파티에 초대받았다. 그녀의 나이는 비밀이었지만, 지금의 남편은 세 번째이고 22살이 된 딸이 있다. 그녀가 금요일에 마사지를 받는 것은 완전한 휴식을 위해서였다. 마제리가 살고 있는 뉴욕 시내에서는 비로드 같은 손의 숙련된 남자 마사지사가 브롱크스로부터 출장을 와 주었는데, 그 몸집이 작은 남자는 마제리의 어느 남편보다도 그녀의 개인적인 바람이나 불안을 잘 알고 있었다.

오늘 밤 마제리는 파리의 칼튼 호텔 마사지실에 누워 있었다. 칼튼 호텔에는 세 번째 남편인 레비와 함께 묵고 있었다. 올해는 그녀의 딸인 바바라가 소르본느 대학 미술학부 과정을 수료한 기념으로 유럽 여행을 온 것이며, 뉴욕엔 딸과 함께 돌아갈 예정이었다. 이 사실을 마제리는 어깨 뭉침을 풀어주고 있는 알제리 인에게 간단한 영어로 전했다. 그 남자는 머리 숱이 적었으며, 콧수염을 연필처럼 가늘게 다듬은 미남이었지만, 옥에 티라면 입김에서 마늘냄새가 나는 것이었다. 마제리는 얼굴을 반대편으로 돌렸다.

"이번엔 발목 좀 부탁해요."

그가 못 알아 들었을까 봐 한쪽 발을 빙글빙글 돌려 보았다.

"이렇게 아름다운 발목을 주신 하느님께 진심으로 감사드리고 있어요. 지금까지 결혼한 세 남편이 모두 다 우선 내 발목에 반했을 정도니까요. 규칙적으로 계속 마사지를 받으면 언제까지 이렇게 유지될 거예요. 발목 말이에요, 물론. 아아, 좋아. 거기 아주 좋아요. 리비는 리빙스턴 말인데 내 세 번째 남편이죠. 멋진 사람이에요.

그야 물론 더글러스 페어뱅크스만큼의 미남은 아니지만, 그 사람만의 매력이 있죠. 그런 리비가 가끔 내 발목을 마사지하게 해달라고 부탁하지만, 난 거절하죠. 그건 숙련된 마사지사가 할 일이라고 말하죠. 음, 당신 꽤나 실력이 있으신데요. 이름이 뭐라 하셨죠?"

"아레인입니다, 부인."

"이봐요, 아레인. 여자는 자기 몸 관리를 꼭 해야 한다는 것이 내 지론이에요. 언제, 누가 보고 있을지 알 수 없으니까요. 4년 전 뉴욕 빌트모아 호텔에서 있었던 일을 이야기해 줄게요. 엘리베이터 안에 7명의 전혀 모르는 남자들과 함께 갇혔었죠. 2층과 3층 사이에서 1시간 가까이 오도 가도 못했어요. 난 제정신이 아니었죠. 그런데 아레인, 그 덕분에 리비를 만났어요. 엘리베이터 안에 있던 7명 중에 그가 있었다고 말할 거라 생각했겠지만, 그렇지 않아요. 엘리베이터 수리사가 겨우 문을 열어주었을 때 그는 2층에 있었죠. 엘리베이터 바닥이 그 사람들 머리보다 높은 위치에 있었고 그 사람에게 보인 것은 내 발목뿐이었대요. 그런데 그 발목에서 눈을 뗄 수가 없었대요. 로맨틱한 이야기죠?"

"매력적인 이야기군요, 부인."

"그해 우린 결혼했고, 지금도 그는 나 몰래 살짝살짝 내 발목을 훔쳐 봐요. 우리 두 사람은 서로에게 반했죠. 내 딸 바바라도 나만큼 남편 운이 좋아야 할 텐데. 정말 아름다운 아이예요. 나를 닮아 피부가 희고 생김새는 고전적이고 머리색도 깜짝 놀랄 만큼 아름다운 갈색이죠. 그런데 그 아이는 남자를 긴장하게 만들죠. 너무 엄격해서 그래요. 처음에 수학을 전공했기 때문에 이야기하는 것이 계수라든지 모두 그런 것뿐이었어요. 소르본느에서 더 공부시키려 1년간 파리에 유학시켰죠. 파리지앵들과 어울리다 보면 수학 이외의 것에도 눈뜨게 되지 않을까 해서요. 그런데 이젠 그리스 인에 푹 빠져 있죠."

"그리스 인이라고요, 부인?"

"기원전 5세기의 그리스 인이요. 오늘 오후에도 루브르 박물관을 안내해 줬어요. 나쁘지 않다고 생각했죠. 대수라든지 제곱근이라는 것과는 다른 것이란 이유만으로도…… 리비와 함께 갔죠. 정말 매력적인 젊은 교수가 와 있을지도 모른다는 다소의 희망을 갖고 부랴부랴 외출했는데, 그건 완전히 내 착각이었어요. 옛날 미술품 밖에 없었어요. 물론 루브르에는 훌륭한 그리스 조각이 있죠. 남성 그 자체를 숨김없이 실물 그대로 전시해 두었으니까요. 실물보다 큰 것도 가끔 있더군요. 리비에게 나쁘지 않겠다고 말했죠. 하지만 웬일인지, 딸 바바라는 그런 조각품이 있는 방에서는 한번도 멈춰서 보지도 않고 지나치는 거예요. 머리 한번 돌려보지 않더군요. 그보다 우리에게 그리스 화병을 보여주고 싶어 했어요. 화병! 우리 딸은 그리스 화병이 제일 좋대요. 난 너무 실망해서 벤치에 주저앉고 말았어요."

"그다지 나쁘지 않은데요, 부인."

"그게 무슨 뜻이죠?"

"화병을 안 보셨어요?"

"엄청 실망했다고 말했잖아요."

"화병에는 작은 남자 그림이 그려져 있어요, 부인."

아레인은 남자의 크기를 집게손가락과 엄지손가락으로 나타내보였다.

"실오라기 하나 걸치지 않았죠. 어쩌면 바바라 양은 작은 남자부터 시작하려는지도 모르죠."

"흐응."

고델은 생각해 보았다. 웃기 시작했다.

"작은 남자. 그거 재미있군."

"저도 그다지 큰 편은 아니고요, 부인."

마제리는 웃었다.

"남자가 크건 작건 상관없지만, 우리 애 남편은 부자이어야만 해."

5

월터가 패트니힐의 집에 돌아왔을 땐, 식사는 이미 차게 식어 버려 먹을 수 없었다. 조리사는 샐러드를 만들어 오겠다고 했다.

리디아는 두 사람의 이야기를 듣고 있다가, 월터가 거실로 들어서자 말했다.

"꽤 오래 걸렸네."

"이거 맘에 들어 할 것 같아서."

월터가 말하며 장미다발을 건넸다.

리디아는 놀라는 모습이었으며 마음이 누그러지는 것 같았다. 월터가 외출한 사이 남편을 두고 가출해 버릴까 하는 생각까지 했었다.

"어디서 났어? 월터."

이 말이 지금의 리디아로선 최고의 감사표시였다.

"옆집 정원에서 얻어온 거 아냐?"

리디아는 꽃다발을 월터에게 돌려주며 말했다.

"실비아에게 화병에 꽂으라고 해 줘. 그 사람들 스크랩북은 돌려줬어?"

"응."

그러나 월터는 스크랩북을 들고 있지 않았다. 리디아는, 스크랩북에 대해 물었을 때 월터의 빈손에 힘이 들어가는 모습을 놓치지 않았다.

"누굴 만났어?"

"연출가들. 극장 바에 아직 있더군."

"그랬겠지. 오디션 때도 진 냄새를 엄청 풍겼었거든."

"당신보고 연기 잘한다고 하더군."

"위선자 같으니라고, 누구나 말은 그렇게 하지."

"당신에게 잘 좀 전해 달래."

"흥."

리디아는 경멸하듯 입술을 일그러뜨렸다.

"이거 실비아에게 주고 올게."

월터는 말했다.

"뭐라 그랬어? 그럼."

"뭐라니?"

"잘 좀 전해 달라고 했다며?"

"당신은 진정한 프로래."

"어떤 팔푼이도 그 정도는 알아 봐."

"그뿐만이 아니었어. 그 사람이 한 말은."

"또 뭐라 했는데?"

"실비아 좀 찾아보고."

거실을 나가면서 월터는 말했다.

"당신 방에 두라고 할까? 마조르카제 토기 화병에 꽂아서 계단에 두는 것도 나쁘지 않고."

"실비아보고 알아서 하라고 하고, 홀 테이블에 두고 와. 그보다 저 스퍼가 뭐랬어? 그 이야기부터 해 봐."

부엌으로 통하는 복도에서 월터가 소리를 높였다.

"버건디 한잔 어때? 샐러드와 같이 먹으면 좋을 거야."

리디아는 짜증스러운 듯 혀를 찼다. 이 남잔 때때로 이야기를 빙빙 둘러대며 얼버무리는 버릇이 있다. 뭔가 진짜로 중요한 할 말이 있는 건지, 아님 스크랩북에 대해 속이려고 저러는 건지 알 수 없다. 월터는 종종 이런 식으로 그녀를 애타게 한다. 내 인생에서 극단이 얼마나 중요한지 잘 알고 있으면서. 그녀는 마약을 하듯 무대에 오른다. 그녀로선 수치스런 일이지만, 지방공연 오디션까지 받았던 건, 그러지 않고서는 도저히 견딜 수 없었기 때문이다.

자라나면서부터——리디아는 부친이 소유하던 6개의 극장 중 한 곳의 대기실에서 태어났다——그녀에게 중요한 것은 모두 무대와 관계한 것이었다. 스무 살이 되기도 전에 프엘, 바리, 쇼와 같은 기라성 같은 극작가를 만나 아델훼이 극장에 출연하기도 했다. 하버트 트리는 앞으로 1, 2년 후면 웨스트 엔드의 관객을 모두 사로잡아 버릴 만큼의 영향력을 갖게 될 것이라고까지 말해 주었다. 그래도 연극 하나만 바라보는 인생은 위험하다는 것을 그녀는 알고 있었다. 무대 밖 현실세계와의 연줄을 이어나가는 것이 그녀 자신의 성격을 봐서도 연기를 위해서도 중요했다. 그녀는 월터와 결혼했고, 아버지 유산 중 일부를 그가 치과의사가 되기 위해 공부하는 데 투자했다. 월터야말로 그녀의 비현실성에 대한 방어막인 것이다. 사람들의 이를 뽑는 남편만큼 현실적인 것은 없다.

월터가 거실로 돌아왔다. 쟁반에는 샐러드와 와인이 든 잔이 두 개 놓여 있었다. 그중 하나를 리디아에게 건네고 리디아 부친이 기도할 때 쓰던 등받이가 높은 팔걸이의자에 앉아 리디아와 마주했다. 리디아는 짜증스러운 듯 치마를 만지작거렸다.

"저 말이야, 당신과 의논하고 싶은 일이 있어."

월터가 말했다.

6

꽃집 문에 '폐점' 푯말이 내걸렸다. 알머는 블라인드를 내리고 현금통에 있던 돈을 금고로 옮겼다. 그녀는 이날 하루의 일을 마무리하고 있었다. 내일 아침 결혼하는 신부가 교회에 가져갈 부케를 만들고 있는 중이었다. 머리 속이 월터 바라노프에 대한 생각으로 가득했기 때문에 부케 만든다는 것도 잊어버릴 뻔했다. 카네이션을 철사 줄로 묶다가 꽃봉오리 하나가 꺾이고 말았다. 알머는 얼른 다른 꽃으로 바꿨다.

알머는 불안한 마음이 아닌 설레는 마음이었다. 월터가 그렇게 갑자기 가게에 찾아와 당황했다. 마치 〈사막의 램프〉에서 스텔라가 조금도 행복하지 않은 신혼여행을 하고 있을 때 사막 캠프촌에 에베라드 몬크가 갑자기 찾아온 것만큼 로맨틱한 사건이었다.

'월터가 대단한 말을 남기고 간 것은 아니지만, 애당초 가게에 찾아왔다는 것 자체가 내가 궁금해 하던 모든 것을 대변해 주는 것이다. 그 사람은 내가 일하는 곳에 일부러 찾아올 정도로 내게 관심이 있는 거야……'

찾아오기 꽤나 번거로웠을 것이다. 그 사람에게 꽃집에 관해선 한번도 이야기한 적이 없었으니까. 간호사가 준 용지에도 내가 일하는 곳에 대해선 쓰지 않았다. 월터는——이미 알머는 마음속에서 그를 이름으로 부르고 있었다——이곳 주소를 수소문해서 나를 찾아온 것이다. 그것도 내가 단 한 번 예약을 지키지 않았을 뿐인데. 나를 원한다는 마음을 이보다 더 분명하게 표현할 수는 없다. 유부남이지만, 그런 건 중요하지 않다. 아내보다 나를 더 원하지 않는가.'

알머는 묘한 감정이 생기면서 재미있기도 하고, 흥분되기도 했다. 소설 속 여자들이 출세하기도 하고, 파멸되기도 하는 원인인 그 무모함에 알머는 사로잡혀 있었다.

'이렇게 된 이상, 운명에 맡기기로 하자. 발랄하며, 활기 넘치고, 열의에 불타는 자세로. 이야기 속 주인공을 형용하는 데 쓰는 이런 눈부신 표현들을 내게 써보는 것이다.

그렇지만 첫 출발은 그저 그랬다. 그 사람이 가게에 들어섰을 때 나는 혀가 굳은 듯 아무 말도 하지 못했다. 자신감을 가져야 했다. 월터의 인생에서 내가 얼마나 중요한지 알게 된 이상 수줍은 여학생처럼 행동할 이유는 없다. 그 사람이 보란 듯이 카운터에 두고 간 저 스크랩북을 가지고 오늘 밤 그의 집을 찾아가고 싶은 강한 충동을 억눌렀다. 내일 오전까지 기다렸다가 치과에 가져 가자.

오늘 밤은 저걸 집으로 가져가서 들여다 보자.'

7

리디아는 버건디 와인을 홀짝거리며 월터의 말에 귀기울였다. 이런 일은 흔하지 않았다. 매일 남의 입 속만 들여다보는 남자가 뭔가 중요한 이야기가 있다니 우선 있을 수 없는 일이지만, 오늘 밤은 예외였다. 리디아는 신경을 집중했다.

"물론 당신도, 나도 현대 연극이 어떤 상황인지 잘 알고 있지."

월터는 샐러드에 소금을 뿌리며 말했다.

"오늘날 재능이란 거의 문제가 안 된다는 것 정도는 혼자 잘난 지방 공연 연출가가 가르쳐 주지 않아도 알아. 최근 수개월 동안 당신이 받은 오디션에서 당신의 문제점이 무엇인지 그걸 생각해 보자구. 매수, 연고, 학벌, 정치, 게다가 섹스야. 난 당신이 연극의 다른 분야에서 당신의 그 멋진 경험을 살리는 편이 훨씬 현명하지 않을까 생각했었어. 적어도 극단이 제정신을 차릴 때까지는 말이야. 그런 생각을 하고 있던 차에 기이한 우연인지 저스퍼도 똑같은 소리 했어."

"뭔가 다른 일을 해 보라는 말이군."

리디아는 침착한 목소리로 말했다.

"그래, 맞아. 생각해 볼 가치는 있다고."

리디아는 웃음 지었다.

"여보, 내 생각도 그래. 이렇게 지내봤자, 내 연극인으로서의 인생이 시들어가기만 할 뿐이니까. 신경도 날카로워지고, 소화도 안 되고, 결국엔 우리 결혼생활도 나빠질 거야. 당신 말대로야. 난, 영국 극단의 오디션은 이제 두 번 다시 보지 않을 거야. 미국으로 갈 거야."

월터는 갑자기 먹는 것을 멈췄다.

"미국이라고?"

"놀랐어?"

"당신 진심이야?"

"그럼. 내 재능을 영화에 바칠 셈이야."

"이게 무슨 소리야!"

"영화도 연극의 한 분야야."

리디아는 자기 말에 더욱 흥분하였다. 월터의 얼굴은 창백해졌다.

"내가 생각했던 것은 그런 게 아니야."

"생각해 봐. 그나마 괜찮은 영화는 미국에서 만들고 있어. 게다가 영화계에선 나 같은 경험 많은 여배우를 필요로 하고, 메어리 픽포드를 봐. 그 여배우, 무대에서 뭐 한 게 있어? 겟슈 자매도 세더바라도 몇백 명에게 알려진 영화 스타지만 그들이 연기에 대해 뭘 알아?"

"무대 연기와 영화 연기는 다르지 않을까? 사라 베르나르도 영화에선 성공하지 못했잖아."

"베르나르는 할머니잖아."

"하지만 영화는 무대 연극과는 전혀 다른 예술이야. 우선 소리가 없잖아. 당신 목소리는 무대에서 많은 것을 표현하는데, 영화에선 돼지 목에 진주 꼴이지. 그 좋은 목소리가 말이야."

리디아는 이전부터 월터가 반대할 것이라 예상하고 있었다. 하지만 월터의 반대의견은 아무런 의미가 없다.

"지금까지보다 몸 동작과 표정을 풍부하게 할 거야. 이미 결심했어, 월터. 아까 전화로 하던 이야기 들었죠? 이 집 팔 생각이야. 배편도 문의해 뒀어. 가능한 빨리 떠나고 싶어."

쟁반을 밀치는 월터의 손이 떨렸다.

"그럼 난 어떻게 되는 거야? 내 치과 말이야."

"어머, 그건 예전부터 분명히 해 뒀잖아. 당신도 함께 갔으면 좋겠어. 그 치과 병원은 팔아치우고, 할리우드에서 새로 시작하면 되잖아. 치아 치료를 원하는 배우가 많이 있을 거야. 클로즈업 촬영이 많으니까."

월터는 자리에서 일어나 창가에 가서 밖을 내다보았다. 심한 충격을 받은 게 역력했다.

리디아도 그 맘을 이해하지 못하는 것은 아니었다. 그녀 자신 또한 오디션에서 번번이 충격을 받아온 터였기에. 최근의 월터는 자기만의 세상에 틀어박혀 나날을 보내고 있었다. 편안한 생활에 안주해 있는 것이다. 치과의사 생활이란 게 보통사람들 눈엔 따분하기 짝이 없어 보이겠지만, 월터는 그 생활을 즐기고 있었고, 더구나 병원은 나날이 번창하고 있었다. 이튼 플레스의 치과의원에 걸맞은 수입을 올리고 있었던 것은 아니지만 앞으로 1년 후면 재정적으로 독립할 수 있을 것 같았다. 그런 것을 포기하고 미국으로 간다는 것은 월터에게 있어 큰 희생을 치르는 일이다

월터의 속마음이 빤히 들여다 보였다. 그는 캘리포니아에서 사는 것은 매우 위험하다더라, 영화사끼리의 폭력이 잦다더라, 부랑자들을 고용해 살인에 이용한다더라, 높은 담으로 둘러싸인 촬영장엔 파수견

을 동반한 무장 경비원이 순찰을 돈다더라, 하는 이야기를 늘어놓기 시작했다.

리디아는 전혀 동요하지 않았다. 회사가 일류 스타의 매니지먼트를 소홀히할 리 없다고 주장했다.

월터는 더욱더 열을 올렸다. 병원 운영을 궤도에 올려놓기 위한 갖은 고생들을 떠올리며, 겨우 단골로 만든 유명인사들이나 그 훌륭한 병원 설비 등을 버린다는 것은 미친 짓이라고 했다.

그러자 리디아가 대답했다.

"병원이 그렇게 중요하다면 당신은 여기 남고, 나 혼자만 그 위험한 캘리포니아에 가면 될 거 아냐."

이때 월터의 눈에 비친 마음을 읽고 덧붙였다.

"나는 이제 한 푼도 도와줄 수 없어."

월터는 리디아의 여배우로서의 경력으로 이야기를 돌렸다. 과연 영국 무대에서의 당신에 대한 평은 이론의 여지가 없을 만큼 확실한 거지만 그 명성이 미국에까지 알려졌는지는 의심스럽다고 말했다.

리디아는 웃어 보였다.

"미안하지만, 당신 생각은 틀렸어. 지금까지 당신에게 숨겨왔던 사실이 있는데 이젠 털어놔도 괜찮겠지. 실은 할리우드에 아는 사람이 있어. 그 사람 이름은 영화계에서 꽤나 알려져 있어. 찰리 채플린이야."

"찰리 채플린이라구? 찰리 채플린을 안단 말이야?"

"전쟁 전부터 알고 있었어. 그 사람이 칼로 극단에 있을 때부터. 찰리와 나는 스트릿젬 엠파이어 극장에서 함께 출연한 적이 있어. 나는 양키 도터 걸즈라는 뮤지컬 단원이었고, 찰리는 〈아무 말도 없는 새〉에서 코믹한 술주정뱅이 역이었어. 그 당시 18살이었지만 여자를 무척 좋아했지. 그 빨간 코에 흰 넥타이와 연미복 차림으로 멍청히 서있는 모습이 얼마나 우스꽝스러웠던지, 우리들은 소리 죽여 웃곤 했어. 어느 날 밤엔 너무 웃어서 미끄러져서 무대에서 엉덩방아를 찧기도 했지. 내 친구 헷티 케리가 찰리에게 윙크를 하자, 그 사람 헷티에게 반해가지곤……. 헷티는 당시 15살밖에 안 됐는데 찰리로부터 프로포즈를 받았지. 알고말고, 찰리라면 잘 알지. 내 스크랩북에 붙여둔 극평이 그 증거야. 가서 가져 와요, 보여줄 테니까."

월터는 주위를 둘러보며 와인을 찾았다.

"한잔 더 어때? 〈소총〉에서의 채플린 참 좋았어. 난 그 영화를 스코틀랜드에서 봤어. 당신도 봤어?"

리디아는 와인 잔에 손을 올려놓았다.

"우선 그 극평을 당신에게 보여주고 싶은데."

"아버지는 미국에 가 계셨지. 당신도 기억하고 있지? 미국에서 사고도 났으니까. 아버지는 찰리를 만나셨을까?"

월터는 말했다.

"월터, 스크랩북은 어떻게 된 거야? 우선 그것부터 말해요."

월터는 헛기침을 했다.

"그게, 실은 분명하지 않아. 틀림없이 받아왔는데 집에 왔을 땐 없었거든."

"무슨 소리야? 그럼 잃어버렸단 말이야?"

"어딘가 두고 왔을 거야. 택시에다 두고 내렸던지……. 정말 미안해, 리디아."

리디아는 의자에서 벌떡 일어났다. 월터를 경멸하듯 쏘아보았다. 그리곤 낮은 목소리로 말했다.

"그 책은 내가 가진 것 중에서 가장 소중한 거야! 아무리 많은 돈과도 바꿀 수 없을 정도로."

리디아는 그대로 거실을 나가 뛰어가더니 월터가 사온 장미를 바닥에 내동댕이쳤다. 2층의 자기 방으로 올라간 리디아는 문을 잠그곤 침대에 쓰러져 하염없이 울었다.

얼마 후 그녀는 담배를 피웠다. 뒷문으로 조리사가 퇴근하는 발소리가 들렸고, 실비아가 자기 다락방으로 올라가는 소리도 들렸다.

가벼운 노크소리와 함께 월터의 목소리가 들렸다.

"아직 안 자지? 리디아."

그녀는 대답하지 않았다. 할 말이 없었다.

월터가 손잡이를 돌려보곤 문이 잠겨 있음을 알아차리는 것을 소리와 기척으로 알 수 있었다.

"리디아, 나야."

그녀는 쌀쌀맞게 말했다.

"저리 가 줘."

"생각났어. 어디다 두고 왔는지. 장미를 보고 생각났어. 장미 산 꽃집에다 두고 왔어. 장미 색깔 고를 때 카운터에 스크랩북을 뒀거든. 밖에 택시를 세워뒀는데 기사가 경적을 울려대며 재촉해서 깜박하고 두고 온 거야. 내일 찾으러 갈게. 그 가게는 리치먼드 역 옆에 있어. 리디아, 듣고 있는 거야? 오전 중에 다녀올게."

"아냐, 됐어."

"왜?"

"당신한테 두 번 다시 부탁하지 않을 거야. 내가 직접 찾으러 갈 거야. 그 가게에 있다면 다행이겠지만."

"하지만 그 가게 여점원은 당신을 모르잖아."

"바보. 그 책엔 내 사진이 가득 붙어 있잖아."

잠시 후 월터는 말했다.

"또 한 가지 말인데……. 미국 가는 거 말이야. 우리 둘 다 좀더 깊이 생각해 보고 다시 이야기하자."

"이야기해 볼 것도 없어. 난 이미 결심했어, 월터. 난 갈 테니까 당신은 맘대로 해."

8

첵샌드 거리의 우유 가게 위층에 있는 한 집에서 포피는 여동생인 로즈와 같은 침대에 자고 있었다. 이 집안 딸들은 모두 꽃 이름을 따서 지었다. 로즈는 7살이며, 새벽에 일어나 우유 배달부들이 말을 짐차에 연결시키는 것을 보러 아래층에 내려가는 것을 좋아했다. 그때만이 포피가 사지를 맘껏 뻗고 침대 한가운데에 누울 수 있었다. 로즈의 활발한 무릎이나 팔꿈치에 방해받지 않고 푹 잘 수 있었다. 일요일 이외는 11시까지 자는 것이 일상이며, 늦잠 자는 것에 아무런 거리낌도 없었다. 혼자벌이로 한 집안을 먹이고 입히는 마당이니 늦잠 정도는 관대할 수밖에 없었다.

월요일인 오늘은 로즈가 담요를 잡아당기는 바람에 잠에서 깨어났다. 아직 9시를 막 지났을 때였다.

"포피 일어나."

"나 좀 그냥 놔 둬."

"밑에서 어떤 남자가 널 만나겠다는데?"

"누구야 도대체?"

투덜거리며 일어나 발을 질질 끌듯이 걸어 계단까지 가서 아래를 내려다 보았다.

"또 그 남자군!"

남자가 보이자 갑자기 몸을 숨기고는 잠옷으로 입는 셔츠의 단추를 채웠다. "무슨 일로 왔어?"

호기심에 가득 찬 눈으로 로즈가 물었다.

"금방 간다고 전해."

포피는 옷을 갈아입으러 갔다. 어제의 사건은 거의 잊고 있었다. 시장에서 포피를 덜미 잡은 정체불명의 남자는 이 '일'에 대해 아무에게도 말하지 말라고 하면서 말하면 큰일 난다는 알 수 없는 주의를 줬다. 포피는 그 일을 완전히 잊기로 하고, 어제 저녁엔 스타우트에서 엉망으로 취했고, 오늘 아침엔 정신이 멍했다. 어찌됐건 간에 저 남자는 이상한 놈이라고 포피는 결론지었다. 그리고 운 좋게 도망쳤다고 생각했다.

그러나 저 남자는 아무 짓도 하지 않았다. 그리고 지금 약속대로 고급 드레스 가게에 그녀를 데려가기 위해 여길 찾아온 것이다.

포피는 로즈에게 소리쳤다.

"홍차라도 갖다 줘."

그리고는 셔츠를 벗고 무얼 입을까 고민했다.

그녀가 내려가자 남자는 아버지 의자에 앉아 있었다. 꽤나 미남형에 큰 눈이 푸르게 빛났고, 갈색 머리카락은 잘 빗어 넘겼다. 포피는 남자의 시선을 받고도 아무렇지도 않았다. 사보이 호텔에서 입었던 것으로 되어 있는 크레프 모로케인천 드레스를 입고 있었기 때문이다. 시장에서 산 중고를 약간 수선했다. 재봉엔 자신이 있었다. 청색이 조금 바래긴 했지만 샀을 때보다 지금이 더 몸에 잘 맞았다.

"그 안에 뭐 입었어?"

역시 이 사람 좀 특이해. 포피는 상대를 매서운 눈초리로 노려보았다. 그녀는 자기 홍차를 따랐다.

"어차피 치수 재는데 그 옷은 벗어야 할 거 아냐. 그래서 물어본 거야."

남자는 설명했다.

포피는 거기까지는 생각 못했다. 방으로 돌아가 속옷을 찾아보았다.

집을 나서자, 택시가 대기하고 있지 않아 실망했다. 택시는 모퉁이를 돌아선 곳에서 기다리고 있었다. 포피가 웃자 뭐가 우습냐고 남자가 물었다. 포피는 마을에서 들었던 '엉뚱한 느림보 핀파넬……'이라는 노래를 불렀다.

남자가 이상한 행동을 하지는 않았다.

"내 이름은 잭이야."

택시는 얼마 안 가 멈췄다. 포피는 밖을 내다 보았다. 그 사이 잭은 그녀의 손에 뭔가를 쥐어 줬다. 라벤더 향 비누였다. 택시가 멈춰선 곳은 올드이트 하이 거리 공중목욕탕 앞이었다.

"정말 맘에 들지 않는군."

포피는 말했지만, 고급 드레스 가게를 생각하며 금방 끝내겠다고 했다.

겨우 본드 거리까지 오자 잭의 선견지명에 감사했다. 아름다운 금박 의자에 앉아 천을 고르는 동안 갖가지의 최고급 천이 눈앞에 펼쳐지는 만족감을 맛본 뒤 치수를 재기 위해 안으로 안내되었다. 잭이 없는 데서는 점원들의 태도가 돌변하지 않을까 했는데, 포피를 마담이라 부르며 입고 온 드레스 벗는 것을 도와주고, 벗은 드레스를 마치 파리의 최신유행 옷을 다루듯 옷걸이에 걸어주었다. 치수를 재는 사람은 3명으로 한 사람은 포피의 용모에 대해 칭찬을 하며 이야기 상대가 되어 주었고, 한 사람은 줄자로 쟀고, 또 한 사람은 치수를 기록했다. 포피는 거의 말을 하지 않았다. 포피가 고른 천은 벌써부터 기대감에 침이 넘어갈 정도로 아름다운 금색 덴신이었다. 재봉사는 수요일 오후에 가봉하러 오라 했다.

금요일 날 드레스는 완성되었다. 이제까지와는 달리 이날 점원들이 한 말은 진심이었다.

"마담, 정말로 아름다워요…… "

흰 종이로 포장한 드레스를 검은색과 은색으로 장식한 상자에 넣고 가게를 나서자 잭이 말했다.

"이번엔 구두와 스타킹을 사자. 그리고 내 아파트로 가지. "

포피는 아직 어렸지만, 단순 소박한 여자는 아니었다. 남자가 여자를 자기 집에 초대한다는 것이 어떤 의미인지 알고 있었다. 전부터 잭의 이러한 환대에 꿍꿍이속이 있을 거라는 건 예상하고 있었다. 그럼에도 드레스가 든 상자를 안고 잭과 나란히 리젠트 거리를 걸으면서 그의 집에 가는 것도 나쁘지 않을 거라 생각했다. 나를 보고 헤픈 여자라고 할 수 있는 사람은 없다.

게다가 잭도 꽤나 멋진 남자였다.

잭이 포피를 데려간 곳은 하이드 공원이 내려다 보이는 조지아 왕조풍의 맨션이었다. 벽은 흰색과 은색의 벽지. 중국산 옻나무 상자와 페르시아 양탄자. 난로 옆에는 킹 차일즈 스패니얼 개를 끌어안은 여자가 서 있었다. 겉보기에도 우아한 여자였다.

"포피, 이쪽은 케이트야. "

잭이 말했다.

"나의 아름다운 아내. "

그는 생글생글 웃고 있었다.

"당신이 그 유명한 소매치기군요. "

케이트의 목소리는 겉모습과는 어울리지 않았다.

"전혀 소매치기답지 않은데 ? "

"그러니까 딱 좋지. "

잭이 말했다. 손에는 데칸터(유리 술병)를 들고 있었다.

"진과 함께 뭘 마시고 싶나 ? 포피 ? "

"스트레이트로 줘. 고마워. "

"그건 안 돼."

케이트가 단호하게 말했다.

"토닉과 함께 마시라고 해요, 잭."

포피가 잔을 받아 마시자 재채기가 나왔다.

"이래 가지고선 상류층 사람으로 통할 수 없겠는걸. 그게 당신들이 노리는 바라 해도 말이야."

"아냐. 지금 그대로 아주 훌륭해."

잭이 말했다. 이어서 케이트에게 덧붙였다.

"저 드레스를 입으면 천하 최고지."

케이트가 보고 싶다고 해서 포피는 상자에서 드레스를 꺼내 몸에 대어 보았다.

"아주 대담한 드레스인데?"

케이트가 평했다.

"포피 당신이 직접 골랐어?"

포피는 이 질문을 무시했다. 케이트의 질투심이 느껴졌지만, 그건 포피도 이해할 수 있었다. 드레스를 상자에 다시 넣고 포피는 말했다.

"나를 뭐에 이용하려는지 알려 줘야지?"

"지금 알려 줄게."

잭이 대답했다.

"한 장 골라봐."

잭은 카드를 완전무결한 부채 모양으로 펼쳐 쥐고 있었다.

포피는 한 장을 골랐다.

"뭔지 말할까?"

잭이 끄덕였다.

"하트 7이야."

잭은 카드를 모아서 섞었다.

"여기다 둬."

포피는 잭이 하트 7의 카드 위에 다른 몇 장의 카드를 올려놓는 것을 보았다. 잭은 몇 번이나 카드를 섞었다.

"자, 이래도 네가 고른 카드를 알 수 있겠어?"

"맨 위 것."

잭이 고개를 저었다.

"속았어."

케이트가 말했다.

"그 안엔 없거든."

포피는 카드 전부를 들고 하트 7을 찾아보았다. 천천히 넘겨 보았지만 찾는 카드는 없었다.

"멋진 마술인군. 그럼, 당신 마술사야?"

"아니야."

잭은 카드를 들고 다시 부채모양으로 폈다.

"아무거나 골라봐."

포피가 고른 카드를 보자 하트 7이었다.

"놀라운데!"

"이 사람 왼손을 봤으면 됐는데."

케이트는 싫증난다는 듯 말했다.

"손바닥에 숨기고 있거든."

"자, 봐."

잭이 말하면서 유리 테이블에 5장씩 2조의 카드로 나누었다.

"네 것을 봐 봐."

포피의 카드는 클럽 8, 9, 10, 11, 12였다.

"네게 스트레이트 플러시를 줬지. 그럼 내 쪽은 뭘까? 누가 이기

든 지든 간에 뭘 걸겠어? 저 새 드레스? 그건 관두는 게 좋아. 내 쪽은 로열 플러시니까."

이렇게 말하곤 잭이 카드를 뒤집자, 다이아몬드 에이스와 킹, 퀸 그리고 잭과 10이 펼쳐졌다.

"난 마술사가 아냐. 물론 마술도 몇 가지 할 줄 알지. 하지만 사람들을 즐겁게 해주기 위해서 하는 게 아냐. 난 카드로 먹고 살지. 케이트도 마찬가지야. 카드를 자유자재로 다룰 수 있으면 엄청난 돈벌이가 되지."

"안 돼, 안 된다고."

난처해진 포피는 말했다.

"왜 그래?"

"내 도움을 받으려고 저 드레스를 사준 거지?"

"그래."

"잭, 잘못 짚었어. 난 아니야. 난 내 목숨을 지키기 위한 거라도 카드는 할 줄 모른단 말이야!"

9

아침이 되자 리치먼드 역 옆에 있는 꽃집에선 작은 폭력 사건이 있었다. 비취색 비로드 모자에 주름 잡힌 검은색 코트를 입은 부인이 개점한 지 5분 후에 찾아왔다. 알머는 진열창에 장식할 꽃을 고르고 있었으며, 들어온 사람을 보고 리디아 바라노프라는 걸 알아봤다. 사진을 봤기 때문이다. 윈저 왕립극장에서 트릴비 역을 했을 때의 처녀 같은 부드러움도, 〈하버 라이트〉에서의 트라 빈의 그 연약함도 리디아의 얼굴에선 찾아볼 수 없었지만 그래도 우아한 이목구비, 자신만만한 표정은 그대로이며, 배우임을 한눈에 알아볼 수 있었다.

어제 저녁 잠자리에서 알머는 스크랩북을 찬찬히 볼 수 있었다. 결혼식 날의 월터나 군복을 차려입은 월터의 젊은 시절 사진을 보고 싶었던 기대는 무너졌다. 스크랩북의 내용은 모두 리디아의 배우로서의 기록으로 더군다나 전쟁 전의 것이 대부분이었다. 알머는 오늘 아침 쇼핑백에 스크랩북을 넣고 비가 올 경우를 대비해 목도리까지 씌워 가게에 가져왔다. 쇼핑백은 알머 뒤편의 정리장에 놓여 있었다.

알머는 손님, 특히 여자 손님들의 예의 없는 태도엔 익숙해져 있었다. 손님들에게 알머는 그저 여점원일 뿐인 것이다. 꽃향기를 맡으며 돌아보지도 않고 가격을 묻는 것이 손님이라는 것을 알머는 알고 있었다. 다른 손님을 상대하고 있는 동안, 장갑 낀 손으로 카운터를 톡톡 치는 것, 자신이 직접 고른 꽃에도 불평을 하며 이것저것 교환을 요구하는 것이 바로 손님인 것이다. 그러나 리디아 바라노프는 예외였다.

알머는 스크랩북을 점심시간에 치과로 가져가려 했다. 직접 월터에게 건네주고 싶었다.

그랬기 때문에 리디아가 갑자기 불쑥 찾아와 스크랩북을 돌려달라고 하자 순간 멈칫했다.

"무슨 책 말씀이세요, 부인?"

"나한테 거만 떨지 마."

"죄송합니다만 전 이전에 만나 뵌 기억이 없는데요?"

리디아는 마치 백치에게 말하듯이 말했다.

"내 남편 바라노프가 어젯밤 여기 두고 갔잖아."

알머는 이쯤에서 돌려줘야겠다고 마음먹고 스크랩북을 가져오려고 몸을 돌렸다. 그러나 왜 그 스크랩북이 그녀의 쇼핑백에 들어 있는지 설명해야 한다고 생각하는 순간 가슴이 두근거렸다. 바라노프 씨 치과에 가져다드릴 생각으로 쇼핑백에 넣어둔 겁니다, 라고 말하려는 순간 리디아가 알머의 팔을 힘껏 잡아챘다.

"저 안에 뭐가 들었는데? 도대체 왜 저 쇼핑백에 내 스크랩북이 들어 있는 거야?"

리디아는 대답을 듣지도 않고 알머의 손에서 쇼핑백을 빼앗아 스크랩북을 꺼내더니 쇼핑백과 목도리를 집어던져 버렸다. 진열창에 놓여 있던 글라디올러스가 쇼핑백에 맞아 화병은 쓰러지고 바닥엔 물이 흘렀다. 리디아는 그런 것에 전혀 개의치 않고, 화병을 주우러 카운터를 돌아 나온 알머의 목덜미를 잡아 카운터로 밀어붙였다.

"네가 뭔 짓을 했는지 뻔히 다 알아. 어젯밤 집에 가져가서 다 뒤져봤지? 그건 프라이버시 침해야. 지저분해."

그렇게 말하면서 알머의 뺨을 세게 후려갈겼다.

꽃집 주인인 맥스웰 부인이 나온 10시 15분쯤에는 글라디올러스 화병은 진열창의 원 위치에 다시 정리되어 있었고, 바닥도 대걸레로 깨끗이 닦여 있었다. 맥스웰 부인은 알머를 칭찬했다. 아침 중으로 물걸레질을 잠깐만 하면 하루 종일 가게가 깔끔하다며, 청소는 언제나 한 보람이 있는 것이라고 말했다. 이때 알머의 얼굴을 본 여주인은 뺨이 빨간 것을 알았다. 맥스웰 부인은 알머가 수줍음을 타서 얼굴이 빨개진 거라고 멋대로 생각했다. 한마디 칭찬이 종업원에겐 최고의 보너스라는 것이 이 여주인의 신조였다.

알머는 아무 말도 하지 않았다. 리디아 바라노프와 있었던 일은 절대 입 밖에 내지 않겠다고 다짐했다. 굴욕감을 느끼고, 맞기까지 했지만, 다른 사람의 동정 같은 건 필요치 않았으며, 알머는 불쾌하다고만은 할 수 없는 감정이었다. 피가 뺨으로 쏠리고 모세혈관이 팽창되어 쓰린 듯한 통증도 알 수 없는 쾌감에 의해 점차 완화되어 갔다. 알머는 리디아가 남편의 사랑을 잃고 자포자기한 상태라고 결론지었다.

가게에 손님이 없을 때 안쪽 방에서 화분이나 화환을 꾸며야 했다.

정오 무렵엔 호랑가시나무의 잔가지를 철사 줄로 묶어 장례식 때 쓸 십자가를 만들고 있었다. 그때 귀에 익은 목소리가 들렸다. 가게에서 월터 바라노프가 맥스웰 부인과 이야기를 하고 있는 것이었다.

알머는 가슴 두근거리며 기다렸다.

맥스웰 부인이 문으로 얼굴을 내밀더니 남자 분이 개인적인 용무로 만나고 싶어한다고 알머에게 말했다.

믿어지지 않게도, 그로부터 몇 분 후 알머는 햇볕이 따스하게 내리쬐는 리치먼드 공원을 월터와 나란히 걷고 있었다. 알머는 꿈이 아님을 확인하기 위해 평상시 늘 보아오던 것들에게 시선을 주었다. 크리켓 경기장에 모여 있는 비둘기, 느릅나무 수풀, 극장의 푸른 원형 지붕, 조지 왕조풍의 높은 건물들 사이로 난 골목길, 그러한 것들을 바라보며 꿈이 아닌 현실임을 자신에게 확인시켰다.

월터는 매우 걱정스러워 하는 목소리에, 뺨과 목 근육은 굳어 있었다. 평상시에 각이 진 어깨도 왠지 처져 보이는 등 긴장한 모습이 역력했다. 그럼에도 월터는 품위를 잃지 않았으며, 자신이 저지르지도 않은 잘못을 빌어야 하는 부담을 갖고 있어 그 모습이 오히려 알머에겐 충분히 매력적으로 보였다.

"정신없이 달려왔습니다."

그는 말했다.

"리디아가 병원에 전화를 걸어서 알았습니다. 당신을 때렸다고 하던데 정말입니까?"

알머는 가능한 냉정하게 답했다.

"많이 혼란스러우셨나 봐요. 제 쇼핑백에 스크랩북이 들어 있는 것을 보셨거든요. 제가 그걸 집에 가져가서 봤다고 생각하셨을 거예요, 틀림없이……"

"그야 그랬겠지만, 당신 뺨을 때리다니, 그러면 안 되는 건데…

…. "

월터는 알머를 향해 걱정스러운 얼굴로 알머의 팔을 왼손으로 어루만지듯했다.

"괜찮으셨어요?"

"괜찮습니다. 아픈 것보다 많이 놀랐지요. 너무 당황해서……. "

"옷을 더럽히거나 하진 않았나요? 물을 쏟았다고 하는 것 같던데."

"아뇨, 그런 피해는 없었어요. 그리고 그 일 아무에게도 말하지 않았어요. "

"감사합니다. 정말 뭐라 해야 할지……. 웹스터 양, 어떻게 하면 보답할 수 있을지. "

기개 있고 여자다운, 갑작스런 천진함으로 알머는 이렇게 말했다.

"알머라고 하셔도 돼요. "

월터가 반쯤 고개를 돌린 순간 두 사람의 시선이 마주쳤다. 월터는 많이 놀란 듯했으며 지금까지의 경직된 태도는 순간 무너졌다. 호감을 느낀 것이 분명했다. 다시금 마음을 바로잡으려는 듯 재빨리 두 손을 모았다.

"저, 알머 양……. 오늘과 같은 사건이 왜 일어났는지 해명을 하고 싶은데, 적어도 그 정도는 허락해 주셨으면 합니다. "

"그럴 필요 없어요. "

"아뇨, 꼭 말씀드리고 싶습니다. 저녁 식사라도 함께하고 싶습니다. 내일 밤 어떠세요? 리치먼드 힐에 프랑스 요리를 아주 잘하는 곳이 있습니다. 조용한 곳이죠. 그곳이라면 편하게 이야기할 수 있습니다. "

알머의 심장은 미친 듯이 뛰기 시작했다. 그럼에도 겨우 평정을 잃지 않고 대답할 수 있었다.

"좋아요."

알머가 집 주소를 알려주자, 월터는 데리러 오겠다고 약속했다. 순간 월터의 눈은 반짝였으며 태도도 많이 부드러워졌다. 그는 모자의 챙을 조금 올리더니 역을 향해 가벼운 걸음으로 걷기 시작했다.

알머는 그대로 공원을 산책하며 흥분된 마음으로 이전에 활자로밖에 읽은 적이 없는 뭐라 표현할 수 없는 기쁨에 젖어들었다. 뺨 한 대 맞은 보상으로는 훌륭하다고 생각했다. 사랑하는 남자로부터 저녁 식사 초대를 받은 것이다. 그가 유부남이라는 것도 그녀의 승리를 더욱 빛나게 할 뿐이었다. 그녀는 전혀 부끄러운 짓 따윈 하지 않았다. 앞으로 일이 어떻게 전개되든지 그건 리디아가 무례를 범한 대가로 지불해야 할 보상인 것이다.

콧노래를 부르며 알머는 듀크 거리에 있는 미용실에 가서 예약을 했다. 그녀가 가게로 돌아오자, 맥스웰 부인은 자기 가게 점원이 중년 남자와 만나는 것을 탐탁지 않게 생각한다고 말했다. 알머는 두 번 다시 그런 일 없을 거라고 시치미를 뗐다.

10

다음 날 저녁 7시 반, 월터가 집에 찾아왔다. 알머는 시간제 가정부 브리젯에게 월터 씨를 맞기까진 퇴근하지 말라고 일러두었다. 화장대 앞에 앉아 있자, 아래층에서 목소리가 들려왔다. 알머는 목에 향수를 뿌리고는 일어서서 황갈색 크레이프천 가운을 고쳐 입고 진한 호박색 비즈 목걸이를 매만졌다. 준비가 다 되었다. 알머는 오늘 밤이야말로 일생에서 가장 중요한 때라고 생각했으나, 평정을 유지하며 자제하려고 노력했다. 그녀는 자신의 침착하고 우아한 태도에 월터가 자기를 다시 볼 것이라 믿었다.

외투를 걸치고 중요한 손님을 맞으러 계단을 내려갔다. 브리젯이

색이 진한 드라이 쉐리를 월터에게 따르고 있었다. 월터는 고지식한 표정의 긴장한 자세였다. 알머의 모습을 보자 한 발 다가와 머리를 숙이고는 '웹스터 양'이라고 알머를 불렀다. 오늘 밤엔 그의 옅은 청록색 눈이 여느 때보다 짙어보였다. 흰 넥타이에 야회복 차림은 피아니스트나 외교관이라 해도 손색이 없을 듯했다. 금으로 된 커프스 버튼에는 루비가 하나씩 박혀 있었다.

저녁은 리치먼드 힐에서 50미터가량 떨어진 곳에 있는 블랙 그레이프라는 가게에 자리가 예약되어 있었다. 매일 아침 알머가 그 가게 앞을 지날 때는 언제나 셔터가 내려져 있었고, 저녁 무렵 퇴근길에 지날 때는 테이블마다 촛불이 켜지고, 은으로 된 양념병과 수련꽃 모양으로 접은 붉은 색 냅킨이 보이곤 했다. 그녀가 실제 들어와 본 것은 처음이었다.

두 사람은 벽 쪽 자리로 안내되어, 들어가 앉을 수 있도록 테이블이 조금 당겨졌다. 종업원이 테이블을 원위치에 놓고 두 사람의 다리가 테이블 밑으로 들어가자, 알머는 마치 침대에 뉘어주는 것 같다는 엉뚱한 생각을 했다. 메뉴판이 각각 건네졌다. 불어를 알면서도 월터가 메뉴에 대해 설명하는 것을 듣고 있었다. 월터는 종업원에게 이름을 물어본 뒤, '알머 웹스터 양과 월터 바라노프가 오늘 밤 이 레스토랑에서 식사한다고 주방장에게 전하라'고 했다.

"이곳 사람들은 저를 모릅니다."

알머는 종업원이 주문을 전하기 위해 가자 낮은 목소리로 말했다.

"앞으로는 알게 되겠지요."

월터는 낮지 않은 목소리로 말했다.

"저에 대해서도 모릅니다만, 앞으론 알아야 합니다. 그 점이 일류 서비스와 보통 서비스와의 차이점이죠. 그것보다 알머 양 당신의 세심한 마음씀씀이에 감사해야겠군요."

알머는 무슨 뜻이냐는 듯 쳐다보았다.

"무슨 말씀이신지?"

월터는 냉정한 표정으로 말했다.

"아가씨, 조금 전 충분히 메뉴를 알아보실 수 있으시면서, 저에게 설명하게 해주셨죠? 부정하지는 마세요."

알머는 잘못을 들킨 어린아이처럼 얼굴을 붉혔다. 월터의 노련한 태도가 마음에 들었다. 〈독수리의 삶〉의 한 장면 같았다.

"왜 그렇게 생각하셨죠?"

"생각한 게 아닙니다. 당신의 눈을 보고 알았죠. 전쟁 전 저는 뮤직홀에서 독심술로 겨우 생계를 유지했습니다. 독심술의 9할이 속임수지만, 훈련을 계속하다 보면 어느 정도까지는 사람을 잘 관찰만 하면 맞출 수 있습니다. 예를 들어 누군가가 우리들에 대해 이야기하고 있다는 것을 아시겠어요?"

"네?"

종업원이 와서 알머의 뒤에서 말했다.

"지배인이 잘 부탁드린다고 전하랍니다, 바라노프 씨. 동반하신 숙녀 분께 샴페인을 한 잔 올리고 싶답니다."

"기꺼이 받겠어요."

월터가 말했다.

"지배인에게 고맙다고 전해 줘요."

그리곤 알머를 향해 말했다.

"봐요. 제 말이 맞죠?"

"대단한데요?"

"아까 이 말을 하려 했어요. 사람의 눈을 잘 보고 어떻게 반응하는지 관찰해서 내가 뭔가 하려는 말을 예상하고 있었는지를 간파하면 그 사람이 말하지 않으려 했던 것까지 알 수 있죠."

알머는 웃었다.

"앞으로 조심해야겠는데요?"

"걱정하실 정도는 아닙니다. 별 대단한 것을 알 수 있는 것은 아니니까요. 만약 알 수 있다면 지금쯤 포커로 인생이 달라졌겠죠."

"어떻게 해서 독심술사가 되셨어요?"

"균형 감각이 전혀 없었거든요. 부친처럼 줄타기를 잘 하지 못했죠. 외발 자전거도 못 타고 마술도 못하고 칼 던지기도 못하고. 아시겠지만 뮤직홀의 예술인들은 원칙적으로 자식들도 무대에 올라야 합니다. 기술 이외의 것을 배울 기회는 별로 없지요. 저는 8살 때 마술사의 화분 역을 했죠."

"화분 역이라뇨?"

월터의 눈이 반짝였다.

"제라늄을 말하는 게 아닙니다. 화분이란 일종의 속임수죠. 관객인 듯이 객석에 앉아 있다가 마술사를 돕는 역할입니다. 상의 안쪽에 토끼 한 마리와 비둘기 두 마리를 숨기고 꼼짝 않고 앉아 있다는 건 어린 사내아이로선 여간 힘든 일이 아니에요. 2년 정도 그런 일을 계속하다가, 나이가 들어 독심술사의 제자가 되었죠. 물론 그때도 화분 역이었지만."

"하지만 역시 제라늄은 아니었던 거죠?"

"오히려 물망초에 가까웠죠."

월터는 알머의 웃음에 답하듯 웃음 지으며 말했다.

"이전보다 제 적성에 맞는 일이어서 충분히 기술을 익혀 17살 때 직접 독심술 쇼를 하게 되었죠. 희대의 천리안, 독심술사 월터 바라노프였던 거죠."

"굉장한데요."

"제 기술이 말 그대로 그랬으면 좋았을 텐데 고백하건대 무대에선 그다지 잘 안 되더군요. 관객 앞에만 서면 상태가 이상해졌어요. 긴장한 건 아니고, 오히려 그 반대로 지나치게 자신만만해서 잘 안 됐거든요. 정해진 대사 대신 즉흥적인 애드리브를 지껄여서 그 때문에 쇼에서 빠뜨려서는 안 될 중요한 트릭 연기를 빠뜨리곤 했지요. 출연하기 전에 긴장하는 사람이 뛰어난 기술을 보여주죠. 그런데 저는 그게 잘 안 되더군요."

"하지만 실제로는 지금 말씀하시는 것보단 훨씬 잘하셨죠?"

"아니요. 정말 끔찍했어요. 몇 년이나 그 일을 계속했는데 그건 모두 부친의 부탁을 들어준 뮤직홀의 지배인들 덕분이었습니다. 리디아를 만난 것도 그 때문이었고요. 아시겠지만 리디아 부친은 스트릿젬 엠파이어 극장의 소유주였죠. 그 당시 리디아는 배우로서 어느 극장과도 계약한 상태가 아니었기 때문에 기분전환 삼아 제 조수로 출연한 건데 일주일 만에 쇼를 완전히 변신시켜 줬어요. 엄청난 히트였죠."

월터의 눈이 반짝였다. 옛 추억에 웃음 지으며 연신 고개를 가로저었다.

알머는 갑자기 질투심이 났지만 억눌렀다.

"어떻게 쇼를 변신시켰죠?"

"드라마가 필요하다며 객석에 앉아 내 능력을 의심하는 척 했지요. 저 기술은 속임수라고요. 리디아가 객석에서 일어나 의기양양하게 통로로 무대에 걸어올라와 제 기술의 속임수를 밝히고자 했을 때 관객들의 박수갈채는 대단했죠. 처음에 제가 리디아에 대한 투시능력을 시험하다가 실패하자 관객들은 모두 일어나 리디아에게 성원을 보냈어요. 그런데 다음에 한 기술은 성공했고, 장내는 쥐 죽은 듯이 고요해졌습니다. 대단한 드라마였죠. 리디아의 반응은 아주 그럴듯해서 최고의 드라마에 걸맞은 연기였죠. 리디아가 믿을 수 없다는 표정으로 객석에서 일어서기만 해도 저는 연기에 집중해서 유종의 미를 거둘 수 있었어요. 마지막엔 장내가 떠나갈 듯한 탄성이 터지곤 했죠."

"그래서 결혼하셨어요?"

월터는 갑자기 꿈에서 깨어나 현실로 돌아왔다.

"일이 많았어요."

알머는 내심 느끼고 있는 지나친 관심이 표출되지 않도록 조심하면서 월터의 다음 말을 기다렸다.

"스트릿젬 엠파이어 극장에서 리디아와 일주일간 공동 출연한 뒤 저희는 헤어졌습니다."

월터가 말을 이었다.

"리디아에겐 본격적인 연극 일이 있었으니까요. 그래서 저는 리디아 없이 해야 하는 시시한 독심술 쇼를 계속 했죠. 정말 내키지 않았지만, 어쨌든 생활비는 벌어야 했고, 달리 할 줄 아는 것이 없었어요. 저와 달리 리디아는 부친이 돌아가시면서 남기신 상당한 재산을 물려받았죠. 극장이 4개, 뮤직홀이 2개. 리디아는 배우로서 매우 바빴고, 경영까지는 미처 신경을 쓸 수 없었지만, 그래도 그럭저럭 이끌어 나가더군요. 그러다가 리디아가 저를 떠올렸고 우리는 캔터베리 성당에서 결혼했지요."

월터는 웃었다.

"제 쇼가 정말 시시했나 봐요. 리디아의 설득에 넘어가 쇼를 그만두고 결혼했죠. 그로부터 리디아가 준 돈으로 치과 의사가 되기 위해 공부했습니다. 이 세상엔 독심술사보단 치과의사가 더 필요하다고 리디아는 말했었죠."

알머는 참지 못하고 말했다.

"이런 말씀드리는 건 실례인 줄은 압니다만, 그럼 마치 두 분의 결혼이 거래 같지 않나요?"

월터는 어린 송아지 로스고기에 후추를 뿌렸다.

"네, 맞습니다. 그야말로 거래였죠."

두 사람 사이에 침묵이 흘렀다. 알머는 더 이상의 질문은 하지 않았지만, 마음만은 앞으로 내달렸다.

겨우 월터가 입을 열었다.

"리디아의 돈이 탐나서 결혼했다고 생각하시겠죠?"

"그렇지 않습니다."

알머의 얼굴이 빨개졌다.

"분명 서로 사랑하고 계실 텐데……."

"사랑이라고요? 저는 종종 궁금해져요. 사랑이란 뭘까 하고요."

"마술 같은 게 아닐까요? 사람을 압도하는 힘, 그게 바로 사랑이 아닐는지."

"전 마술이 서툴러서."

"틀림없이 사랑임을 알 수 있지요, 사랑이 싹트면."

"그럼, 아마도 저는 리디아를 사랑한 적이 한 번도 없었나 봐요."

월터의 웃는 얼굴만으로는 솔직히 마음을 털어놓은 말인지 그렇지 않은지 분명히 알 수는 없었다.

"두 분 아름다워요."

알머가 말했다.

"게다가 강한 생명력이 느껴져요."

"당신은 정말로 마음이 넓은 분이시군요. 리디아에게 그런 일을 당하고도 그렇게 말씀해 주시다니."

"냉정하게 보면 부인께서 화를 내시는 것도 당연하죠. 제 쇼핑백에 그 스크랩북이 들어 있는 것을 보셨으니까요. 제가 집에 가져가서 봤을 거라고 생각하셨을 거예요, 틀림없이."

말을 잠시 중단한 뒤 말을 이었다.

"실은 그랬어요. 그 안에 당신에 관한 것도 있는가 해서……."

월터가 못 들었는지 이 말을 무시했다.

"리디아는 오래전부터 스트레스가 심했어요. 1914년부터 지금까지 주역을 맡지 못했어요. 오디션은 받았지만, 주역은 모두 경험도 없는 어린 배우에게 빼앗겼죠. 덕분에 저까지 맘이 편치 않아요."

"어째서요?"

"리디아가 하는 일은 자꾸 어려워지는데 제 쪽은 상승세를 타고 있으니까요. 리디아가 지금의 일을 권해 주었고, 교육비도 전부 부담해 줬고, 설비도 마련해 줘서 이튼 플레스에 병원을 개업할 수 있었거든요. 병원의 설비들도 아직 리디아가 할부금을 내주고 있어요. 보통 많은 비용이 든 게 아니거든요."

"잘 된다고 해서 자신을 책망해서는 안 되죠."

알머는 충동적으로 말했다.

"당신은 리디아 씨의 기대를 저버리지 않은 거예요. 당신이 성공하기를 부인도 바랐을 테니까요."

"네, 그건 맞습니다."

월터의 목소리는 한없이 부드러웠다.

알머는 어떤 일이 있더라도 평정심을 잃지 않겠다고 다짐했던 것을 기억했다.

"그렇다면 왜 그런 불편함을 느끼시죠?"

월터는 알머를 향해 고개를 돌려 정면으로 쳐다보았다.

"당신은 정말로 마음이 너그러우시군요. 저는 아직 그녀가 가게에서 당신을 때린 이유를 정확히 설명하지 않았는데. 저와 그녀는 그 전날 밤 부부싸움을 했죠. 별다른 것은 아니었고요. 리디아는 여러 가지 실망스런 일들이 계속되면 저에게 화를 풀곤 해요. 평상시엔

저도 잘 참았는데 그날 밤은 너무나 놀라운 이야기를 꺼내서 저도 당황했지요. 영국 연극계에 심한 환멸을 느껴서 미국으로 건너가 여배우가 되겠다고 하지 않겠습니까!"

알머의 심장이 심하게 뛰기 시작했다.

"진심이신가요?"

"네, 그런 것 같아요. 벌써 배편을 알아봤다니까요. 그녀는 예전에 찰리 채플린과 공연한 일이 있는데 찰리 채플린은 미국에서 유나이티드 아티스트라는 회사를 설립했어요. 메어리 픽포드나 더글러스 훼어뱅크스와 함께요. 리디아는 채플린이 자기를 기억하고 있고, 영화배우로 이름을 떨치게 해 줄 거라 굳게 믿고 있어요."

"부인께서는 정말 엉뚱하시군요. 당신은 어떠세요? 어떻게 하면 되는 거죠?"

월터는 어깨를 움츠렸다.

"리디아는 제 생각은 조금도 안 해줘요. 미국에서 새로운 인생을 시작한다는 생각에 사로잡혀 있거든요. 리디아로선 미국행이 7년 동안의 마음의 상처에 종지부를 찍는 것과 같거든요. 저도 함께 가는 걸로 굳게 믿고 있어요."

"하지만 당신에겐 치과가……."

"지금의 병원은 팔아치우고 미국에서 새로 시작하면 되지 않냐고 하더군요."

"미국식 무통 치아 치료를?"

월터는 깜짝 놀란 듯 알머를 보았다.

"제가 그런 말을 했던가요? 네, 맞아요. 저는 미국 생활이 막막하기만 해요."

"부인께 그에 대해 말씀하셨어요?"

"했죠. 그런데 그녀는 제가 함께 가든 여기 남든 상관없는 것 같아요, 저희 부부는 이전에 별거했던 적이 있어요. 치과공부를 위해 학교에 다니고 있을 때와 전쟁 중에요. 저희 경우는 일반적인 결혼 생활과는 달랐죠. 하지만 모든 것이 리디아 덕분이라고 생각했고 그에 대한 보답으로 저는 항상 그녀의 버팀목이 되어주고자 노력했어요. 그저 동정심으로 그녀의 이야기를 들어주는 것뿐이었지만요. 하지만 이번엔 이야기를 듣고 기가 막혀 할 말을 잃었어요. 게다가 한술 더 떠 그녀가 그렇게 소중히 여기는 스크랩북을 잃어버리기까지 하고. 나중에 어디다 두고 왔는지 생각났지만, 이미 리디아는 화가 머리끝까지 나서 2층으로 올라간 뒤였어요. 그 모든 것이 죄송스럽게도 당신에게 돌아온 거죠, 다음날 아침이 되어."

알머는 웃음 지었다.

"그래서 본인 탓이라고……."

"그렇습니다."

월터의 해명이 끝나고 이어 두 사람은 꽃집이라든지, 정원, 좋아하는 산책로 등에 관한 이야기를 했다. 종업원이 와서 테이블을 정리했다. 치즈와 비스킷을 먹고 커피를 마셨다. 월터는 식사 비용을 지불하고 팁도 넉넉히 주었다. 지배인이 알머에게 붉은 장미를 가져왔다. 그것을 우아하게 받아든 알머는 월터와 살며시 눈을 맞추었다. 밖에 나가서, 알머는 그 장미가 자신이 일하고 있는 가게에서 조달하는 것임을 확인했다.

월터는 그곳에서부터 가까운 알머의 집까지 배웅했다. 현관문 앞에서 알머는 인사를 하고 당장 미국으로 떠나지 않기를 바란다고 말했다. 어째서냐고 묻는 월터의 질문에 아직 치아 치료가 끝나지 않았지 않으냐고 가볍게 응수했다. 그러자 월터는 부드럽게 미소 지어 눈가의 주름으로 고마운 마음을 드러냈다. 너무나 편한 마음으로 저녁 한때를 보내서 영혼이 맑아진 기분이라고 월터는 말했다. 미국행은 아직 결정하지 않았다는 뜻이었다.

월터가 말하는 동안 알머는 그를 가만히 바라보았다. 하룻밤의 대화로 그녀는 이 사람에 대해 많은 것을 알 수 있었다. 그의 침착함은 사람들의 눈을 속이기 위한 것이었다. 이 사람은 악전고투하고 있었다. 태어나 어릴 때부터 환경 때문에 자유로울 수 없었으며 그럼에도 조용히 모든 것을 포기하고 견뎌 온 것이다. 아버지 뜻에 따르려 기질적으로 맞지도 않는 뮤직홀 무대에 청춘을 바쳤고, 사랑 없는 결혼 생활도 새로운 직업을 위해 견뎠으나, 이번엔 욕구불만으로 인해 괴로움에 몸서리치는 부인이 이 사람의 일과 마음의 평안과 자존심을 짓밟으려는 것이다. 이 사람에겐 도움이 필요하다. 이 사람은 필사적으로 도움을 원하고 있다.

알머는 월터에 대해 지금껏 경험하지 못한 깊은 사랑을 느꼈다. '가까운 시일 내에 이 마음을 전해야지. 하지만 아직은 때가 아니다.'

우선은 월터가 독심술사로의 실력을 발휘해 알머와 다시 만날 기회를 만들어 주기만 하면 된다.

"아까 당신이 이야기한 그 산책로……."

월터가 말했다.

"리치먼드 공원의 해오라기 숲으로 가는 길 말인데…… 이번 일요일에 걸어 보고 싶어요. 그곳 농원 이름이 뭐였죠?"

"시드마스예요."

알머는 약간 주저하는 모습을 보여야 한다는 정도의 분별력은 있었다.

"괜찮으시다면 안내해 드릴게요. 몇 시에 가실 건데요?"

어느 때건 문제되지 않았다. 알머는 반드시 그 시간에 약속 장소에 갈 것이다.

맑게 갠 여름날 파리 칼튼 호텔의 아침 식사는 테라스에 준비된다. 따스한 햇살, 살랑거리는 바람, 그리고 커피 향은 마제리 리빙스턴 고델의 로맨틱한 정서를 부채질하기에 충분했다. 그뿐만이 아니다. 오늘 아침엔 특별한 충동이 그녀의 마음속에 일고 있었다.

"리비, 나의 사랑."

하얀 금속 테이블을 향해 벌써 앉아 있는 남편을 향해 마제리는 호들갑스럽게 말했다.

"정말 놀라운 이야기를 들었어."

리빙스턴 고델은 파리의 아침 식사와 뭔가 맞지 않았다. 식욕이 만족할 만큼 갓 구운 롤빵을 먹으면 소화불량이 된다. 그렇다고 그레이프후르츠와 조리한 식사를 주문하면 음식이 나오기까지 너무 오래 걸려 점심 식사 때까지 소화가 안 된다. 그는 지금 그의 아내에게 눈길조차 주지 않고 말했다.

"앉기 전에 저 멍청한 종업원에게 물어봐. 내 베이컨과 키드니는 어떻게 됐는지. 주문한 지 족히 20분은 지났어."

리빙스턴 고델 부인은 종업원에게 빨리 달라고 손짓했다. 리비는 종업원을 재촉할 것 같은 남자로는 보이지 않게 너무나 기분 좋은 듯이 앉아 있었다. 키가 작고 뚱뚱한 그는 몇 년 전에 시카고에서 구입한 싸구려 린넨 재킷을 입고 있었다. 군데군데 흰머리가 보이는 황갈색 머리는 흔한 동네아저씨 헤어스타일이었다. 눈썹은 색이 진하지도 않은 데다 숱도 없는 편이라 누가 봐도 온순한 사람으로 보였다. 프랑스 인 종업원도 세상 사람들도, 마제리 리빙스턴 고델만을 제외하곤 그의 신체 중 드러나지 않는 부분에 엄청난 문신이 새겨져 있음을 아는 이는 없었다.

종업원은 대답 대신 끄덕였으나, 뭐라고 알아들었는지는 알 수 없었다. 리빙스턴 고델 부인은 자리에 앉았다.

"당신, 내 뉴스 듣고 싶지 않아?"

"갤러리 라파이엣에서 세일하던데."

"어머! 정말?"

마제리는 자기가 모르는 일을 남편이 아는 경우도 있나 싶어 남편의 회색 눈을 들여다보았다.

"당신 정말 이럴 거야? 거짓말이지? 내 뉴스는 100퍼센트 믿을 수 있는 거야. 우선 들어봐. 또 마사지 받으려고 카운터 다녀오는 길에 운좋게도 호텔 보이들이 수레로 짐 옮기는 것을 봤어. 네다섯 개 정도 되는 굉장히 큰 트렁크와 그밖에 작은 짐들도 몇 개 있었어. 당신 내 성격 알잖아. 그 짐의 꼬리표를 살짝 봤지. 믿어지지 않겠지만, 그 짐, 폴 웨스터필드 2세 거였어!"

"그래?"

리비는 순간 아무 말도 못했다.

"내 베이컨과 키드니는 어떻게 된 거야. 뭘 꾸물거리는 거야."

"당신, 내가 지금 폴 웨스터필드 2세라고 했어!"

"그런 이름 들어본 적도 없어."

"실은 그가 뉴욕에서 일등 사윗감 중 하나야. 부친이 엄청난 부자인데 건축가고, 허드슨 강을 사이에 두고 우리 집 반대편 뉴저지에 그 멋진 목조주택을 지은 사람이야."

리빙스턴 고델 부인은 눈을 감고 한숨지었다.

"이 시기에 폴 청년이 이 호텔에 묵다니, 하늘이 도우셨어. 바바라는 대학을 졸업해서 시간도 있으니 폴에게 파리를 안내해 줄 수 있잖아. 바바라, 파리에 대해 잘 알더라고. 우리 애에겐 다시없는 기회야. 당신도 22살에 난생 처음 파리 여행을 한다면 여기저기 안내해 주는 귀여운 미국 여자애에게 고마워할걸."

리비는 고개를 저었다.

"그 따위 일 잊어버려. 그 남자가 파리에 온 것은 고대 그리스에 관한 특별강의를 듣고 루브르 박물관을 견학하기 위해서가 아니니까. 게다가 이번 주말에 우리는 영국으로 갈 거야. 사보이 호텔이라면 마음에 드는 아침 식사를 먹을 수 있을 거야. 확실한 정보야."

리빙스턴 고델 부인은 입술을 삐죽거리며 혼잣말로 중얼거렸다. 리비는 여자들이 중요하게 생각하는 문제에 무신경하다.

"바바라는 알아서 잘 하고 있는데?"

리비가 말했다.

"그게 무슨 소리야?"

"오른쪽을 봐."

"어머!"

리빙스턴 고델 부인은 중얼거렸다.

바바라가 크림색의 조끼까지 갖춘 정장을 입은, 키가 아주 크고 늘씬한 매우 이지적인 젊은 남자와 손을 잡고 테라스를 가로질러 이쪽으로 걸어오고, 있었다. 그 남자와 나란히 있으니, 폭이 좁은 스커트 차림의 바바라가 촌스러워 보였다. 하지만 그녀의 눈은 엄마인 마제리가 이제껏 보지 못한, 밝게 빛나는 눈을 하고 있었다.

"엄마, 아버지."

그녀가 불렀다.

"대학친구 폴 웨스터필드를 소개할게요. 놀랍게도 로비에서 폴을 만났어요. 대학에서 같은 수학과였거든요. 정말 놀랍죠?"

"웨스터필드 씨를 알고 있었니?"

리빙스턴 고델 부인은 낮게 중얼거렸다.

"우리 엄마가 하는 말 신경쓰지 마."

바바라가 웨스터필드에게 말했다.

"엄마는 50세 이하, 내 500미터 반경 내에 들어온 남자는 누구든 사위 후보라고 생각하셔. 당신 같은 괴물과 함께 손을 잡고 수학교실에서 걸어나올 바엔 내가 차라리 죽어 버리는 편이 낫다고 생각하는 걸 우리 엄만 몰라. 이쪽은 아버지 리비, 의붓아버지야. 정확히 말하자면 두 번째 아빠야."

"파리엔 무슨 일로 왔어요?"

리비가 폴에게 물었다.

"그냥 명소들을 좀 구경해 볼까 해서요. 실은 런던 가는 길에 들른 거예요. 버트런드 러셀 박사가 A.N. 화이트헤드와 저술한 책 때문에 러셀 박사를 인터뷰해야 하거든요."

"〈수학 원리〉 말이야."

바바라가 말했다.

"그래서 파리에 들러 소르본느 대학의 수학 교수진들을 만나 보는 것도 나쁘지 않을 것 같아서요."

"교수라면 바바라가 얼마든지 소개시켜 드릴 수 있을 텐데."

리빙스턴 고델 부인은 들뜬 목소리로 끼어들었다.

"엄마, 잊지 마. 내 전공은 미술이에요. 게다가 내 소개 같은 거 필요 없어요. 폴은 순열과 이항식 이론 논문으로 전 세계에 알려졌거든요. 난 교실에서 폴 뒤에 앉아 양말에 구멍 난 거나 찾아서 알려주면 되는 정도의 동급생이었으니까요."

폴 웨스터필드는 소리 내어 웃다가 기침을 하곤 얼굴이 빨개졌다. 세 가지를 한꺼번에 한 것이다.

"그런 거라고요."

바바라는 말했다.

"오래 잡아둬서 미안해. 그렇게 우연히 만나다니, 정말 즐거웠어."

"나도 즐거웠어."

폴이 말했다.

"그럼 실례하겠습니다."

그리곤 그는 가 버렸다.

"오늘 하루 어떻게 보낼지 누구 좋은 생각 없어요?"

바바라는 경쾌한 목소리로 말했다.

12

알머는 월터를 설득해서 리디아와의 미국행을 막을 수 있다고 믿어 의심치 않았다. 월터가 자기한테 반할 거라는 확신이 있었다. 알머는 에셀 M. 델의 소설에서부터 진실한 사랑은 어떠한 난관도 극복할 수 있다는 것을 배웠다. 두 사람의 나이 차이도 알머에겐 문제가 되지 않았으며 월터가 유부남이라는 것도 양심의 가책이 되지 않았다. 월터는 리디아와 사랑해서 결혼한 것이 아니었다. 리디아가 미국행을 위해 월터를 버리는 이상 월터에겐 다른 여자의 사랑을 받아들일 권리가 있는 것이다. '그는 틀림없이 나와의 사랑에 빠져 이제까지는 몰랐던 행복한 생활을 하게 될 거야. 사랑의 최고의 차원, 두 사람의 마음이 조화를 이룬 상태. 그 사람이 나에게 키스하는 순간 분명 천상의 음악소리가 들릴 거야.'

알머가 일요일 날 리치먼드 공원 해오라기 숲까지 산책할 때 천상의 음악소리가 울려퍼질 거라 기대하는 것은 조금 이른 감이 있지만, 그렇다고 절대 울리지 않을 거라고 볼 수도 없다. 조용한 산책로를 걸으며 두 사람이 서로의 인생에 대해 좀더 솔직하게 이야기하며 서서히 공통점을 찾아낼 것이다. 희망이라든지 불안, 좋아하는 것, 싫어하는 것, 때로는 두 사람의 공통점 등도 알게 될 것이다.

그런데 일요일 날의 산책에 대한 알머의 기대는 빗나갔다. 월터는 친밀한 대화를 원하지 않았다. 그가 한 이야기는 치아 관리에 대해서 였다. 마치 알머가 가장 알고 싶어 하는 것이 치아에 관해서인 양 월터는 치아 구조에 대해 설명했고, 적어도 하루에 2번은 이를 닦아야 한다며 어떤 칫솔을 써야 하는지 하나하나 이름을 들어가며, 일반적인 연마제라면 괜찮지만 테르펜($C_{10}H_{16}O$)을 함유한 연마제는 치아의 에나멜층에 손상을 준다며 좋지 않다고 설명했다. 산성계 가글액이나 철분이 많은 토닉제는 정제가 아닌 한 사용하지 말라고 주의까지 줬다.

월터로선 자기 전문분야에 관한 지식으로 알머에게 감동을 주고 싶었는지는 몰라도 그건 전혀 아니었다. 알머는 왠지 무시당하는 듯한 기분이 들었다. 이런 이야기를 듣기 위해 일부러 리치먼드 공원까지 나온 건 아니었다. 월터가 장황하게 늘어놓는 동안 알머는 왜 그가 이런 이야기밖에 해주지 않는지 그 이유를 알고 싶었다. 분명 이 사람은 자기 양심과 싸우고 있는 것이다. 친밀한 관계로까지 발전시킬 만한 이야기는 일부러 피하고 있는 것이 틀림없다. 내심 정열이 이끄는 대로 행동했을 때의 결과가 본인도 불안한 것이다.

알머는 거의 아무 말도 하지 않았다. 월터에게서 개인적인 이야기를 이끌어낼 수 없었다.

그러나 산책이 거의 끝나가는 리치먼드 문까지 돌아왔을 때 월터는 지금까지와 다름없이 사무적인 어투로 말했다.

"저 오늘 정말 재미없는 산책 친구였지요? 계단식으로 된 테라스 정원을 지나면 강이 있는 거 아세요? 한 시간 정도 보트를 빌리죠. 치아 이야기는 더 이상 하지 않겠다고 약속할게요."

알머는 급경사를 내려갈 때 월터의 팔을 잡았다.

월터의 태도가 변했다. 강가로 가자 공기가 차가워져서, 월터는 윗옷을 벗어 알머의 어깨에 걸쳐 주었다.

월터는 노를 잘 다루지 못했다. 몇 번인가 알머에게 물을 튀기고는 미안해했다. 알머는 웃었다. 그만큼 신경써 주는 것이 기뻐서 젖어도 괜찮다고 했다. 그건 진심이었다.

"전에 보트를 탄 것은 벌써 6년 전 일이에요."

월터는 말했다.

"그때는 노 젓는 사람이 70명이나 있었기 때문에 별 연습이 되지 못했죠."

"배 한 척에 70명이나?"

알머는 웃으며 물었다.

"도대체 뭘 하셨던 거예요?"

월터도 웃음 지었다.

"살아남기 위해서요. 실은 웃을 일이 아니었죠. 루시타니아 호의 생존자거든요, 제가."

"어뢰를 맞고 침몰한 그 배 말씀이세요? 그 루시타니아 호에 타고 계셨던 거예요?"

"아버지와 함께요."

월터가 말했다.

"미국에서 아버지를 영국으로 모셔 오기 위해 특별휴가를 받아 갔을 때였어요."

"명인 바라노프라 불리던 아버님 말씀이시군요."

"예전의 명인이라고 말하는 게 더 정확한 표현이죠. 1915년엔 이미 아버지가 늙으셔서 공연을 못하셨어요. 줄타기용 와이어에서 떨어져 다리가 부러지셨거든요. 투지력이 굉장하신 분이라, 루시타니아 호가 침몰하기 전날 밤에는 선장에게 항의하는 무리들 중 선두에 서서 U보트의 공격에 대한 예비조치가 이루어지고 있는 이유를 승객에게 알리지 않는 것에 항의했을 정도니까요. 아버지는 항상 분쟁거리를 찾으셨죠. 저와는 다르셨어요. 저는 가능한 한 분쟁거리는 피해 가자는 주의니까요."

"아버지께선 돌아가셨나요?"

"아뇨, 구조되셨어요. 엉덩이까지 깁스를 하고 한 시간 이상 물에 계셨었는데 구명보트에 구조되셨어요. 우리 둘 다요."

"아버님이 가라앉지 않도록 당신이 애쓰셨겠네요. 당신은 스스로가 말씀하시는 것보다 훨씬 용감하세요. 아버님을 구하셨잖아요."

"그야 그렇지만, 그때 구조되지 않으셨더라면 하는 생각도 듭니다. 아버지는 그 일로 한쪽 다리를 못 쓰게 되셨고 다시는 일하실 수 없었죠. 결국 그로부터 반년 후 목을 매셨어요. 예전에 그 위를 걸어 다니셨던 와이어로 목을 매고 돌아가셨죠."

"그럴 수가!"

"네, 비극적인 일이죠."

월터는 고개를 떨구었다.

얼마동안 두 사람은 말이 없었다. 월터는 트위캔햄 방면으로 천천히 노를 저어 이윽고 강의 흐름이 섬 때문에 두 갈래로 나뉘는 곳까지 왔다. 좁아진 강 쪽 위에는 구름다리가 걸려 있었다.

"잠깐 쉬었다 갈 수 있는 곳이 있네요."

월터는 강기슭으로 다가갔다. 쇠로 된 고리에 밧줄을 매고 노를 배 안에 올려놓았다.

"그쪽 자리에 한 사람 더 앉을 수 있을까요?"

알머의 가슴이 뛰기 시작했다. 지금까지는 줄곧 실망스러웠기 때문에 뭐라 할 수 없을 정도로 기분이 좋았다. 수줍은 듯 웃음 지으며 옆으로 비키면서 말했다

"물론이죠. 윗옷을 입는 편이 좋겠어요. 곧 추워질 테니까."

월터는 버드나무 가지를 잡고 앞으로 걸어와 알머 옆에 앉았다.

"따뜻한데요? 제 손을 만져 보세요."

갑자기 알머는 앞으로의 몇 분 동안에 절망의 끝에서 황홀지경으로 오를 것이란 걸 알았다. 두 손으로 월터의 손을 잡고, 그 크기를 손으로 느끼며, 손끝으로 가는 솜털을 쓰다듬었다. 그대로 언제까지나 놓지 않았다.

"구명보트에 타고 있던 사람들은 당신이 함께 있어서 좋았을 거예요."

"어째서요?"

"당신은 그들에게 큰 의지가 되고 자신감을 주었을 거예요. 당신이 내심 어떻게 생각하시든, 당신은 더 없이 인정이 많으신 분이라서 다른 사람들에게도 큰 힘을 주지요."

"그래서 당신에게도 힘이 되었나요?"

놀랐다는 듯 월터가 물었다.

알머는 가만히 월터의 눈을 바라보았다.

"큰 힘이 되었죠. 시간이 지날수록 자신감이 붙어요."

월터는 이런 대화의 결과가 어떤 것일지 불안한 모습으로 미간을 약간 찌푸렸지만, 이내 웃음 지으며 말했다.

"자신감이라뇨? 뭐에 대한?"

알머는 주저했다. 지금까지 이런 순간을 상상했을 때, 상대방에게 키스해도 좋다는 말을 해야 할 필요가 생길 것이라곤 꿈에도 생각지 못했었다. 어쨌든 알머는 충동적으로 말했다.

"지금 이 순간 제가 눈을 감으면 실망하는 일은 없을 거라는 자신감."

말이 끝나자마자 눈을 감아 버린 건 다른 무엇보다도 그녀 자신의 대담함에 놀랐기 때문이었다. 그녀가 이렇게까지 했는데도 이 사람은 아직도 몸을 사릴지 모른다는 생각에 억울한 마음이 들었다. 그것은 너무나도 선명하며 끔찍한 생각이었기 때문에 자기도 모르게 월터의 손을 잡아당겨 몸의 균형을 잃고 월터에게 쓰러지고 말았다.

두 사람의 얼굴이 정면으로 부딪쳤다. 월터의 까슬까슬한 콧수염이 느껴졌다. 눈은 그대로 꼭 감고 있었다.

월터의 목소리가 들렸다.

"아프지 않으셨어요?"

알머는 눈을 떴다.

"아뇨, 하지만, 왠지 제가 바보 같은 짓을 했다는 생각이 들어서……."

울고 싶은 심정이었다.

월터는 알머의 마음을 알아주는 듯했다.

"바보 같은 짓 안 하셔도 돼요. 그럴 필요 없으니까요. 우리 두 사람은 서로를 놀래키기만 하네요. 그저 그런 것뿐이에요. 머리를 뒤로 젖히고 편하게 있어요. 가만히 있어요. 조금도 움직이지 말고."

알머는 치과 치료용 의자에 앉았을 때처럼 했다.

월터는 얼굴을 가까이했고 순간 두 사람의 입술이 가볍게 닿았다. 외간남자와 입맞춤한 건 이번이 처음이었다. 머리 속에서 음악이 울려 퍼지지도, 유성이 떨어지지도 않았지만 표현할 수 없을 만큼 만족스러웠다.

"자, 다시 노를 저어 돌아갑시다."

월터가 말했다.

알머는 헤어질 때 지난 번 저녁 식사에 대한 답례로 이번엔 제가 집으로 저녁 식사를 초대하고 싶다고 말했다. 월터는 초대에 응했으며, 그날 밤이 아닌 이틀 후 화요일 날 찾아오겠다고 했다.

혼자가 된 알머는 버드나무 아래에서 조금 전의 키스를 몇 번이나 회상했다. 그건 그에게 어떤 의미일까. 결혼한 남자가 아내하고만 주

고받아야 할 쾌락임을 그 순간 그는 잊은 것이다. 그의 침착한 태도
엔 죄악감과 정열이 숨겨져 있었을까? 아니면 나에 대한 동정심에서
내가 무안해하지 않도록 키스해 준 것일까.

《발프레의 바위》의 그 무엇에도 동요하지 않는 주인공 트레버 모든
트가 생각났다. 트레버는 월터와 비슷하게도 감정을 숨기고 초연한
태도로 일관하며 카리스마가 느껴지면서도 진실성이 있고 의지가 되
며 너그럽기까지 한 것이다. 이상하게도 그 책을 읽을 때는 트레버에
호감을 갖지 못했는데, 지금은 그 트레버의 매력을 알 수 있었다.

13

화요일엔 키스를 하지 않았다. 대화, 오직 열정적이며 진실된 대화
만이 있을 뿐이었다. 알머는 이야기를 나누는 것이 키스보다 서로의
관계를 더욱 긴밀하게 할 수 있다는 것을 알았다. 마음을 터놓고 이
야기함으로써 월터는 자기 결혼생활의 위기로 알머를 끌어들이고 있
었다. 리디아는 아직도 미국행을 진지하게 생각하고 있다는 이야기였
다.

"리디아는 그 문제에 대해 이야기하는 것을 꺼려."

월터는 말했다.

"미국행을 위해 일을 진행시키고 있어. 채플린에게 편지를 써서 자
신의 미국행을 알리기도 하고, 여러 사람들에게 집도 보이고…….
집 내놨다는 이야기는 했지요? 장식품들은 가져 가기 힘드니까 친
구나 주변사람들에게 나눠주고, 여행용 의류도 잔뜩 사들이고 있어
요."

"배표를 벌써 샀어요?"

"집이 팔리는 대로 선실을 예약하기로 되어 있어요. 리디아 말에
의하면 부동산업자들을 통해 2군데 정도에서 사겠다는 사람이 나

섰다고 하고."

그리고는 잠깐 머뭇거리다가 말을 이었다.

"게다가 치과 병원 설비 등도 매각하기 시작했다고 그러더군요."

알머는 식사 준비를 하고 있던 사이드보드에서 월터 쪽을 돌아보았다.

"월터, 그건 말도 안 돼요. 당신이 이제껏 애써서 이룩한 것을 쉽게 포기할 수 있을 거라고 부인은 생각하나요?"

"그렇게 생각하지요."

월터는 말했다.

알머는 월터의 목소리에서 포기하는 듯한 느낌을 읽을 수 있었다.

"치과의사 권리를 팔아 버리다니, 정말 그럴 생각은 아니죠?"

알머는 마음속 불안감을 숨기지 않고 말했다. 그리고 마음을 진정시키기 위해 식사를 준비하는 것에 집중하려 했다.

월터는 감정 없는 어투로 말했다.

"싫다고 할 수 없는 입장이에요. 알머, 난 정말 이 문제로 많이 고민했어요. 리디아의 돈이 없으면 병원도 유지할 수 없어요. 내가 환자들에게 청구하는 금액만으론 세도 낼 수 없고 먹고 살 수도 없어요. 앞으로 몇 년 후면 달라지겠지만, 지금은 아직 힘들어."

"좀더 권리금이 싼 병원을 구할 수는 없나요?"

"일단 이렇다 할 자금이 없기 때문에 도저히 불가능해요."

알머는 어찌할 바를 몰랐다. 이 사람이 나를 두고 떠난다는 것이다. 그녀는 왈칵 솟는 눈물을 삼키며 말했다.

"하지만 미국으로 간다는 것은 아무리 생각해 봐도 아니에요."

월터도 끄덕였다.

"나도 알아요, 알머. 말도 안 되는 일이지. 지금 가지고 있는 것 모두를 걸어야 하니까요."

그럼에도 이 사람은 리디아에게 무조건 항복해 버린 것이다! 어째서 한번 싸워 보려고도 하지 않는 것일까? 뭔가 방법이 있을 거라는 걸 알려 줘야 했다.

"월터, 요전날 밤 말했었죠? 리디아와 결혼한 것은 거래였다고."

"맞아요."

그는 시무룩한 표정으로 끄덕였다.

"그 대가를 지금부터 지불해야 하는 거지요."

"부인을 이런 방법으로 설득하는 건 어떨까요? 당신이 여기서 병원을 계속하고 있으면 미국에서 일이 마음먹은 대로 되지 않았을 때 부인께서 돌아올 곳이 있으니 그편이 훨씬 합리적이며, 현명한 일이라고."

"당신 말이 정말 맞는 말인데, 리디아는 미국에서의 실패는 생각도 하지 않으려 해요."

알머는 쉽게 물러서지 않았다.

"당신이 나중에 뒤따라 가겠다고 하면, 혼자서 먼저 가지 않겠어요? 집을 팔고, 병원 권리를 팔고, 해야 할 일이 산적해 있잖아요."

월터는 그런 일련의 일들을 처리해 주는 변호사가 있다고 했다. 그러나 알머는 물러서지 않았다. 두 사람은 전에 없이 이야기에 열중한 나머지, 월터가 알머의 요리를 칭찬한 것은 오리 요리를 모두 먹고 난 뒤였다. 월터는 리디아를 설득할 수 있을지 자신할 수 없었다. 그러나 리디아가 할리우드에서 유명해지기까지 자기는 영국에 남아 있는 편이 어떻겠냐고 물어보는 것엔 일단 찬성했다.

이에 대해 리디아가 뭐라 하든 그 결과를 알려주기 위해 금요일 낮, 리치먼드 공원에서 알머와 만날 약속을 했다.

"지금은 누구나 생활하기 힘든 때지요."

월터는 모자를 눌러쓰며 말했다.

"내 문제에 당신까지 끌어들여 미안해요."

"저는 당신과 함께 고민을 나누고 싶어요."

알머는 말했다.

월터가 가고나자 재떨이 속에 그가 피우다 만 시가를 보았다. 그날 밤 알머는 침실에서 그 시가에 불을 붙이고 월터가 마치 옆에 있는 듯한 상상에 빠졌다.

알머에게 문득 그럴듯한 해결책이 떠올랐다. 비도덕적이며 위험한 것으로 최후의 수단이었다. 아침이 되면 전혀 쓸모없이 느껴질 것이다. 그러나 검토에 검토를 거듭하여 한 단계씩 계획을 세워 나가다 보니 왠지 실행 가능한 명안이라는 생각도 들기 시작했다.

14

금요일 월터가 전해준 소식은 우려했던 것 이상이었다. 집을 사고 자 하는 사람이 나타나서 리디아는 보름 후에 사우샘프턴을 출항하는 모리타니아 호의 2인용 일등선실을 예약했다는 것이다.

"2인용이라뇨?"

알머는 말했다.

"부인께선 당신이 함께 떠날 거라고 생각하시나요?"

월터는 왼손을 살며시 알머의 손 위에 올려놓았다. 떨고 있었다.

"당신은 나에게 참 잘해 줬어요."

"떠나시는군요? 그렇죠?"

월터는 끄덕였다.

"달리 방법이 없어요. 리디아의 변호사가 모든 일처리를 하고 있어 요. 내 병원의 권리를 매각하는 일까지도."

"하지만 그건 당신 권한이잖아요."

"이제껏 병원을 키운 건 나지만, 법률적으로 리디아 소유예요. 그녀가 설비비를 지불해 줬을 때 내가 서류에 서명해 버렸거든요. 그녀가 나를 소유한 셈이죠."

"그런 소리 하지 말아요."

알머는 월터의 가슴에 얼굴을 묻고 힘껏 껴안은 채 온몸을 떨며 흐느꼈다.

그날 알머는 꽃집의 오후 근무를 포기했으며, 월터 또한 병원에 연락해서 환자와의 예약을 취소시켰다. 두 사람은 트위캔햄을 향해 강가 길을 걸었다. 마블 힐 공원에서 뿌리 뽑힌 나무 옆의 한적한 곳을 찾아내, 월터는 나무에 기대어 앉아 알머의 머리와 어깨를 감싸 안았다. 두 사람은 한참 동안 이야기를 나누었다. 미국행은 틀림없이 실패할 것이며, 채플린도, 할리우드의 그 누구도 리디아를 상대해 주지 않을 것이며, 돈도 오래 가지는 못할 것이고, 미국에서 병원을 개업하는 일조차 어려울 게 분명하다고 월터도 인정했다. 리디아는 모든 것이 잘 안 풀리는 것에 화를 낼 것이며, 증오심만 더해질 것이다……

"그런데도 이야길 들으려 하질 않아요."

월터는 말했다.

"내가 하는 말은 모두 리디아의 예술가로서의 소질에 대한 비난이라고 받아들여요. 무슨 일이 있더라도 운명적인 자기 길을 가겠다고 우겨요."

"그럼, 역시 가겠군요. 당신이 함께 가든 안 가든."

"네."

알머는 사랑하는 남자를 위해 투쟁하고 있었다. 투쟁 상대는 자신의 배우로서의 삶만을 생각하는 리디아가 아니다. 월터의 숙명론적인 태도야말로 적이었다. 월터에게 자신에게도 선택의 자유는 있다는 것을 납득시켜야 했다.

"루시타니아 호에서 구조된 지 얼마 안 돼서, 아버님께서 자살하셨다는 이야기를 하시면서 아버님께서 그때 목숨을 건지셨던 게 아무 소용없는 일이었다는 듯이 말씀하셨죠?"

"정말로 그랬거든. 차라리 물에 빠져 돌아가신 편이 나았어."

"미국행은 목숨을 내던지는 일이 아닐까요?"

"남아 봐야 일도 없고, 집도 없고, 도저히 살 수 없어요."

"저랑 살면 되잖아요."

"뭐라고?"

그의 표정에 순간 낭패를 본 듯한 놀라움이 스치고 지나갔다.

"아니, 그건 무리야. 도저히 있을 수 없어."

알머는 하고자 하는 말과는 다르게 신념에 가득 찬 눈으로 상대방을 쳐다보았다.

"월터, 당신을 사랑해요."

알머의 손을 잡고 있던 월터의 손에 힘이 들어갔다. 눈을 감고 말했다.

"우려했던 대로요. 역시 그랬군."

"우려했던 대로라뇨?"

"알머, 난 내 멋대로였어요. 당신의 친절함을 이용해 동정을 얻으려 했어요. 당신은 내가 문제를 직시할 수 있도록 힘을 주었어요. 하지만 여기까지야. 그 이유는 우리 두 사람이 너무 잘 알고 있어요. 그렇지요?"

알머는 지금까지 수없이 책에서 읽은 이런 장면에 한숨지으며 눈물을 흘렸으나, 막상 이런 일이 현실이 되자 로맨틱한 기분보다 집착하는 자신을 느낄 뿐이었다. 요지부동의 완고함. 알머는 자세를 바로하고, 월터를 정면으로 바라보며 말했다.

"나를 사랑한다고 말해줄 거라곤 생각지 않았어요. 난 28살인데 아직도 남자 경험이 없어요. 하지만 지금 내가 이야기하고자 하는 것이 무엇인지는 잘 알아요. 제정신이 아닌 리디아가 당신의 인생을 망치는 것을 보고만 있을 순 없어요."

월터는 고개를 저었다.

"그러다가 당신의 인생까지 망치게 돼요. 사실 지금 알머의 말에 완전히 압도되었지만, 그래도 난 당신보다 스무 살이나 나이가 많은 유부남인 데다 빈털터리예요. 세상 사람들이 뭐라 손가락질할지 생각해 봐요."

두 사람은 걸어온 길을 다시 돌아가기 시작했지만, 알머는 리치먼드 다리를 건너 언덕 위에 있는 집에 이르기까지 줄곧 자기 주장을 꺾지 않았다. 월터 또한 부드럽지만 단호하게 자기 생각을 꺾지 않았다. 현관 앞에서 알머는 잠깐 들어오지 않겠느냐고 물었다.

"안 돼."

월터는 낮은 목소리로 답했다.

"지금 여기서 헤어져야 해요. 서로에 대한 위엄을 잃지 말고."

알머는 월터의 눈이 젖어 있음을 보았지만, 이 불행하며 소극적인 남자가 생각하는 것이 무엇인지는 추측하는 수밖에 달리 방법이 없었다.

알머는 혹시나 하면서 물었다.

"이제 더 이상 만나면 안 되나요?"

월터는 고개를 끄덕였다. 그리곤 키스했다.

알머는 월터의 입술에 강하게 입맞춤하며 언제까지나 떨어지지 않으려 했다. 월터는 알머의 얼굴에 손을 대고 살며시 밀었다.

알머는 말했다.

"난 그 여자를 죽일 수 있어요."

월터는 희미하게 인상을 쓰며 알머를 쳐다보았다. 그리고는 찡그리던 표정이 사라졌다. 알머의 눈에는 '그래, 알았어'라고 말하는 듯이 보였다. 또다시 얼굴을 찡그리며 월터는 고개를 저었다.

"당신을 잊는 일 따윈 절대 없을 거야."

월터는 말했다.

알머는 손을 내밀었지만, 월터는 이미 몸을 돌려 빠른 걸음으로 언덕을 내려가고 있었다.

15

리빙스턴 고델과 그 일가는 토요일, 런던의 사보이 호텔에 도착하였다. 마제리는 마사지를 마찰이라고 말하는, 핫 스파즈라는 풋볼 팀 선수들 어깨를 풀어주는 남자의 마사지를 받았다. 덕분에 피부가 전에 없이 욱신거렸으나, 밤이 되자 사보이 올팬 악단의 반주로 연주가 끝날 때까지 춤을 추었으며, 그 후에는 리비를 설득하여 리젠트 거리에 있는 실버 스릿바 클럽에 가서 오전 3시가 넘도록 유리 바닥 위에서 춤을 췄다. 그 결과 리비는 일요일 아침, 푸짐한 영국식 아침 식사를 날리고 말았다. 마제리는 그런 리비를 진정시키기 위해 런던에 공연중인 쇼 중 가장 새로운 〈공동낙천주의자〉라는 공연의 표를 구입했다.

"이번 주 금요일 밤 2층석 맨 앞줄 좌석을 3개 예약했어요."

마제리는 월요일 날 말했다.

"코러스걸도 나오고."

마제리는 딸 바바라에게 윙크해 보이며 물었다.

"기데온이란 테너가 출연한대요. 아주 목소리가 매끄러운 가수죠."

"엄마, 무정하다 하겠지만, 난 빠졌으면 해요. 엄마만 괜찮다면."

바바라는 테이블 냅킨을 세게 비틀면서 말했다.

"그래? 여보, 리비, 이 애한테 해 줄 말 없어요?"

리비는 〈데일리 메일〉지에서 눈을 떼지 않았다. 영국 신문을 매우 좋아했다.

"난 할 말 있어요."

마제리는 말했다.

"내가 하고 싶은 말은, 지금의 너처럼 행동하다간 인생이 네 옆을 스쳐지나간다는 거야. 네 머리 속엔 대수라든지, 구닥다리 꽃병으로 가득해서 세상사에 대해선 도통 아는 게 없지. 그야 너는 〈공동 낙천주의자〉 같은 건 재미없겠지만, 그래도 가서 그걸 봐 두면 화제 거리가 되잖니. 네가 그 뮤지컬에 대해 이야기하는 것을 듣고 싶어하는 영국 청년이 있을지도 모르잖아. 비록 네가 혹독하게 비판한다 하더라도, 아니면 이번 금요일에 뭐 좋은 일이라도 있는가 보지?"

"실은 그래."

바바라가 말했다.

"도대체 그게 뭔데?"

"버트런드 러셀의 철학 강연이 있어"

"세상에! 이번엔 철학이니?"

"아니야. 철학에 심취해 있는 것은 폴 웨스터필드야. 같이 가자고 해서."

리비는 신문 너머로 두 사람에게 말했다.

"녀석 꽤 괜찮군."

16

리디아는 빵 한쪽을 들고 버터를 바르기 시작했다.

"오늘 병원에 가게 되면 간호사한테 앞으로 일주일만 나오면 된다고 말해 둬요. 병원 권리 처분했어요."

리디아는 눈을 떼지도 않고 말했다. 이 이야기를 월요일 아침까지 꺼내지 않은 것은 주말에 싸우고 싶지 않아서였다. 월터는 병원일이라면 감당할 수 없을 정도로 집착하는 모습을 보였다.

"뭐라고? 어떻게 했다고?"

설마 하는 마음에 언성이 높아졌다.

"치과 권리를 팔았다고. 그 문제라면 이미 이야기 끝났잖아. 기억 안 나? 에드워드라는 사람에게 넘어갔어. 사이먼 에드워드라는 사람이야. 내 친구 마기의 친척오빤데, 매력 만점의 멋진 남자야. 최근 10년 동안 마일 엔드 로드에서 유대인 의류업자들에게 금이빨을 만들어 주는 일만 해왔는데, 이번에 인수하게 돼서 무척 좋아한다고 하던데."

월터는 접시를 옆으로 치웠다. 안색이 보랏빛으로 변했다.

"난 그런 놈 만난 적도 없어. 병원을 보지도 않았을 거 아냐?"

"아냐, 봤어. 금요일 오후, 데려갔어. 당신은 그때 자리 비우고 없던데? 간호사가 그러던데, 환자들과의 예약을 전부 취소하라는 전화를 당신한테서 받았다고. 컨디션이 나빴던 거야? 여하튼 사이먼은 병원이 마음에 쏙 들었는지, 다음 주부터라도 업무를 인수하고 싶대. 현재 함께 일하고 있는 조수도 데려올 생각이라, 지금 병원에 있는 그 당씨라는 중국인 간호사는 필요 없다나 봐."

"리디아, 당신은 뭘 모르는가 본데, 난 내가 만나보지도 않은 남자에게 내 환자들을 인계할 수 없어."

"여보, 사이먼은 흠잡을 데 없을 만큼 훌륭한 사람이야. 레터하우스 고등학교를 졸업했을 정돈데 뭘. 그런 점에선 당신보다 한 수 위야. 어쨌든 가까운 시일 내에 만나게 되겠지. 수요일 날 환자 카드를 당신과 함께 살펴보고 싶다고 했거든. 병원에 있는 건 모조리 인수한다고 했어. 가구도, 치과용 설비도 그리고 핀셋이나 그 밖의 모든 용구들도."

"용구는 안 돼. 제발 이러지마! 미국에서도 필요하단 말이야."

리디아는 손톱의 매니큐어를 긁었다.

"인턴 때부터 쓰던 거야."

월터의 분노는 더욱 끓어올랐다.

"인정할 수 없어. 이건 연주가로부터 악기를 빼앗는 것과 같아."

월터로선 최고의 분개였다. 리디아는 아무렇지도 않은 듯 답했다.

"그런 게 아니야. 당신도 이젠 알아야 할 것 같아. 당신이 미국 가서 할 일에 대해 생각이 바뀌었어. 용구 같은 거 이제 필요 없어. 치과의사보다 훨씬 중요한 일을 해야 하니까. 영화사와의 계약을 교섭하는 대리인이 필요해. 그 일을 당신이 해야지. 영화배우로서의 내 미래를 이제껏 겪어보지도 못한 미국인에게 맡길 순 없잖아. 당신이 날 도와야 해."

월터는 덫에 걸린 야생동물처럼 리디아를 쳐다보았다. 아무 말도 생각나지 않았다. 그저 고개만 저을 뿐이었다.

"잘 들어요."

리디아가 말했다.

"나에겐 중요한 일이야. 당신은 사람들 이에 생긴 구멍을 찾아내는 즐거움을 벌써 몇 년째 만끽해 왔어. 이젠 그만 변화를 가져 볼 시기야."

"난 변화 같은 거 원하지 않아."

월터의 낮은 목소리에서 왠지 모를 섬뜩함이 느껴졌다.

리디아는 월터의 반항에 익숙지 않았다. 만약 에이전트 일을 하면 수수료를 충분히 벌 수 있을 거라고 말하고 싶었지만, 그렇게 말하지는 않았다.

"월터, 그 방법밖엔 없어. 돈이 없는데 미국에서 무슨 수로 병원을 할 수 있겠어. 이제는 거리에서 이 뽑는 사람 없잖아."

"병원 권리금은 내 거야. 에드워드는 얼마나 지불한 거야?"

"그 돈은 내꺼야."

"병원은 내가 키웠어. 당연히 내 권리야."

"내 변호사는 그렇게 말하지 않던데. 그리고 월터, 내 미래가 우리 두 사람에게 얼마나 중요한 일인데."

월터는 일어서서 소리쳤다.

"무슨 미래!"

월터는 분개해서 방을 뛰쳐나와 거리로 나왔다. 현관문이 거칠게 닫혔다.

순간 리디아는 월터가 자신의 에이전트 일에 적합한지 의문이 생겼다. 그러나 이내 그런 건 아무래도 좋다는 생각이 들었다.

'할리우드에서는 누구나 에이전트와 함께 일한다. 월터는 걸려오는 전화만 받아도 된다. 일에 대한 결정권은 나한테 있다.'

리디아는 2층으로 올라가 얼굴 손질을 했다. 아침에 변호사와 만날 약속이 있다. 게다가 해외여행용으로 새 옷도 더 사야 했다. 항해 닷새 동안, 매일 하루에 3번씩은 갈아입어야 하기 때문이다.

머리 손질을 하고 있을 때 전화벨이 울렸다. 리디아는 직접 받지 않고 실비아에게 받으라고 했다. 이내 실비아가 침실 입구로 왔다.

"사모님께 온 전화예요, 여자 분이신데요."

"누구래?"

"말씀 안 하셨는데요."

리디아는 계단을 내려가면서 실비아에게 돌아보며 말했다.

"도대체 월급받아 일하면서 일을 왜 그렇게 해?"

수화기를 들자 리디아는 말했다.

"리디아 바라노프입니다."

수화기 너머의 상대는 잠시 주저하는 듯하다가 이윽고 입을 열었다.

"댁의 남편 일로 말씀드릴 게 있는데요."

"누구세요?"

리디아가 말했다.

"댁의 남편을 걱정하는 사람입니다."

"그게 무슨 뜻이야? 당신이 누군지 분명하게 말하는 게 좋아."

"이름 같은 건 아무래도 상관없습니다. 같은 여자로서 부탁드립니다만, 남편을 인격적으로 대우해 주세요. 댁의 남편은 당신과 함께 미국으로 가기 싫답니다. 이곳 영국에서 행복하시대요. 지금까지는 당신도 남편에게 잘 대해 주셨어요. 만약 두 분이 서로 사랑하신다면 저도 이런 부탁은 드리지 않았을 겁니다. 하지만 당신도 아시다시피 진심으로 서로를 사랑하지 않으시잖아요. 그러니까 제발 부탁이니 너그러운 마음으로 남편이 진정으로 사랑하는 사람과 언제까지나 영국에서 지낼 수 있게 해 주세요."

"뭐라고? 누군지 모르겠지만, 당신 미친 거 아냐? 당신 간호사지? 그렇지?"

리디아는 수화기를 바싹 귀에 붙였다. 통화가 끊기기 전에 이 여자가 누군지 알아내고 싶었다. 상대방 목소리가 왠지 귀에 익었다.

"부탁이에요, 바라노프 부인. 그 사람을 자유롭게 해 주세요."

"이게 무슨 말도 안 되는 소리야!"

"저는 지금 우리 세 사람을 위해 최선을 다해 배려하고 있는 거예요. 당신은 모르시겠지만, 저는 댁의 남편을 사랑해요."

"남편은 그런 얘기 한 적이 한 번도 없어. 당신이 우리 남편 애인이라도 된다는 거야?"

"그렇게 보셔도 됩니다. 그러면 이혼 허락하시겠어요?"

리디아는 웃기 시작했다.

"잘 들어요. 어디 사는 누군지는 모르겠지만, 아니, 짐작 가는 게 있긴 해요. 당신, 좀 지나친 거 아냐? 내 남편에 대해서라면 내가 누구보다 잘 알아. 섹시한 여자가 뭔지도 모르는 남자야. 더군다나 그런 여자랑 뭘 해야 하는지조차도 모른다고, 내 남편은. 아무리 속이려 해봤자 헛수고니까, 누군지 말해요. 농담으로 생각해 줄 테니."

"농담 아니에요. 이름을 말씀드려 봤자, 제가 누군지도 모르실 거예요. 정 궁금하시다면 월터에게 물어보세요. 당신한테 어디까지 솔직해야 할지는 그가 정할 일이니까요. 하지만 그를 무시하면 안 돼요. 그리고 제 목소리를 듣는 게 오늘이 마지막이라곤 생각지 마세요."

갑자기 전화가 끊겼다.

리디아는 한참 동안 전화기 옆에서 자리를 뜰 수 없었다. 온몸이 떨렸으며, 이윽고 자리에서 일어나 칵테일 캐비닛에 가서 브랜디를 따라 단숨에 들이켰다.

"이 짐승 같은 놈!"

리디아는 중얼거렸다.

"도저히 구제받지 못할 무식한 놈."

17

알머는 맥스웰 부인에게 인사를 하고 우산을 펼쳤다. 기껏해야 2, 3분 내릴 소낙비였지만, 단 1초라도 가게에 더 머물고 싶지 않았다. 한시라도 빨리 집으로 돌아가 자기 바람이 이루어졌음을 알리는 편지가 현관 매트 위에 놓여 있거나, 문을 열고 들어갔을 때 전화벨이 울리지는 않을까, 확인해 보고 싶었다. 그러나 그런 일은 있을 수 없는 일이었다.

가게에서 두세 발자국 나서자, 누군가가 팔을 잡고 우산을 빼앗았다. 월터는 아무 말 없이 알머를 끌어당겨 택시에 밀어 넣고 자기도 옆에 앉았다. 월터는 비에 홀딱 젖어 있었다. 알머는 월터에게 몸을 바싹 붙여 뺨에 입맞췄다. 월터의 뺨이 차가웠다.

"이젠 두 번 다시 못 만날 줄 알았어요."

"당신까지 젖겠어."

월터는 코트와 모자를 벗고, 다시금 알머를 끌어 당겼다. 이번엔 알머가 입술에 키스를 했다. 강렬한 행복감이 밀려왔다. 월터의 손이 알머의 목덜미를 잡고 머리카락을 흐트러뜨렸다.

"아내에게 그런 전화를 건 당신에게 뭐라 해야 하는 건데……."

"도저히 무엇이든 하지 않고서는 견딜 수 없었어요. 나 때문에 화 나셨어요?"

"화를 내야지. 그래봤자, 아무 소용없어. 당신도 알잖아. 그 여자 가 이혼 같은 걸 동의해 줄 리 없다는 거."

월터는 갑자기 키득거리며 웃었다.

"하지만 나한테 애인이 있다는 걸 알았을 때 엄청난 충격이었을 거야."

알머는 더욱 바싹 다가갔다.

"나 정말로 당신 애인 맞아요?"

"리치먼드 힐 근처에 커피숍이 있어. 그곳에서 내리자."

두 사람이 택시에서 내렸을 때 빗줄기는 이미 가늘어져 있었다. 가 게는 비를 피해 들어온 손님들로 만원을 이루고 있었지만, 때마침 자 리에서 일어나는 사람이 있었으며, 그 테이블은 외투걸이 옆의 조용 한 자리였다. 월터는 리디아가 미국에서 치과 병원을 개업해 주겠다 던 약속을 취소했다는 이야기와, 리디아가 월터에게 자기 에이전트 일을 시키고 싶어한다는 이야기를 했다.

이 이야기를 들은 알머는 온몸이 굳어졌다.

"나 때문에?"

월터는 테이블 너머로 손을 뻗어 알머의 손을 잡았다.

"그렇지 않아, 알머. 아침 식사 때 이야기한 거야. 병원 권리도 벌써 팔아치우고 나에겐 한푼도 줄 수 없다는군."

알머는 천천히 고개만 저었을 뿐 아무 말도 하지 않았다. 월터가 뭔가 중대한 이야기를 하려 한다는 것을 직감적으로 알 수 있었기 때문이다.

월터는 아직도 알머의 손을 잡고 있었다.

"미국에 가지 않기로 결심했어."

"월터!"

"물론 앞으로의 계획은 아무것도 없지만, 어떻게든 되겠지."

"우리 함께 헤쳐나가요."

"그건 안 돼. 고맙지만, 그럴 순 없어. 사람들 입에 오르내릴 일은 안 돼."

"전 사람들 눈은 조금도 두렵지 않아요. 당신을 사랑하니까."

월터는 시선을 떨어뜨리고 홍차를 쳐다보았다.

알머는 한밤중에 잠들지 못하고 줄곧 생각한 계획을 이야기하기에는 지금이 적기라고 생각했다. 공공장소에서 냉정하게 이야기하면 더욱 황당하게 들리겠지만, 지금의 기회를 놓치면 언제 이야기할 수 있을는지 알 수 없었다. 알머는 목소리를 죽였다.

"다른 방법이 있어요."

"무슨?"

월터는 고개조차 들지 않았다.

"언젠가 치아 치료를 받을 때 부인으로부터 부당한 대우를 받았던 남자 이야기를 해주셨죠? 그 남자를 마음속에 두고 있던 또 다른 여자와 사랑에 빠진 남자 이야기요."

월터는 고개를 들고 무슨 소리냐는 듯 알머를 보았다.

"그런 이야기를 했었나?"

"크리펜 박사 이야기요."

"어어……."

월터는 깜짝 놀랐다.

그런 이야기는 그만두라는 말을 할 사이도 없이 알머는 이야기를 시작했다.

"그 사람들은 변장을 했기 때문에 들통 난 거예요. 작은 증기선으로 대서양을 건너 도망치려 했지만, 선장의 의심을 받아서."

"크리펜은 살인범이었어."

알머는 말을 계속했다.

"리디아가 모리타니아 호 선실을 예약했다고 했죠?"

"응. 하지만, 난 이젠 안 가기로 했어."

"가령, 리디아가 아니라 나랑 간다면 어떨까요? 나는 바라노프 부인으로서 배에 오르는 거예요. 그리 어려운 일은 아니죠, 당신 부인 행세하는 게. 그렇죠? 우리 두 사람을 의심할 사람은 없어요. 내가 바라노프 부인이 아니란 걸 아는 사람이 아무도 없잖아요. 6일 만에 미국에 도착하면 그때부터 우리는 부부로서 평생 살아가는 거예요, 미국에서!"

"하지만 리디아는?"

"클로로포름."

"담배 한 대 피워야겠어."

월터는 담배를 입에 물고 불을 붙이려다 성냥 두 개를 부러뜨리고 말았다.

"진심이야?"

"그럼요."

"난 할 수 없어, 아무리 상대가 리디아라도."

"할 수 있어요. 당신은 매우 용감해요. 물에 빠져 죽을 뻔한 아버지를 살려냈잖아요."

월터는 억지웃음을 지었다.

"그거하곤 다르잖아."

"비웃지 말아요. 이건 그냥 충동적인 생각이 아니에요. 벌써 며칠째 계획을 짰단 말이에요. 모르시겠어요? 벌써 선실을 예약해 둠으로써 리디아는, 크리펜 박사와 에셀이 해내지 못한 부분을 성공시킬 수 있도록 우리에게 기회를 제공한 거나 마찬가지예요."

옆에서 누군가가 말했다.

"손님 한 잔 더 드릴까요?"

두 사람은 동시에 고개를 들어 웨이터를 보았다. 그 얼굴엔 기나긴 하루에 지친 표정만 있을 뿐이었다.

"아뇨, 됐습니다."

월터가 말했다. 계산을 하고 두 사람은 밖으로 나왔다.

햇살이 살며시 비추고 있었다.

"그들이 잡힌 것은 크리펜 부인의 사체가 지하실 바닥에 매장되어 있는 것을 듀 경감이 찾아냈기 때문이야."

월터가 말했다.

"또 한 가지 있죠."

알머는 월터의 말을 무시했다. 두 사람은 리치먼드 힐 언덕을 나란히 오르고 있었다.

"내가 리디아 대역을 하게 되면 그 여자의 필적을 흉내낼 수 있죠. 그러면 치과 권리를 팔아서 얻은 돈의 수표를 제가 당신에게 증여

할 수도 있어요. 그 외에도 얼마든지 수표를 발행할 수 있어요. 우리 두 사람 호화롭게 생활할 수 있고, 당신도 미국에서 가장 번창한 치과의사가 될 거예요."

"리디아의 돈으로?"

"안 쓸 이유가 없잖아요. 쓰지 않는 편이 오히려 이상한 거죠."

알머는 말하면서 월터의 팔을 꽉 잡았다.

"그거 좋은 생각인데."

월터는 웃음 지으며 말했다.

"정말 좋은 생각이야."

"그 여자의 여권을 써야 하지만, 그것도 별 문제 안 돼요. 키도 비슷하고, 눈 색깔도 우리 둘 다 갈색이에요. 리디아가 좀더 피부가 검지만, 사진만 봐서는 알 수 없죠. 어차피 여권 사진과 똑같은 사람은 없잖아요. 무엇보다 내가 당신 부인이란 걸 증명해 줄 당신이 있고."

"어딘가 허점이 있을 텐데."

"허점 같은 거 없어요. 배가 떠나기 전날 밤 리디아에게 클로로포름을 맡게 하면 그녀의 친구들에게 의심받을 필요도 없고, 변호사에게 줄 서류에도 이미 서명이 끝났을 테고. 은행 예금도 미국 은행으로 이체되어 있을 거고. 여하튼 그 배에 타기만 하면 우리 함께 새 생활을 시작할 수 있어요, 우리의 신혼여행을 시작으로."

월터는 어찌할 바를 몰랐다. 계획의 대담성에 놀랄 뿐이었다. 월터는 처음엔 이 계략을 무시하려 했으나, 점차 결함을 찾으려 했고, 지금은 계획으로서 진지하게 생각하고 있었다. 알머도 월터의 눈에서 마음을 읽을 수 있었다. 리디아에게 클로로포름을 맡게 할 필요가 있음을 이 사람도 인정하기 시작한 것이다.

월터는 몇 가지 문제점을 지적했지만, 모두 하찮은 것이었다. 맥스웰 부인에게 뭐라 하고 가게를 그만 둘 것인가, 리치먼드 힐 집은 어떻게 할 것인가, 가족이나 친구들에겐 뭐라 할 것인가 등이 월터의 질문이었다.

그런 질문의 내용뿐 아니라 말투를 봐서도 월터가 생각이 있음이 확실했다. 알머는 월터에게 맥스웰 부인한테 뭐라 할 것인지 말했다. 집은 교회에서 알고 지내는 사람에게 빌려주기로 했으며, 추위를 피해 도버 해협을 건너 대륙으로 간다고 말할 작정이라고 말했다. 친한 친구들에게도 그렇게 말할 작정이며, 친척은 없고, 일주일 정도면 출발 준비를 모두 마칠 수 있다고 말했다.

월터는 시종일관 진지한 모습이었다. 그리고 얼마동안 말이 없었다.

알머는 월터와 나란히 리치먼드 힐 언덕을 올랐다. 그녀는 자제하고 있었다. 재촉해서 결심하게 하고 싶지 않았기 때문이다. 계획이 완벽함을 알아주길 바랐다. 알머는 잘될 것이라는 확신이 있었다.

이윽고 월터가 입을 열었다.

"리디아를 어떻게 할 것인지 생각해야겠어."

그 말투에서 월터가 결심했음을 알 수 있었다.

제3부 녹아웃

1

알머는 리디아를 처리하고 월터와 함께 미국으로 떠나는 것이 에셀 M. 델 소설 속 어느 장면보다 로맨틱하다고 생각했다. 월터와의 계획에 비하면 '다이아몬드 악당'도 시시하게 느껴질 정도였다. 이 계획은 사악하며 대담하기가 이를 데 없어, 그 어떤 결혼 의식보다도 서로를 강하게 이어줄 것이다. 두 사람의 비밀이 두 사람을 영원히 묶어 줄 것이며, 맨해튼에서의 생활은 호화로울 것이고, 월터는 뉴욕 최고의 명의가 될 것이다. 나이아가라, 넌터겟, 뉴올리언스, 샌프란시스코도 여행할 것이다. 알머가 마음속으로 미국 여행을 생각하고 있을 때 월터가(이쪽은 영국 내의 진흙구덩이에 빠져 있던 탓에) 말했다.

"어떻게 처리할지 결정해야지."

"뭘?"

"리디아 말이야."

"벌써 결정했잖아요."

"아냐, 그런 뜻이 아니고, 그 후에 어떻게 할 것인지…… 어디에

됐으면 좋겠어?"

"아, 그거요."

두 사람은 리치먼드 테라스 공원 벤치에 앉아 있었다. 템스 강 분지의 아주 세밀한 부분까지 기울기 시작한 햇빛이 손에 잡힐 듯 선명하게 보이는 9월의 찬연한 석양 무렵이었다.

"크리펜 박사는 부인을 지하실에 묻었어."

알머가 사실을 말했다.

"그리고 듀 경감이 가래를 들고 그곳으로 내려갔지."

"무서운 사람이에요."

월터는 어깨를 으쓱했다.

"그게 일이니까."

"정원은 어때요?"

월터는 고개를 저었다.

"우리 집 정원은 마치 잔디 볼링장 같지. 전직 군인 출신의 정원사가 주 5회 손질하러 와. 근위연대의 사관이었던 사람이라 그 어떤 사소한 것도 놓치지 않아."

"욕조에서 실수로 익사했다는 건 어떨까요?"

"너무 허술해."

"아, 답답해!"

알머가 초조하게 말했다.

"다른 건 다 잘될 것 같은데."

"이건 실질적인 문제야, 알머."

월터가 말했다.

"그렇게 조급하게 생각해 봤자, 소용없어."

알머는 이렇듯 월터의 가벼운 충고가 왠지 듣기 좋았다. 월터는 일찍부터 나를 부인 대하듯 하는 것이다. 게다가, 이렇게 계획을 완성

시키려 고심하고 있는 것을 보니, 마지막까지 밀고 나갈 수 있을까, 하던 불안도 사라져 버렸다. 이 사람은 치과에서 이를 뽑는 것과 같이 사소한 일까지도 상의하듯 서로의 일에 세심한 주의를 기울이고 있는 것이다. 참으로 믿음직했다.

알머는 말했다.

"차가 있으면 어디다 두고 오면 되는데."

"안 돼. 그건 금방 사람들 눈에 띄게 돼. 버나드 스필즈베리에 대해서 들은 적 있어?"

월터가 말했다.

"감찰의사죠?"

"녀석은 사인을 발표하지 않아. 살인범의 모자 사이즈나, 범인이 어디서 셔츠를 샀다든가, 계란요리는 어떻게 해 먹는 것을 좋아한다든가, 그런 것만 발표하지. 시체를 어딘가에 두고 온다는 건 위험해."

'살인범'이라든지 '시체'라는 단어의 괴기스러움에 충격을 받은 알머는 자기가 미처 생각지 못한 부분을, 월터가 냉엄하게 현실을 직시하며 계획을 추진하고 있다는 생각이 들었다. 알머는 불안감을 감추기 위해 일부러 농담을 던졌다.

"함께 데리고 갈 수도 없고."

월터는 알머를 똑바로 쳐다보다가 손목을 잡았다.

"할 수 있어. 그게 정답이야. 알머, 좋은 생각이야. 잘 했어."

"무슨 소린지……."

"바다에 빠뜨리면 돼. 캄캄할 때 창문으로 떨어뜨리면 돼. 그렇게 하면 발견될 수 없어."

"하지만 어떻게 배에 태우지?"

월터는 웃었다.

"자기가 걸어서 탈 거야. 굉장해. 당신은 천재야."

"무슨 소린지 도통 이해 못하겠어요."

"설명할게. 지금까지의 계획은 잊어버리고, 들어 봐. 리디아에겐 미국에 함께 가지 않겠다고 말하는 거야. 화가 나서 맘대로 하라고 하겠지. 자신의 영화배우로서의 앞날에 훼방꾼이 끼어드는 걸 절대 용서하지 않으니까. 집도, 내 병원 권리도, 설비도 모두 팔아치우고 다음 주 토요일 그녀는 모리타니아 호에 오를 거야. 단, 이 부분이 중요한데, 우리도 같은 배에 타는 걸 모르는 거지. 난 가명으로 이등 선실을 예약하는 거야."

"당신과 나 두 사람용으로?"

"아니야, 당신은 내 선실에 들어가 밀항하는 거야."

"월터, 그건 불가능해. 들통 날 거야."

"아냐, 그럴 일 없어."

월터는 단호하게 말했다.

"내가 대서양 횡단 배에 타본 적 있다고 했지? 출항일엔 몇백 명에 달하는 친구나 친척들이 배웅하러 배에 오르지. 배 안은 배웅하는 사람들과 승객들로 난리 북새통이 나고, 출항시간 한 시간 전에 보이가 종을 울리며, 배웅하러 온 사람들을 하선시키는데, 꼭 안 내리는 사람이 있기 마련이지. 나중에 해안 안내선으로 옮겨 타거나, 셰르부르에서 하선하면 된다는 것을 알기 때문이야. 알머, 출항 후 1시간가량 밀항하는 건 일도 아니야. 그 정도 시간이면 충분해. 그 후엔 1등 선실 승객이 될 수 있어. 당신이 리디아 바라노프가 되는 거야."

"그럼, 그 때까지 그 여자를……."

알머는 끝까지 말을 잇지 못했다.

월터는 끄덕였다. 그리고 이 새로운 계획이 처음부터 끝까지 잘 될 것이라고 믿으려는 듯 빠르게 말하기 시작했다.

"가능한 한 빨리 처리해야 해. 농도가 진한 클로로포름을 병에 담아 주머니에 숨겨 가지고 그녀의 선실로 가는 거야. 문을 두드리면 날 보고 깜짝 놀랄 것이고, 방으로 들어오라 할 거야. 그러면 침대 위에 쓰러뜨리고——내 힘을 이기지는 못하니까——즉각 클로로포름을 맡게 하는 거야. 숨이 완전히 끊어졌는지 확인한 뒤 시체를 어딘가에 숨기는 거지."

"트렁크가 좋겠어."

알머는 흥분해서 말했다.

"좋지. 트렁크는 그대로 두고, 어두워지면 창문으로 시체를 떨어뜨릴 거야. 잘 들어. 모리타니아 호는 오전에 출항할 거야. 점심 식사 시간은 1시니까, 그 무렵 당신은 일등석 식당 책임자에게 자신을 리디아 바라노프라고 말하고, 일인용 테이블을 부탁해. 승무원들은 아무런 의심 없이 그대로 믿을 거야."

"당신은 뭐 할 거야?"

"리디아 선실에 숨어서 문에는 '수면중'이라는 푯말을 걸어둘 거야. 중요한 건 당신이 뭘 하느냐야. 승객들이나 승무원들에게 당신이 리디아라는 인상을 단단히 심어줘야 해. 점심 식사는 천천히 들고, 그 후 라운지에서 사람들과 담소라도 나누면 돼. 그리고 갑판을 돌아다니다가, 갑판 담당 승무원에게 부탁해서 해가 잘 드는 쪽에 의자를 예약해 둬. 그때 상대방이 잘 알아들을 수 있도록 정확하게 이름을 말해. 할 수 있겠지?"

"그럼요, 할 수 있어요."

"좋아, 오후 늦게 리디아 선실로 오면 내가 문을 열어 줄게."

"월터, 틀림없이 잘 될 거야."

알머는 월터의 뺨에 입맞춤한 뒤 어깨에 기대었다.

"아주 간단하구나."

월터는 아직 성공을 확신하지는 않은 듯, 그 밖의 사소한 부분까지도 알머에게 만전을 기하듯 하나하나 지시했다.

"리디아 선실 열쇠를 줄 테니 그때부터 당신은 마음대로 출입할 수 있어. 하지만 우리들은 서로 모른 척 해야 해. 당신은 저녁 식사를 하러 식당에 갔다가 밤늦게 자러 돌아와야 해. 그때 즈음이면 나는 선실에 없을 것이고, 시체도 없을 거야. 나는 이등 선실로 돌아가고 닷새 후에 뉴욕에서 당신을 만나는 거야. 틀림없이 잘 될 거야."

"잘 되고말고요."

"굳이 말하자면 우리들이 친애하는 크리펜 박사도 이 계획의 장점을 알아줄 거야. 시체를 지하실에 숨기거나, 바보스런 변장을 하거나 그런 짓 전혀 하지 않고, 게다가 모든 비용은 피해자인 아내가 지불하지. 하늘이 돕는다는 게 이런 거지."

월터의 입가에 미소가 번졌다.

"모리타니아 호에서 쓸 가명은 생각해 뒀어요?"

알머가 물었다.

"아직. 간단한 이름이 좋겠어. 그래, 내 옛날 이름인 브라운도 괜찮겠다. 여권 위조하는 데는 알고 있어. 아버지 옛날 친구 분께 부탁드리면 돼. 솜씨가 여전하셔야 할 텐데. 내일 만나 볼게."

"브라운이란 이름 왠지 본명 같지 않아."

알머가 말했다.

"하지만 내 본명이야."

"크리펜 박사는 로빈슨이란 가명을 썼지만, 그것도 그다지 본명 같지 않았잖아요."

"그럼, 어떤 이름이 좋겠어?"

"짧고 간단하지만, 흔하지 않은 게 좋겠어요."

알머는 갑자기 손을 맞잡고 말했다.

"생각났어요!"

"듀?"

월터가 물었다.

"맞아. 내 마음을 어떻게 알았어요?"

"월터 듀. 스코틀랜드 야드 덕분이군."

월터는 키득거리며 웃기 시작했다.

"나쁘지 않은데. 월터 듀라는 남자를 의심할 자는 없을 테고."

이번엔 소리 내어 웃기 시작했다. 알머도 함께 웃었다. 두 사람의 웃음소리는 경사진 공원 아래쪽까지 울려 퍼졌다. 장엄한 석양이 모든 사물을 로맨틱한 와인 빛으로 물들이고 있었다.

2

바바라는 런던에서의 마지막 일주일 동안 평상시의 꾸미지 않은 소녀의 모습과는 달리 세련된 모습을 보여주었다. 바스코에 가서 아름다운 갈색 머리카락을 짧게 잘랐다. 양쪽 옆엔 파마를 해서 웨이브를 넣었고, 얼굴엔 하얀 분을 바르고, 입술도 붉게 칠했다. 몰스키의 숄한 장과 다섯 벌의 이브닝 가운을 나잇브릿지 상점가에서 사들이고 금요일까지 그 모든 것을 입어보고는, 두 벌 더 사들였다.

바바라의 마음이 변한 계기는 버트런드 러셀 박사의 강의 때문이었다. 바바라는 강당을 나서자마자 미용실로 갔다. 마제리는 딸의 이런 변화에 깜짝 놀라, 브랜디를 연거푸 두 잔 마시고, 이번 여행 최고의 성과가 이루어졌음을 자축했다. 철학도 그리 쓸모없는 것만은 아니라고 리비는 말했다. 그런 리비의 생각은 폴 웨스터필드가 바바라보다 강연 내용에 흥미를 보였기 때문이라는 것이다.

"폴한테 마음이 있다면 그렇겠죠."

마제리가 말했다.

"도대체 무슨 생각인건지……. 오늘 오후엔 포브스라는 사람과 데이트하기로 했다는군요."

포브스는 카페 드 파리에서 열리는 댄스파티에 바바라를 데리고 갔으며, 그곳에서 바바라는 아놀드라는 사람을 알게 되었다. 아놀드는 안경을 썼고 포브스보다 훨씬 재미있는 사람이었다. 이 남자와 바바라는 그레프튼 화랑에서 케이크와 아이스커피를 대접받았다. 그 화랑엔 바바라와 같은 젊은 여자들이 당황하지 않도록 얇은 종이로 가린 그림도 전시되어 있었다. 오전 2시까지 흑인 악단이 재즈를 연주했으며, 아놀드는 유행중인 원스텝 댄스를 추려다 팔꿈치로 옆에 있던 여자를 쳤다. 여자는 들고 있던 아이스커피를 함께 온 남자의 바지에 쏟고 말았다. 아놀드는 그림에 붙어 있던 얇은 종이를 뜯어 커피를 닦아냈다. 이러는 동안 렉스라는 남자가 바바라에게 당신처럼 아름다운 여자는 처음이라고 말했다.

렉스는 매우 정열적이었다. 다음날 이 남자는 그라릿스에서 점심을 함께 하다가, 위층에 예약해둔 방에서 자기를 행복하게 해주지 않으면 자살할 거라며 그 증거로 주머니에서 은으로 만든 소총을 꺼내 테이블 위에 올려놓았다. 바바라는 당황하지 않고, 자기가 어떻게 보였는지 모르겠지만, 자기는 아무 남자에게나 안기는 그런 여자가 아니라며 권총을 샴페인 얼음통에 던져 넣었다. 그 후 바바라는 아놀드에게 렉스가 그라릿스에서 권총을 꺼내들기로 유명하다는 이야기를 들었다.

바바라는 그 동안 사보이 호텔 로비에서 두 번 정도 폴 웨스터필드와 마주쳤다. 그런데 이 두 번의 우연한 만남이 폴에게 확실한 효과가 있었다. 금요일 아침 식당으로 가는 계단에서 폴은 바바라에게 헤어스타일이 너무나 멋지다고 입에 침이 마르도록 칭찬한 뒤 오늘 밤에 어떠냐고 물었다.

한 친구가 카페 로열에서 무슨 이벤트가 있다고 하는데 별로 흥미 없다고, 오늘 밤은 런던에서의 마지막 밤이니까 마음껏 즐기고 싶다고 바바라는 말했다.

폴이 물었다.

"그럼, 내일 떠나는 거야? 모리타니아 호에 타는 거야? 이거 굉장한 우연인데. 나도 그렇거든. 그럼 오늘 런던에서의 마지막 밤을 함께 즐기자."

"뭘 할 생각인데?"

바바라는 조심스럽게 물었다. 철학 강의에는 신물이 났기 때문이다.

"버클리 레스토랑에서 파티가 있거든. 주로 대사관의 미국인들이 참석하는 거야. 젊은 사람들뿐이지만. 개중에는 상당히 특이한 놈들도 있대. 와서 함께 놀지 않겠냐고 하는데 너도 갈래?"

바바라는 웃음 지으며 끄덕였다.

기대했던 성과를 올릴 수 있었다. 엄마가 마음에 둔 남자는 그가 누구든 내키지 않았지만, 폴 웨스터필드만은 달랐다. 바바라의 말을 진지하게 듣는 폴의 눈빛이 좋았다. 흥미가 있을 때 한쪽 눈썹을 치켜뜨는 표정이나, 방 한가운데를 지나갈 때 고양이처럼 날렵해지는 걸음걸이, 과장되지 않은 세련된 몸놀림이 좋았다. 뭐라 할까……, 그에겐 여유가 느껴졌다.

모리타니아 호에서 닷새 동안 함께 지낼 수 있다는 생각에 바바라도 무리하지 않고 자연스럽게 행동할 수 있었다. 그날 밤 바바라는 로비에서 만나기로 한 폴과의 약속시간에 20분이나 늦게 나타났다. 바바라는 폴을 학창시절 애칭으로 불렀다. 상대가 백만장자라도 다른 남자들과 똑같이 대한다는 것을 폴에게 보여주고 싶었기 때문이다.

파티는 폴이 말했던 대로 자유스러웠다. 샴페인이 무제한 제공되었고, 미국 대사관의 젊은 사람들이 십여 명, 그리고 거의 비슷한 숫자의 영국 친구들이 늦은 밤까지 식사를 하며 춤을 추었고, 끊임없이 파트너를 바꿔가며 마치 연인 사이처럼 몸을 밀착시키고 있었다. 레스토랑 문이 닫히자, 파티장은 하이드 파크 코너에 있는 커피스탠드로 옮겨졌다. 택시 기사들의 양해를 받아 커피를 들고, 택시 안에서 몇 시간이나 앉아 있었다.

바바라는 폴을 독점할 수 없었다. 포피라는 영국 아가씨가 폴의 파트너가 되었는데, 폴은 개의치 않는 것 같았다. 폴은 두 사람에게 팔을 두르고 재미있는 이야기로 분위기를 띄우며 간혹 키스를 했다. 포피는 잘 웃었다. 그녀는 자신이 런던 토박이라 소개했다. 컬을 넣은 블론드 머리에 표정이 풍부하고 밝은 아가씨였다.

오전 3시 무렵이 되자 다들 택시에서 나와 가로등 주변에 모여 '무릎을 들고', '성모 브라운', '이제는 지난 일이 되어' 등을 손에 손을 잡고 합창했다. 그리곤 서로들 키스를 했다. 포피는 택시를 불러 집까지 태워달라고 했다.

폴은 포피의 집을 물었다. 그때 세 사람은 이미 택시에 타고 있었다.

"체크샌드 거리야."

포피가 키득키득 웃으며 말했다. 두세 마디 할 때마다 웃었다.

"그런 거리 들어본 적 없죠? 기사 아저씨도 모를 거야. 이스트 엔드에서 훨씬 더 들어간 곳이야."

"잘 됐군."

폴이 말했다.

"사보이 호텔은 그 중간에 있으니까 바바라를 먼저 내려줄게."

바바라는 끄덕였지만, 고맙다는 말은 하지 않았다. 먼저 포피를 데려다주고 함께 사보이 호텔까지 되돌아오면 좋을 텐데 왜 자기를 먼저 내려주려는 건지 그녀는 이해할 수 없었다. 마치 포피가 오늘 밤 폴의 파트너 같지 않은가. 하지만 바바라는 입술을 깨물며 내색하지 않았다. 바바라는, 포피가 웃고 있긴 하지만, 속으론 폴의 저 바보 같은 웃음과 어색한 말투에 진절머리가 났기를 바랐다.

"당신은 어때, 폴?"

포피는 물으면서 폴 앞으로 몸을 내밀어 그의 흰 넥타이를 바로잡아 주었다.

"호텔이 어디야?"

"나도 사보이 호텔이야."

또다시 웃기 시작한 포피.

"그랬구나. 당신들 그런 사이인 줄 몰랐어."

"방은 같은 층 아니야. 우연히 그렇게 됐어."

바바라가 말했다.

포피는 어깨를 들썩이며 웃었다.

"어머 정말?"

"그럼."

폴은 약간 초조한 듯한 말투였다. 우선 사보이 호텔에 들렀다가 체크샌드 거리로 가달라고 택시 기사한테 말한 후 바바라를 향해 말했다.

"이렇게 늦어가지고……, 먼저 내려야 되겠어. 내일 일찍 떠나야 하니까……."

"그래."

바바라는 말했다. 모리타니아 호에서 함께 할 닷새를 생각하며 마음을 너그러이 갖기로 했다.

스트랜드 거리를 지날 때 폴이 살며시 바바라 입술에 키스했다. 다시 바바라의 목덜미를 잡고 더욱 강렬하게 키스했다.

"두 사람, 이제 헤어질 시간이네요."

포피가 말했다.

사보이 호텔 보이가 택시 문을 열었다.

"고마워, 폴. 런던에서의 마지막 밤 즐거웠어."

바바라가 말했다.

"배에서 보자."

폴이 말했다.

택시가 달리기 시작하자 바바라는 뒤 창문으로 손을 흔드는 포피의 모습을 바라보았다.

3

"리디아, 택시 왔어."

"벌써? 좀 기다리라고 해"

"8시야."

월터가 말했다.

"워털루 역까지 한 시간도 안 걸리는데 왜 이렇게 일찍 불렀어. 기차는 9시나 돼야 출발하고, 날 빨리 보내고 싶어서 그런 거 아냐?"

그럼에도 그다지 가시 돋친 말투는 아니었다. 이틀 전 월터가 태연하게 미국에 함께 가지 않겠다고 말했을 때 리디아는 월터에 대해 분개했다. 그때 리디아는 콩 수프 든 접시를 월터를 향해 던졌다. 겨자와 크랜베리소스까지 던지면서 실비아 앞에서 월터를 심하게 욕했다. 그러나 냉정을 되찾고 나니 이전과는 다른 생각이 들었다. 월터가 미국에 따라오면 오히려 거치적거리기만 할 것이다. 고지식한 남자라 할리우드에 맞지 않다. 리디아의 에이전트가 되어도 별 도움이 못 될 것이니, 진취적이고 적극적인 젊은 미국인을 고용하는 편이 나을 것이다.

물론 할리우드까지 혼자 여행한다는 건 생각만 해도 끔찍하다. 하지만 지금까지 길고 지루한 여행을 수도 없이 견뎌왔다. 배우란 평생 짐을 싸야 하고, 머나먼 곳까지 기차를 타야 하는 팔자인 것이다. 긴 여행을 하게 되면 신문기자의 인터뷰에서 써먹을 수 있는 화제거리도 생기기 마련이고…….

자기 멋대로인 데다 은혜도 모르는 월터는 씀씀이 좋고, 헌신적인 마누라 치마폭에 싸여 지낼 수 없는 인생이 어떤 것인지 머지않아 호되게 경험하게 될 것이다. 이튼 프레스에 있는 병원은 환자까지 매각했다. 월터는 월요일까지 이 집에서 소지품을 다른 곳으로 옮겨야 했다. 생활비나 앞으로 살 집을 어떻게 할 것인지 알 수 없다. 그 '애인'의 집에 더부살이한다면 모를까. 정말 그럴 계획인지…….

월터가 침실 문 앞으로 다가와 들여다보았다.

"아래층으로 옮길 거 있어?"

마지막까지 신경 거슬리게 하는 남자다. 이틀 전 밤에 월터는 콩 수프와 크랜베리소스로 최고급 양복을 엉망으로 버리고서도 미국으로 가겠다던 결심을 바꾼 것에 대해 미안해했다.

"굳이 그렇다면, 슈트케이스를 옮겨 줘."

대부분의 옷들이 담긴 트렁크는 화요일에 보냈으니 지금쯤 배에 실려 있을 것이다.

"금방 내려간다고 기사한테 말해 줘."

리디아는 방안을 둘러보다 갑자기 뭔가 왈칵 치밀어 오는 것을 느꼈다. 이곳을 영영 떠나는 것이다. 이제는 배우의 재능을 그다지 중요하게 생각지 않는 비뚤어진 영국을 탈출해서, 출세할 기회가 널려 있는 새로운 세계로 가는 것이 얼마나 다행스런 일인가 !

리디아가 계단을 내려가자 월터가 그 앞에서 기다리고 있었다.

"표는 잘 챙겼지 ? 여권도 ? "

"물론. "

"돈은 ? "

"난 애가 아니야, 월터. 주소가 정해지거든 캘리포니아 은행으로 꼭 알려줘. 물론 편지로 돈 뜯어낼 궁리는 하지도 마. 어림없는 애기니까. 당신은 독립을 원했으니까, 난 더 이상 당신 뒤치다꺼리는 못해. 그렇다고 이혼해 주겠단 애긴 아니야. 아시다시피 난 구닥다리는 아니지만, 요전에 전화 건 그 여자와 당신의 관계를 합법화하기 위해 그 귀찮은 수속을 밟을 맘은 없으니까. "

"난 부끄러운 짓은 하지 않았어. 정말이야, 리디아. "

월터는 리디아의 빈정거림에 충격을 받은 듯했다.

"안녕, 월터. "

"안녕. "

"안전한 항해를 기원한다는 말도 안 해주는 거야 ? "

"미안, 깜빡했어. "

리디아에겐 월터에 대한 기억이라곤 항상 미안하다고 말한 것밖에 생각나지 않을 것이다. 환자들의 존경을 받아 자신감이 생겨, 언뜻 보기엔 그럴듯해 보이는 남자다운 외모의 세련된 치과의사도 내면은 겁보 생쥐다. 충분히 화를 돋우면 이 남자도 이를 갈며 반격할 것이라는 기대를 마지막까지 저버리지 않았는데, 이젠 그것도 끝이다.

4

리비 고델은 사우샘프턴 부두가 좋았다. 열차가 배 바로 옆의 정차장으로 들어서고, 누군가가 굵은 줄을 잡아당겨 창문을 올리자, 철도의 매연을 품은 바다 공기가 코를 찔렀다. 그 순간이 좋았다. 처음엔 3등석, 그리고 점차 많은 돈을 벌면서 2등석을 타고 몇 번이나 대서양을 오가며 한 발 한 발 성장을 거듭해왔는지, 그는 옛날이 그리웠다. 이번엔 일등석 승객이었다. 리비와 동행한 여자들은 열차 내에서 아침 식사를 했다. 열차는 3등석 승객 열차보다 1시간 반이나 늦은 9시에 출발한 것이다.

열차에서 내릴 때 포터의 도움을 받아 짐들을 수레에 옮겼다. 여권과 배표는 열차 내에서 이미 조사가 끝났다. 온 사방이 미국인으로 떠들썩했다. 이들의 유럽여행이 끝나가고 있었다. 플랫폼에서 모리타 이아호의 악단이 승객을 위해 군대행진곡을 연주하고 있었다.

리비는 승선 카드를 꺼내 문득 앞을 보자 낯익은 얼굴이 보였다.

"저거 웨스터필드 군 아냐?"

"폴 말이야?"

바바라가 흥분된 목소리로 말했다.

"어디?"

"저기 앞쪽. 챙 있는 모자 쓰고."

"안 보여."

"저기 저쪽."

마제리가 말했다.

"줄에서 나왔는데…… 이쪽으로 오네."

"멋진데."

리비가 말했다.

"우리를 봤나본데?"

마제리의 목소리가 갑자기 변했다.

"그런 게 아닌 것 같은데."

바바라의 뺨이 빨개졌다.

폴 웨스터필드는 곱슬거리는 금발머리에 흰 모자가 잘 어울리고 크레이프 덴신 드레스를 입은 뛰어난 미모의 젊은 여자와 함께였는데, 그녀가 입은 드레스는 아침 부두엔 전혀 어울리지 않았다. 그녀는 그런 것은 전혀 개의치 않는 모습으로, 흰 장갑을 낀 손을 폴의 팔에 걸고 다른 그 어느 것도 눈에 들어오지 않는 듯 폴만을 쳐다보고 있었다. 그러나 폴의 얼굴엔 고넬 일가 사람들을 알아본 듯한 표정이 스쳤다. 잠깐 머뭇거리던 폴은 세 사람에게 다가왔다. 포피에게 뭔가 말하자, 포피가 고개를 돌려 바바라를 보았다. 처음에 흐릿했던 시선은 미소로 변했다.

"깜짝 놀랐어요, 바바라. 어때요? 머리는 괜찮아요?"

"두 사람은?"

바바라는 퉁명스럽게 물었다.

"엄마, 이쪽은 포피예요. 어제 저녁에 만났어요. 폴은 이미 만났었지요, 엄마?"

"그럼."

리비가 말했다.

"만나서 반갑습니다, 포피 양."

두 사람은 악수를 나누었다.

마제리는 끄덕이기만 했을 뿐 애매모호한 웃음을 지었다.

"포피가 일부러 배웅을 나와 줬어요."

폴은 자연스럽게 행동하려 애쓰고 있었다.

"배웅 나온 사람들은 다른 트랩을 이용해야 한다기에."

"저 안쪽이지. 표지판이 있어."

리비가 말했다.

"그럼 이만, 나중에 뵙겠습니다."

폴은 한발 내디뎠다.

"그럼 안녕."

포피가 말했다.

세 사람에게서 멀어지자 포피의 손이 다시 폴의 팔짱을 꼈다.

리비는 바바라를 향해 말했다.

"저 사이로 선체가 보이지. 트랩에 올라가면 배가 얼마나 큰지 잘 봐둬라. 그야말로 장관이지. 뉴욕에 도착할 때까지 배를 한눈에 볼 수는 없으니 충분히 봐 둬."

바바라의 마음을 딴 곳으로 돌리기 위한 말이라는 걸 세 사람 모두 빤히 알 수 있었지만, 그럼에도 누군가 무슨 말을 해야만 했다. 리비 조차도 실망스러웠던 것이다.

"난 빨리 배에 올라 진을 마음껏 마시고 싶어."

바바라가 말했다.

그 앞쪽에서는 리디아 바라노프가 트랩을 건너 모리타니아 호에 승선하고 있었다. 포터가 슈트케이스를 운반하고 있었다. 접수처에서 리디아의 승선 카드와 승객명단과의 대조가 이뤄지고 있었다.

"혼자십니까, 바라노프 부인?"

"남편은 사정이 있어 예약을 취소했어요."

"그거 안됐군요, 부인. 하지만, 대서양 횡단 여행이 즐거우시길 바랍니다."

승무원은 대기 중이던 푸른색 제복 차림의 보이들을 향해 말했다.

"바라노프 부인을 일등실 89호로 안내."

맨 앞에서 대기 중이던 보이가 다가와 열쇠를 받아들었다.

"부인, 이쪽이십니다."

익숙한 동작으로 안내하며 혼잡한 승선 수속실을 가로지르는 보이를 리디아와 포터가 뒤따랐다. 팔꿈치를 살짝 건드리거나, '실례'라는 말 한마디에 실내를 가득 메우고 있던 사람들이 길을 비켜줬다. 보이는 골프클럽이나 줄에 맨 애완견 등의 장애물 옆을 지날 때 뒤돌아보지 않고 손가락으로 통행에 방해되는 것들을 가리켰다. 이윽고 벚나무 벽화가 그려진 복도로 나오자, 도처에 승객과 배웅 나온 사람들이 삼삼오오 무리지어 눈물짓거나 흥분한 목소리로 떠들어댔으며, 그 가운데를 포터와 승객 담당, 신문이나 꽃을 파는 사람 등이 누비고 다녔다. 리디아는 〈데일리 메일〉지를 사려고 멈춰 섰다가 하마터면 방을 안내해 주는 보이를 잃어버릴 뻔했다.

89호실은 복도 끝에 있는 계단을 내려간 곳에 있었다. 보이가 열쇠로 문을 열자, 리디아는 지갑에서 돈을 꺼내 포터에게 팁을 주었다. 보이가 커튼을 열어젖혔다.

"창문이 두 개 있군요."

리디아가 말했다.

"다행이에요. 이쪽은 배의 어느 쪽인가요?"

"좌현입니다, 부인. 이곳은 D갑판이며, 상갑판이라고도 합니다. 일등실 승객용 식당은 복도 끝에 있는 문을 지나 똑바로 가시면 있습니다. 한쪽 창문만 열어드리겠습니다."

"고마워요. 지금 몇 시예요?"

"11시 반입니다, 부인. 점심 식사 시간은 1시부터입니다."

"점심 식사 생각은 없어요. 짐을 풀고, 신문이라도 보면서 한 시간 정도 조용히 있고 싶어요. 아무도 못 오게 해 주세요."

1실링 주화를 꺼내 보이에게 건넸다.

혼자가 된 리디아는 보이가 열어준 창문으로 밖을 내다보았지만, 보이는 것이라곤 부두에 늘어선 크레인의 끝자락뿐이었다. 이 방은 배에서 꽤나 높은 쪽에 있는 듯했다. 모리타니아 호의 거대함은 생각했던 것 이상이었다. 창문 반대편에는 이미 운반된 선실용 트렁크가

서랍 옆에 놓여 있었다. 다행이었다. 이것으로 한 가지 걱정거리가
사라졌다.

전체적으로 보면, 닷새 동안 지내기에 그다지 나쁘지 않았다. 욕실
을 살펴보니 넓지는 않았지만, 흰 대리석으로 아름답게 꾸며져 있었
다. 메인 룸엔 서랍, 팔걸이의자, 화장대, 세면대, 간이 책상, 신선
한 장미꽃을 꽂은 화병이 놓여 있는 작고 둥근 테이블이 있었으며,
침대는 아주 안락한 느낌이었다. 배가 흔들렸을 때 승객이 떨어지지
않도록 침대에는 칸막이가 붙어 있었다.

출항까지 30분 남았다.

리디아는 절대 외로움 따윈 느끼지 않겠다고 마음먹었다. 이는 대
모험의 시작인 것이다. 이제 와서 딴 생각이란 있을 수 없는 일이다.
트렁크를 열어 항해 동안 입기 위해 구입한 아름다운 새 드레스를 꺼
내기 시작했다.

5

"뉴욕에선 절대 있을 수 없는 일이야."

폴이 포피에게 말했다. 흡연실에 앉아 셰리주를 마시고 있었다.

"흡연실에 여자가 들어오는 거?"

포피가 물었다.

"난 우리 영국 사람들이 훨씬 구식인 줄 알았는데."

"아냐, 이거 말이야."

폴이 셰리주가 담긴 잔을 들어보였다.

"금주법 말이야. 여기 올 때도 배가 영해 12마일 밖으로 나가기 전
까지 한 모금도 마실 수 없었어. 12마일 밖으로 벗어났을 땐 대단
했지. 모두 한꺼번에 바로 몰렸거든."

포피는 키득거리며 웃었다.

"당신들 미국인이 영국 배를 타는 건 맛있는 요리 때문인 줄 알았지."

"이젠 알겠지? 리바이어선 호처럼 술 한 모금 마실 수 없는 배로 닷새 동안이나 바다에서 지낸다는 건 생각하기도 싫어."

폴은 갑자기 다른 테이블에 시선을 빼앗겼다.

"이게 웬일이냐. 또 바바라 가족이야."

이는 포피에게도 좋은 소식이 아니었다. 배에서 내리기 전에 할 일이 있었으며, 그러기 위해선 폴을 독점해야 했다.

"모른 척해. 아직 우릴 못 봤잖아."

"한잔 사야겠어. 아까 부두에서 그런 식으로 마주치는 게 아니었는데. 포피도 한잔 어때?"

"머리가 아파. 여긴 담배연기가 너무 심한데. 갑판으로 나가자."

"마음대로 해. 바바라에게 함께 가지 않겠냐고 물어봐야겠어. 불쌍하게도 바바라, 저 나이에 누가 부모랑 있고 싶겠어?"

폴이 고델 일가에게로 다가가자 포피는 제기랄 하며 중얼거렸다. 지금까지 계획대로 잘 해왔는데. 저 남자랑 몇 분만 더 같이 있으면 되는데. 그 이후엔 바바라가 점심 식사 대신 저 녀석을 구워 먹든, 삶아 먹든 전혀 개의치 않는데.

포피는 고델 일가가 앉은 테이블에서 1, 2미터 정도 떨어져 서 있었다. 바바라의 모친이 말했다.

"다녀오렴. 우리랑 함께 있고 싶지 않잖니. 젊은 사람들끼리 통하는 이야기도 많을 것이고."

바바라는 그다지 내키지 않는 듯 자리에서 일어섰다. 폴을 사이에 두고 세 사람은 걷기 시작했다.

"위에 가서 베란다 카페를 구경하자."

포피가 말했다.

"컨디션이 안 좋았던 거 아냐?"

폴이 말했다.

"괜찮아. 곧 좋아질 거야. 거기서 댄스를 한대."

"어떻게 알아?"

바바라가 물었다.

포피가 알고 있었던 건 하이드 파크 옆에 있는 그 훌륭한 저택에서 처음 이 일에 대해 의논할 때 잭으로부터 들었기 때문이다. 잭은 모리타니아 호에 대해 알아야 할 점에 대해선 뭐든지 알고 있었다. 각 갑판별로 선실이 기입되어 있는 배치도, 폴 웨스터필드의 이름이 나와 있는 승객명단도 갖고 있었다.

"아까 아저씨들이 하는 이야기 들었어."

포피는 두 사람에게 말했다.

베란다 카페는 햄튼 코트에 있는 오랑제리의 가게들을 모방한 것이었다. 큰 창문과, 유리로 지붕을 만든 이 카페는 배 안에서 유일하게 인공조명이 없는 공공장소였으며, 큰 화분들이 즐비했고, 색색의 꽃이 담긴 바구니가 걸려 있었다. 작은 테이블엔 등나무로 된 의자. 정사각의 플로어가 있어, 몇 쌍의 남녀가 콘체르토 반주에 맞춰 춤추고 있었다.

"자, 폴."

포피가 말했다.

"우리 두 사람 중 한 사람에게 춤을 청해야지?"

폴은 망설이고 있었다.

"난 상관 말고, 둘이서 춰. 시간이 별로 없어. 난 여기 앉아서 구경할게."

바바라가 말했다. 배려하는 듯 말했으나, 마제리가 괜히 권해서 이렇게 되었다는 듯 못마땅한 표정이었다. 그냥 돌아가 수도 없었고,

아무렇지도 않은 듯 위엄 있는 표정으로 두 사람의 춤추는 모습을 구경할 수도 없었다. 댄스플로어를 둘러싸고 있는 테이블 중 빈자리에 자리잡고 앉은 바바라는 폴과 포피를 무표정하게 바라보았다.

포피는 천천히 플로어를 돌며 춤추는 폴에 이끌려 추고 있었다. 플로어 한쪽 구석에서 턴을 했을 때, 잘 빗어 넘긴 금발 머리의 남자가 포피의 시야에 들어왔다. 예정대로 잭이 와서 대기하고 있는 것이었다. 포피는 더 이상 컨디션이 나쁘지 않았다.

한 발짝 한 발짝 내디딜 때마다 바바라가 두 사람의 동작을 지켜보고 있으니 머리 아플 겨를도 없었다. 바바라가 지켜보고 있는 한 소매치기를 한다는 것은 불가능했다. 이 일엔 항상 위험이 따랐다. 모 아니면 도인 도박이었다. 이 좁은 플로어에서 바바라의 집요한 시선을 받으면서는 도저히 불가능했다. 다른 방도를 찾아야 했다.

협주곡 소리보다 훨씬 요란한, 귀에 거슬리는 소리가 들려왔다.

"안됐지만, 배웅하러 온 사람들은 모두 내리라는 종소리야."

폴이 말했다.

포피는 엉덩이를 폴의 엉덩이에 밀착시키고는 흔들었다. 폴도 그에 반응했다.

"밀항해도 좋아."

"내 선실에서?"

싱긋이 웃었다.

"어때, 별로 자리도 차지하지 않을 텐데."

"밀항자는 반드시 발견돼. 포피, 너도 금방 발견될 거야. 금발에 곱슬머리는 흔하지 않으니까 말이야."

포피는 얄미운 듯 웃었다.

"갈색머리보단 눈에 안 띄어. 내가 왜 저런 여자한테 당신을 넘겨 줘야 해?"

"바바라는 대학 친구일 뿐이야."

"그녀는 그렇게 생각 안 해. 그건 그렇고, 잡히면 어떻게 되는데? 갑판이라도 닦아야 하나?"

음악소리가 멈췄다. 카페 안으로 보이가 들어와 종을 두들기며 소리쳤다.

"내리실 분은 내려 주세요."

포피로선 그야말로 최악의 상황이었다. 테이블로 돌아가려 방향을 바꾸며 잭을 살짝 훔쳐보았다. 잭의 얼굴은 무표정했다. 잭에게 도움을 청하려 했지만, 잭은 전혀 모른 척하고 있었다. 포피는, 잭이 화가 났을 때보다 훨씬 난처했다.

협주곡을 연주하던 이들이 인사를 했다.

"여기서 그만 작별인사 할래."

바바라가 포피에게 말했다.

"폴은 당신과의 작별인사를 하고 싶을 테고, 난 방에 가서 점심 식사 전에 짐정리를 해야 해. 즐거웠죠? 그렇죠? 그럼, 포피 안녕."

포피는 바바라가 너무 고마워 키스라도 할 뻔했다. 바바라가 자리를 떠나는 것을 지켜 본 뒤 포피는 폴에게 말했다.

"아직 적어도 10분 정도는 여유 있지? 우리 둘만의 작별시간을 갖자."

잭이 앉아 있는 테이블 앞을 지날 때 포피는 잭의 시선을 피했다. 하지만 고개를 끄덕이며 일은 지금부터라는 신호를 보냈다.

6

2등 선실 377호에서 알머는 종소리를 들었다. 어깨가 움찔했다. 의자에 앉은 채 자세를 바로 하려 했다가 그렇게 된 듯이 보이고 싶었지만, 월터의 눈은 속일 수 없었다.

"그렇게 예민해질 필요 없어."

월터는 환자를 대하는 듯한 목소리로 말했다.

"알머, 잘 될 거야. 보증할 수 있어. 열차에서 여권 검사를 할 때도 아무도 내 이름에 대해 의심하지 않았잖아. 난 월터 듀야. 당신이 리디아 바라노프 부인이란 걸 의심할 사람도 없어. 의심할 이유가 없으니까."

"물론이지."

알머는 일부러 아무렇지도 않은 듯 웃음 지어 보였다.

"내 역할이 훨씬 쉽지?"

월터도 웃음 지었다. 가식적인 것이 아닌 마음에서 우러난 웃음이었다.

"내 역할도 어렵지 않아. 클로로포름을 맡게 하는 건 이번이 처음이 아니니까. 마취가 어려운 건 환자에게 해를 입힐 위험이 있기 때문이야. 하지만 이번엔 그런 거 신경 쓰지 않아도 되잖아."

"괴롭거나 하진 않겠지?"

"아무것도 느낄 수 없어. 순식간에 끝나 버리고."

리치먼드 테라스에서의 그날 밤, 리디아를 흔적도 없이 지워 버릴 수 있는 이 방법을 생각해낸 이래, 알머는 월터가 이전과는 달라졌음을 알 수 있었다. 이전처럼 머뭇거리는 일도 없으며, 행동에는 자신감이 넘쳤고, 목적을 향해 매진하고 있었다. 웃음 짓는 일도 많아졌다. 리디아로부터 자유로워질 수 있다는 가능성이 이 사람을 변화시킨 것이다.

알머는 핸드백을 들었다.

"샌드위치를 만들어 왔어요. 당신, 점심 식사 때문에 식당에 갈 수도 없으니."

"고마워."

월터는 샌드위치 꾸러미를 받아 펼쳤다.

"양상추에 토마토군. 최고야."

알머는 또 다른 꾸러미를 꺼냈다.

"초콜릿 케이크도 있어요."

"내가 제일 좋아하는 거야. 당신이 만들었어?"

"마음이 심란해서요. 바보 같아. 이렇게 예민해지다니. 어째서지? 당신은 이렇게 침착한데."

"이것도 훈련이지. 난 무엇을 해야 하는지 잘 알고 있거든. 와, 이거 정말 맛있는데. 당신도 한 조각 어때?"

알머는 고개를 저었다.

"도저히 식욕이 안 나요."

"그럼, 뭐 간단한 걸 주문해서 먹어. 종업원이 하라는 대로 하지 말고. 종업원들은 당신 시중을 들기 위해 있는 사람들이지 당신을 감시하기 위해 있는 사람들이 아니니까. 걱정할 거 없어. 하지만 조금이라도 체중을 줄여야지 리디아가 새로 산 드레스가 안 맞을 걸?"

곧 처리해야 할 문제가 아닌 그 이후의 일에 대해 생각하도록 배려하는 월터의 마음이 고마워서 알머는 웃음 지었다.

"바느질 도구도 가져왔어요. 드레스를 늘리거나 줄이거나 해야 할 경우를 위해서요. 하지만 그 여자랑 나랑 사이즈가 비슷할 거 같아요."

"사이즈는 그렇다 치더라도 취향은 전혀 다를 거야. 리디아는 항상 화려하고 과장된 것을 좋아했거든. 당신의 그 드레스 너무 멋져. 사람들 눈에 금방 띌 거야."

알머는 월터에게 고마움을 표시했다. 그녀가 고른 것은 가지고 있는 드레스 가운데 가장 색상이 화려한 붉은색과 흰색 배색 천에 소매가 짧은 드레스였다. 그에 어울리게 붉은 색 장식이 달린 흰 밀짚모자도 썼다.

"이 목걸이는 맥스웰 부인이 이별 선물로 주신 거예요."

"아주 매력적이야. 결국 그만두는 이유는 뭐라고 했어?"

알머는 웃으며 말했다.

"파리에 그림 공부하러 간다고 했어요. 맥스웰 부인은 꽤나 무모한 짓 한다고 놀라셨어요. 우리 집에 세든 사람들도 그랬고요. 내가 돌아오지 않아도 조금도 놀라지 않을 거예요. 은행의 지배인은 백인 노예가 되지 않도록 부디 조심하라고 하던데요."

"그 주제에 용케 은행원이 됐군."

월터는 웃으며 말했다.

"알머, 당신은 모두 잘 따돌리고 왔어."

알머가 대답도 하기 전에 귀청이 떨어질 듯한 소리에 선실이 흔들렸다.

"기적소리야."

월터가 말했다.

"멋진 소리지?"

"벌써 움직이고 있는 거예요?"

"움직이기 시작한 거야."

알머는 일어서서 월터를 향해 손을 뻗었다. 월터는 알머를 와락 끌어안았다.

"아직 가지 말아요."

알머가 속삭였다.

"걱정할 거 없어."

월터가 말했다.

"조금 더 있다가 가도 되겠어. 다른 승객들이 모두 식사하러 간 사이에 리디아에게 갈 생각이니까. 배멀미를 걱정하기에 점심 식사를 거르라고 했거든."

7

마지막 트랩을 감독하는 것은 이등항해사의 일이었다. 배웅 나온 사람들은 모두 하선해서 부두에 서서 갑판에 모여 있는 승객들에게 손을 흔들거나 소리를 지르고 있었다. 마지막까지 배에 타고 있던 육상근무 요원들도 모두 하선했다. 나팔소리가 울리며 모든 항해사들이 각자의 위치에 자리 잡았다. 선장이 선교에 올랐다.

아서 H. 로스트론 선장은 섬세한 이목구비에, 백발에 면도를 깔끔하게 한 남자였다. 오랜 선원생활로 피부는 거칠어지고, 맑은 날도 궂은 날도 오직 앞만 보고 달려온 노려보는 듯한 눈초리만 아니면 사업가 분위기인 이 남자는 1915년 모리타니아 호의 선장이 되었으며, 그 무렵 그는 크나드 선박회사의 전설적인 인물이 되었다. 1912년 어느 혹한의 밤, 칼파니아 호를 지휘하던 로스트론 선장은 한 배로부터 SOS 무선통신을 받았다. 사고현장 가까이에 다른 배들도 있었지만, 아서 로스트론 선장은 방향을 바꿔 칼파니아 호를 사고현장까지 60마일의 속도로 질주했다. 그 당시 빙산이 많아 위험한 그 수역에서는 도저히 불가능한 속도로 달려가 타이타닉 호 승객 700여 명을 구조했다.

선장은 이등항해사가 서 있는 트랩 쪽을 내려다 보았다. 이등항해사는 선교에 서 있는 선장으로부터의 신호를 기다리고 있었다. 선장은 손을 높이 올렸다가 내렸다. 정확히 12시였다. 마지막 트랩이 제거되고 선미와 선수의 밧줄이 풀리고, 예선이 선미의 밧줄을 끌어당기며 모리타니아 호를 부두에서 예항하기 시작했다. 부두에서는 마지막 선수의 밧줄이 풀렸다.

예선은 모리타니아 호를 천천히 외항선 부두에서 선체의 방향을 바꾸는 곳인 훼어웨이로 이끌었다. 선교에서는 출항 안내원이 작업을 지시하고 있었다. 예선은 모리타니아 호의 방향을 바꾸기 시작했다. 5분도 채 안 되어 거대한 배의 방향이 바뀌고 예선은 멀어져 갔다.

"나팔을 불어라."

로스트론 선장이 지시했다.

모리타니아 호는 중간 기착지인 셰르부르를 향해 항해를 시작했다. 최종 목적지는 뉴욕이었다. 선임 해양경비대의 지시에 따라 즉각 밀항자 수색이 시작되었다. 구명보트, 창고, 기관실, 세탁실, 조리실 등 밀항자들이 흔히 이용하는 장소가 빠짐없이 수색 반열에 올랐다. 이는 어디까지나 기선 회사의 규칙을 엄수하기 위한 정해진 절차였다. 조금이라도 생각이 있는 밀항자라면 누구나 출항 직후에는 승객들 사이로 숨어 있어야 한다는 걸 알고 있었다. 그리하여 월터의 이등실에서 마음을 가라앉히기 위해 노력하는 알머도, 폴의 팔에 안겨 있는 포피도 발견되지 않았다.

8

리디아는 배의 움직임을 느끼며 짐을 풀고 있었다. 하던 일을 멈추고 창문으로 다가가 보니 벌써 부두의 크레인은 보이지 않고 푸른 하늘에 흰 갈매기가 보였다. 갈매기는 날고 있는데도 조금도 앞으로 나아가고 있는 것 같지 않았다. 이윽고 한 마리가 눈에 보이지 않던 줄을 끊어버린 듯 급상승해서 날고 있음을 확인할 수 있었다. 높이 날아오른 갈매기는 다른 무리를 향해 승리의 울음소리를 냈다. 리디아는 자기도 모를 흥분에 몸을 떨었다.

짐 정리를 하다가 보니 드레스 중에 다림질이 필요한 것이 있었다.

나중에 선실 담당자를 만나야 했다. 우선은 혼자 조용히 2시간 정도 지내기로 했다. 갑판에 서서 영국 국토가 안 보일 때까지 바라볼 이유가 없다. 영국은 나를 인정해 주지 않았다. 미련 같은 건 없다. 하지만 닷새 후에는 다른 사람들과 함께 난간에 서서 미국과 첫 대면을 할 것이다.

배는 1분 정도 멈춰 서더니 다시 요란한 사이렌 소리와 함께 엔진의 진동이 한층 더 강해졌다. 리디아는 두 발로 그 진동을 느끼고 있었다. 놀란 것은 아니지만, 몸이 진동에 익숙해지기까지 침대에 앉아 있기로 했다. 배멀미는 생각만으로도 끔찍했다. 월터의 말이 맞았다. 점심 식사를 거른 일은 현명한 예방책이었다. 불쌍한 월터. 그렇게 조심스럽고 모험을 두려워하다니, 불쌍했다. 리디아는 월터에 대한 생각을 떨쳐 버리기 위해 신문을 집어 들었다.

배멀미를 걱정할 필요는 없었다. 리디아는 아무렇지도 않았다. 큰 배의 흔들림으로 배멀미를 일으킬 만큼 평형감각이 마비되려면 적어도 한 시간은 걸린다.

리디아의 남은 목숨은 그 정도도 되지 못할 것이다.

9

겉보기에 포피가 폴 웨스터필드를 갖고 노는 듯이 보였을지 모른다. 하지만 사실은 그렇지 않았다. 포피는 해야 할 일이 있었고, 지금까지는 잘 해왔다. 포피는 폴에게 섹스서비스를 하려는 게 아니었다. 일을 성공적으로 완수하기 위해 폴과 친밀해질 필요는 있었지만, 그 이상의 것은 털끝만큼도 원하지 않았다. 전날 밤 폴이 택시로 포피를 체크샌드 거리까지 배웅해 주었을 때에도, 포피는 거실 소파에서 폴에게 홍차 한 잔과 입맞춤을 허락했을 뿐이었다. 그 후에는 2층에 있는 동생 로즈와 함께 쓰는 방에서 잤다. 아침이 되어 로즈가 평상시처럼 우유 배달부가 말을 밖으로 데리고 나오는 것을 보기 위해 아래층으로 내려가니, 거실에 웬 낯선 남자가 잠들어 있었던 것이다. 로즈가 이 사실을 포피에게 전하자, 포피는 우리 집 거실에 잠들어 있는 남자는 사보이 호텔에 투숙중인 백만장자라고 말했다. 그리고 포피는 한 시간 정도 더 잔 뒤 7시가 조금 넘어서 크레이프 덴신 드레스로 갈아입고 앞치마를 두르고 2인분 소시지와 베이컨을 요리했다. 8시에 폴과 사보이 호텔에 가서 짐을 찾아, 9시에는 항구로 향하는 열차에 타고 있었다.

폴이 포피를 상대로 선실에서의 저속한 행위를 기대했다 하더라도 그 기대는 헛된 것이었다. 포피는 단 한 가지만 실례할 작정이었다. 폴의 재킷 주머니에 든 지갑, 그것만이 목표며 그것을 훔쳐 잭에게 건네는 것이 그녀의 임무였다. 한 번의 기회는 사라졌다. 다음 기회를 놓칠 순 없었다.

포피는 폴에게 의심 받지 않으려고 약간의 키스와 포옹은 허락했다. 폴이 카사노바만큼 매력적이지는 못했지만, 키스를 주고받는 일이 참을 수 없을 정도는 아니었다. 이렇게 해서 20분 정도 지났을 즈음, 폴의 손이 포피 드레스의 등 쪽 후크 하나를 풀었다.

포피가 괴로운 듯 말했다.

"어머, 어떡해, 움직이고 있나봐."

"뭐가?"

폴이 순간 멈칫했다.

"이 배 말이야. 움직임이 느껴지는걸. 큰일 났네. 배에 갇혔잖아. 밀항할 생각은 조금도 없는데."

"걱정할 거 없어."

포피는 침대에서 상반신을 일으켰다.

"걱정할 거 없다니?"

"내가 돈을 낼게."

"무슨 돈을?"

포피가 날카롭게 물었다.

"난 미국 같은데 가고 싶지 않아. 당신은 미국에 살던 사람이니까 괜찮겠지만, 난 그렇지 않으니까."

"셰르부르에서 내리면 돼. 중간에 타는 사람들을 위해 들리는 곳이거든."

"셰르부르라니? 그게 어디야?"

물론 만약의 사태에 대비해 잭으로부터 이미 설명을 들은 이야기였지만, 포피는 그럴싸한 연기를 즐기고 있었다.

"프랑스야. 하룻밤 그곳에 머문 뒤 내일 집으로 돌아가면 돼. 돈은 내가 낼게. 200달러."

"프랑스 돈이 필요하잖아."

"환전소에 가면 돼."

"나 불어 못해."

"그렇지. 그럼 내가 해줄게."

"폴, 나 무서워."

"무서울 거 없어. 내가 다 처리해 둘 테니까."

"욕실을 써도 될까?"

"물론이지."

욕실은 티끌 하나 없이 반짝이는 흰색 타일로 꾸며져 있었다. 집의 욕실과는 비교도 안 됐다. 포피는 문을 걸어 잠그고 수도꼭지를 틀었다. 옷을 벗고, 문에 걸려 있던 가운을 입어 보았다. 거울을 향해 얼굴 표정을 이리저리 바꿔 보다가, 발끝으로 물의 온도를 알아보았다. 가운을 바닥에 벗어놓고 욕조에 들어갔다. 그대로 턱까지 푹 담가 침대에 누운 듯 다리를 한껏 뻗었다.

얼마 지나 폴의 목소리가 들렸다.

"포피, 괜찮아?"

"응. 당신은 뭐해?"

"너무 오래 들어가 있어서 걱정했어. 설마 목욕하고 싶은 줄은 몰랐거든." 포피는 몇 분 더 목욕을 즐겼다.

포피가 욕실 문을 열었을 땐 이미 몸단장을 마친 상태였으며 폴에게 말했다.

"물을 그대로 뒀어. 아직 깨끗하고 식지도 않았으니까, 당신도 들어가는 게 어때?"

"나도?"

"기차 냄새가 밴 것 같아. 이상한 냄새가 몸에 남아 있어. 나쁜 뜻으로 한 말은 아니야."

"그런 줄 몰랐지."

포피는 폴에 기대듯 오른손을 재킷 안쪽으로 넣어 폴의 허리를 살짝 감쌌다. 손가락으로 폴의 등을 쓸어내리며 말했다.

"일등실 객차에서도 얼마나 냄새가 많이 배는데……."

그 순간 왼손이 폴의 안쪽 주머니에서 지갑을 슬그머니 빼내 침대 위로 떨어뜨렸다. 그대로 포피는 폴을 욕실 쪽으로 끌어당겼다. 폴은 아무것도 눈치 채지 못했다.

"너무 오래 기다리겐 하지 마."

포피는 옆으로 물러서며 욕실 문을 닫아주었다.

지갑을 침대 커버 밑으로 밀어 넣고는 기다리고 있으니, 폴이 욕조의 물을 빼고 새롭게 물을 받는 소리가 들렸다. 그 순간 지갑을 꺼내서 객실 문을 열고 밖을 내다보았다. 잭이 복도 끝에 서서 담배를 태우고 있었다. 객실 담당자가 지나가기를 기다렸다가 잭은 자연스럽게 포피에게로 다가와 지나치는 순간 지갑을 건네받았다. 두 사람은 아무런 대화도 나누지 않았다. 포피는 살며시 문을 닫았다. 그때 포피는 뜨거운 물을 뒤집어 쓴 고양이처럼 튀어 오르듯 놀랐다. 점심 식사 시간을 알리는 나팔소리가 울렸다.

"안녕하세요, 부인. 성함이?"

주임 승무원이 물었다.

"바라노프. 미세스 리디아 바라노프예요."

주임 승무원은 일등객실 명단을 손가락으로 짚으며 찾았다.

"네, 여기 있군요. 혼자시죠? 바라노프 부인."

"네."

알머는 답했다.

주임 승무원이 손가락을 튕기자 보이가 앞으로 나왔다.

"바라노프 부인을 91번 테이블로 안내해 드려. 부인, 즐거운 식사 시간 되시길 바랍니다."

알머는 교양 있게 끄덕이고는 보이 뒤를 따라 폭넓은 카펫 위로 거대한 레스토랑의 한쪽 끝까지 걸어갔다. 선상에서도 육상에서도 이 정도로 호화롭고 큰 룸은 손에 꼽을 정도밖에 되지 않는다고 할 만한 규모였다. 벽면은 프랑소와 프레미에 시대 양식의 정교한 조각으로 가득했으며 장식적인 천장은 믿어지지 않을 정도로 높았다.

알머는 월터의 충고를 단단히 되새겼다.

"쭈뼛쭈뼛 하지 마. 리디아는 당당하게 행동해. 고개를 높이 들고 들어가, 고상한 부인으로서의 대접을 받아야 된다고 생각해. 설사 실수하더라도 괜찮으니까."

월터의 모습이 마음 든든했다. 조금도 예민해진 모습을 보이지 않았다. 내가 잘 해낼 거라고 그는 굳게 믿고 있었다. 그 기대를 저버릴 수 없었다.

또 다른 승무원이 메뉴판을 건네주었다. 몇 개 국어로 적힌 메뉴판이었다. 아무것도 먹을 수 없을 것 같았다.

"고기가 안 들어간 간단한 샐러드면 돼요. 가능할까요?"

알머는 승무원에게 물었다.

"잘 알겠습니다, 부인."

와인 담당자가 다가왔다. 알머는 손을 저어 거절했다. 오늘 오후엔 머리가 맑아야 한다.

주문한 샐러드가 앞에 놓이고 그녀는 먹기 시작했다. 컵에 물을 따르다 손이 떨려 물을 조금 쏟았다. 물이 섬유에 스며들면서 흰색 테이블보가 진한 테이블 색깔로 변해가는 것을 바라보았다. 문득 클로로포름을 적신 천이 선명하게 뇌리에 떠올랐다. '하느님, 제발 부탁드립니다. 빨리 그 일을 끝내 주세요'라고 마음속으로 생각하며 물에 젖은 부분을 피처로 가렸다. 약간의 양상추를 억지로 입에 밀어 넣었다. 뉴욕에 대한 상상을 해 보기로 했다.

그러자, 더할 수 없는 안도감이 온몸을 감쌌다. 두려울 정도의 긴장감이 사라져 갔다. 주임 승무원의 테이블 위편에 걸려 있는 시계를 힐끔 보았다. 1시 15분이었다. 이미 리디아는 죽었을 것이다.

10

모리타니아 호 후방의 바다와 하늘 사이의 영국 국토는 잿빛으로 흐려져 있었으며 배에서 피어오르는 증기가 희미한 반원을 그리며 그 끝이 항구로 돌아가고 있는 항로 안내선을 가리켰다. 조타실에 있던 로스트론 선장은 쌍안경을 통해 프랑스 육지를 찾고 있었다. 늦여름인 것에 비해 비교적 시야가 좋았고 도버 해협은 바람이 잔잔했다. 항해 주임과 일등항해사, 삼등항해사가 선장과 함께 근무하고 있었다. 더 이상 선장이 선교 자리를 지킬 필요는 없었으며, 아래로 내려가 일등실 승객들과 늦은 점심을 들어도 될 만한데 로스트론은 선교를 떠날 생각이 없었다.

"모든 여객선은 세 개 부문으로 이루어져 있다는 것을 아나?"

선장은 누구에게랄 것도 없이 물었다.

아무도 대답하지 않았다.

"누구든 그 세 가지를 말해보지 않겠나? 이봐, 항해 주임 자네 어때?"

"아뇨, 전혀 모르겠는데요."

"지난번 대서양 횡단 때도 말했을 텐데. 잘 들어두게. 여객선의 세개 부문이란, 좌현, 우현 그리고 사교야. 이 배에서 나는 앞의 두가지에 대해서는 전면적으로 책임을 지겠네. 하지만, 세 번째 사교에 대해서만은 봐 주게. 제군들에게 부탁하네."

"네, 선장님."

"승객 명단이 믿을 만한 것이라면 이번 항해는 무사할 걸세. 프리메이슨도 복서도 정치가도 승선하지 않았으니까. 하나같이 백만장자들만 모였더구먼. 그들의 질문공세에 참을성 있게 대응해 주게. 바다뱀이라든지, 인어라든지 메어리세렌트 호에 대한 질문은 반드시 나올 질문이네만, 간단하고 정중하게 사실대로 대답해 주게. 빙산에 대한 질문이 나오면 승객이 안심할 수 있도록 답변해 주게. 모리타니아 호에서 지금까지 일어난 최악의 사건은 전문 노름꾼이 일으킨 사기 사건 정도라고 해두고, 영국에서 구입한 술을 뉴욕 세관의 눈을 속여 밀수하는 방법에 대해 물으면 좋은 아이디어가 없다고 말해 주게. 나에 대해서는 뭐라 해도 좋네만, 질문에 대해 대답 잘하는 사람이라고만은 하지 말게."

로스트론 선장은 잠시 말을 쉬었다.

"다른 질문 사항은?"

터빈의 진동소리만이 들릴 뿐이었다.

11

점심 식사 후 몇 시간 동안 알머는 계획대로 움직였다. 거대한 돔 형태로, 천장이 창문으로 이루어진 메인 라운지에서 커피를 마시고, 골동품 가구를 구입하러 유럽에 다녀오는 길인 보스턴 부부와 이야기를 나누었다. 구입한 가구는 서른 개로 포장되어 선창에 실려 있다는 것이었다. 알머는 자기가 리디아 바라노프라고 부부에게 말했다. 정확한 발음에 신경을 썼다. 자기를 배우라고 소개했다. 그러자 부인이 극장에 갈 시간은 별로 없지만, 선상 콘서트에서 진짜 여배우가 출연하면 정말 재미있다고 했다. 알머는 버라이어티 쇼에 출연하지 않겠다는 계약을 해 두었다고 말했다. 그 후, 보스턴 씨는 흡연실에 남겨 두고 알머는 보스턴 부인과 갑판으로 나가 산책을 했다. 3시에 있었던 긴급 피난 훈련에도 참석했다. 갑판 담당자인 승무원을 만나 우현 쪽 파라솔 의자를 예약했다. 3시 30분까지 총 8명의 사람들과 이야기를 나누고 5명의 사람들에게 자기 새 이름을 말해주었으며 그 밖에 적어도 10여 명의 사람이 리디아라는 이름을 자기가 사용하는 것을 옆에서 들었을 것이라고 알머는 추측했다.

그 다음 단계 계획을 실행해야 했다. 점심 식사 중에는 식당을 뛰쳐나와 리디아의 선실에서 무슨 일이 일어나고 있건 간에 그곳에서 월터와 함께 있고 싶다는 충동을 억누르기 힘들었다. 그러나 혼자서 오후 시간을 보내면서 점차, 알머는 월터의 말대로 시간을 활용해서 리디아로 변신하는 작업을 해낼 수 있을 정도의 자제력이 생겼다. 그러나 그러기 위해 정신집중을 하는 것은 쉽지 않았으며, 알머는 월터와 그 일등실에 대한 생각을 쫓아 버리기 위해 힘든 노력을 해야 했다. 승무원이나 다른 승객들을 만날 때마다 그 일이 다시 생각나곤 했지만, 점차 객관적으로 생각할 수 있게 되었다. 나도 상대를 모르고 상대도 나를 모르는 전혀 남남과 접촉하기 위해 애쓰다 보니 알머의 마음에서 월터가 조금 멀어졌다. 두 사람 사이에 이른바 전율과 같은 것이 끼어들었다. 알머는 그 선실의 문을 두드리는 것이 두려웠다.

D갑판의 89호실.

알머는 그 선실에 대한 설명을 월터로부터 몇 번이나 들었다. 어디로 가면 89호실이 있는지 잘 알고 있었다. 그러나 알머는 마음이 놓이지 않았다. 승무원실 밖에 붙어 있는 승객명단을 확인해야만 했다. 미세스 리디아 바라노프 89호실.

알머는 찾던 계단 앞에 멈춰 서서 '70호실부터 90호실'이라는 표시를 보았다. 신경이 곤두서고, 손은 얼음장처럼 차가워졌다. 객실 문을 하나하나 세면서 천천히 복도를 걸었다. 89호실이었다. '수면 중' 표시가 걸려 있었다.

알머는 멈춰 섰다. 그리고 지금 걸어 온 길을 뒤돌아 보았다. 복도에는 알머 혼자였다. 입 안이 탔다. 배의 엔진 소리보다 심장 소리가 더 크게 느껴졌다.

눈을 감고 가볍게 문을 노크했다. 아냐, 이래 가지곤 들리지 않아. 한 번 더 두드렸다. 안에서 사람의 움직임이 느껴졌다.

문이 열리고 월터가 얼굴을 내밀었다. 사람이 완전히 변해 있었다. 얼굴에 핏기가 하나도 없었다. 이마와 입가에 긴장한 기색이 역력했다. 눈은 움푹 들어가 보였다.

월터는 아무 말도 하지 않았다. 그저 문을 열고 알머를 들어오게 했다.

알머의 눈이 재빨리 방안을 훑어보았다. 끔찍한 광경도, 어질러진 모습도 아니었다. 리디아의 소지품만 있을 뿐이었다. 화장대에 브러시와 빗, 향수 병과 화장 가방. 침대 옆에는 분홍색 슬리퍼. 바닥에는 신문. 포장용으로 쓰인 티슈페이퍼가 잘 정돈되어 테이블 위에 놓여 있었다. 트렁크가 서랍장 옆 벽에 세워져 있었다. 트렁크는 잠겨 있었다.

문이 잠기는 소리가 났다. 월터가 잠근 것이다.

알머는 돌아서서 물었다.

"끝난 거야? 그 여자를?"

월터는 가볍게 끄덕였다.

이 순간 월터의 목에 팔을 두르고 얼굴을 비비는 상상을 했었다. 두 사람의 로맨스에 있어서 최고 전환점, 그야말로 해방된 순간이라 할 수 있는 장면이었다. 월터는 드디어 자유의 몸이 되었다. 말하자면 이제껏 가슴 두근거리며 읽은 모든 소설의 완결판이라고 할 수 있었다.

그러나 알머 내지는 월터 마음속의 꺼림칙한 그 무엇인가가 그녀의 행동을 저지했다. 도저히 월터의 몸에 닿을 수 없었다. 이 사람은 나를 위해 이 일을 해준 것이다. 이 남자는 용감하며 냉정하고 단호하다. 이 행위로 인해 지금까지 남자가 여자를 위해 이겨낸 그 어떤 시련에도 뒤지지 않을 정도로, 확실하게 나에 대한 이 사람의 사랑이 증명되었다고 자신에게 말했다. 그러나 이 행위로 인해 이 사람은 다른 보통 사람들과는 다른 사람이 되고 말았다. 살인범이 된 것이다. 저 손은 죽음 그 자체를 접한 것이다. 한 남자를 사랑하면서, 소름끼치는 혐오감을 동시에 느끼다니, 이런 일이 가능한 것일까.

월터는 알머의 마음을 눈치 챘다. 한 발짝도 다가오지 않았다.

"당신 일은 어때?"

월터가 물었다.

"점심은 먹으러 갔었어? 사람들에게 리디아라고 소개했어?"

"물론이야!"

오후에 있었던 일에 대해 당당하게 말했다. 말을 하고 있으니 마음이 조금 가벼워졌다. 갑작스런 두려운 마음을 얼버무리며 자신만만한 모습을 보여줘서 그 자신감을 상대방에게도 전하고 싶었다. 그녀는 겁먹은 이 남자를 본래의 모습으로 되돌리는 것이 자기 임무라고 생각했다. 그가 입은 충격을 억누를 수만 있다면 뭐든지 할 수 있었다.

월터는 몰두해서 듣고 있었다.

"알머, 고마워. 잘 해줬어. 지금 몇 시야?"

"벌써, 4시야. 앞으로 한 시간 후면 셰르부르에 도착할 거야. 그리고는 대서양을 지나 미국으로."

"여기 함께 있는 건 곤란해."

알머는 또다시 두려움에 휩싸였다.

"도저히 여기 혼자 있을 수 없어. 월터, 난 당신처럼 용감하지 않아."

트렁크를 보며 알머는 말했다.

"도저히 무리야."

"아냐, 그럴 필요 없어. 내가 여기 남을게. 해야 할 일도 있어. 리디아의 서류를 찾아냈거든."

"누구 한 사람은 여기 있어야 하는군요."

"그대로 놔둘 순 없으니까."

"내가 들어왔을 때 당신 표정 너무 무서웠어. 생각했던 것보다 두려웠나요?"

월터가 고개를 저었다.

"당신이 말하는 두려움은 없었어. 마음속으로는 몇 번이나 상상할 수 있고, 아주 사소한 일까지도 계획을 세울 수 있지만, 막상 현실은 달라. 나한테 시간을 좀 줘. 곧 괜찮아질 거야."

월터는 알머에게 손을 뻗었다.

그 손을 잡아줄 수만 있다면! 알머는 자기 목걸이를 만지작거렸다.

"그래."

낮은 목소리로 말했다.

"우리 두 사람 모두 이미 저지른 일에 대해선 잊어버려야지. 내게도 시간이 필요한 거야. 틀림없이."

"알머, 시간이라면 얼마든지 있어."

월터가 말했다.

"갑판에 나가 셰르부르에 입항하는 것을 구경하는 건 어때? 6시에는 다시 출항할 것이고, 저녁 식사를 위해 옷도 갈아입어야 하고. 리디아는 예쁜 드레스를 몇 벌이나 사가지고 왔거든. 몸에 맞는지 확인도 해봐야지."

또다시 시선이 트렁크로 향했다.

월터가 천천히 고개를 저었다.

"짐은 전부 정리해 놓았더라고."

"그래요, 정말 새 옷인가요?"

"그럼, 한 번도 안 입은."

12

바다에서 바라보는 노르망디는 눈부실 정도로 푸른 띠를 두르고, 흰색과 회색의 아름다운 주택들은 푸른 돌로 가득한 해안 위편에 즐비했다. 셰르부르는 어항(漁港)이지, 대서양 횡단 여객선을 위해 만든 것이 아니었기 때문에 그 바깥쪽으로 있는 그랜드 라드 항의 방파제 안쪽으로 모리타니아 호는 정박했다. 두 척의 보트가 승객과 짐을 싣고 왔다. 저녁노을이 수면에 빛났다. 새로이 올라타는 사람들은 이미 승선하고 있는 사람들을 향해 연신 손을 흔들어 보였다.

폴 웨스터필드가 나가보니, 리빙스턴 고넬 집안 사람들이 난간에 서서 작업을 구경하고 있었다. 맨 처음 바바라가 폴의 모습을 보았다.

"폴, 다시 만나서 반가워요. 어때, 여기서 함께 구경하지 않을래요?"

마제리의 지나치게 친절한 표정에 폴은 오히려 거북할 정도였다.

"그러고 싶습니다만, 한 가지 문제가 생겨서요."

"문제라니 무슨?"

바바라가 물었다.

그러자, 마제리가 바바라에게 속삭이듯 말했다.

"누구냐고 묻는 게 맞지 않니?"

바바라가 마제리의 시선을 쫓아보니 포피가 있었다. 몇 미터 떨어진 곳에 서 있었다.

"포피는 사우샘프턴에서 내린 게 아니었어?"

폴은 끄덕이며 곤혹스런 표정을 애써 감추었다.

"그랬어야 했는데, 타이밍을 놓쳤어. 그래서 여기서 내리기로 했는데, 한 가지 문제가 생겼어. 지갑이 안 보여."

"안 보인다니? 그게 무슨 소리니?"

마제리가 물었다.

"도둑맞은 거니?"

"아뇨, 그런 건 아니고요. 떨어뜨린 것 같아요. 찾아볼 만한 곳은 다 찾아봤는데…… 바바라, 베란다 카페에서 우리 같이 있었잖아. 난 재킷을 벗지 않았던 걸로 기억하는데 포피 말로는 춤이 끝난 뒤 벗은 것 같다는 거야. 그때 지갑이 떨어졌을지도 모르지."

바바라는 고개를 저었다.

"난 네가 재킷 벗은 모습은 생각 안 나. 너는 벗지 않았어. 하지만 내가 먼저 자리를 떴으니 그 후는 어땠는지 알 수 없지. 카페 승무원들한테 알아봤어?"

"응. 그리고 내 선실 담당과 갑판 담당들에게도 알아봤지만, 소용없었어."

"그거 참 안됐네."

마제리는 동정어린 어투로 말했다.

"꽤나 많은 돈이 들어 있었을 텐데……."

"그건 괜찮은데요, 포피가 영국까지 돌아가야 하기 때문에. 저 때문에 배에 남은 거라."

"돈이 필요한 거니?"

마제리는 즉각 물었다.

"얼마나 필요해? 리비, 지갑에서 웨스터필드 씨에게 필요한 만큼 얼마든지 꺼내드려요."

리비는 자기 안사람에게 쓸데없는 질문을 할 정도로 눈치 없지는 않았다. 마제리의 성질을 누구보다 잘 알고 있었다.

"그러지."

리비는 10달러짜리 지폐를 다발에서 꺼내기 시작했다.

"10달러짜리를 10장, 100달러짜리를 2장 드려요."

마제리가 명령했다.

"그 정도면 충분하지?"

"정말 감사합니다. 누구에게 도움을 청해야 할지 몰랐어요."

폴이 말했다.

"승무원에게 부탁하면 된다네."

리비가 말했다.

"돈이 필요할 땐 승무원이지."

"그 정도 일이라면 승무원보다 친구에게 부탁하는 것이 훨씬 마음 편하지. 그렇지? 폴?"

마제리는 리비를 노려보며 말했다.

"그럼요, 정말 감사합니다. 고델 씨, 바로 돌려드리도록 하겠습니다."

"아니야, 잊어 버려도 돼, 이 정도 일은."

마제리는 인심 좋게 말했다.

"그보다 얼른 가서 저 귀여운 영국 아가씨에게 돌아가는 길을 알고 있는지 확인해 보는 게 좋겠다."

폴이 가고 난 뒤 마제리는 바바라를 향해 못다한 말을 했다.

"저 여자애 다시는 보고 싶지 않거든."

리비는 아직도 지갑을 들고 있었다.

"마제리, 도대체 뭐가 어떻게 돌아가는 건지 나도 좀 가르쳐 줬으면 좋겠는 걸? 아님 나만 빼놓는 거야?"

"어머, 리비도 참. 둔하기도 하지. 저 청년은 이 배에 타고 있는 사람들 가운데 바바라에게 최고의 희망이야."

"엄마!"

바바라가 외쳤다.

"내가 하고 싶은 말은 그가 훌륭한 청년이라는 거야. 난 척 보면 알아. 물론 폴이 저 애를 탐하려 했다는 건 인정해. 저 앤 겉모습만 그럴싸하게 매력적일 뿐 그냥 그렇고 그런 애일 테니. 하지만 바바라, 내 경험에서 하는 소린데, 저런 애가 다가오는 걸 싫어할 남자는 없다는 거야. 하지만 금세 자기가 어리석었음을 깨닫지. 그렇죠, 여보? 저런 앤 아무것도 아냐. 바다에 버려질 정도의 폐기물에 지나지 않아. 잊어버려라. 저런 애는. 폴도 잊어버릴 거야. 내가 맹세해도 좋아."

"내 돈 300달러만 잊어버리지 않는다면야."

리비가 말했다.

"내가 뭣 하러 폴의 뒤꽁무니를 쫓아다녀?"

바바라가 말했다.

"물론 그럴 필요 없지."

마제리도 동의했다.

"그쪽에서 쫓아올 테니. 어찌됐건 지금 우리들에게 진 빚이 있잖니?"

"과연, 그렇구나."

리비가 말했다.

"사람, 눈치 하곤."

마제리가 말했다.

얼마동안 아무도 말이 없었다. 세 사람 모두 보트에 타고 온 승객들이 모리타니아 호로 옮겨 타는 것을 지켜보았다. 또 다른 보트에서는 짐을 옮겨 싣고 있었다. 갑판의 공기가 쌀쌀해지기 시작했다. 구경하는 사람들도 점차 줄어들었다.

"이제 슬슬 들어갈까?"

리비가 말했다.

"이 배에서 누가 내리는지 내 눈으로 확인할 때까지 여기서 한 발짝도 움직이지 않을 거야. 내가 또 그 애에게 당하나 봐라."

마제리가 말했다.

리비는 어깨를 움츠리며 다시 갈매기를 바라보았다.

얼마 후 5명의 사람들이 무리지어 트랩을 건너 보트로 옮겨 탔다. 4명은 크나드사의 푸른 제복을 입고 있었다. 다섯 번째가 황금색 크레이프 덴신 드레스를 입고 있었다. 포피는 뒤돌아보며 손을 흔들었다. 트랩이 보트 안으로 들어가고 선수와 선미의 밧줄이 풀리고 기적

소리가 높이 울려 퍼졌다. 모리타니아 호도 기적소리로 답했다. 보트는 하얀 파도를 일으키며 항구 안쪽으로 향했다. 포피는 아직도 힘껏 손을 흔들고 있었다.

"이젠 저 애가 부럽다는 생각이 안 들어."

바바라가 말했다.

"불쌍해할 거 없어. 저 배에 탄 여자는 포피뿐이야. 게다가 그게 저 애에게 딱 어울리고, 그리고 폴의 지갑을 저 애가 가져갔다 하더라도 난 놀랍지 않아."

13

셰르부르를 출발한 지 한 시간 정도 지나 폴 웨스터필드는 승무원과 이야기할 수 있었다. 셰르부르에서 탑승한 승객들의 탑승수속이 끝난 것이다. 승선 홀의 매트가 치워지고 산더미 같은 짐들이 운반되기를 기다렸다. 폴은 문의사항이 있는 승객들 줄에 섰다. 차례가 되어 지갑을 분실했음을 이야기하자 승무원은 폴의 얼굴을 알아보는 듯한 표정을 지었다.

"웨스터필드 씨 아닌가요?"

"맞습니다. 아니, 어떻게?"

"승객 여러분의 얼굴을 익히는 것이 제 일입니다. 영국에서 젊은 부인과 함께 탑승하셨죠?"

"그 사람은 셰르부르에서 내렸어요. 배웅하러 왔던 거예요."

"그렇군요. 그리고 지갑을 잃어버리셨다. 얼마 들어 있었는지 여쭤봐도 될까요?"

"천 달러 정도의 현금과 수표책이요. 사진이라든지 클럽 회원카드라든지 명함 같은 것도 들어 있었어요. 검은 가죽지갑입니다. 표면에 P.W.라는 이니셜이 새겨 있어요.

"잠시만요."

승무원은 주머니에서 열쇠를 꺼내, 벽 안쪽에 설치된 소형금고로 다가갔다. 나이는 35세를 넘기지 않아 보였으며, 거슬리지 않는 극히 절제된 말수로 갖가지 의미를 전하는 기술——영국 초로의 집사들이 흔히 쓰는 방법——이 몸에 배어 있었다. 이런 사람들을 재촉하는 일은 금물이다. 승무원은 천천히 금고에서 폴의 지갑을 꺼냈다.

"한 시간 전에 맡겨졌습니다. 안전을 위해 조수에게 이곳에 보관하라고 했지요."

"감사합니다."

"확인해 보시는 게 어떠신지요."

"그러죠."

지갑을 열어 돈을 셌다.

"도대체 어떻게 된 일이죠? 전부 그대로입니다. 한 장도 없어지지 않았어요, 수표책까지도. 저, 누가 이걸 맡겼나요? 직접 만나 인사드리고 싶은데."

"고든이라는 분이십니다. 영국분이시고 선실은 이 위층에 있는 A 갑판의 26호실입니다."

"지금 당장 가봐야겠습니다. 한잔 하고 싶네요. 아직도 이 세상에 정직한 사람이 있다는 것을 알게 되어 너무 기쁩니다."

"그러네요."

"아, 정말 감사합니다."

"도움이 되었다니 저도 기쁩니다."

26호실에서는 잭 고든, 즉 잭 해밀턴이 카드를 만지고 있었다. 우선 두 개로 나누어 침대 옆 테이블에 엎어 두었다. 그리고 카드가 잘 섞이도록 양 끝을 들어올려 섞는 평범한 방법으로 합쳤다. 섞은 카드를 대충 모아서는 다시 두 개로 나누어 서로 비스듬히 두고 왼편의 카드를 오른편 카드의 반대편으로 통과시키고는 왼편 카드를 오른 편 카드 위에 올려놓았다. 카드의 순서는 조금도 바뀌지 않았다. 놀라운 손놀림이었다.

잭은 폴 웨스터필드를 끌어들이기 위해 포피를 미끼로 쓴 남자며 보트맨이었다. 보트맨이란 대서양 횡단 여객선에서 돈벌이를 하는 직업 갬블러를 말한다. 대서양 횡단 여객선은 카드게임에 안성맞춤이었으며 여객선에서 돈벌이를 하는 보트맨은 수십 명에 달했다. 잭이 이 수법을 알게 된 것은 다른 사람의 행동을 유심히 관찰하면서이다. 전쟁 전에 배에 탄 일이 있던 잭은 보트맨이 일하는 모습을 잘 봐두었다. 그 당시 보트맨은 흡연실에 죽치고 앉아 봉이 걸려들기만을 기다렸다.

지금은 좀더 전문화되어 운에 맡기는 일 따위 없어졌다. 보트맨은 여객선이 출항하기 며칠 전부터 승객명단을 확보해, 그 가운데 봉이 될 만한 인물을 찾아내어 그의 직업이나 부동산 등을 조사한 뒤 얼마나 빼낼 수 있는지를 정한다. 그리고 작업에 끌어들이기 위해 포피와 같은 공범자를 쓴다.

그뿐만이 아니다. 승무원 명단도 상세히 조사해서 주임급 승무원과 선임 경관 등의 이름도 미리 파악해 둔다. 대서양 횡단 여객선이라면 화이트 스타, 크나드, 함부르크 아메리카, 노슨 저맨 로이드, 트랜셋, 네덜란드 아메리카, 캐나디안 퍼시픽뿐만 아니라, 피엘 폰트 모건 소유의 여섯 개 정도의 미국 기선 회사의 여객선까지 모두 보트맨의 일터이다. 같은 배를 타기까지 적어도 1년 반 이상의 시간을 둔다. 그만큼 조심하면서도 항해 중에는 본격적인 작업에 들어가지 않는다. 대서양 횡단 중에는 목표물을 유도하기만 할 뿐 본격적인 작업은 뉴욕에 도착해서 목표물이 머무는 맨해튼의 호텔에서 시작된다. 영국에서는 열차 내 개인용 객실에서 마지막 게임을 하기도 한다.

잭은 단출하게 다녔다. 그의 짐은 라운지용 정장 두 벌과 야회복이 한 벌, 그리고 점잖은 넥타이 몇 개와 셔츠 몇 장, 필수품인 속옷이 전부였다. 그 밖에 담배와 자본금, 애용해 온 카드. 애용해 온 카드는 연습용으로만 사용했다. 선상에서의 게임에는 반드시 흡연실 승무원으로부터 구입한 카드를 사용했다.

이윽고 기다리던 노크소리가 났다. 잭은 카드를 서랍에 넣고 문으로 향했다.

걸려든 것이다.

"고든 씨, 처음 뵙겠습니다. 전 웨스터필드라 합니다. 폴 웨스터필드 2세입니다. 갑자기 찾아와 죄송합니다. 실은 제 지갑을 주워 주신 것에 보답을 하고 싶어서 찾아왔습니다."

"그럼, 당신이 떨어뜨리신 거군요. 뭐 잃어버린 것은 없으신지요?"

"1센트도 잃어버리지 않았습니다. 저, 고든씨, 답례로 한잔 사고 싶습니다만, 어떠신지요?"

"웨스터필드 씨, 그 일은 신경 쓰지 마세요. 그럴 필요 없습니다. 마음만 감사히 받겠습니다."

"아닙니다. 꼭 저와 함께 해주세요."

"사실 저는 왼손잡이가 아니라 바의 높은 의자에 앉으면 두통이 나거든요."

"그럼 저녁 식사 후 커피는 어떨까요. 브랜디 한잔도 좋고, 라운지에서 이야기를 나누며 마실 수 있어요."

"그렇게 말씀하시니까 초대에 응하고 싶어지는데요?"

"잘 됐습니다. 오실 때까지 기다리겠습니다. 제 이름이 폴이라고 말씀드렸던가요?"

"저는 잭입니다. 그럼 그때 뵙겠습니다, 폴."

폴이 나가고 문을 닫은 뒤 잭은 다시 카드를 꺼냈다.

14

옷장 안에 이브닝가운 7벌이 있었다. 모두 다 새것이었다. 새것이라고 말하던 월터의 말을 알머는 그대로 믿었다. 드레스는 최고급 실크와 공단, 그리고 조젯(georegette) 천으로 만든 것이었다. 바느질도 최상급이라 옷장에 걸려 있는 모습에 알머로선 자기도 모르게 손이 갈 만큼 무척이나 마음에 드는 옷들이었다. 그러나 리디아의 선실에서는 마음을 단단히 다잡지 않으면 손가락 끝을 대는 것조차 어려웠다. 겨우 수련꽃이 수놓아진 조젯 천의 검은 드레스를 골라냈다.

"이게 좋겠어요."

월터에게 말했다.

"한번 입어봐야겠는데 욕실을 사용해도 될까요?"

"물론이지. 이제 여기는 당신 방이야."

"그렇죠."

알머는 자신 있게 대답하려 했으나 마음이 영 아니었다. 트렁크 속에 리디아 시체가 들어 있는 한 이 방은 무덤인 것이다. 월터가 창문으로 시체를 버린 뒤 어떤 기분이 들지조차 상상이 가지 않았다. 시체는 어두워진 뒤에 버려질 것이다. 그리고 알머는 이곳에서 혼자 자야 한다. 지금까지 이 계획을 세우면서 그것만은 생각하지 않으려고 노력했었다.

욕실에 들어가면서 살며시 문을 잠갔다. 이제 두 사람은 부부가 되었음에도 아직도 월터에게 부끄러움이 있었다. 결혼식은 올리지 않을 것이다. 두 사람이 함께 하는 인생의 출발점이 있다면 그것은 월터가 리디아의 얼굴에 클로로포름을 적신 천을 댄 순간이다. 그럼에도 알머는 그런 월터 앞에서 옷을 갈아입을 마음이 나지 않았다.

알머가 고른 것은 몸의 선이 드러나는 소매가 없는 드레스이며 등은 깊게 패여 있었다. 스스로는 이런 스타일의 드레스를 사지 않겠지만, 거울에 비친 드레스에서 기품이 흐르고 있음을 부인할 수는 없었다. 검은 조젯 드레스를 입자 드레스와 대비되게 안색이 창백해 보였다. 욕실에 들어올 때 리디아의 화장 가방을 들고 들어온 알머는 얼굴에 볼연지를 조금 바르고 제비꽃 향수를 뿌렸다. 그러자 기분이 훨씬 나아졌다. 내친 김에 립스틱도 발랐다.

"어때요?"

월터는 팔걸이의자에 앉아 신문을 읽고 있었다.

"립스틱은 왜 발랐어?"

월터가 말했다.

"난 리디아예요. 여배우잖아요."

이어서 마치 대사를 하듯 덧붙였다.

"여보"

"그렇군."

월터는 웃음 짓기조차 어려운 듯했다.

"저녁 식사를 함께 할 수 있다면 좋을 텐데."

"해야 할 일이 있어."

"내가 뭐 도울 일 없어요?"

있다고 대답하지나 않을까 두려워하며 알머는 물었다.

"가능한 한 나한테서 멀리 떨어져 있는 게 도와주는 일이야. 당신은 댄스구경도 하고 도서실에 가서 책을 골라 라운지에서 커피도 한잔 해. 내가 해야 할 일은 깜깜해진 뒤에나 할 수 있으니까."

"한밤중까지 기다릴게요."

"그 정도면 될 거야. 항해 첫날 밤은 다들 일찍 잠자리에 들어. 자, 열쇠. 당신이 돌아올 때면 난 없을 거야. 나는 물론이고 저…

… "

'시체도'라고 하듯 트렁크를 힐끔 보았다.

"여보, 부탁이 하나 있는데, 나를 위해 일이 끝나면 트렁크 뚜껑을 열어둬 줬으면 좋겠어요. 그럼 비어 있다는 걸 확인할 수 있잖아요."

"그래, 그렇게 해 둘게."

"아침에 만날 수 있을까?"

월터는 고개를 저었다.

"뉴욕에 도착할 때까지 더 이상 만나지 않는 편이 좋아. 이등실 승객이 제한 구역 이외 지역을 돌아다니는 걸 승무원들은 별로 안 좋아하거든. 승무원들은 그런 일에 굉장히 눈치가 빨라. 오늘 당신 정말로 용감했어. 큰 고비는 넘겼어."

"정말 그렇다면 좋겠어요. 크리펜 박사와 에셀 르 네브에 대해 이전보다 더 동정이 가."

"그래. 하지만 우리는 그 두 사람과 같은 잘못은 범하지 않았어. 크리펜 박사 일은 이제 잊어버려. 난 이제 월터 듀야. 듀 행세를 하고 있으니 마음이 훨씬 편해."

저녁 식사 시간을 알리는 나팔 소리가 울렸다. 월터는 자리에서 일어나 서랍에서 스톨을 꺼냈다.

"저녁 늦게는 추울지도 몰라."

알머의 몸에는 닿지 않으면서 부드럽게 스톨을 어깨에 걸쳐 주었다. 알머가 아직은 월터의 몸이 자기 몸에 닿는 것을 꺼려하고 있음을 알머가 배려하고 있는 듯한 동작이었다.

알머는 고마워하며 말했다.

"당신 생각을 하고 있을 거예요."

월터는 문을 열면서 말했다.

"고마워."

월터는 아직 충격에서 벗어나지 못하고 있었다. 알머는 그에게 키스해 줄 정도의 용기가 있다면 좋을 텐데 하는 생각을 했다.

복도로 나가자 식당으로 향하는 사람들 사이에 들어갔다. 식당에서는 전속 오케스트라가 화분에 심은 종려나무 사이에서 연주했다. 너나할 것 없이 저녁 식사용으로 정장을 입고 남자는 흰 넥타이에 풀먹인 와이셔츠 깃, 여자들은 반짝이는 보석들을 두르고 있었다. 테이블 여기저기에서는 아는 사람이나, 이전 항해에서 동승했던 사람들을 만날 때마다 일어서서 인사를 나누곤 했다.

"실례합니다만."

알머는 승무원인 줄 알고 고개를 들었다. 그러나 테이블 옆에 서 있는 사람은 낯선 남자였다. 키가 크고 말랐으며 얼굴이 비바람에 거칠어져서인지, 아니면 위스키 때문인지 왠지 사람의 시선을 끄는 외모였기 때문에 아는 사람이었다면 누구인지 금방 기억해낼 수 있었을 것이다. 얼굴 근육과 주름이 조화를 이뤄 의외로 호감 가는 인상을 주었다. 눈도 웃고 있었다. 나이는 50을 넘지 않은 듯했다.

"여배우 리디아 바라노프 씨죠?"

남자는 말했다.

알머는 얼어붙는 듯했다. 갑작스런 공격을 받은 토끼가 생명을 앗아갈 최면술사와 같은 눈빛에 얼어붙어 도망도 못 가고 있는 것처럼 알머는 자기에게 흥미를 갖고 있는 듯한 인상 좋은 얼굴을 올려다보았다.

"아, 실례했습니다."

남자는 말했다.

"사람을 잘못 본 것 같습니다. 승객 명단에서 리디아라는 이름을 보고 귀에 익은 이름이라고 생각했어요. 그런 이름의 꽤나 매력적인 여배우로 전쟁 전에 피네로의 작품을 자주 연기하던 사람이 있었던 것 같아서……. 아닙니다. 정말 실례했습니다. 용서해 주세요."

"사과하지 않으셔도 돼요."

알머는 자기에게 이런 용기가 있을 줄은 몰랐다. 마음을 다잡으며 말을 이었다.

"잘못 보신 거 아니에요. 제가 좀 딴생각을 하느라……. 최근에는 사람들이 얼굴을 알아보거나, 이름을 기억하거나 하는 일이 좀처럼 없어서."

"정말이세요?"

남자는 진심으로 놀라는 모습이었다.

"이제 더 이상 무대에는 서지 않으세요?"

"네, 꽤 오래 전부터요. 미스터……?"

"네, 핀치입니다. 존 핀치입니다. 아주 평범한 사람입니다. 연극을 좋아하는 사람 중 하나일 뿐이죠. 실은 제 친구들은 저를 조니라고 부르죠. 분장실 조니라나요. 무슨 뜻인지 아시죠? 저, 사실 제가 별 재미없는 중년남자이긴 합니다만, 레스토랑에서 혼자 식사하시는 부인을 두고 볼 수만은 없습니다. 더군다나 그 부인이 영국 무대를 주름잡던 최고의 여배우라면 더더욱 그렇지요."

"식사는 혼자하고 싶어요."

알머는 말했다.

"별로 외롭지도 않고요. 말씀은 고맙습니다."

핀치는 또다시 주름진 불쌍해 보이는 표정을 지었다.

"미안합니다. 쓸데없는 소릴 했군요. 분장실 조니라는 헛소리를 하고 그건 옛날에 친구들이 장난으로 붙인 별명입니다. 그게 본명처럼 되어 버린 거죠. 사실 저는 그런 사람이 아닙니다. 근본적으로 아주 소심하거든요. 지금도 당신에게 말을 걸기까지 꽤나 망설였어요. 이번 한번의 식사로 족하니 제 테이블로 오시지 않으시겠습니까? 미국인 몇 명이 자리를 함께 할 겁니다만, 모두들 당신과 함께하는 것을 기뻐할 겁니다."

알머는 조니 핀치를 더이상 피할 수 없을 것 같은 느낌을 받았다. 뭐라고 거절하든 이 남자는 다시 찾아올 것이다. 처음에 받은 충격에서 서서히 회복되면서 알머는 이 남자가 리디아에 대해서 아는 것이 거의 없다는 것을 알 수 있었다. 꽃집에 들어와 알머의 브로치나 그녀의 말투 등을 꼬투리 잡아 어떻게든 가까워져 보려는 언변이 뛰어난 남자들과 다를 바 없었다. 그렇다면 잘 요리할 수 있을 것도 같았다.

"한 가지 조건부로 그쪽 테이블로 가죠. 핀치 씨, 연극 이야기는 하지 말아 주세요. 연극은 제 인생에서 이미 끝나버린 제1막이며, 게다가 뼈아픈 기억뿐이니까요."

핀치의 얼굴이 갑자기 환해졌다.

"바라노프 씨, 무슨 이야기를 하든 당신과 함께 식사할 수 있다면 영광입니다. 제 테이블은 저기 벽 쪽입니다."

"다른 분들과 동석하기 전에 말씀드리고 싶은데, 바라노프란 이름은 제 남편 성이지, 제 아버지로부터 받은 성이 아니에요."

알머는 자리에서 일어서 핀치를 따라갔다.

알머는 이름에 대해 이야기한 것을 상대방이 충분히 이해했는지 주의 깊게 보았다. 핀치는 그다지 머리회전이 빠른 사람이 아니었다. 알았다고 대답하는 그의 말투에서 알머의 말을 이해하지 못했음을 알 수 있었다.

알머는 마음이 놓였다. 혼자서 식사시간을 보내지 않아도 되어 마음이 한결 가벼워진 것은 숨길 수 없는 사실이었다.

레스토랑의 또 다른 한편에서는 폴 웨스터필드가 자기 지갑이 무사했음을 리빙스턴 고넬 일가 사람들에게 이야기하고 있었다.

"찾을 줄 알았어."

마제리가 말했다.

"일등실로 여행하는 사람들은 남의 재산을 존중할 줄도 알지. 유럽여행을 몇 번이나 했지만, 물건을 잃어버린 적은 한 번도 없어."

"주은 것은 두세 가지 있지만서도."

리비가 진지한 표정으로 말했다.

"말조심해요. 사람들이 들으면 진짜인 줄 알 거 아니에요."

마제리가 말했다. 그리고는 폴을 향해 말을 이었다.

"뉴욕에 도착할 때까지 마음껏 즐겨. 그러지 못할 이유 없잖아. 식사 끝나면 여기 춤추러 오지 않을래? 여기 악단은 연주 실력이 아주 그만이야. 그렇지, 바바라?"

바바라는 어깨를 움츠리며 말했다.

"뭐, 그렇지."

"실은 지갑을 찾아준 사람에게 한잔 사기로 해서 라운지로 자리를 옮기려고요. 고넬 씨, 빌려주신 돈은 잊지 않고 있습니다."

폴이 말했다.

"나도 잊지 않았어."

리비가 말했다.

"여기서 돌려드리면 실례겠지요?"

"난 상관없어."

리비가 말했다.

마제리가 짜증스러운 듯 혀를 찼다.

"리비, 여긴 사람들 많은 레스토랑이에요. 나중으로 해요. 웨스터필드 씨, 테이블은 정했어요? 어때요, 우리랑 함께 식사하는 건."

폴은 아버지 친구분들과 함께 식사하기로 예약해 두었다며 이젠 가 봐야 한다고 고넬 일가 사람들에게 즐거운 저녁 식사가 되시라는 인사와 함께 재빨리 자리를 떠났다.

"저게 고마운 줄도 모르고."

마제리가 속상한 듯 말했다.

"당신은 폴에게 뭐든 지나쳐."

리비가 위로하듯 말했다.

"숨 쉴 정도의 여유는 줘야지. 어차피 돌아올 놈인데."

"그래, 엄마."

바바라가 리비의 말을 거들었다.

"아버지의 말이 맞아. 엄마가 폴의 주의를 나한테로 돌리려고 애쓰는 거 나도 더 이상은 못 봐 주겠어. 제발 좀 내버려 둬."

마제리는 또다시 혀를 찼다.

"그래, 그럴게. 그게 네가 원하는 거라면. 내가 나 좋으라고 그랬니?"

그날 밤 고넬 일가의 저녁 식사 테이블에서 더 이상 별다른 이야기는 없었다.

식사가 끝나갈 즈음 선원 중 한 사람이 자리에서 일어나 항해 첫날밤에 승객 중에서 3명의 사회자를 뽑도록 되어 있다고 발표했다. 식사하던 사람들 대부분이 미국에서 유럽으로 건너갔던 사람인 데다, 대서양 횡단 경험이 있는 사람들도 많았던 덕분에 사회자는 금방 뽑혔다. 주행거리 측정 현상 제비뽑기의 사회자는 체이스 맨해튼 은행 사장이, 스포츠 위원회 사회자는 윔블던 싱글 선수인 빌 텔덴, 콘서트 사회자는 메트로폴리탄 오페라 무대에 출연하러 가는 이탈리아 테너가수가 뽑혔다.

"도대체 저 사람이 어떻게 콘서트 사회자를 할 수 있어? 영어를 한마디도 못하는데. 아, 내게 임명 권한이 있었더라면……."

조니 핀치가 말했다.

"그런 소리 마세요."

알머가 말했다.

"저하고 약속하셨잖아요."

수다스런 조니를 위해 한마디 해야 했지만, 그는 끝까지 약속을 잘 지켜주었다. 조니는 자동차 판매상을 하고 있으며 고객들에 대한 재미난 이야기를 많이 알고 있었다. 모리타니아 호 창고에 란체스터40을 한 대 실어 두었다며 그 차에 대한 자부심이 대단했다. 판매상을 시작한 이래 지금까지 롤스로이스의 실버고스트보다 란체스터40이 더 잘 팔렸다고 했다. 이번엔 미국 시장을 뚫으러 가는 길이라고 했다.

알머는 자동차에 대해서 아는 건 없었지만, 이야기는 재미있어서 몇 번이나 웃었다. 조니가 자리를 즐겁게 하는 동안 알머도 마음 편하게 즐길 수 있었다. 이야기에 따라 감정을 드러내는 주름투성이의 표정이 마음에 들었다. 조니의 웃음소리도 듣기 좋았다. 선실에 있는 시체에 대해 잠시 잊어버리는 일도 종종 있었다.

15

폴은 승무원에게 돈을 건네며 브랜디를 주문했다. 잭 고든에게 물었다.

"모리타니아 호에 대해선 잘 아세요?"

"아뇨, 잘 모릅니다. 대개 화이트스타사의 배를 이용하거든요. 마제스틱 호 말입니다. 독일제인데 왠지 무게감이 느껴지거든요."

"저도 미국을 떠날 때는 베란가리아 호를 이용했기 때문에 무슨 말씀이신지 이해가 갑니다. 여행은 자주 하시나요?"

"그렇게 들리셨습니까? 실은 일 년에 한 번 정도입니다. 뉴욕에 아는 사람이 있어서요. 만나러 가는 즐거움이 큽니다. 게다가 횡단 여행 자체도 즐겁고."

"선내 스포츠 말인가요?"

잭은 싱긋이 웃었다.

"아뇨, 저는 갑판에서 치는 테니스는 별로 좋아하지 않아요. 수영 이라면 가끔 합니다만. 마제스틱 호의 로마식 수영장은 그야말로 한번 들어가 볼 만하죠. 영국 배에서는 자칫 스포츠니 게임이니 휘 둘리다가 개인 시간을 갖지 못할 수도 있어요."

승무원이 브랜디를 가지고 왔다. 잭은 승무원에게 담배를 부탁하고 는 잔을 들고 말했다.

"항해가 마지막까지 순조롭기를 바라며."

"배에 타고서부터 이래저래 바빠서 바다 상태가 어떤지 생각해 볼 여유도 없었습니다."

폴은 말했다. 터놓고 이야기하면 가까워질 수 있을 거라는 생각에 폴은 포피와의 일을 모두 털어놓았다.

"그런 아가씨를 만난다는 건 정말 즐거운 일이죠."

잭이 말했다.

"귀여운 런던 참새라고나 할까요? 수다스러운. 헤어질 수밖에 없 었다는 것이 안됐군요. 하지만 당신 정도면 얼마든지 새 여자친구 를 사귀실 수 있을 텐데. 항해만큼 로맨스와 어울리는 것도 없고 요."

폴은 웃었다.

"그럼 저에게 누굴 추천해 주시겠어요?"

"저녁 식사 전에 함께 있던 그 매력적인 아가씨는 어때요?"

"저녁 식사 전이라뇨?"

"식당에서 그 아가씨 부모와 이야기를 나누시던 것 같던데……. 갈색머리를 짧게 자른 그 매력덩어리 미녀를 제가 못 봤을 리 없죠. 그녀는 단 한순간도 당신에게서 그 검고 둥근 눈망울을 떼지 못하던데요?"

"바바라를 말씀하시는군요. 대학시절에 만난 성격 좋은 친구예요. 실은 런던에서도 두 번 정도 함께 다녔었죠."

폴은 말을 끊었다. 잭의 눈동자에서 누군가 자기 뒤로 왔음을 알 수 있었다. 돌아봄과 동시에 부드러운 옷깃이 얼굴을 스치는 것을 느꼈다. 그녀는 피콧 블루 드레스를 입고 있었으며 그 부드러운 소매깃이 그녀의 팔의 움직임에 따라 부드럽게 춤추고 있었다. 더할 나위 없이 아름다운 잿빛 머리카락을 하나로 묶고 있었다. 폴보다 10살 정도 연상인 듯했으나 높게 솟아오른 광대뼈와 좁은 이마의 얼굴은 여전히 아름다웠다.

여자는 또렷한 영국식 영어 발음으로 말했다.

"두 분 말씀 나누고 계시는데 죄송합니다만……, 저는 캐서린 매스터스예요. 선내 콘서트 때문에 부탁 좀 드리려고요. 아시겠지만, 시뇨르 마르티넬리가 콘서트 사회자로 뽑혔죠. 그분은 유명한 가수이신 데다 훌륭하신 분이시고요. 하지만 화요일 밤에 출연해줄 분을 찾아낼 수 있을 만큼의 영어는 못하세요. 그래서 제가 마르티넬리씨를 대신해서 출연자분들을 모집하고 있는 중이에요. 모리타니아 호로 대서양을 건너시는 분들 중에는 반드시 숨은 재주를 가진 분들이 계시니까요."

잭은 고개를 저으며 웃고 있었다.

"안 됩니다. 저는 재주라곤 없어요. 도움이 못 되어 죄송합니다, 미스 매스터스."

"저도 마찬가집니다."

폴이 말했다.

"음악에는 재주가 없어서요."

캐서린 매스터스는 그렇게 쉽게 물러서지 않았다.

"꼭 음악일 필요는 없어요. 여기서만 하는 얘기지만."

캐서린은 다른 사람들에게 들리지 않도록 몸을 숙이고 말했다.

"바이올린을 연주하실 분이라면 얼마든지 있어요. 다들 항해 중에도 악기를 갖고 다니시죠."

폴의 어깨에 손을 올리자 고급 향수 냄새가 코를 자극했다.

"제가 찾고 있는 분은 촌극에 나와 주실 젊고 유머러스한 분이세요."

"죄송합니다만, 전 아니에요."

폴이 말했다.

"제가 할 줄 아는 건 호이스트밖에 없어요."

잭이 말했다.

"게다가 별로 잘 하는 편도 아니고."

호이스트란 카드게임 중 하나다.

"호이스트라고요?"

미스 매스터스가 물었다.

"호이스트라면 저 너무 좋아해요. 그럼 이렇게 합시다. 호이스트 게임에 저도 끼워 주신다면 더 이상 콘서트에 출연하시라는 얘기는 안 할게요. 어떠세요?"

"오늘 밤에요?"

잭이 물었다.

"오늘 밤이 어때서요? 제가 승객 분들에게 콘서트 이야기 하는 건 거의 끝나가요."

"폴, 당신도 카드놀이 해요?"

"가끔 하는 정돕니다. 잘 하지는 못하고요."

"어때요? 오늘 밤 호이스트를 몇 번 치든가, 아님 화요일 밤에 장기자랑을 하든가, 둘 중에 하나를 고른다면 어느 것으로 하시겠어요?"

폴은 싱긋이 웃음 지었다.

"협박이시군요."

"하지만 받아들이실 거죠?"

"네."

"어머, 좋아라."

미스 매스터스는 말했다.

"하지만 호이스트를 하려면 한 사람 더 필요한데."

"그건 문제없어요."

잭이 말했다.

"조금 전에 폴이 대학시절 친구랑 이야기를 나누더군요. 함께 하지 않겠냐고 권하면 싫다고는 하지 않을 거예요. 그렇죠?"

"글쎄요. 한번 말은 해 보죠."

폴이 말했다.

"자, 이걸로 결정난 거예요. 그럼 30분 후에?"

미스 매스터스는 말했다.

"흡연실에서 하죠."

잭이 말했다.

"흡연실에 카드가 있으니까요."

잭은 미스 매스터스가 가고난 뒤 폴에게 말했다.

"어때요? 이제 아시겠죠? 대서양 횡단 여객선에선 아무도 멍하니 시간을 보내지 않죠. 저 때문에 일이 이렇게 되었다고 생각지 않으셨으면 좋겠는데."

"아뇨, 그렇지 않습니다. 카드게임은 저도 좋아합니다. 가서 바바라를 찾아보겠습니다."

바바라는 부모님과 함께 앉아 있던 식당 테이블에서 혼자 댄스를 구경하고 있었다. 리디아와 리비가 '할리에게 반해' 반주에 맞춰 원스텝을 추고 있었다. 바바라는 시선을 들어 폴을 보았다. 그 얼굴이 갑자기 환해졌다. 폴은 카드게임 이야기보다 먼저 바바라와 춤을 추고 싶어졌다. 갑자기 그녀의 손을 꼭 잡아끌었다. 잭의 말대로, 바바라는 매력적인 여자다. 폴은 댄스 플로어로 나와 말했다.

"너를 안 지 꽤 오래되었는데 함께 춤 춘 적은 아직 없잖아."

바바라는 웃으며 말했다.

"누가 나보고 춤 못 춘다고 한 거 아냐?"

"잘 추는 데, 뭐."

"별로 기회가 없었어."

"부모님은 자주 추시던데. 사보이 호텔에서도 춤추고 계시는 걸 봤어. 두 분 모두 수준급이셔."

"아버지는 잘하셔. 정말 멋진 탱고를 출 줄 알거든. 어디서 배웠는지는 모르지만. 틀림없이 엄마를 만나기 전에 배웠을 거야. 엄마는 발목이 예뻐서 춤추는 걸 좋아해. 빙글빙글 돌면서 발목을 자랑하지만, 춤 자체는 별로야. 전체 균형이 안 잡혔잖아. 봐 봐, 엄마 엉덩이. 신체의 다른 부분과 박자가 안 맞잖아."

"그만해. 너무 웃겨."

"내가 너무 했나. 엄마 흥을 보다니. 사실 요즘 너무 오래 붙어 다녀서 지겨웠거든."

"난 너한테 카드게임하자고 온 거야."

폴이 말했다.

"호이스트 할래?"

"누구랑?"

"내 지갑 찾아준 사람이랑, 콘서트 출연자 모집하러 다니는 푸른색 드레스 입은 여자. 너랑 나랑 편 먹고 우리가 이기면 술 사라고 하자. 어때, 바바라?"

"나 호이스트는 잘 안 하는데."

"너 암산 잘하잖아. 그 게임은 카드를 얼마나 잘 외우는가에 달렸거든. 우리 둘이 함께라면 꼭 이길 수 있어. 혹 잃는다 하더라도 그 정도의 금액을 감당할 정도의 능력은 있어."

"엄마한테 말씀드리고 가야지."

"그래."

폴은 턴을 해서 바바라가 엄마를 볼 수 있도록 했다. 마제리는 리비의 어깨 너머로 고개를 끄덕이며 다녀오라고 했다.

흡연실 한 쪽에는 벌써 카드게임이 준비되어 있었다. 호두나무 소재의 벽 쪽으로 자리잡은 잭이 테이블 하나를 예약해 두었던 것이다. 바의 승무원으로부터 카드를 두 통 사두었으며 포장을 뜯지 않은 채 테이블에 두었다. 폴이 잭을 바바라에게 소개했다.

"이제 미스 매스터스만 오면 되는군요."

잭이 말했다.

"캐서린이라 부르기로 하죠."

폴이 말했다.

"가능한 한 격식 차리지 말고 하죠."

캐서린은 조금 늦게 나타났다. 향기가 이전보다 더 짙어졌다. 화장을 고치고 온 것이다.

"방에 돈 가지러 다녀왔어요."

캐서린은 서로 인사를 나누며 말했다.

"돈도 걸어요?"

바바라가 물었다.

"그럼요. 안 그러면 너무 지루해서 도저히 할 수 없어요."

캐서린이 말했다.

"전 미국까지 가져가지 않아도 될 만큼의 영국 돈을 좀 가지고 있어서요."

"돈을 거는 건 규칙에 어긋나는 것으로 알고 있는데요?"

바바라가 말했다.

"어머, 그래요?"

실망한 듯 캐서린이 말했다.

"그럼 하나도 재미없잖아요."

"점수로 계산해서 나중에 결산하면 되잖아요."

폴이 안을 냈다.

"어머, 좋은 생각이네요."

"라바 한 번에 영국 돈 1파운드 어때요?"

잭이 말했다. 라바란 3판 중 한쪽이 2판 이상 이기는 것을 말한다.

규칙이 정해지고, 가장 낮은 카드를 뽑은 폴이 딜러가 되었다. 폴이 자기 자신에게 준 것은 나쁜 패였다. 잭과 캐서린은 첫 번째 판과 두 번째 판을 연이어 이겼다.

"나 잘 못한다고 했잖아."

바바라가 폴에게 말했다.

"무슨 소리예요. 아직 그럴만한 패를 못 받았잖아요."

캐서린이 말했다.

"호이스트는 패가 중요해요."

세 번의 라바까지 폴과 바바라는 단 한 번 이겼을 뿐이었다.

"두 분께는 도저히 안 되겠는걸요."

폴이 말했다.

"이쯤에서 10분간 휴식시간을 갖고 한잔 합시다."

잭이 말했다.

"숙녀분들, 무얼 주문할까요?"

"얼음이 든 거라면 뭐든 좋아요."

캐서린이 말했다.

"여기 좀 덥지 않아요? 전 너무 덥네요. 잠깐 선실에 가서 쉬다 오겠어요."

"나중에 함께 샴페인 한잔 합시다. 제가 사겠습니다."

잭이 말했다.

"어머, 좋아라. 당신 정말 멋진 분이시군요. 카드 실력도 좋으신 데다 성품까지도. 그럼 이따가."

캐서린은 바바라에게 손을 흔들며 자리를 떴다.

잭이 바에 가서 샴페인을 주문하는 동안 폴이 바바라에게 말했다.

"좋은 사람들이지."

"응, 맘에 들어. 그런데 게임 스코어를 좀 대등하게 할 수 없을 까?"

폴은 웃음 지었다.

"돈은 아무렴 어때. 재미있으면 됐지."

"두 번째 사람은 낮은 패를 내고 세 번째 사람은 높은 패를 내면 된다는 것을 기억해 두면 좀더 승률이 높아지지 않을까?"

폴은 웃기 시작했다.

"조금 전까지만 해도 호이스트 같은 건 하기 싫다더니."

바바라는 얼굴을 붉혔다.

"기본은 알아."

"그래, 그럼 네 말대로 방법을 바꿔 보자."

폴은 바바라에게 짧은 머리와 붉은 입술에 어울리는 투지가 있다는 걸 알게 되어 기쁘다는 말도 하고 싶었다. 이제까지는 바바라를 엄마에게 억눌려 자기 자신을 잃어버린, 귀여운 소녀에 지나지 않는다고 생각했던 것이다.

"그리고 이렇게 정하는 건 어때? 우리 두 사람 중 어느 한쪽이 이기고 있으면 가능한 빨리 같은 색 패를 내는 거야, 어때?"

바바라는 진지한 어투로 말했다.

"그리고 또 한 가지, 너무 늦지 않도록 게임을 끝내고 춤을 좀더 추는 건 어떨까?"

폴의 말에 바바라도 싫지 않은 표정을 지었다.

"그래, 좋아."

"이기든 지든."

"내 말을 좀더 믿어도 되지 않을까? 틀림없이 이길 수 있어."

"샴페인은 적당히 해 둬."

잭이 승무원과 함께 돌아오는 것을 보고 폴이 말했다.

"캐서린은 아직 안 왔나 보죠?"

잭이 말했다. 그리고는 승무원을 향해 말했다.

"아까 그 숙녀분이 돌아오면 우리가 마개를 따죠."

그리 오래 기다릴 필요 없었다.

"기다리시게 해서 죄송합니다."

캐서린이 자리에 앉으며 말했다.

"돌아오는 길에 놀랄 일이 있었거든요. 제 방이 있는 D갑판에서 돌아오는데 한 객실 문이 열리더니 남자가 나오려다가 다시 뛰어 들어가 버리는 거예요. 마치 유령이라도 본 듯이. 그래서 다시 방에 돌아가 제 얼굴을 확인해 봤다니까요."

"저라면 그런 것에 신경 쓰지 않을 겁니다."

잭이 말했다.

"아마 그 남자는 당신이 콘서트에 나와 달라고 부탁하러 온 줄 알 았을 겁니다. 설마 콘서트 출연을 호이스트로 대신할 수 있다고는 생각지 못했을 테니까요."

잭은 코르크 마개를 열었다. 캐서린이 봤다는 그 남자에 관한 이야 기는 더 이상 화제에 오르지 않았다.

폴은 두 번째 패를 낼 때는 낮은 패를 내고 세 번째에는 높은 패를 내자는 바바라와의 약속을 잘 지켰다. 바바라가 리드하고 있는 패의 종류를 잘 기억해 두었다가 폴 자신이 리드를 빼앗았을 때는 그와 같 은 색(같은 종류)의 패를 냈다. 이렇게 해서 두 사람은 세 번 연속해 서 이겨 라바를 했다.

"두 분 도대체 어떻게 된 거죠?"

잭이 말했다.

"갑자기 잘 하시게 된 건가요? 아님 저희가 샴페인이 과했나요?"

"우리 둘 중 한 사람이 과했나 보죠."

캐서린이 통명스럽게 말했다.

"오늘 마지막 승패에서 당신은 저의 오래 계속 되는 패를 중간에 끊어 버렸어요. 안 그랬으면 두 번은 이길 수 있었는데."

"이미 지나간 일은 이야기하지 맙시다."

잭이 말했다.

"이번엔 좀더 열심히 할게요."

잭과 캐서린은 첫 번째 게임에서는 이겼지만, 라바는 폴과 바바라 가 가져갔다. 잭과 캐서린 사이의 불화가 드러나기 시작했다. 잭은 담배를 피우기 시작했으며 캐서린은 입술을 오므리고 있었다. 몇 년 이나 더 나이 들어 보였다.

"운에 따라 이렇게까지 달라지는군요."

폴과 바바라가 다시금 라바를 획득하면서 스코어가 5대 5가 되자 폴이 말했다.

"꼭 운이라고만도 볼 수 없죠."

캐서린은 잭을 노려보며 말했다.

"이번을 마지막 결전으로 할까요?"

폴이 말했다.

"그렇게 합시다."

잭이 말했다.

"정말 괜찮으시다면 그렇게 하고 싶어요."

바바라가 말했다.

"호이스트는 너무 오랜만이라 집중이 잘 안 되네요."

"샴페인 때문일 거예요."

캐서린이 말했다.

"취기가 각기 다르게 나타나는 거죠. 이보세요, 파트너 씨. 패를 나눠 주셔야죠. 뉴욕에 도착할 때까지 계속 이렇게 얼굴만 서로 마주 보고 있을까요?"

바바라와 폴은 2대 1로 마지막 라바를 획득했다.

"이것으로 결정이 났네요."

잭이 말했다.

"미국의 승리입니다. 한 분씩 각각 1파운드의 빚을 졌군요."

"샴페인 사셨잖아요. 그것으로 됐습니다."

폴이 말했다.

"빚은 반드시 갚아야죠. 바바라, 이건 내가 주는 1파운드."

캐서린이 말했다.

"당장 집어넣으세요. 여기선 테이블 너머로 돈을 주고받지 않아요. 어떻게 된 거 아닙니까?"

잭이 지나칠 정도의 격한 어투로 말했다.

"받아 둬요."

캐서린은 바바라에게 억지로 1파운드를 쥐어주며 말했다.

바바라는 어찌할 바를 몰랐다. 그리고 폴을 향해 도움의 눈길을 보냈다.

폴은 돈을 받아 말했다.

"제가 당신을 대신해서 여러분에게 한잔 사죠. 정말 호탕하신 분이군요."

"저는 빼주세요."

잭이 말했다. 아직도 화를 내고 있었다.

"오늘은 충분합니다. 샴페인뿐 아니라 모든 게 다."

잭은 무뚝뚝하게 잘 자라는 인사를 하고 나가 버렸다.

캐서린의 눈에서 눈물이 떨어졌다.

바바라는 캐서린의 손을 잡고 나에게 맡겨두라는 듯 폴을 쳐다보았다.

"알코올보다는 커피가 좋을 것 같은데, 폴."

폴은 커피를 주문하러 가면서 잭이 왜 그렇게 화를 냈는지 아직까지 이해하지 못하고 있었다. 게임에서 돈을 거는 것은 크나드사의 규칙 위반이지만 실제로는 꼭 그렇지만도 않은 게 사실이었다. 그까짓 1파운드를 테이블에서 주고받았다고 해서 선장 앞에 끌려가지는 않는다.

폴은 커피를 주문했다. 서둘러 돌아갈 필요는 없었다. 캐서린도 바바라와 단둘이 있는 것이 좋을 것이다. 바에 가서 스카치라도 한잔 하려는데 흡연실 입구 쪽에 리비의 모습이 보였다. 리비에게 빌린 300달러가 생각났다.

"고델 씨."

"리비라 불러요."

리비는 폴의 팔을 잡았다.

"한잔 어때? 마제리는 쉬러 갔어. 너무 오래 춤췄나 봐. 발목이 부었어."

"빌린 돈을 갚아드리고 싶은데."

폴은 지갑을 꺼내 리비에게 돈을 건넸다. 이것이 너무나 간단하게 이루어졌기 때문에 불과 몇 분 전에 있었던 객과의 일이 더더욱 하찮게 느껴졌다.

"고맙네. 어때, 스카치로 하겠나?"

리비가 말했다.

"좋습니다."

두 사람은 한 잔씩 들고 바로 향했다.

"모리타니아 호는 분위기가 좋아."

리비가 말했다.

"대단한 배야. 자네가 어린애였을 때부터 나는 여객선으로 여행했었기 때문에 배에 대해선 꽤 알지. 배를 자주 탔던 건 마제리를 만나기 전의 일이지만. 지금은 은퇴한 거나 다름없다네. 휴가 때나 배를 타는 정도니."

"하시는 일은 무슨?"

"수출입이라네. 무역에 대한 감각만 있으면 이익은 크지. 자력으로 회사를 키워 지금은 그 주식 배당금으로 생활한다네."

"대단하시네요."

"그러게, 아직 46살인데 여유롭게 여생을 보낼 수 있으니까. 리빙스턴 고델은 더 이상 악착같이 일하지 않아도 된다는 뜻이네. 센트럴 파크가 내려다보이는 내 집에 살고 있고 뉴욕에서 최고로 사랑스런 아내와 아름다운 의붓딸까지 있으니. 그런데 바바라는 어디 있는 건가? 자네와 함께 있는 줄 알았는데?"

"네. 지금은 저 안쪽에 있어요. 함께 카드놀이를 했거든요."

"어디? 안 보이는데?"

"등을 보이고 있어요. 저기 푸른 드레스를 입은 여자와 함께 있는."

"저 여자와? 바바라는 뭘 하고 있나, 저 여자와?"

리비의 말투가 갑자기 변했다. 마치 폴이 자기 의붓딸에게 무슨 나쁜 짓이라도 한 듯한 말투였다.

리비에게 자세한 내용을 설명하기는 귀찮았다.

"뭔가 의논할 일이 있대요. 저에게 커피를 부탁해서 잠시 여기 왔던 거예요. 저도 마술을 걸 수만 있다면 무슨 일인지 알 수 있을 텐데요."

리비는 폴의 팔을 잡고 두 여자가 있는 쪽으로 강하게 떠밀었다.

"지금 당장 가서 그만두라고 해. 여자가 둘 모여서 좋을 것 없어. 나중에 후회해 봐야 소용없고."

폴은 바바라를 보았다. 캐서린과 뭔가 열심히 이야기하고 있었다. 캐서린은 웃고 있었다.

"알겠습니다. 말씀하신 대로 하죠."

폴이 말했다. 하지만 이미 리비는 그곳에 없었다.

16

저녁 식사 후 조니 핀치는 알머와 같은 테이블에 앉아 있던 미국 사람들을 즐겁게 해주었다. 라운지 중앙의 팔걸이의자에 앉아 자동차 이야기를 하고 있었다. 재미있는 이야기로 간간히 사교계 인사들의 이름이 나오면서 흥미를 더했다. 높으신 분들은 부인을 감동시키기 위해 비싼 자동차를 구입하지만 자동차 내지는 그 높으신 분 중 반드시 어느 한쪽이 과열된다는 것이다.

"여성을 유혹하는 데는……."

조니는 이야기를 이었다.

"자동차는 그다지 도움이 안 되는 액세서리죠."

에드워드 국왕이 자동차를 빌린 이야기도 했다. 그 차의 주인은 청량음료 공장을 갖고 있었으며 차를 빌려주는 대신 국왕으로부터 품질보증서를 발급받을 예정이었다. 그리하여 국왕은 여자친구와 시골길로 드라이브를 나갔는데 가솔린이 바닥났다. 국왕은 낙심하지 않았다. 시가에 불을 붙이며 함께 있던 숙녀에게 걱정할 것 없다고 했다. 예비 가솔린을 싣고 있다는 것이었다. 국왕은 차에서 내려 트렁크를 열었다. 안에는 레모네이드만 가득 실려 있었으며 청량음료회사는 국왕으로부터 아무것도 받을 수 없었다.

조니의 이야기에 이끌려 많은 사람들이 모여들었다. 한밤중이 되어서도 그는 여전히 떠들어댔다. 이야기 내용은 점차 따분해져갔다. 한 여자와 그 남편이 자리를 떴다. 마지막까지 남아 있었던 여자는 알머뿐이었다. 그녀 역시 사람들의 웃음이 터지기를 기다렸다가 그 기회에 자리에서 일어났다.

"이렇게 일찍 가시게요?"

조니가 물었다.

"벌써 12시가 지났는걸요."

"정말 그렇군요. 당신에게 저의 란체스터를 보여드리려 했는데."

알머를 포함해 다들 웃었다.

"다음으로 하죠. 시간은 많잖아요."

알머가 말했다.

"지금 하신 말 잊지 마세요. 그럼, 안녕히 주무세요, 마담."

조니는 헨리 포드 이야기를 시작했다.

알머는 D갑판으로 돌아갔다. 약간 흔들렸다. 와인이 과했던 탓이다. 그럴 생각은 아니었는데. 한 잔 들이킬 때마다 불안이 희석되는 효과가 있었다. 술기운을 빌리지 않고서는 도저히 89호실에서 혼자 지낼 수 없을 것 같았다.

복도는 고요했으며 배도 안정적이었다. 흔들리는 것은 알머 자신이었다. 그러나 선실까지 찾아가는 것은 어렵지 않았다. 8로 시작되는 객실 표지판을 따라 갔다. 번호 하나하나를 머릿속에서 지우면서 89까지 왔다. '수면 중'이라는 표시판은 치워져 있었다.

알머는 핸드백을 열어 열쇠를 찾았다. 빛에 비추어 열쇠 번호를 확인한 후 열쇠를 꽂았다. 그리곤 잠시 기다렸다가 문고리를 돌려 문을 열었다.

불이 켜져 있었으며 창문에는 커튼이 쳐져 있었다. 트렁크는 열려 있었다.

알머는 긴 숨을 내쉬었다. 트렁크 안이 들여다보이는 곳까지 몇 발짝 다가갔다. 비어 있었다.

"아, 고마워라. "

소리 내어 혼잣말을 했다. 선실 문을 잠근 것은 그 후였다.

욕실 안을 살펴본 뒤 서랍이나 수납장을 열어 보았다. 방 안에 무엇이 있는지 알기까지 잠들 수 없었다. 리디아의 옷가지가 깔끔하게 정리되어 있는 것이 보였다. 모든 것이 청결하며 새것이었다. 검은색 새틴 나이트 드레스가 있었으나 도저히 입을 마음이 나지 않았다.

조젯 이브닝 가운을 벗고, 욕실에 들어가 화장을 지웠다. 목욕을 마음 먹고 욕탕에 들어가 있으니 배가 진로를 바꾼 듯한 느낌이 들었다. 엔진의 진동이 변했다. 물거품이 일었다. 한번 이상 계속되었다. 순간 배가 멈춘 듯했다. 타월에 손을 뻗자 배가 다시 흔들렸다. 속이 울렁거렸다. 와인이 과했다는 후회를 했다.

배는 평상시의 리듬을 되찾은 듯했다. 알머는 고맙게 생각되었다.

페티코트를 입고 침대 속으로 들어갔다. 불은 끄지 않았다. 그러나 이전보다 두렵지는 않았다. 한 고비 넘긴 것이다. 벽을 향해 돌아눕자 이내 잠이 들었다.

17

복도에서 나는 소리에 알머는 잠에서 깼다. 홍차를 서빙하는 승무원이었다. 알머는 손목시계를 보았다. 이제 곧 8시다. 일요일 아침인 것이다. 적어도 7시간 이상은 잤다. 기지개를 켰다. 다른 선실에 있을 월터를 생각했다. 그 사람도 이렇게 푹 잤을까.

샤워를 하고 옷을 갈아입고 아침 식사를 하러 갔다. 레스토랑은 붐볐다. 어젯밤보다 다들 간편한 복장이었다. 승무원들은 모두 흰 제복으로 갈아입었다.

알머는 자기 테이블로 갔다. 아침 식사는 혼자가 좋다. 조니 핀치가 와도 거절하자. 핀치가 왔는지 보기 위해 주위를 둘러보지도 않았다. 그 누구의 방해도 받지 않고 마음껏 먹었다.

핀치는 그리 오래 조용히 있을 남자가 아니었다. 레스토랑을 나와서 알머는 바깥 공기를 마시기 위해 보트 갑판으로 나갔다. 천천히 걷기에 더할 나위 없는 날씨였다. 몇 발자국 걷기도 전에 귀에 익은 목소리가 들렸다.

"그 사람이 어젯밤 일찍 잠자리에 들었다는 걸 누군가 증명해야지."

핀치는 의자에 앉아 있었다. 푸른 저지 재킷에 흰 프라노 바지 차림이었다.

알머는 걸음을 멈추고 인사를 했다.

"푹 주무셨나요?"

핀치가 물었다.

"네, 덕분에 아주 잘 잤습니다."

"당신은 운이 좋은 겁니다. 저희는 새벽까지 못 잤거든요."

알머는 웃으며 말했다.

"그렇게 이야기를 많이 하시니까 그렇죠."

"아니, 아니 그렇지 않습니다. 당신이 방으로 돌아간 뒤 얼마 안 되어 소동이 있었거든요. 모리타니아 호가 갑자기 진로를 바꾼 겁니다."

"그러고 보니 저도 그런 느낌을 받았어요."

"저희도 그래서 무슨 일인가 해서 갑판으로 올라갔죠. 50여 명 정도가 나와서 무슨 일인지 궁금해했지만 아무도 아는 사람은 없었어요. 하지만 정말로 배가 180도 방향을 바꿔 영국으로 향했어요. 그리곤 다시 원래의 진로로 돌아왔죠. 그러니까 한 바퀴 돈 셈이죠."

"도대체 무슨 일로?"

알머가 물었다.

"사람이 떨어졌대요."

알머는 순간 굳어졌다.

"지금 뭐라 말씀하셨어요?"

"사람이 떨어졌다고요. 누군지 불쌍하게도 배에서 떨어졌대요. 보트 갑판에 나와 달구경을 하던 연인들이 사람이 바다로 떨어지는 걸 봤대요. 선장에게 그 사실을 전하자 선장은 진로를 바꿔 수색하도록 했대요. 원래 규칙이 그렇대요. 구해낼 가망이 없다 하더라도 되돌아가서 수색할 의무가 있대요. 그래서 배가 왔던 길을 돌아가는 동안 선원들이 서치라이트를 켰어요. 이 배의 서치라이트 굉장하더군요. 저희들도 난간에 붙어 서서 수색작업을 도왔어요. 결국 놀랍게도 그녀를 찾아냈어요."

"그녀라뇨?"

"네, 여자였어요, 불쌍하게도. 보트를 내려 그 여자를 끌어올렸어요. 하지만 이미 죽었더군요. 끔찍하죠?"

제4부 새로운 직업

1

아침 식사 후 메인 라운지는 매우 분주해졌다. 승무원들이 작업에 들어간 것이다. 테이블이 한쪽으로 치워지고 식당엔 큰 테이블 하나가 그랜드 피아노 옆으로 운반되었다. 테이블을 향해 안락의자와 소파가 놓여지고 그 뒤로는 레스토랑에서 가져온 등받이 의자가 줄을 이었다. 두 명의 보이가 의자 사이를 누비며 모든 의자에 찬송가를 올려놓았다.

11시 15분 전이 되자 예배를 드리려는 일등실 승객이 먼저 자리를 잡았다. 11시 5분 전에는 이등실과 삼등실 승객들도 모여들어 회장이 가득 찼다. 의자에 앉지 못한 사람들은 승무원들과 함께 뒤쪽으로 섰다. 그중에 월터도 있었으며 겉보기엔 침착해 보였다.

앞쪽으로 자리잡은 알머는 월터에게 자기 모습이 보일 거라 생각했다. 월터를 보기 위해 단 한 번 돌아보았다. 아무렇지도 않은 듯 행동하기 위해 알머는 노력했다. 그녀는 리디아의 시체가 발견된 것은 매우 운 나쁜 일이었지만, 그렇다고 모든 것이 끝나 버린 것은 아니라고 생각했다. 누가 그 시체를 보고 리디아임을 알아볼 수 있겠는가. 배에서 떨어졌든가 뛰어내린, 이름 없는 여자일 뿐이다. 조사해봤자 승객명단에는 없는 사람이라는 것만 밝혀질 것이다. 영원히 수수께끼에 묻힐 일이었다.

로스트론 선장이 상급 선원들과 라운지로 들어와 테이블 맨 앞자리에 앉았다. 예배 의식은 찬송가 합창으로 시작되었다. 승무원 중 한 사람이 성서의 한 구절을 낭독하기 시작했다.

"배를 타고 바다로 나와 일하는 자들이여."

선장이 기도를 이끄는 동안 출석자 모두는 자리에서 일어났다. 또다시 성서의 한 구절이 낭독되고 찬송가를 불렀다.

찬송이 끝나자 로스트론 선장은 전원 자리에 앉도록 했다. 선장은 테이블을 돌아 앞으로 나와서 말했다.

"여러분, 예배는 끝났습니다. 이 자리에서 승객 여러분께 말씀드리는 일은 저로서는 흔치 않은 일입니다. 그러나 여러분께 말씀드릴 수밖에 없는 사건이 어젯밤에 일어났습니다. 여러분 중에는 승객 한 사람이——여자 분이——배에서 떨어지는 것을 본 사람이 있어 이미 알고 계시는 분도 있으리라 생각됩니다. 그 사실을 보고받은 즉시 배의 방향을 돌려 수색했습니다. 떨어진 승객의 시신은 찾아냈습니다만, 어째서 이런 비극적인 사건이 일어났는지는 아직 밝혀지지 않고 있습니다. 해양 경찰관인 섹손 씨가……."

선장이 한 사람을 가리키자 그 당사자가 자리에서 일어났다.

"조사를 하고 있습니다. 신원 확인이나 사고 원인을 밝혀내는 데 도움이 될 만한 단서를 갖고 계시는 분은 부디 섹손 씨에게 말씀해 주시면 감사하겠습니다. 섹손 씨의 사무실은 승무원실 옆입니다. 한마디만 더 말씀드리자면 이런 비극은 최고 2000명의 승객과 800명의 승무원을 싣고 항해하는 대서양 횡단 여객선에서는 간혹 있는 일이며 선장으로서는 적절한 조치를 취할 것이나 여러분의 항해 일정에는 변동이 없을 것입니다. 이 사건으로 인해 여러분께서 모리나티아 호의 여행을 즐기지 못하는 불상사는 일어나지 않기를 바랍니다."

로스트론 선장은 성경책을 들고 라운지를 나섰다. 참석자들의 수군거림이 일제히 커졌다. 모두가 어젯밤 일을 기억하며 한마디씩 거들었다. 무슨 소리를 들었다든가, 행동이 수상한 사람이 있었다든가, 쓸쓸해 보이는 여자를 갑판에서 봤다든가 하는 이야기들을 했고, 수색작업을 지켜본 사람들은 그에 대해 이야기를 했다.

알머는 의자에 앉은 채 뒤돌아보며 뒤쪽에 앉은 사람의 비명소리를 들었다는 이야기를 열심히 듣는 척했다. 그러면서 월터 쪽을 보자 두 사람의 눈이 마주쳤다. 월터는 그다지 당황한 기색은 아니었다. 머리를 좌우로 약간 흔든 뒤 방향을 바꿔 출입구로 향하는 무리 속으로 들어갔다. 월터가 하고자 하는 말을 알머는 알 수 있었다. 걱정할 거 없다는 뜻이었다. 알머는 자리에서 일어나 다른 출입구를 향해 의자 사이를 걷기 시작했다.

마제리 리빙스턴 고넬은 예배 때 앞에서 둘째 줄에 놓인 안락의자를 차지할 수 있어 찬송가는 마음껏 불렀으나 선장의 말을 그리 신통치 않게 생각했다.

"우리들에게 당황하지 말라는 말은 고맙지만서도, 저 사람들은 항해 때마다 바다에서 시체 끌어올리는 게 일일 테니까. 하지만 난 그것만으론 납득할 수 없어. 도대체 진상은 누가 밝혀낸다는 거야? 아까 선장 소개로 자리에서 일어난 붉은 콧수염의 왜소한 남자는 전혀 믿음직스럽지 못해. 적어도 내가 보기엔."

"네, 정말 그래요."

옆에 있던 여자가 맞장구를 쳤다.

"마제리! 이렇게 말하는 건 뭣하지만, 당신 생각은 전혀 틀렸어."
리비가 말했다.

"해양 경찰관은 그야말로 이런 사건을 처리하기 위해 훈련을 받은 사람들이야. 선내 사건이면 어떤 사건이든 말이지, 밀항자든 밀수입자든 술주정뱅이든."

"밀항과 살인은 전혀 달라."
마제리가 끔찍스러운 듯 말했다.

"도대체 누가 살인이래?"

"저는 자살인 줄 알았어요."
마제리 옆에 있던 여자가 말했다.

"자살이건 타살이건 사고사이건 그런 걸 저 콧수염 아저씨가 어떻게 알겠어?"

"섹슨이라고 해, 그 사람 이름은."

"리비, 만약에 바다에서 건져 올린 시체가 나나 바바라였다면 당신도 저 사람이 달갑지만은 않았을 거예요. 어머, 그러고 보니 바바라는 어디 갔지? 여긴 없는 것 같은데."

"예배는 참석하지 않는다고 했을 거야."

"아침 식사 때도 안 보였어요. 어머, 어떡해요? 리비, 어디 간 거죠?"
마제리는 자리에서 일어나 정신없이 라운지를 둘러보았다.

"침착해, 마제리. 어디 있을 거야. 선실이나 카페나 도서실이나 어디서 자고 있겠지."
마제리는 비명을 질렀다.

"갑판에 있을 거야. 틀림없어."
리비가 다독였다.

"찾으러 가야 해."

"당신은 선실을 찾아봐. 난 다른 곳을 돌아볼 테니."

"선장에게 말하지 않아도 될까? 방송해 달라고 하면 되잖아."

"그건 우리가 찾아본 뒤에. 내 말대로 해 줘. 알았지? 마제리."

2

로스트론 선장이 선교로 돌아오자 의사가 기다리고 있었다.

"선장님, 잠깐 시간이 되시면 꼭 한번 시체 안치실로 가서서 그 시체를 봐주셨으면 합니다."

"어젯밤 봤네. 누군지는 모르겠더군."

"그런 말씀이 아닙니다. 어젯밤에는 아무도 몰랐던 일입니다."

"무슨 일인가? 이야기해 보게."

의사는 주변을 조심스럽게 둘러보았다.

"직접 보시는 게 좋을 듯싶습니다."

"좋아 가보지. 내 점심 식사를 망친 책임을 자네가 물어야 할지도 모르네. 각오하게나, 박사."

시체 안치실로 사용되기도 하는 아래쪽 갑판의 좁은 창고에서 선장은 의사가 덮개를 치우고 의심쩍은 부분을 가리키며 설명하는 것을 들었다.

"그렇군."

선장은 한숨을 내쉬었다.

"너무하군. 이건 정말 너무해. 섹손에게는 보였나?"

"아직입니다."

"보여 주는 게 좋겠네, 지금 당장. 이제서야 얘기지만, 그가 감당할 수 있을는지 걱정일세."

리비 고델은 점심 식사 얼마 전에서야 바바라를 찾았다. 바바라는 흡연실에서 폴과 마주앉아 있었다. 카드 몇 장을 펴놓고 이야기에 열중하고 있었다.

"찾아서 다행이구만."

리비는 말했다.

"어머, 아버지."

바바라가 반가운 듯 말했다.

"마침 잘 오셨어요. 옥션 브릿지 할 줄 알아요? 지금 폴이 가르쳐주고 있던 참이에요."

"오전 내내 너를 찾지 못해서 엄마가 많이 걱정하고 있어."

바바라는 심각한 표정으로 고개를 저었다.

"엄마가 걱정하고 있다고요? 아버지, 내가 아침 식사 때 얼굴을 보이지 않았다고 해서 걱정하는 엄마를 내가 어떻게 생각해야 돼요? 난 이제 어린애가 아니에요. 엄마 없이 혼자서 1년이나 파리에서 생활했는데. 나랑 같이 엄마에게 한마디 해줘요."

"바바라, 엄마가 걱정할 만한 일이 있었어. 너 아침 예배에 나오지 않았지?"

"그것 때문이에요?"

바바라는 폴을 향해 말했다.

"나 교회 안 나가거든. 구원받지 못할 여잔 거지."

리비는 바바라의 말을 무시했다.

"내가 하고 싶은 말은 네가 선장의 이야기를 듣지 못했다는 거야. 여자가 죽었대."

"여자가 죽었다고? 누구야?"

"바로 그 부분이 문제야. 아무도 몰라. 그 여자는 어젯밤 바다에 떨어졌고, 구조되었을 땐 이미 죽어 있었어. 게다가 누군지도 몰라. 그러니 마제리가 걱정할 만도 하지."

바바라는 자리에서 일어섰다.

"지금 당장 엄마한테 가봐야겠어. 엄마는 어디에 있어요?"

"네 방으로 갔어."

바바라가 자리를 뜨자 리비는 폴에게 말했다.

"모녀지간에 눈물의 재회가 있겠군. 자, 맥주라도 한잔 어때?"

두 사람은 잔을 들고 테이블로 돌아왔다. 리비가 말했다.

"바바라에게 브릿지를 가르쳐 주고 싶은 모양이군."

폴은 끄덕였다.

"재미있거든요. 어젯밤 사람들과 호이스트를 했는데 끝 무렵에 갈수록 잘하더라고요. 그 사람들이 브릿지가 더 재미있다고 해서 바바라에게 가르쳐 주고 있던 거예요."

"젊은 사람끼리 한편이 되면 강할 수밖에. 둘 다 대학에서 수학을 전공하지 않았나."

"그게 꼭 도움이 되지는 않을 거예요."

폴이 웃으며 말했다.

"그 사람들과는 어떻게 해서 카드놀이를 하게 되었지?"

"우연히요. 제 지갑을 찾아준 남자와 이야기를 하고 있는데 여자가 콘서트 파티에 출연하지 않겠느냐고 왔거든요."

"어젯밤 여기서 바바라와 이야기하던 사람 말인가?"

"네. 잭이 어쩌다 호이스트 이야기를 하자 그 여자가 호이스트를 함께 해주면 콘서트 건으로 귀찮게 하지 않겠다고 했거든요. 그래서 제가 바바라에게 파트너가 되어달라고 해서 꽤 재미나게 게임을 했는데 상대편이 의견 차이를 일으켜 그만 끝났어요."

"왜?"

"흔히 있는 일이죠. 여자가 남자의 플레이에 대해 비판했거든요. 남자는 처음엔 아무렇지 않은 것 같았는데 여자가 테이블 위에 돈을 내놓자 화를 내기 시작했어요. 현금 내기는 금지되어 있으니 돈을 넣으라고 집요하게 말하더군요. 한심하게도 카드놀이를 하다보면 꼭 그런 일이 생기죠. 남자는 나가 버리고 여자는 울기 시작했어요. 그래서 바바라가 위로해 주었고요. 저는 바에 커피를 가지러 간 거였고요."

"그렇군. 그런데도 자네들은 카드놀이를 또 하려는 건가?"

"어때요. 저희는 싸우지 않았는걸요. 이겼으니까요."

"바바라도 그리 이성적인 편이 못 돼. 하다가 흥분하기도 할걸. 지는 걸 싫어하거든."

"그건 저도 알아요."

폴이 말했다.

"바바라가 기가 세다는 걸 알았어요. 그런 적극성은 좋은 거예요. 저는 좋던걸요."

3

이등실 식당은 개인용 테이블이 아니라 4인용 내지는 6인용 테이블이었다. 아침 식사에 일찍 나타난 월터는 6인용 테이블 한구석에 앉았다. 맞은편엔 젊은 신혼부부로 보이는 한 쌍이 앉았으며 월터에게 아무 말도 하지 않았다.

그러나 정확히 1시부터 시작되는 일요일 점심 식사는 그렇지 않았다. 이등실 승객들은 한꺼번에 식당으로 몰려들었다. 월터는 4인용 테이블로 갔다. 이미 세 사람이 앉아 있었다. 아이를 동반한 부부였다. 아이는 여자아이였으며 딴 머리를 의자 등받이 너머로 넘기는 버릇이 있었다. 함께 앉아도 되겠느냐고 월터가 물었다.

"그럼요."

남자가 중부 억양이 섞인 영어로 말했다.

"대환영입니다. 저는 울프 더튼이라 합니다. 제 아내 진, 그리고 이쪽은 딸 세리입니다."

"저는 듀라고 합니다. 월터 듀입니다."

월터는 웃으며 메뉴를 손에 들었다.

"이 사람 왜 우리 테이블에 앉는 거야?"

세리가 물었다.

"우리만의 테이블이 아냐. 여기서는 다 같이 쓰는 거야."

진이 월터를 향해 민망한 듯 웃었다.

"집보다 좋군."

울프가 말했다.

"뭐라 하셨어요?"

월터가 물었다.

"집보다 좋다고 했어요. 세 종류의 로스트 중에서 골라 먹을 수 있으니까요."

"그렇군요."

"저희는 이주하는 길입니다. 레스타엔 일이 별로 없거든요. 레스타에 가보신 적 있으세요? 아마 없으실 겁니다. 제 형이 로드아일랜드에서 장사를 하고 있어요. 저와 같은 건축업이죠. 그런데 레스타쪽 일은 다른 사람에게 넘기고 미국으로 오라고 하더군요. 배편도 보내주었어요. 이등실로요. 나쁘지 않지요? 혹시 저를 아세요?"

월터는 고개를 저었다.

"아닌 것 같은데요."

"왠지 아는 얼굴 같아서요. 레스타에 사신 적 있으세요?"

"울프!"

진이 말렸다.

"여보, 지나치세요."

"뭐가?"

울프는 말했다.

"어릴 때 가본 적이 있는지는 모르겠지만 최근엔 아닙니다."

월터가 말했다.

"하시는 일은?"

"울프!"

진은 애원하듯 말했다.

"은퇴했습니다."

월터는 대답한 뒤 아이를 향해 말했다.

"대서양을 건너는 것은 이번이 처음이니?"

"세리, 너에게 묻고 계시잖니."

진이 말했다.

"벌써 은퇴할 나이로는 안 보이시는데요?"

울프가 말했다.

"무슨 일 하셨어요? 혹시 군인이셨어요?"

"세리, 어서 대답해야지."

진이 말했다.

"싫어."

"대답하기 싫으면 안 해도 된다."

월터가 말했다.

"저랑 비슷하군요, 낯선 사람에게 부끄럼 타는 것이. 부인, 메뉴판은 다 보셨어요?"

"제가 알고 있는 것이 당신 얼굴이 아니라면 이름일지도 모르겠군요."

울프가 말했다.

"월터 듀라고 말씀하셨죠? 혹시 유명한 분 아니세요?"

"흔한 이름입니다."

"크리켓 선수세요?"

"주문 받으러 오겠어요."

진이 말했다.

"미네스트로네가 뭐예요?"

"야채 수프입니다."

월터가 대답했다.

"제게 물은 거예요."

울프가 말했다.

"저도 가르쳐 줄 수 있었어요."

"화제를 바꿉시다."

진이 말했다.

"듀 씨, 불쌍하게도 배에서 떨어진 여자 이야기 들으셨어요?"

일등실 식당에서도 커버를 씌운 둥근 테이블마다 같은 화제였으며, 접이식 테이블이 빼곡히 들어선 삼등실 식당에서도 마찬가지였다. 승객들은 이날 오후 내내 여러 가지 설을 조합해 보았으며, 정보가 있는 사람들은 줄지어 해양수사대에 진술했고, 그 후에는 갑판으로 나가 사람들에게 떠들어댔다. 그 결과 섹슨이 이상한 질문을 한다는 것이 사람들에게 알려졌다. 섹슨은 한밤중에 갑판이나 선실구역에서 사람을 보지 못했느냐고 물었으며 몇몇 정보 제공자에게는 싸우는 소리나 비명소리를 듣지 못했느냐고 물었다.

그런 섹슨에게 정보를 전한 사람 중 하나가 승무원이었다. 그 승무원은 매우 긴장한 모습으로 진술 내내 부동의 자세로 굳어 있었다. 시선을 섹슨 머리 위에 있는 전등에 고정한 채.

보이가 이야기를 마치자 섹슨이 질문했다.

"혼동한 것은 아니고? 승선 일에는 너무 많은 사람들을 보게 되니 확실한 것을 말할 수 없지 않나?"

"글쎄요."

"그 사람 이름이 뭐라고?"

"브라운호흐 부인입니다."

조수 일을 보고 있던 승무원 중 한 사람을 쳐다보자 그 승무원은 승객 명단을 조사해 보곤 고개를 가로저었다.

"그런 이름을 가진 사람은 탑승하지 않았네. 승선카드를 갖고 있던 승객이랬지?"

"네."

"그 부인을 선실까지 안내했다는 거지? 몇 호실이었나?"

보이는 고개를 숙였다.

"기억 못하는 건가?"

"좌현 쪽 방이었습니다."

"그건 어떻게 기억하나?"

"부인께서 물었습니다. 1실링 팁을 주셨습니다."

섹슨은 힐끔 옆을 보았다.

"지금 한 말은 믿을 만한 말일지도 모르겠군."

다시 보이를 향해 말했다.

"그 이후로는 부인의 모습을 보지 못했단 말이지? 선실까지 안내한 손님이 배에 타고 있는지 어떤지 나중에 살펴보지는 않나?"

"네."

"그 브라운호흐라는 부인이 항해 첫 번째 날에 컨디션이 나빠 줄곧 방에 틀어박혀 있고 밖으로는 한 번도 나오지 않았다는 게 가능한 일일까?"

"그렇다고 생각합니다."

"그렇다고 생각하다니 그게 무슨 뜻인가?"

"아무도 본 사람이 없을 거란 뜻입니다."

"이래 가지곤 시간 낭비일 뿐이야."

섹손이 말했다.

승객 명단을 갖고 있던 선원이 말했다

"89호실에는 미세스 바라노프입니다만."

그러자 진술을 기록하던 선원이 말했다.

"그 사람은 행방불명이 아닙니다. 오늘 아침 예배에도 참석했었고, 검은 머리에 피부는 창백하며 그다지 잘 웃는 편은 아니지만, 매력적인 사람입니다. 20대 후반 내지는 갓 30대 초반이 됐을 정도의 나이입니다."

섹손이 보이에게 물었다.

"당신에게 1실링을 준 부인과 인상착의가 비슷한 것 같은데."

"네."

"좋아, 이것으로 당신의 의문점이 해결된 것 같군. 누군가에게 교사당한 건 아니지?"

"전혀 아닙니다."

"만약 내 직무수행을 방해하기 위한 것이었다면 두 번 다시 모리나티아 호는 물론이며 다른 배에서도 일할 수 없도록 내가 손쓸 것이니 그리 알아 두게. 자, 자신의 업무로 돌아가게."

오후 내내 진술은 계속되었다. 반드시 해야 할 일이었지만 섹손은 집중할 수 없었다. 그 밖에도 해야 할 일이 산적해 있었기 때문이다. 선내 특등실의 승객도 점검해야 했지만, 선실 담당 승무원은 믿을 만한 것이 못 되었다. 그들에 대한 평가, 즉 동반자가 없는 여성 승객에 대한 무례한 태도를 소문으로 익히 알고 있었기 때문이다. 이번 점검은 직접 해야만 했다. 시간도 부족했고, 도와줄 사람도 부족했다.

4

티타임 무렵에는 문제의 여성이 살해된 것이라는 소문이 퍼졌다. 안락하며 고급스런 분위기를 내기 위해 18세기 양식으로 설계된 일등실 라운지에서는 연어 샌드위치와 은으로 만든 찻잔 세트 너머로 끔찍한 살인에 관한 가설이 다양하게 나오면서 아래쪽 갑판에는 어떤 공포가 숨어 있을지 알 수 없다는 이야기를 부인들은 입을 크게 벌리고 듣고 있었다. 단검을 가진 악당, 술 취한 아일랜드인 화부, 거칠기 짝이 없는 기관사, 도둑질을 하는 이민자들…… 이러한 자들이 삼등실에 숨어서 밤이 오기를 기다리는 것이다. 안전한 사람은 아무도 없다. 생각만으로도 끔찍했다. 도망갈 길이 없었다. 모두 배에 갇혀 있는 것이다.

사람들이 모이는 공공장소에서도 정도의 차이가 있을 뿐, 이러한 우려가 드러났다.

"미치광이가 날뛰고 있을지도 몰라. 승무원들은 무슨 대책이 있는 거야?"

"대책 같은 건 없을 거예요. 진술만 받고 있잖아요."

"그게 무슨 말도 안 되는 소리야. 선장은 무슨 보호책을 강구해야 해."

"진짜로 무서운 건 아니죠? 당신은 항상 용감했잖아요."

"다 필요 없어. 우리의 안전을 조금이라도 생각한다면 선장을 만나 정신이상자들로부터 우리들을 보호할 수 있는 대책을 세우고 있는지 알아보는 게 우선이야."

"그냥 놔둡시다. 선장도 최선을 다하고 있을 거예요."

알머는 보트 갑판에서도 이와 비슷한 대화를 엿들었다. 사람들 가운데를 지나다가 문득 한 단어가 귀에 들어왔다. '살인범'이라는 단어를 듣자마자 알머의 전신에 충격이 가해졌다. 자기도 모르게 온몸이 떨렸다. 잘못 들은 것일까. 갑자기 구토를 느낀 알머는 바다를 향해 난간을 꽉 잡았다.

"저, 도와드릴까요?"

"아뇨, 괜찮습니다."

"안색이 너무 창백한데요, 멀미 약 드셨어요? 잘 듣던데. 제가 지금 갖고 있는데 드시겠어요?"

"아뇨, 괜찮습니다."

아래쪽 갑판에서는 울프 더튼 부부가 팔짱을 끼고 걷고 있었다. 뒤에서는 세리가 줄넘기를 갖고 따라오고 있었다. 진은 계속 뒤돌아봤다.

"좀 적당히 해 둬."

울프는 말했다.

"저 애가 바다에라도 뛰어들까봐?"

"왜 걱정하는지 다 알면서."

"잘 들어. 살해당한 건 어른 여자야. 여자를 노리는 남자는 어린 여자애에겐 관심 없어. 위험한 건 오히려 당신이야."

"너무 무서워."

진은 말했다.

"이럴 줄 알았으면 일이 있든 없든 레스타에 그냥 있을걸 그랬어."

"난 그렇게 생각 안 해. 어, 저기 저 사람 점심 식사 같이 한 사람 아냐."

진은 몸을 숙인 채 바다를 바라보고 있는 사람을 봤다.

"맞아, 저 사람이에요. 가만히 둡시다, 울프. 우리들과는 좀 다른 사람 같던데. 별로 사람들과 어울리고 싶어하지 않는 것 같았어요."

"뭐, 특별할 거 없는 놈이야. 틀림없어. 미스터 월터 듀라는 은퇴한 남자야. 은퇴하기 전엔 무슨 일을 했을까? 아까 물었을 때 왜 그렇게 경계했을까? 진, 무슨 일을 했던 사람 같아? 전당포라도 했었나. 아냐, 그런 타입 같지는 않아. 좀더 그럴싸한 일을 했을 것 같은데. 라운지에서 여자 꼬드기는 일이라도 했을까? 그래, 그게 맞겠다. 어때, 저 남자랑 한번 춤이라도 춰보면."

"바보 같은 소리!"

"바람둥이가 아니라면 도대체 뭘까? 어쨌든 뭔가 구린 일을 했을 거야. 만약 그렇지 않다면 이 모자라도 먹겠어."

"먹을 수 있다면 대단하죠. 기름에 찌들고 옆은 다 헤지고, 형님께서 보시면 뭐라시겠어요. 미국에선 아무도 그런 모자 안 쓸 거예요."

"알았다. 저 놈이 범인이야. 그래서 말이 별로 없는 거야."

"여보, 목소리 좀 낮춰요."

"크리펜 박사 바로 그 사람이야."

"바보 같은 소리 작작해요. 그 사람은 전쟁 전에 교수형 당했잖아요."

"알아, 농담이야. 배로 도망치려 한 불쌍한 크리펜 박사……."

울프는 갑자기 말을 멈추었다.

"이제 알았다. 저 사람이 누군지……."

5

밤 7시부터 8시까지는 사람들이 라운지로 칵테일을 마시기 위해 모여드는 시간이었다. 여자들은 이브닝 가운을 자랑하였으며 화려한 색상의 실크나 새틴 드레스가 남자들의 검은 옷차림 사이사이로 보였다. 하루의 클라이맥스라고도 할 수 있는 이런 시간이면, 300여 명이 팔레스타인 직공들이 동원되어 조각한 이토록 정교한 마호가니 벽도 너무 화려하다고는 할 수 없었다. 모리나티아 호는 그야말로 이렇듯 눈부신 장면을 위해 설계된 것이다.

바바라는 런던에서 산 랑방 드레스를 입고 있었다. 에메랄드 그린의 이 드레스는 파리에서라면 반값에 살 수 있었겠지만, 파리에 있을 때는 패션에 전혀 관심이 없었다. 리비가 구두쇠가 아니어서 다행이었다. 바바라는 에메랄드 목걸이와 귀걸이를 하고 손에는 검은 부채를 들고 있었다. 전날 밤 흡연실에서 시가 연기 때문에 괴로웠지만 그렇다고 카드게임을 포기할 바바라가 아니었다. 바바라는 폴과 함께라면 브릿지 게임에서 반드시 이길 수 있다는 자신감에 차 있었다.

"잭이 마음이 있는지부터 알아봐야지."

폴이 바바라에게 말했다. 둘이서 셰리주를 마시고 있었다.

"캐서린은 하겠지? 호이스트보다 브릿지가 더 재미있다고 했었으니까."

"돈 문제로 싸웠기 때문에 같이 하기 싫을지도 모르지."

"그 일은 정말 한심했어. 새롭게 다시 할 기회가 있다면 둘 다 기꺼이 응할 텐데."

"그러게. 어쨌든 물어보기는 하자. 오늘 두 사람 봤어?"

이때 트럼펫 소리가 크게 울렸다.

"저녁 식사 전에 봤으면 좋았을 텐데."

바바라의 시선이 흡연실과의 경계를 이루는 아치 부분에 고정되었다.

"잭이야. 지금 막 들어왔어."

두 사람은 사람들을 피해 잭에게 다가갔다. 잭은 뭔가에 정신이 팔린 듯 폴의 인사를 받고도 표정에 별 변화가 없었다.

"잭, 마침 당신을 찾고 있었어요. 저녁 식사 후 카드게임 하지 않으시겠어요? 바바라가 브릿지 게임을 하고 싶어해요."

"뭐라고요?"

잭이 물었다.

"캐서린이 호이스트보다 브릿지가 재미있다고 했거든요."

바바라가 거들었다.

"캐서린, 당신 지금 캐서린이라 하셨어요?"

"어젯밤 당신이 가고 난 뒤 캐서린이 브릿지를 배우기엔 선박여행이 안성맞춤이라고 했거든요."

"그야 그렇지만."

잭은 전혀 하고 싶지 않은 표정이었다.

"싫으시면 다른 분을 찾아보죠. 초보자랑 하는 카드게임은 지루하실 테니."

바바라가 말했다.

"아니에요, 전혀 그렇지 않아요."

잭이 말했다.

"이렇게 하면 어떨까요? 캐서린에게 말해 보고 그녀도 맘이 있으면 어젯밤처럼 흡연실에서 모이죠."

잭은 폴의 이야기가 귀에 들어오지 않는 듯 바바라에게 물었다.

"어젯밤 그 사람 다른 이야기는 없었나요?"

"글쎄요, 별다른 이야기는 없었는데요. 함께 커피를 마셨어요. 처음엔 좀 우울해 보였지만 곧 좋아졌고요. 주로 여자들끼리의 이야기를 했죠."

"구체적으로 어떤?"

바바라는 얼굴이 달아오르는 것을 느낄 수 있었다.

"그냥, 폴과 어떻게 만나게 되었는지. 뭐 그런 거요."

"그뿐입니까?"

"네. 그리고 얼마 안 있어 객실로 돌아갔어요. 무슨 일 있었나요?"

"아뇨, 그냥요. 이만 실례하겠습니다. 별다른 뜻은 없었습니다."

"카드놀이하다 생긴 사소한 일을 크게 문제 삼을 사람은 아닐 거예요."

"그럴지도 모르죠. 그럼 이만."

잭은 말한 뒤 식당으로 가는 인파 속으로 향했다.

"아직 말씀 안 하셨는데, 오늘 밤은 어떻게 하실 건지……."

바바라가 말했다.

"지금은 이 정도로 해두자."

폴이 바바라의 팔을 잡으며 말했다.

6

"오셨군요."

조니 펀치는 배 안에서 최고의 사람을 만난 듯 큰 소리로 환영했다.

"한참 동안 안 보이시더군요."

"오늘은 조용히 지냈어요."

알머는 말했다.

"그럼요. 그럴 수밖에요."

조니는 식당에서 알머가 앉은 테이블 옆에 서서 말했다.

"저, 괜찮으시다면 들어주셨으면 하는 이야기가 있는데. 어떠세요, 제 자리로 초대해도 괜찮을까요?"

뭔가 비밀 이야기라도 하듯 고개를 바짝 숙이고 말했다.

"핀치 씨, 초대해 주셔서 감사합니다. 어젯밤에도 함께 식사할 수 있어서 즐거웠어요. 하지만 제가 원해서 혼자 여행을 하고 있다는 말씀을 꼭 드리고 싶네요. 그러니 초대에 응하지 않음을 이해해 주셨으면 좋겠어요."

알머는 혼자서 몇 번이나 반복했던 말을 했다.

조니는 당황한 듯 눈을 깜박였다.

"죄송합니다. 그런 뜻으로 말씀드린 것은 아니었는데……. 제 개인적인 문제가 아니라 우리 모두의 문제에 대해 이야기하고 싶었던 겁니다. 실은 어젯밤 바다에서 건져낸 그 여자에 대해서입니다."

알머는 자신도 모르게 온몸이 굳어지고, 심장소리도 빨라졌다. 냉정을 유지하기 힘들었다.

"그럼 이야기는 달라지지만, 그래도 식사시간의 대화로는 그다지 적합하지 않은 것 같군요."

"그러네요."

조니는 실망하는 듯했다.

"그리고 그 이야기가 저와 무슨 상관이죠?"

알머가 물었다.

"이 배에 혼자 타신 여성분이라면 누구나 상관있죠."

조니는 아무래도 좋다는 듯이 말했으나 알머의 눈은 속일 수 없었다.

"식사 후 라운지에서 이야기하죠."

"그럼 자리를 예약해 두겠습니다."

핀치는 웃음 지으며 말했다.

"아시겠지만……"

핀치가 이야기를 꺼낸 것은 그 후 한 시간이 지나 비밀 이야기를 하기에 적합한 종려나무 화분 옆 테이블에 앉아 커피를 마시려던 때였다.

"이번에 일어난 불행한 사건의 조사 방법에 대해 승객들이 못 미더워 하는 눈치입니다. 해양수사대 섹손 씨는 제가 보기엔 매우 양심적이고 도덕적인 분 같습니다만, 사건 수사에 있어서는 그다지 효율적이지 못하다는 목소리가 여기저기서 나오고 있습니다. 들려오는 바에 의하면 진술서에 파묻혀 있을 뿐 여자가 왜 죽었는지를 해명할 구체적인 대책은 아무것도 얻어내지 못했다는 것입니다. 게다가 여자는 살해된 것이라는 말이 나오고 있습니다."

"그 이야기라면 저도 들었어요."

알머는 말했다.

"하지만 그저 소문일 뿐이잖아요."

"그렇다면 다행이지만."

조니는 말했다.

"배 안은 온통 그 이야기뿐입니다. 모두들 잔뜩 겁을 먹고 있어요. 섹손 씨가 승객들을 보호해 줄 거라고 믿는 사람은 아무도 없습니다. 더욱이 당신처럼 혼자이신 분은 반드시 보호가 필요한데도 말이죠."

"그렇군요."

알머는 안도의 마음을 애써 숨기며 말했다. 에셀 M. 델의 소설에서인지 엘리노아 그린의 소설에서인지 혼자 여행하는 세상 물정 모르는 여자에게 보호해 주겠다는 구실로 다가가는 바람둥이 이야기를 알머는 읽은 적이 있다.

"하지만 저는 보호의 필요성을 못 느낍니다."

조니의 표정이 또다시 일그러졌다.

"그런 뜻이 아닙니다. 요점을 정확하게 파악해 주세요. 제가 이런 말씀을 드리는 것은 당신도 대표단에 합류해 주셨으면 해서입니다."

"대표단이요?"

"서로가 같은 불안을 안은 승객들의 대표죠. 이미 스무 명 이상 모였습니다. 거의 남자 분들이지만요. 그렇기 때문에 여성의 입장을 대변해 줄 분이 필요합니다. 그분이 바로 당신이고요."

"안 돼요."

알머는 단호하게 거절했다.

"전 가입할 수 없어요."

"왜요? 선장도 사람입니다. 우리들을 함부로 하지는 않을 거예요."

"별 의미가 없기 때문이에요. 그런다고 해서 무슨 성과가 있겠어요?"

"바로 그 이야기를 하려던 참이었어요."

조니는 설명하기 시작했다.

"제가 말씀드렸는지는 모르지만, 이 일은 일등실 사람들만의 생각이 아니에요. 이등실이나 삼등실 승객들 가운데서도 이번 사건의 처리과정에 대해 불안해하는 사람들이 대표단에 가입했어요. 중요한 건 바로 그 부분인데, 정말 운 좋게도 이등실 승객 중에 섹손 씨보다 괴사사건 조사에 보다 적합한 사람이 있다고 그들이 알려왔어요. 당신도 들어보신 적 있으실 거예요. 그 사람 이름이 바로 스코틀랜드 야드의 듀 경감이에요."

7

"불명예스런 일은 아닐세."

로스트론 선장은 섹손을 다독이며 안심시켰다.

"이번 범죄를 해결하기 위해 자네가 이제껏 해온 일에 대해 뭐라 할 사람은 없으니까. 그만큼의 진술서, 그건 분명 귀중한 자료야.
단지 듀 경감이라면 살인에 관한 전문가라는 것뿐일세. 정말로 그
가 듀 경감이라면 말일세."

선장은 미소를 잃지 않고 계속했다.

"아니, 살인에 관한 전문가라기보다 살인사건조사 전문가라는 표현
이 더 맞겠군. 스코틀랜드 야드에서 20년 이상 그 일을 했으니."

"네, 선장님."

섹손이 마지못해 수긍했다.

"그만한 실적이 있으니 도움이 되겠지."

선장은 말했다.

"경찰에서는 살인사건을 전문가의 일로 보고 있어. 그렇지? 자네
는 크나드사에 들어오기 전, 런던 항에서 경찰관으로 근무하며 다
양한 사건을 봤을 거 아닌가."

섹손은 입을 굳게 다물었다. 그리곤 고개를 저었다.

"주로 세관상의 범죄였습니다. 하지만 이번 사건은 제가 처리할 수
있을 거라 생각했습니다."

"응."

로스트론 선장은 말했다.

"물론 자네 일하는 걸 봐서 알겠네만 이번 일은 단순히 살인범을
찾아내는 것이 아닐세. 승객의 안전을 위해 노력하고 있다는 것을
보이는 것도 중요한 일일세. 듀 경감의 도움을 빌리는 것이 어떻겠
냐는 의견은 승객들 사이에서 나온 거라네. 그러니 어찌 무시할 수
있겠나. 신뢰 문제라네, 이건. 이해할 수 있지?"

"그 사람이 정말로 스코틀랜드 야드의 전문가라고 확인된 건 아니
잖아요."

섹손이 말했다.

"그것도 분명히 해야 될 부분이지. 또 한 가지 문제는 당사자가 협력해 줄 것인가 하는 걸세. 어쩌면 당사자가 싫어할 수도 있으니까. 전쟁 전에 은퇴한 사람이니 말이야."

섹손은 갑자기 희망이 보이는 듯 말했다.

"제 조수로서 협력하길 원하실지도 모르겠네요."

선장은 그건 아닐 것 같다는 표정으로 말했다.

"뒤 경감 정도의 유명인사에게 부하가 되어 협력해 달라고 부탁하긴 힘들지 않을까. 게다가 승객들도 뒤 경감이 사건을 책임져 준다고 하면 안심할 테고 말이야. 하지만 성급한 판단은 하지 말자고. 그저 자네에게 이런 가능성도 있다는 것을 알려주고 싶었네. 결론이 어떻게 나오든 자네의 협력을 기대해도 되겠지?"

"네, 선장님."

섹손은 무뚝뚝하게 대답했다.

"필요하면 자세한 설명을 해주게. 하지만 뒤 경감이 사건을 맡겠다고 하기 전까지 아무 말도 하지 말게."

선장은 팔을 뻗어 윗옷을 가져다 입었다.

"지금 당사자가 삼등항해사와 여기 바깥에 와 있을 테니 가서 모시고 오게."

섹손과 함께 들어온 남자는 경찰관다운 큰 키에 나이도 은퇴한 경찰관쯤 되어 보였다. 크리펜 박사와 르 네브를 배에서 체포하여 사건현장으로 끌고 가는 뒤 경감의 신문사진에서 익히 본 검은 콧수염도 있었다.

그러나 이날 그는 탐정이라기보다 오히려 평범한 방문자에 가까웠다. 끊임없이 눈동자를 굴리며 선장실 내부를 둘러보았다. 마치 도망갈 방법을 찾고 있는 것 같았다.

로스트론 선장은 자리에서 일어나 악수를 청했다.

"와 주셔서 감사합니다. 자기소개는 안 해도 되겠군요. 제가 누군지 잘 아실 테고 저도 댁이 누구신지 알고 있습니다."

선장은 어색함을 없애기 위해 윙크까지 했다.

월터는 희미한 눈으로 쳐다볼 뿐이었다.

"자, 다들 앉읍시다."

선장은 의자를 권하며 자신은 편안한 분위기를 위해 커다란 마호가니 책상 끝에 걸터앉았다.

"저는 빙 둘러 말하는 걸 싫어합니다."

선장은 말했다.

"여기 오시라고 한 것은 칵테일을 대접하기 위해서가 아닙니다. 아시다시피 어젯밤 바다에서 여자분을 건져 올렸습니다만 안타깝게도 사망했습니다. 이 이야기는 이미 알고 계시죠?"

"네."

월터는 낮은 목소리로 대답했다.

"바로 여기 있는 섹슨이 조사를 맡고 있습니다. 해상에서 일어난 사건은 해양수사대에서 조사하기 때문입니다. 자네도 경찰에 있었지? 그렇지?"

"런던의 항만 경찰입니다."

섹슨이 답했다.

"밀항이나 밀수 사건이라면 경험이 많으시지만 의문사 사건은 별개죠. 듀 씨, 지금 저는 비밀사항을 털어놓은 겁니다. 의문사 사건이라는 말을 썼으니까요."

월터는 조심스럽게 끄덕였다.

"누군가 저에게 정보를 주더군요. 당신에 관한 정보입니다. 물론 아닐 수도 있지요. 우연의 일치는 흔히 있는 일이니까요. 하지만 만약 그 정보가 틀리지 않았다면 당신은 모리나티아 호 탑승자 가운데 저희들에게 힘을 줄 수 있는 유일한 분이십니다."

선장은 말을 마치고 월터의 반응을 살폈다.

월터는 자기 손을 보고 있었다. 떨고 있었다.

"당신은 스코틀랜드 야드의 듀 경감이시죠?"

선장은 조금 전에 비해 자신감을 잃어버린 듯했다.

월터는 시선을 들어 선장을 보았다. 이어서 섹손도 보았다.

"도대체 어떻게 된 일입니까?"

"다 설명해 드렸습니다. 전문가의 도움이 필요한 겁니다. 듀 경감님, 당신은 크리펜 박사를 체포한 분이 맞습니까?"

월터는 넥타이를 만지작거렸다.

"저, 동일인물입니다만."

로스트론 선장은 섹손을 쳐다보았다.

"그거 다행입니다. 조금 전엔 어쩌면 아닐지도 모른다는, 아닙니다. 이젠 됐습니다."

로스트론 선장은 다시 월터를 보았다.

"경감님, 솔직하게 다 말씀드리겠습니다. 문제의 부인은 바다에 던져지기 전 이미 죽어 있었던 것으로 저희는 보고 있습니다. 살해된 것이죠."

"이유는요?"

월터는 인상을 찌푸리며 물었다.

"그건 직접 보시는 것이 좋겠습니다. 어떻게 하시겠습니까? 이 사건을 맡아 주시겠습니까?"

"협력해 달라는 말씀이신지요?"

"그 이상입니다. 이 사건의 총책임을 맡아주셨으면 합니다."

월터는 고개를 저었다.

"아뇨, 그건 안 됩니다."

"어째서입니까? 섹손도 당신처럼 경험 많은 형사가 맡아주길 바라고 있습니다. 그는 옆에서 열심히 도울 겁니다."

월터는 의자에 앉은 채 몸을 돌려 섹손을 보았다. 그의 시선은 허공을 향해 있었다.

"저는 스코틀랜드 야드에서 은퇴한 사람입니다."

월터가 말했다.

"그건 알고 있습니다. 하지만 당신이 저보다 젊은 것 같은데요?"

선장은 웃으면서 말을 이었다.

"제 자신은 아직 늙지 않았다고 생각합니다만, 여하튼 당신의 그 실력은 크리펜 박사에게 수갑 채울 때에 비해 조금도 무뎌지지 않았을 거라 믿습니다."

"권한이 없기 때문입니다. 이제 저는 그저 평범한 사람일 뿐입니다."

선장은 그런 소리 말라는 듯 팔을 흔들었다.

"그 점에 대해선 걱정하지 마십시오. 제 권한을 쓰시면 되니까요. 그것으로 충분합니다. 저는 갓 태어난 신생아에게 세례명을 주기도 하고, 사람들 결혼도 시키고, 매장 아니 정확히는 수장이죠, 수장도 하니까요. 그러니 그런 사람들을 보호해 줄 실력 있는 형사도 제 권한으로 임명할 수 있는 거 아니겠습니까?"

"사람들을 보호하다니요?"

"살인범을 찾아내는 일이죠. 저는 승객에 대한 책임이 있으니까요."

"그러시겠네요."

"그러니 경감님께 협조를 부탁드리는 것이 제 임무라고 생각합니다."

"저도 이 배의 승객에 지나지 않습니다."

월터는 말했다.

"게다가 형사에게 필요한 용품도 하나 없고요."

"어떤 거요?"

월터는 의자에 앉은 채 어찌할 바를 몰라 하며 말했다.

"가령 뭐 수첩이라든지."

"다 준비해 드리겠습니다."

선장은 말했다.

"수갑이든 확대경이든 무엇이든 말씀만 하세요."

선장은 책상 서랍에서 갖가지 용품을 꺼내기 시작했다.

"연필이든 자든 필요한 물건은 무엇이든 사용해 주세요."

"전력카드."

월터는 말했다.

"전과를 모르면 조사가 어렵습니다."

"스코틀랜드 야드에 무전으로 문의하면 됩니다."

로스트론 선장은 말했다.

"다른 사람도 아니고 경감님께서 이 사실을 잊으시면 안 되죠."

"아, 그렇군요."

"어떻습니까? 맡아주시겠습니까?"

"네."

월터는 힘없이 대답했다.

"그렇게 하죠."

"다행입니다. 저희 모두 감사드립니다. 그렇지, 섹손?"

"매우 감사드립니다."

섹손은 무뚝뚝하게 말했다.

"더할 나위 없이 고마운 일입니다."

선장은 자리에서 일어나 문으로 향했다.

"그럼, 시체를 보셔야죠."

8

알머에게 일요일은 종일 두근거리는 심장에 신경이 곤두서는 기나긴 하루였다. 오후 9시에 일등 라운지는 파티 때문에 모인 사람들로 붐볐다. 피아노와 바이올린 반주로 리사이틀이 있었다. 가장 큰 볼거리는 시뇨르 마르티넬리의 독창으로, 이탈리아 유명가수인 그는 파티 후반에 아리아 몇 곡을 부르기로 되어 있었다.

알머는 구석진 테이블에 검은 크레이프와 디아먼트 드레스를 입은 여자 옆자리에 자리를 잡았다. 그 여자는 바로 왼편에 앉은 보라색 복띠를 두른 덩치가 작은 남자에게 정신이 팔린 탓에 그 자리라면 누구의 방해도 받지 않고 조용히 생각을 정리하는 데 그만일 거라 생각하였다. 조니 핀치에 대해선 생각지 못했는데 쇼팽의 연습곡인 '혁명'이 끝나자 알머의 귀에 핀치의 목소리가 들려왔다. 바로 뒤에 그가 자리하고 있었다.

"드디어 선장한테 다녀왔다는 것을 당신한테도 알려드리고 싶어서요. 대단한 능구렁이더군요. 눈 한번 깜짝 않고 저희들의 요구사항을 듣더군요. 마치 듀 경감이 배에 타고 있는 것을 알고 있었다는 듯한 표정이었지만, 사실은 몰랐을 겁니다. 이야기해 줘서 고맙다며 그 건에 대해선 고려 중이라고 하더군요. 그로부터 20분 후에는 듀 경감이 선장실로 불려갔습니다."

조니의 말은 여기저기서 들려오는 "조용히"라는 말에 끊어졌다. 여자 피아니스트가 다음 곡을 칠 준비를 마쳤다. 알머는 피아노 소리를 듣지 않고 이 예상치 못한 뉴스를 귀기울여 듣고 있었다. 조니의 말이 사실이라면 월터는 자신이 저지른 살인사건의 조사를 의뢰받은 것이다. 정말 믿어지지 않을 정도로 괴이한 일이다. 그러나 자기 스스로를 추궁하는 탐정 역을 받아들인 월터가 무사히 해내기만 한다면 진상을 알아차릴 사람은 아무도 없을 것이다. 알머는 서서히 그렇게 생각하기 시작했다.

"중간 휴식시간에 선장으로부터 발표사항이 있답니다."

피아니스트가 박수를 받는 동안 조니가 말했다.

"선장만 나오진 않을 겁니다. 이젠 내세울 만한 것이 생겼으니 우리들에게 선보이고 싶을 겁니다."

그 후 알머는 바이올린 독주 내내 월터의 안전을 빌었다. 불쌍하게도 월터는 선장실에 불려간 충격에서 아직 헤어나지도 못했을 텐데 이번엔 승객들 앞에 서야 한다. 이 시련을 무사히 넘길 수 있을 것인가.

두 번째 바이올린 독주곡이 연주될 때 알머는 온몸이 굳어지는 듯했다. 문 바로 안쪽으로 선장과 새파랗게 질린 월터가 나란히 서 있었다. 선장과 월터는 연주가 끝나고 박수 소리가 끝나기를 기다렸다. 그리고 연주자가 서 있던 곳으로 걸어갔다.

장내는 쥐죽은 듯 고요해졌다. 먼저 선장이 입을 열었다.

"여러분의 즐거운 시간을 그리 오래 빼앗지는 않겠습니다. 오늘 아침 예배에 참석하신 분들은 여성 한 분이 사망하셨다는 비통한 사건소식을 들으셨습니다. 그후 저희 해양수사대에는 여러분의 사건에 관한 정보를 제공하기 위한 발걸음이 끊이질 않았습니다. 그럼에도 아직 몇 가지 해결하지 못한 문제점이 있습니다. 사건이 한시라도 빨리 해결되기를 바라는 여러분의 마음을 십분 이해하며 제자신도 마찬가집니다. 그래서인데 다행스럽게도 제 옆에 계신 분이 수사를 도와주시겠다고 말씀해주셨습니다. 이 분은 전직 스코틀랜드 야드의 주임경감으로 유명한 형사이십니다. 제 생각에는 미스터리소설의 세계를 제외하곤 명탐정이라 하면 크리펜 박사를 체포한 형사를 능가할 분은 없습니다. 그런데 바로 그 형사가 지금 여기 계시는 듀 경감님이십니다. "

갑작스런 박수소리가 터져 나왔다. 청중들은 자리에 앉은 채 크리펜을 체포한 형사를 보기 위해 목을 길게 뺐다. 월터의 눈빛은 불안하게 흔들렸지만 그럭저럭 견뎌내고 있었다.

"사정이 이러니만큼 저는 듀 경감님께 사건을 맡아주실 것을 부탁드렸습니다. 섹슨 씨는 이 배에서 다른 수많은 업무를 책임지고 계시니. 여러분 생각은 어떠십니까? 하실 말씀이 있으시다면, 경감님께선 하실 말씀이? "

"없습니다. "

월터는 단호하게 말했다.

"그렇다면 이 자리에서 사건의 신속하고 원만한 해결을 위해 저희 승무원과 승객 일동이 최선의 협력을 다할 것을 약속드리겠습니다. "

누군가의 탄성소리와 함께 박수가 터져 나왔다.

"그럼 시뇨르 마르티넬리가 출연하기 전에 15분 동안 휴식시간을 갖기로 하겠습니다. "

로스트론 선장은 몸을 돌려 월터에게 무슨 말인가 하더니 함께 라운지를 떠났다.

"어떻습니까? 제 말이 맞죠? "

조니가 말했다.

"네. "

알머는 한숨을 내쉬며 말했다.

앞좌석에서는 마제리가 리비를 향해 말했다.

"전문가에게 일을 맡긴 모양이군요. 크리펜은 누구예요? "

"몇 년 전 신문을 떠들썩하게 했던 인물이야. 런던에 살던 의사인

데 부인을 죽이고 토막을 내서 자기 집 지하실에 묻고는 애인과 캐나다행 배에 올랐었지."

"어머! 영국 사람들은 무척 예의 바르면서 꽤나 독하군요."

마제리가 말했다.

"크리펜 선생은 미시건 주 골드워터 출신이야."

리비가 말했다.

영국인 미국인 할 것 없이 모두 듀 경감이 수사를 맡게 되었음을 기꺼이 받아들였으며, 커피와 치킨, 샌드위치 등의 간식을 들며 듀 경감의 경력이나 실적에 대해 논했다.

듀 경감이 형사로 재직하던 20여 년간 그가 맡았던 살인사건 중 미궁에 빠진 사건은 단 하나, 그것도 맨 처음 맡았던 토막 살인범 잭 사건이었다. 그 무렵의 듀 경감은 아직 신참이었다. 여하튼 듀 경감만큼 노련한 형사는 없었다. 일요일 낮 고조되던 불안감은 한순간에 사라졌다. 장내는 듀 경감과 스코틀랜드 야드와 재치 있는 로스트론 선장에 대한 찬사로 떠들썩했다.

분위기가 완전히 전환되어 가벼워짐으로써 마르티넬리는 독창하면서 이렇게 멋진 청중들 앞에서 노래하기는 처음이라고 생각했을 정도였다. 청중은 브라보와 앙코르를 외치며 박수갈채를 보냈다. 콘서트의 마지막 곡이 'Nessun Dorma'의 아리아임을 찜찜해 한 사람은 아무도 없었다. Nessun Dorma, 즉 '아무도 잠들지 못하는'이란 뜻이었는데.

9

노래가 끝나자 알머는 한잔 하자는 조니의 청을 거절하고 식당 옆을 지나 홀을 통해 배의 앞머리 쪽에 있는 응접실로 갔다. 흡연실이 남성전용이었던 전쟁시절에는 응접실이 여성들만의 장소였던 만큼 세련되고 안락한 분위기는 여전했다. 천 커버의 팔걸이의자에 바닥에는 부드러운 녹색 카펫이 깔려 있었다. 둥근 테이블에는 〈버니티 훼어〉라든지 〈보그〉 등의 잡지가 놓여 있었다. 알머는 일등실 선실보다 이곳이 더 마음에 들었다. 얼마 후 알머는 재결합을 원하는 전남편을 피해 배를 탄 볼티모어의 여자와 이야기를 나누게 되었다. 다른 사람의 고민거리를 듣다보니 마음이 한결 가벼워졌다.

한밤중이 가까워졌을 무렵 응접실로 찾아온 승무원이 바라노프 부인을 찾고 있었다. 승무원이 두어 번 부르자 그때서야 알머는 바라노프라는 이름이 귀에 들어와 대답할 수 있었다. 그러자 보이는 한 장의 메모를 건네주었다. 그 메모에는 '보트 갑판 3번 구명보트 승차장으로 가능한 빨리. W'라고 적혀 있었다.

월터였다. 그는 그녀를 필요로 하는 것이다. 가엾게도 충격이 컸던 모양이다. 계획에 차질이 생겼으니 자제심을 잃은 것이다. 이는 도움을 구하는 외침이다.

알머는 가봐야 할 일이 생겼다고 여자에게 말했다.

"조심하세요. 위험한 다리는 건너지 마시고."

여자가 주의를 줬다.

두 사람의 대화에서 다른 많은 사람들이 사로잡힌 화제가 대두된 것은 이때가 처음이었다.

알머는 우선 선실로 가서 검은 비로드 이브닝 가운을 걸쳤다. 밖은 쌀쌀할 것이기 때문이다. 갑판으로 나가기 전 가운에 붙은 모자를 썼다.

가운이 바람에 휘말려 알머는 앞으로 떠밀리듯 걸어갔다. 알머는 가운을 단단히 감쌌다. 갑판에는 인기척이라곤 없었다. 달밤에 산책하는 이가 아무도 없는 것은 바람 때문만은 아닐 것이라고 알머는 생각했다. 아무것도 걱정할 것이 없다는 것을 알고 있으면서도 갑판을 거닐고 있자니 왠지 속이 울렁거렸다.

구명보트 승차장의 번호가 어떤 순서로 붙여져 있는지 알머는 잘 알지 못했다. 3번 승차장이 이쪽이라면 좋겠다는 바람을 가지는 수밖에 없었다.

그때 누군가 어깨를 잡았다. 손가락 끝이 피부에 파고들었다. 알머는 재빨리 돌아보았다. 모자가 머리에서 미끄러지듯 벗겨졌다. 알머는 비명을 질렀다. 눈앞에 월터가 있었다. 배의 조명에 비친 그의 눈은 마성에 빛나고 있었다.

"알머 !"

월터는 놀란 듯이 말했다.

"깜짝 놀랐어. 나는 순간……."

월터는 알머를 꼭 끌어안았다.

"알머, 용서해 줘. 내가 어떻게 되었나봐. 그 가운을 보고 리디아라고 생각했어."

"죽었어."

알머는 떨리는 목소리로 말했다.

"리디아는 죽었어."

"응, 내가 잠깐 이성을 잃었나봐."

"당신에게 일어난 일을 생각하면 무리도 아니죠."

월터는 고개를 저었다.

"여하튼 당신을 놀라게 한 것은 정말 미안해. 아프진 않았어 ?"

"조금요."

바람에 알머의 머리카락이 흐트러졌다. 월터는 알머의 머리카락을 쓸어 넘겨주었다. 알머는 키스하려는 줄 알았으나 그렇지 않았다.

"갑판을 한번 둘러봤는데 아무도 없더군. 잠깐 걸을까 ?"

알머는 월터의 입술을 향해 얼굴을 들고 있었다. 그러나 월터의 말에 마치 끄덕이기 위함이었다는 듯 얼굴을 아래로 내렸다. 월터는 그런 알머의 행동을 눈치채지 못했다. 로맨틱한 연애소설에서조차 남자는 여자의 그런 마음을 알아주지 못한다는 것을 상기해야만 했다.

"선장이 만나고 싶어한다는 이야기를 들었을 때 많이 놀랐죠?"

"왜 만나고 싶어하는지 전혀 이해가 안 갔으니까. 예상할 수도 있었던 일인데……."

"저 때문이에요. 월터 듀라는 이름을 제안한 것은 저잖아요."

"우리 둘이서 결정한 이름이야."

"일이 이렇게 될 줄은 생각도 못했어요. 리디아의 사망원인 조사를 당신이 하게 되다니. 괴로웠죠? 당신, 선장으로부터 사람들에게 소개될 때 안색이 새하얗게 질렸던데. 하지만 정말 잘해냈어요. 전혀 의심스럽지 않았거든요."

"안색이 창백했던 것은 그때 막 시체를 보고 온 길이었기 때문이야."

알머는 두 손으로 월터의 팔을 잡았다.

"어머, 끔찍해라. 그런 줄도 모르고 난……."

"잠깐 놀랐을 뿐이야. 그런데 알머, 리디아가 아니었어."

"뭐라고요?"

알머는 등골이 오싹했다.

"리디아가 아니었다고요?"

"당신 마음 알아."

월터는 냉정한 목소리로 말했다.

"있을 수도 없는 일이니까."

"확실해요?"

"확실해."

"사체는 좀 달라 보일 수도 있어요."

"잘못 본 거 아니야. 분명 다른 여자였어."

월터가 미쳐 버린 것은 아닌가 하는 끔찍한 생각이 알머의 뇌리를 스쳤다. 월터의 이성이 긴장감을 이겨내지 못한 것이다. 가능한 한 침착한 목소리로 알머는 말했다.

"월터, 어떻게 그런 일이 있을 수 있죠?"

월터는 어깨를 으쓱했다.

"나도 모르겠어. 하지만, 이것으로 우리들은 안전해. 시체가 리디아가 아닌 이상 우린 벗어날 수 있어."

알머는 애써 월터의 말을 그대로 받아들이는 듯 말했다.

"그래도 아직 문제가 남아 있어요."

"무슨 문제?"

"다들 당신을 듀 경감이라고 생각해요. 그러니 사건수사에 대한 성과를 기대할 거고요."

"그렇다면 전력을 다해 성과를 올리면 되잖아."

월터는 아무렇지도 않은 듯 말했다.

"그게 가능한 일이에요? 월터, 당신은 진짜 형사가 아니에요."

"그래도, 난 형사야."

"아니에요."

알머는 물러서지 않았다.

"월터, 당신은 형사가 아니에요."

"우선 내 이야기를 끝까지 들어줘. 당신을 제외하곤 이 배에 타고 있는 모든 사람들 눈엔 내가 듀 경감이야. 그게 중요한 거야. 선장도 만족해하고 있고, 그런 선장의 권한을 내가 빌려서 대행할 수 있어. 아까 라운지에서 선장이 하는 말 들었지? 난 크리펜을 체포한 형사야. 승객의 안전은 내게 달려 있어."

"그렇죠. 다들 그렇게 생각하죠. 하지만 당신은 형사가 아니잖아요, 어떻게 해야 할지 모르잖아요. 앞으로 나흘이나 남았는데. 배에 싣고 있는 여자 시체는 리디아가 아니라고 당신은 말하고, 다른 단서는 없고."

"살해된 여자 시체야."

"하지만 리디아가 아닌 이상 살해되었는지 아닌지도 모르잖아요."

"아니야. 알 수 있었어. 목에 상처가 있어. 그 여잔 교살된 거야, 알머."

알머는 순간 숨이 막혔다. 거짓을 이렇게까지 이성적인 어투로 말할 수 있다니.

"그러니까 이 배에 분명 살인범이 있어."

월터는 말을 계속했다.

"내겐 범인을 잡아야할 의무가 있어. 승객과 승무원에 대한 의무. 아무도 그 일을 할 수 있는 사람이 없거든."

"그렇겠죠."

알머는 소극적으로 말했다.

"아무도 없겠죠."

"우선 피해자의 신원부터 캐야지. 아까 승무원으로부터 이야기를 들었어. 승무원들이 벌써 승객들을 파악하고 있어서 별로 어렵지 않더군. 형사 입장에서는 사실을 뒷받침하기만 하면 돼. 여러 가지 사항들을 잘 파악해서 질문만 하면 되는 거야. 그런 일이라면 예전부터 해온 일이잖아."

"무섭지 않아요?"

"이젠 괜찮아. 난 법과 질서 편에 있거든. 쫓는 입장이지. 다들 날 우러러보고 있어. 주목 받는 일이란 즐거워. 도망자 역은 재미없었거든. 두려울 뿐이었지."

월터는 소리 내어 웃었다.

"그 밖에도 유리한 점이 있어. 이등실에서 일등실로 옮겨졌어. 당신 방과 같은 복도의 마주보는 방이야. 75호실."

소유 본능을 노골적으로 드러내듯 월터는 알머를 끌어안았다.

알머는 가슴 앞에서 가운을 매만졌다.

"함께 있는 모습이 사람들 눈에 띄면 안 돼요."

"물론이지."

"그렇다고 당신의 일을 돕고 싶지 않다는 뜻은 아니에요. 어떻게 해야 할지는 모르지만."

둘은 갑판을 거닐었다. 바다는 검고 사악해 보였다. 알머는 별을 올려다보았다. 배의 통신용 안테나가 둥근달에 걸려 있었다.

"이제 잠자리에 들어야죠."

알머는 말했다.

그와 헤어지는 길에 선실 가까이에서 알머는 볼티모어의 그 여자와 마주쳤다. 여자는 놀란 눈으로 알머를 쳐다보았다.

"갑판에 나갔다 왔어요?"

"잠깐 바람 좀 쐬려고요."

"그렇게 위험한 짓을 하다니. 그러다 살인범과 마주치면 어쩌려고요."

선실에 들어간 알머는 빗장을 지르고 열쇠도 잠갔지만 안심할 수 없어 팔걸이의자를 방문 앞에 기대어 놓았다.

침대에 들어간 알머는 자신의 불안한 마음에 대해 곰곰이 생각해 보았다. 월터에게 어깨를 잡혔을 때 많이 놀라긴 했지만 이해할 수 있었다. 모자를 쓰고 있었기 때문에 리디아로 보였을 것이다. 월터의 순간적인 착란이라고 이해할 수 있었다. 시체가 리디아가 아니라고 주장하는 것도 이성을 잃은 나머지 착각한 거라고 생각했다. 걱정스럽긴 해도 특별히 두려운 일은 아니었다. 불안의 근본적인 원인은 월터가 한 말이다.

"당신을 제외하곤, 이 배에 타고 있는 모든 사람들 눈엔 내가 듀 경감이야." 그때 "당신을 제외하곤"이라는 말에서 불만을 읽을 수 있었다. 그는 듀 경감이 되고 싶은 것이다. 듀 경감이 된다는 것은 새 인물이 되는 것으로 체면도 서고 스릴도 있다. 크리펜 체포의 공로자, 그리고 지금은 모리나티아 호의 구세주이다. 그런 자기 환상에 단 하나의 걸림돌이 있었다. 그게 바로 알머다. 알머는 진상을 알고 있기에 월터에 대해 공포를 느꼈다.

10

조니 핀치는 폴 웨스터필드 2세를 소개받지는 못했지만, 그렇다고 예의에 어긋나게 행동을 할 사람은 아니었다.

"날씨가 좋군요."

핀치는 월요일 아침 식사 후 갑판에서 바다를 바라보고 있는 폴을 보더니 말했다.

"안개가 걷히면 햇볕이 꽤나 내리쬐겠는걸요."

"그럴까요?"

폴이 말했다.

"갑판에서 테니스 치기에 좋은 기회죠. 어쩌면 당신도 빌 델덴을 이길 수 있을지도 모르겠군요. 윔블던에서 하는 것과는 전혀 다르니까요. 아님, 당신은 셔플보드(막대기로 원반을 치는 경기)를 더 잘하시나요?"

"당신은 사교위원회 분이신가요?"

폴이 물었다.

조니는 온몸으로 크게 웃었다.

"아닙니다, 아닙니다. 이 조니 핀치가 위원회에 가입하는 일은 절대 없을 겁니다. 특히 사교위원회 같은 데는 절대. 저는 제가 직접 갑판 게임을 즐기지는 않습니다. 그저 다른 사람들의 장점에 약간의 돈을 거는 정도죠. 그것도 꽤나 재미있습니다."

"저는 내기는 하지 않습니다."

폴이 말했다.

"그래요?"

조니는 의심스럽다는 듯 말했다.

"요전 날 밤 흡연실에서 호이스트 하고 계신 것을 봤는데."

"그건 그저 친구들끼리의 게임이죠."

"그야 물론 그러시겠죠."

조니는 웃으며 윙크했다.

"하지만 내기를 좋아하신다면……. 배의 이발사를 중심으로 듀 경감이 범인을 잡기까지 며칠이 걸릴 것인가 하는 내기가 시작되었다는군요. 어때요?"

"그건 판돈이 꽤 크겠군요."

"그럼요, 저는 5파운드를 걸어볼까 합니다. 이발사는 듀 경감이 내일 체포하면 4배로 돌려주겠다는군요."

조니는 말했다.

"저는 별 흥미를 못 느끼는데요."

"흥미를 느끼셔야 합니다. 듀 경감이 벌써 첫 번째 성과를 올렸다는군요. 오늘 아침 일등실 담당 승무원들을 불러 잔 흔적이 없는 선실을 조사해본 결과, 물론 두세 곳 정도 그런 방이 있긴 했습니다만, 배에서는 밤중에 손님들이 갈 만한 장소가 정해져 있으니까요……. 결국 하나씩 지워나가니 방 하나만 남더랍니다. 그래서 그 방을 담당하는 승무원에게 시체를 보여줬답니다."

"승무원은 시체가 그 방의 주인이었다는 것을 확인했단 말인가요?"

"단번에 알아봤답니다, 전혀 망설임 없이."

"누구였는데요?"

"바로 그겁니다, 문제가. 당신 친구였어요, 그때 호이스트를 함께
하던 4명 중 한 사람. 이름은 캐서린 매스터스."

제5부 뉴욕의 왕

1

보트 갑판의 의자는 4줄로 놓여 있었다. 여행에 익숙한 승객이라면 승선하자마자 가능한 한 빨리 갑판 담당 주임 승무원을 찾아내 의자를 예약해 둔다. 예약된 의자에는 이름표가 붙여지고 항해가 끝날 때까지 예약자 전용의자로 사용된다. 의자 위치가 매우 중요해서 뉴욕행일 경우에는 우현 쪽 의자가 좋다고 한다면 상당한 금욕가이거나 처음 승선한 사람이다. 남쪽을 향한 좌현 자리도 담요를 뒤집어쓰고 앉는 것이 가장 좋으며 그 외에도 고려해야 할 자질구레한 점들이 몇 가지 있었다. 사람들에게 드러내고 싶거나 승무원의 관심을 끌고 싶을 때는 맨 앞자리가 좋으며 낯가림이 심한 승객이라면 옆 좌석에 앉는 사람이 누구인지 알아둘 필요가 있고, 갑판 담당 주임 승무원을 매수해 두면 선상에서의 로맨스를 공작할 수도 있다.

마제리가 애써준 덕분에 리빙스턴 고델 일가의 사람들은 좌현 맨 앞줄의 최고자리를 확보할 수 있었다. 그 자리는, 아직 사용한 적이 없어 연기를 내뿜지도 않는 연통으로 그늘이 지는 최상급 자리였다.

게다가 바바라 옆 자리는 폴 웨스터필드 2세라는 이름표가 붙어 있었다. 오늘 아침 그 자리는 비어 있었다.

"어떻게 된 거니? 그 청년은."

마제리가 딸에게 물었다.

"너희들 또 싸웠니?"

"아니에요, 엄마. 폴은 고든 씨를 찾으러 갔어요."

"그 사람이 누군데?"

"폴의 지갑을 주어준 영국사람요. 토요일 밤에 함께 카드게임을 했거든요. 시체로 발견된 여자가 캐서린이라는 걸 잭 고든 씨가 알고 있는지 확인해 보러 간 거예요."

"지금쯤은 알고 있겠지. 배에 타고 있는 사람들은 다들 이야기를 들었으니까. 그래, 그 영국 사람은 캐서린의 친구였니?"

"아니에요. 그냥 카드게임만 한 거예요. 실은 그 두 사람 별로 안 맞더라고요. 게임이 끝날 때쯤 캐서린이 마음 상했거든요."

"불쌍하게도. 그렇게 험한 꼴을 당하다니."

마제리가 말했다.

"설마 자살한 건 아니겠지?"

"엄마, 그 사람 교살된 거래요. 승무원들이 다들 그렇게 이야기하던걸요."

마제리는 리비를 향해 고개를 돌렸다.

"여보, 금방 이야기 들었어요? 그 사람 교살된 거래요!"

"그래?"

"이이는 세상일에 어쩜 이렇게 무관심한지."

마제리가 말했다.

"바바라, 미리 말해두겠는데 이런 일에 연관되는 건 현명한 짓이 아니야."

"엄마, 이미 있었던 일은 어쩔 수 없잖아. 캐서린이 살해되던 날 밤 난 그 사람과 카드게임을 했어. 그러니 물으면 그렇게 답할 수밖에 없어."

"네 이름이 신문에 나는 걸 나도 아버지도 원치 않아. 듀 경감이 물으면 가능한 한 간단하게 답해라."

"이야기할 것도 없어. 어쨌든 듀 경감은 폴이나 잭한테 자세한 이야기를 듣겠지. 캐서린이 살해된 것은 그 카드게임하곤 관계가 없을 테니까. 걱정할 거 없어."

"알 수 없지."

마제리가 말했다.

"그 잭 고든이라는 남자가 어떤 사람인지 너 정확하게 알고 있니? 교살범일지도 모르잖니."

"엄마, 말도 안 되는 소리 하지 마."

"잘 들어, 바바라. 난 리비가 세 번째 남편이야. 남자에 대해서라면 아는 게 많아."

마제리는 리비의 눈이 감겨져 있음을 확인하고 말을 이었다.

"겉보기에 누가 봐도 번듯한 신사처럼 보이는 사람 중엔 무방비한 상태의 여자와 단둘이 되었을 땐 갑자기 괴물로 돌변하는 남자도 있단다."

또 다시 리비를 힐끔 쳐다보고는 말했다.

"남자는 동물과 같아서 길들이지 않으면 공격해 오거든. 너와 친해졌다는 고든이라는 그 영국 신사 양반이 살인범의 하수인이었다 하더라도 난 놀라지 않는다."

"살인범은 전혀 의외의 사람일 게 분명해."

바바라는 말했다.

"그렇겠지."

리비가 눈을 감은 채 말했다.

"폴일 거라는 생각은 해봤니?"

2

의사는 서류에서 시선을 떼고 다음 환자를 보았다.

"경감님, 어서 오세요. 진찰 받으러 온 환자분인가 했습니다. 무슨 일이세요?"

월터는 머뭇거렸다.

"실은 의논드리고 싶은 일이 있어서요."

"네, 뭐든지요. 시체에 관해서입니까?"

"아닙니다. 이 엄지손가락인데요. 아무래도 좀 다친 것 같습니다."

"어디 보세요. 어쩌다 다치셨는데요?"

"오늘 아침 죽은 여자의 방을 조사했거든요."

"네, 말씀 안 하셔도 알겠습니다. 시체가 창문으로 던져졌는지 확인해 보려고 열려다 이렇게 되신 거죠? 배멀미 다음으로 많은 것이 창문 열려다 다친 엄지손가락이죠. 승무원에게 말씀하셨으면 됐을 텐데. 승무원들은 열쇠를 가지고 있거든요. 아프세요?"

"조금요."

"똑바로 펼 수 있으세요?"

"할 수 있을 것 같은데요."

"별 거 아닙니다. 조금 삔 겁니다. 원하신다면 보호대를 끼워드리지만 치료상의 효과는 없습니다. 그렇군요. 범인이 창문으로 시체를 던졌다고 생각하시는군요. 어떻습니까, 엄지손가락을 다친 또다른 사람을 찾아보시는 건."

"아뇨, 그렇게 간단한 문제가 아닙니다. 승선했을 때 이미 창문이 열려 있는 방도 있었으니까요."

"과연 스코틀랜드 야드 출신다우시군요."

의사는 감탄하며 말했다.

"경감님의 수사를 제가 거들다니 건방졌습니다. 선실에는 단서가 될 만한 것이 있던가요?"

"별로 없었습니다. 산더미 같은 옷가지와 향수 몇 병 정도요."

"보석은?"

"없었습니다."

월터는 말했다.

"보석에 준하는 것은 없었습니다."

월터는 수염을 매만지며 정정했다.

"그 점은 유의해야겠는걸요."

의사가 말했다.

"보석 같은 것이 도둑 맞았다면 동기가 밝혀진 거니까요."

"그럴 가능성도 있죠."

"보석 이야기를 한 것은 선장으로부터 시체 조사를 부탁받았을 때 왼손 약지에 반지를 꼈던 흔적이 있었기 때문입니다."

"바다 속에서 빠졌을 수도 있습니다."

"결혼반지인데요?"

의사는 의미심장하게 말했다.

"피해자는 미혼이었습니다."

월터가 말했다.

"여권을 조사했거든요. 미스 캐서린 매스터스라 되어 있더군요."

"하지만 제가 보기엔 틀림없습니다. 아니면 지금 가서 보시겠습니까?"

"아닙니다. 괜찮습니다."

월터는 웃음 지으며 말했다.

"약혼 반지였을 수도 있으니까요."

"그럴 수도 있겠네요."

의사는 인정하긴 했지만 반신반의하는 표정이었다.

"제 견해로는 미스 매스터스는 남자 경험이 없었던 사람이 아니었습니다."

"설마!

월터가 말했다.

"생전에 아셨습니까?"

의사는 듀 경감이 이상스러웠다. 도대체 사고방식이 어떻게 된 것이란 말인가.

"아뇨, 그렇지 않습니다. 폭행당한 흔적이 있는지 조사해 봤거든요."

"아, 그렇군요."

"제 견해로는 폭행당하지 않았습니다."

"그렇다면 또 하나의 동기가 없어지는군요."

"하나 더 말씀드리고 싶은 것은 검사 결과 피해자가 기혼자였던 것 같다는 사실입니다."

"결혼한 상태거나 아님 과거에 결혼했던 거겠군요. 전쟁이 있었으니까요."

"전쟁이 왜요?"

"덕분에 세상이 완전히 변했잖습니까. 순정이란 게 없어졌다고나 할까요."

"그렇군요."

"굳이 변명하는 건 아니지만."

"물론이지요."

의사는 따지기 좋아하는 성격으로 보이기 싫었기 때문에 그렇게 말했다.

"경감님, 그 밖에도 말씀드리고 싶은 사항이 더 있습니다."

"제 조사에 관해서입니까?"

"아닙니다. 다른 건입니다. 별 의미 없는 일일지도 모릅니다만, 말씀드려 두는 편이 좋을 것 같아서요. 아시다시피 매스터스 양의 시체는 창고에 안치되어 있습니다. 승객용 갑판보다 밑에 있는 맨 아래층 갑판의 창고죠."

"그랬지요."

"그 창고에는 자물쇠가 걸려 있고 열쇠는 의무실이나 약장의 열쇠와 함께 이곳에 보관되어 있습니다. 열쇠를 관리하는 사람은 제 조수입니다. 그런데 일요일 저는 배멀미를 하는 승객이나 엄지손가락을 다친 승객 등 평상시와 같은 환자분들 진료로 정신없이 바빴습니다. 간호사 두 명과 지금 말씀드린 조수, 그렇게 세 사람이 저를 돕고 있었습니다. 밤 몇 시였는지, 한 남자 승객이 찾아오셔서는 시체가 안치되어 있는 창고 열쇠를 달라고 조수에게 말했답니다. 신원확인을 도와달라는 부탁을 받았다고 하면서요."

"그래서 열쇠를 내주었답니까?"

"네, 그날 밤 조수는 톱레이라는 젊은 남자였는데 그에겐 이번이 첫 항해입니다. 그는 승객분들 마음에 들려고 열심히 일은 하는데 머리는 별로입니다. 어쨌든 열쇠를 건네주고 말았는데 그 남자의 얼굴을 기억 못한다고 하는군요. 제가 이 사실을 안 것은 의무실 문을 잠글 시간이 되어서 열쇠가 늘 있던 자리에 없었기 때문입니다. 그래서 톱레이를 찾아서 창고 자물쇠에 그대로 꽂혀 있는 열쇠를 찾아냈습니다.

"그 승객은 열쇠를 반환하러 오지 않았군요."

월터가 말했다.

"그건 좀 수상한데요."

의사는 뭔가 알아내고 싶은 듯 월터를 보았다.

"중요한 것은 그 남자가 누구의 허락도 받지 않고 창고까지 갔다는 겁니다. 선장은 허락한 일이 없다고 하고, 해양수사대 섹손 씨도 마찬가지입니다. 도대체 어떤 승객이 그런 짓을 했을까요?"

"저도 그 점이 궁금하군요."

월터가 말했다.

"원하신다면 톱레이와 직접 말씀을 나눠보셔도 좋습니다. 별 특별한 것은 알아낼 수 없겠지만요."

"그럴 필요 있겠습니까?"

월터는 말했다.

"하지만 그런 승객이 있었다는 걸 알려 주셔서 감사합니다."

다친 엄지손가락을 보며 움직여 보려 했다.

"조금은 나아졌는데요. 보호대는 필요 없을 것 같네요."

"상처에 대해선 궁금하지 않으세요?"

월터는 손바닥을 바라보고 있었다.

"그 여자 목에 난 상처에 대해서인데."

의사는 약간 불만스러운 듯 말했다.

"그 상처를 처음 찾아낸 사람은 저였거든요."

"그렇군요."

"교살된 게 분명합니다. 그 상처는 손으로 교살할 때 생기는 것과 일치합니다."

"그렇군요."

월터는 말했다.

"정말 보기 흉한 상처더군요. 방법도 어설프고, 살인이라고 해서 그렇게 잔인하게 할 필요는 없는데. 아, 벌써 12시군요. 손가락 봐

주셔서 감사합니다. "

혼자 남겨진 의사는 듀 경감이 성공할 수 있었던 비결에 대해서 곰곰이 생각해 보았다. 듀 경감은 상대방에게 질문하지 않고도 정보를 끌어내는 방법을 알고 있는 듯했다. 꽤나 에둘러서 질문하기 때문에 상대방이 경찰이라는 것도 잊어버릴 정도였다. 물론 스코틀랜드 야드에서 전쟁 전에 은퇴했으니 세상과의 접촉이 없어 좀 둔해졌든지 아니면 너무 똑똑해서인지. 의사는 어느 쪽인지 알 수 없었다.

3

따스한 햇살을 받으며 갑판을 거닐고 있으니 알머는 어젯밤에 자신이 한 생각이 부끄러워졌다. 지나치게 긴장했던 탓이다. 긴장을 풀어야만 했다. 살인으로 인해 생긴 긴장을 간과했다. 월터의 경우 아직도 심리적 부담이 무겁게 짓누르고 있을 터이니 신경질적인 행동도 무리가 아니다. 그러나 내 경우는 이제 더 이상 긴장할 이유가 없다. 다른 승객들처럼 아무렇지도 않게 행동해야만 한다. 그래서 베란가리아 호가 보인다는 승무원의 말에 알머는 우현에 모인 사람들 틈에 끼어 크나드사의 두 척의 호화로운 배가 바다 한가운데서 만나는 것을 바라보았다.

알머는 구경하길 잘했다고 생각했다. 커다란 배가 증기를 내뿜으면서 검은 선체로 푸른 바다에 하얀 거품을 일으키면서 다가왔다. 그 위의 하얗게 칠한 배의 상부에는 사람들이 늘어서서 다들 손을 흔들고 있었다. 그 광경에 뭐라 말할 수 없는 흥분이 느껴졌다. 기적소리를 울리며 두 배는 불과 수백 미터를 사이에 두고 멈춰 우편을 교환하기 위한 런치를 내렸다. 또다시 터빈이 돌아가기 시작하자 두 배의 승객들은 서로를 향해 손을 흔들었으며 이별을 고하는 기적이 동시에 울렸다. 알머는 베란가리아 호의 3개의 연통에서 뿜어져 나오는 연기가 안 보일 때까지 바라보고 있었다. 그때 비로소 조니가 옆에 와 있는 것을 알았지만 태연하게 서 있었다.

"저 배를 띄운 사람은 독일 황제였다는 거 아시죠?"

조니는 말했다.

"크나드사에 인수되어 회사를 대표하는 배가 되기까지 황제호였거든요. 말하자면 전리품인 셈이죠. 여전히 명예로운 배죠. 원래 독일 배였어도 저는 아무렇지도 않아요. 여러 나라 국기를 게양하며 항해하는 게 뭐 어떻다고요. 그렇죠, 바라노프 부인?"

차가운 바람 때문에 알머의 흥분된 얼굴은 겉보기엔 변함없었다. 알머는 애매하게 웃음 지었다.

"내일 가장무도회가 있는데 어떠세요? 물론 참석하실 거죠?"

"글쎄요. 아직 생각해 보지 않았는데."

"저도 오늘 아침까지는 그랬습니다. 승객들 중에는 제대로 된 가장무도회 전용 의상을 준비해 온 사람들도 있어요. 전 그런 거 별로 좋아하지 않거든요. 좀더 자연스러운 게 좋아요. 그렇죠?"

"그러네요. 전 가장무도회 의상 같은 건 가져 오지도 않았어요."

"그럼요. 설사 당신이 특별히 최고의 크리놀린 스커트에 가발에 오렌지 한 박스를 준비해 왔다 하더라도 적어도 두 명의 넬 귄^(17세기의 영국 배우. 가장무도회에서 흔히 모방의 대상이 됨)이 등장해서 당신의 즐거움을 망쳐 버릴 게 분명하니까요."

알머는 소리 내어 웃었다.

"당신은 무엇으로 분장하려고요?"

"그게 문젭니다. 아직 정하질 못했어요. 아주 독창적인 걸로 분장하고 싶은데……. 그래서 말인데 지금 최고의 화젯거리에 걸맞게 크리펜 박사는 어떨까요? 제게 어울릴까요?"

알머는 애써 웃음 지었다.

"나쁘지 않잖아요, 네?"

"모두가 좋아할 거라곤 말씀 못 드리겠는걸요."

"그럴지도 모르겠네요. 무엇보다 제 키가 너무 크니까요. 크리펜은 왜소한 편이었죠? 아닌가요? 다들 저를 정치가라고 생각할 겁니다. 실은 좀더 그럴듯한 아이디어가 있는데 그러기 위해서는 도움이 필요합니다. 이런 말씀드리기 좀 뭣하지만, 바느질 잘하시나요?"

"어떤 거냐에 따라 다르죠."

"그렇게 어려운 건 아닙니다. 두세 곳 정도 올려주시면 됩니다."

조니는 혼자서 재미있다는 듯 웃었다.

"그거라면 틀림없는 우승감입니다. 그럼, 이번엔 당신이 분장할 거에 대해 생각합시다."

4

점심 식사 후 잭 고든은 듀 경감을 찾으러 갔다. 경감은 메인 라운지에서 피아노와 종려나무 화분 사이에 앉아 있었다. 자고 있는 듯 이름을 불러도 대답이 없었다. 잭은 한 번 더 불러 본 뒤 손을 만졌다.

월터는 움찔하며 눈을 떴다.

"듀 경감님?"

잭은 이것으로 세 번째 부른 것이다.

"방해해서 죄송합니다."

"무슨 일이시죠?"

"고든이라 합니다. 잭 고든입니다. 경감님께서 조사하고 계시는 사건에 대해 말씀드리고 싶은 게 있어서요."

"무슨? 참, 여기 앉으시죠."

잭은 종려나무 화분 저편에서 의자를 가져와 월터 바로 앞에 놓았다.

"그쪽 말고요."

월터는 말했다.

"좀더 오른쪽으로 옮겨주세요. 라운지를 보고 싶어서요."

월터는 잭에게 윙크해 보였다.

"관찰 좀 하려고요."

잭은 고개를 돌려 경감의 시선이 향한 곳을 따라가 보았지만 보이는 것이라곤 체커 게임을 하고 있는 두 명의 목사뿐이었다.

"무슨 말씀을 하고 싶은데요, 코린즈 씨?"

"고든입니다. 실은 경감님께서 저를 찾아오시기 전에 제가 먼저 찾아뵙고 말씀드리는 편이 좋을 것 같아서요. 저는 매스터스 양이 살해되던 그 날 밤 그 여자와 함께 있었습니다. 흡연실에서 카드게임을 했거든요. 호이스트를 했는데 매스터스 양의 파트너였어요. 당연히 저부터 진술받고 싶으시죠?"

"대단하시군요. 일부러 찾아오시기까지 하다니. 코린즈 씨."

"고든인데요. 경감님."

"네. 처음 말씀하셨을 때 알아들었습니다. 코린즈 씨. 기분 나쁘셨다면 죄송합니다만 진술할 때는 성으로 부릅니다. 그 호이스트 게임을 할 때의 상황을 말씀해 주시죠. 상대편은 누구였습니까?"

"젊은 미국인 남녀였는데 남자 이름은 웨스터필드였던 것 같습니다."

월터는 연필과 수첩을 꺼냈다.

"메모해 두는 편이 좋겠네요. 이름 외우는 게 서툴러서요. 대개는 간호사에게 맡기거든요."

잭은 불안한 듯이 웃었다.

"네?"

"그럼 웨스터필드 씨와 파트너였던 사람은?"

"그게 기억이 잘 안 납니다. 바바라라고 했는데, 성을 제대로 듣지 못했어요."

"코린즈 씨, 걱정하지 마세요. 제 방식대로 알아내죠. 지금 당장은 매스터스 양에 대해 궁금합니다. 친구였습니까?"

"아뇨, 일요일 밤까지는 만난 일조차 없습니다. 그 게임은 저녁 식사 후에 했습니다. 여기서 웨스터필드 씨와 이야기하고 있을 때 매스터스 양이 선내 콘서트에 협력해 줄 것을 부탁하러 다니고 있었어요. 저희 두 사람은 별로 내키지 않아서 대신 호이스트 게임을 두세 판 해주기로 했죠. 매스터스 양은 좋아하더군요. 폴 웨스터필드 씨는 바바라에게 파트너가 되어 달라고 부탁하러 갔습니다."

"그래서 게임은 즐거우셨습니까?"

"마지막에 조금 그랬지만 재미있었습니다."

잭은 팔짱을 꼈다가 풀었다.

"어차피 누가 이야기하든 할 것 같아서 제가 먼저 말씀드리는 겁니다만 끝 무렵에 약간의 오해가 있었습니다. 폴과 바바라가 결정전에서 이겨 마지막 라바를 땄어요. 매스터스 양과 저는 처음 2, 3회를 제외하곤 실력발휘를 못했거든요. 그랬더니 매스터스 양은 제 탓으로 돌리더군요. 전 화가 났어요. 결국에 매스터스 양은 이긴 팀에게 돈을 꺼냈어요. 선상에서 하는 카드게임의 관례에 대해 알고 계시는지 모르지만, 사람들이 모여 있는 곳에서 테이블 너머로 돈을 주고받는 경우는 없습니다. 그래서 제가 좀 심하게 나무랐어요. 그런 짓 하는 게 아니라고, 몇 마디 하자 여자가 울먹울먹하기에 흡연실을 나가 버렸습니다."

잭은 어깨를 으쓱했다.

"이게 다입니다. 이 일로 제가 얼마나 속상한지 아실 줄 믿습니다."

"저 같으면 신경 쓰지 않겠습니다."

월터는 말했다.

"자살한 게 아닌 듯싶습니다. 솔직하게 말씀드리자면 그 여자는 교살되었습니다."

"그런 소문을 저도 듣기는 했습니다."

잭이 말했다. 몸을 앞으로 내밀고 이야기를 듣고 있던 그가 입술이 갑자기 새파랗게 질리더니 인상을 찌푸린 채 월터를 바라보았다.

"경감님, 반드시 범인을 잡아 주세요. 사형에 처해야 합니다."

월터는 끄덕이며 셔츠의 첫 번째 단추를 풀었다.

"잡아주실 거죠?"

잭이 말했다.

"하느님께서 원하신다면 그렇게 되겠죠."

"이런 악질 범죄를 경감님께서 어떻게 풀어 가실지 저로서는 상상도 못하겠습니다."

월터는 스핑크스처럼 부동의 자세로 있었다.

"죽일 이유 같은 건 없잖아요."

잭이 말을 이었다.

"정말 말도 안 돼요. 상대방은 정신이상자인 거예요."

"누굴 것 같습니까?"

흥미진진한 듯 물었다.

잭은 눈을 깜박였다.

"글쎄요. 모르겠는데요. 그저 잡히기만 했으면 좋겠어요."

"카드게임 할 때 매스터스 양 맞은편에 앉아 계셨죠?"

월터가 물었다.

"그럼 그 여자의 손을 봤겠군요."

"무슨 뜻이세요? 전 속임수 같은 거 안 씁니다."

"카드게임을 말하는 게 아니라, 그 여자의 손 말입니다. 말 그대로 손. 손가락이 다섯 개 있는 손. 그 여자가 왼손 약지에 반지를 끼고 있던 것을 기억합니까?"

잭은 고개를 저었다.

"그 여자는 결혼 안 했어요. 아시잖아요."

"약혼했는지도 모르죠."

"반지는 안 끼고 있었는데요."

월터는 수첩에 메모한 뒤 고개를 들었다.

"그밖에 또 기억나는 것은 없으십니까? 코린즈 씨?"

"있습니다. 수첩과 연필을 빌려 주시겠습니까?"

월터는 수첩과 연필을 건네 주었다.

잭은 자기 이름을 썼다.

"이렇게 써두면 잊어버리지 않으시겠지요."

그는 수첩을 건네주었다.

"무엇이든 제 도움이 필요할 땐 연락 주세요."

"고맙습니다."

월터는 말했다.

잭이 라운지를 나가기를 기다렸다가 승무원에게 가서 폴 웨스터필드가 누구인지 가르쳐 달라고 했다.

폴은 보트갑판에 있었다. 갑판 테니스 토너먼트 제1라운드에 출장했다. 이 게임은 배드민턴 네트 너머로 고무로 된 고리를 넘기는 경기였다. 코트의 선은 갑판에 분필로 그려져 있었다. 폴의 상대는 중년의 영국인으로 동작은 그다지 민첩하지 않았으나 그만큼 기술 좋게 마카로니 숏으로 공격해 왔다. 마카로니 숏으로 치면 고리가 공중에서 상대의 눈을 현혹하듯 흔들렸다. 사이드라인에 모자를 쓴 월터가 서 있다는 것도 폴의 집중력을 저하시키는 원인이었는지도 모른다. 폴은 결승전에서 패했다. 이긴 상대방과 악수를 하자 젊은 여자가 폴에게 스웨터를 건네 주었다.

"웨스터필드 씨, 피곤하지 않으시다면……."

월터가 말했다.

"피곤하지 않습니다."

폴은 말했다.

"지금 경기는 지구력보다는 기술을 요하는 스포츠거든요, 그렇군요. 제 이름을 알고 계시는군요. 이쪽은 바바라 고넬 양입니다. 역시나 당신 리스트에 올라 있겠죠?"

"뭐, 그렇죠."

월터가 말했다.

"이야기하는데 저희 두 사람 같이 있어도 되죠?"

"두 분 같이요? 그 생각은 안 해 봤는데"

"저희는 서로 비밀 없어요."

"경감님은 당신과 단둘이 이야기하고 싶으신 거야, 폴."

바바라가 말했다.

"꼭 그렇지 않습니다. 함께 계신 편이 시간절약이 되겠군요."

"그러셔야죠."

폴이 말했다.

"베란다 카페로 가실까요? 갈증이 나네요."

세 사람이 자리잡은 테이블 옆에는 격자모양의 칸막이가 세워져 있었다. 카페 정면이 뚫려 있었기 때문에 월터는 바람이 불어오는 자리에 앉아도 괜찮겠느냐고 바바라에게 물었다.

"볕이 있는 동안은 괜찮습니다."

바바라가 말했다.

"조금 쌀쌀해져도 카디건을 가져왔기 때문에 걱정하실 필요 없어요. 그런데 경감님께선 모자 안 벗으세요?"

월터는 카페 안을 빙 둘러 보았다.

"여기를 노천이라고 봐야 되는지 실내라고 봐야 되는지 구분이 안 가네요."

월터는 모자를 벗어 옆에 놓으며 말했다.

"아무렴 어떻습니까."

폴이 말했다.

"예의는 지켜야죠."

월터가 낮은 목소리로 말했다.

"어쩌면 요즘 분위기와 맞지 않을는지도 모르겠네요. 제가 마지막으로 대서양 횡단 여객선을 탄 것은 몇 년 전의 일이니까요."

"그 이야기라면 저도 알고 있습니다."

폴이 말했다.

"아마 모르는 사람이 없을 겁니다. 이제는 항해사에 길이 남을 만한 이야기니까요."

"네, 하지만 저를 어떻게 아셨어요?"

월터는 자세를 바로 하며 조심스럽게 말했다.

폴과 바바라의 시선이 마주쳤다. 이것이 세계 최고의 영국식 유머의 한 예임에 틀림없다. 그렇게밖에 생각할 수 없었다.

"지금 하신 말씀, 크리펜 박사가 한 말 그대로군요."

폴이 말했다.

"네."

월터는 더욱 진지하게 답했다.

"〈뉴욕 타임스〉에서 경감님께서 크리펜 박사와 함께 영국으로 돌아와 트랩을 내려오는 사진을 본 적이 있습니다. 그때도 모자를 쓰고 계시더군요. 그때 타신 배를 기억하세요?"

"실은 같은 것입니다."

월터가 말했다.

"모리나티아 호였단 말씀이세요?"

"아뇨, 모자 말이에요."

월터는 모자를 들어보였다.

"이거랑 똑같은 모자였어요. 그럼, 좀 귀찮으시겠지만, 좀 더 최근의 기억을 되짚어 주시겠습니까? 일요일 밤에 살해된 부인에 대해 이야기해 주셨으면 좋겠습니다."

"캐서린 말씀이시죠? 별로 드릴 말씀이 없어요. 그날 밤에 만난 게 전부니까요. 그녀가 먼저 호이스트를 하자고 했거든요."

"난 아니야. 네가 기억하고 있는지 모르지만, 이미 카드게임을 하기로 정해놓고 내게 말했으니까."

바바라가 중간에 끼어들었다.

"그래."

폴이 말했다.

"그게 어떻다는 거야? 중요한 게 아니잖아. 경감님, 제가 자세하게 말씀드릴게요. 저녁 식사 후 라운지에서 잭 고든이라는 영국인과 브랜디가 들어간 커피를 마시고 있는데 캐서린, 즉 매스터스 양이 다가와서는 콘서트에 출연해 달라고 하는 거예요. 그녀는 콘서트에서 사회자로 뽑힌 마르티넬리 씨 대신에 출연자를 모으고 있었거든요. 마르티넬리 씨는 영어를 잘 못하시니까요. 캐서린은 촌극에 출연할 사람을 찾고 있었는데 잭이 내가 할 수 있는 건 호이스트 정도라고 한 농담을 캐서린이 진심으로 받아들여서 한 게임 하게 된 거예요."

"그때 저는 부모님과 함께 식당에 있었고요. 그런데 폴이 찾아와서 카드놀이 하지 않겠냐고 한 거죠."

바바라가 말했다.

"저흰 대학 친구거든요."

폴이 말했다.

"이번 여행에서는 우연히 파리와 런던에서 같은 호텔에 묵었거든요."

바바라가 말했다.

월터는 수첩을 꺼냈다.

"좀 메모해 둬야겠네요. 주문 좀 해주시겠어요? 승무원이 오네요."

"네, 경감님은 뭘로 하시겠어요?"

폴이 말했다.

월터는 무슨 말인지 못 알아들은 듯 인상을 찌푸렸다.

"마실 건 뭐가 좋으시냐고요."

"아, 네. 홍차로 해주세요."

"밀크와 설탕은요?"

"설탕은 필요 없습니다. 충치가 되거든요. 그런데 고넬 양, 당신의 성은 철자가 어떻게 되죠?"

"B, A, R."

바바라가 말했다.

"아뇨, 성 말입니다. 고넬이라는 성의 철자요."

"고넬은 제 진짜 성이 아니에요. 진짜 성은 바린스키예요."

월터는 잘 이해하지 못한 표정이었다.

"리빙스턴 고넬은 제 의붓아버지예요."

바바라가 설명했다.

"지금의 의붓아버지는 엄마의 세 번째 남편이거든요. 제 친아버지는 제가 7살 때 엄마로부터 이혼당했어요. 그런 거 일일이 설명하는 거 귀찮아서 사람들이 고델이라 부르게 놔둬요. 그럼, 바린스키라는 성의 철자를 가르쳐 드릴까요?"

월터는 연필과 수첩을 바바라에게 건네주었다.

"차라리 써주시면 고맙겠네요."

"폴의 이름도 써드릴까요?"

월터는 잠시 사람들에게 들켜서는 안 될 자신의 약점을 들켜 버린 듯한 표정을 지었으나 일단 끄덕였다. 바바라가 수첩을 돌려주자 월터는 다시 확인해 보았다.

"카드게임에 대해 궁금하셨던 게 아닌가요?"

폴이 물었다.

"아뇨, 그 이야기는 이미 들었습니다. 미스터 뭐랬더라?"

수첩을 찾아본 뒤 월터는 말했다.

"고든이라는 사람한테서요. 그 사람에 대해 말씀해 주시겠어요?"

"좋은 분이세요. 폴의 지갑을 주워 승무원에게 맡겨주셨어요."

바바라가 말했다.

"제가 승선한 뒤 얼마 지나지 않아 지갑을 잃어버렸거든요. 꽤 많은 돈이 들어 있었고요. 1그랜드 이상 들어 있었어요."

폴이 설명했다.

"1천 팍이요."

바바라가 말했다.

"1천 달러란 뜻이죠."

월터는 수첩에 쓴 문자를 지우는 데 바빴다.

"사실 돈은 별로 문제가 되지 않지만, 지갑을 잃어버린 게 속상하더군요."

"리비로부터 돈을 빌려야 했거든요."

"리비라뇨?"

"리빙스턴요. 바바라의 아버지십니다."

폴이 말했다.

"그런 게 뭐가 중요해."

바바라가 말했다.

"경감님께는 지갑을 잃어버려 곤란했었다는 이야기가 중요한 거야. 요는 잭 고든이 지갑을 주워 주었다는 겁니다. 곤란해하는 저를 잭이 구해준 거죠."

"그럴까?"

바바라는 못마땅한 듯 말했다.

"너무한 거 아냐? 조금은 리비에 대해서도 고마운 마음이 있어야지. 그렇게 많은 돈을 빌려주었는데. 리비의 도움이 없었더라면 지금쯤 포피는 어떻게 되었을까?"

"포피라뇨?"

월터는 이게 또 무슨 소리냐는 듯 놀란 목소리로 물었다.

"저희들 친구예요."

"저희들이라고?"

바바라가 비꼬듯 말했다.

"저희 두 사람이 런던에서 알게 된 영국 아가씨예요."

"금발에 이 부분이 툭 튀어나온 몸매에 잘 맞지도 않는 드레스를 입고 있었죠."

바바라가 말했다.

"사우샘프턴까지 폴을 배웅 나왔다가 무슨 일이 있었는지 배웅 나온 사람들은 하선하라는 벨 소리에도 내리지 않았더군요. 그래서 프랑스까지 따라왔고, 폴은 지갑을 잃어버렸고요. 리비가 돈을 빌려줘서 포피는 영국까지 갈 수 있었던 거예요."

"포피 이야기가 지금 왜 나와!"

폴이 말했다.

"경감님의 조사하시고자 하는 것과는 아무런 상관이 없는 이야깁니다. 그보다 잭에 대해 궁금해 하셨죠? 잭은 아무런 문제가 없습니다. 카드게임이 끝나고 캐서린이 돈을 내놓자 잭은 조금 화를 내긴 했지만, 그것만으로 그를 문제 삼을 순 없죠. 무엇보다 캐서린은 잭의 게임방식에 토를 달았지만, 잭은 못 들은 척 그냥 넘어갔으니까요."

"카드게임이란 원래 사람의 단점을 여실히 드러내죠."

월터는 교훈적인 어투로 말했다.

"좋은 사람들이었어요."

바바라가 말했다.

"잭이 나가고 폴이 커피를 가지러 간 사이에 캐서린과 이야기를 나누었는데, 캐서린은 잭을 원망하지 않았어요. 오히려 자기가 잭을 화나게 했다고 속상해했어요. 그래서 다음 날 밤에 폴과 잭을 설득해서 다시 한판 하자고 둘이서 정했는걸요."

"그 이야기는 안했었잖아."

폴이 말했다.

"그게 무슨 상관이야. 캐서린과 둘이서 정한 건데. 캐서린이 나한테 브릿지를 가르쳐 주기로 했다는 이야기는 했잖아."

"둘이서 무슨 이야기로 그렇게 의기투합된 거야?"

"세상 남자들에 대한 이야기."

"그 후엔?"

월터가 재촉하듯 물었다.

"폴이 커피를 가져왔고, 얼마 후 캐서린이 자리에서 일어나 선실로 돌아갔어요. 그때가 밤 12시였던 걸로 기억해요."

"저희 둘은 춤추러 갔어요. 두 곡 정도 느린 템포의 왈츠를 춘 뒤 각자 방으로 돌아갔죠."

폴이 말했다.

"살인사건에 대한 이야기는 일요일 오전에 들었어요."

"도대체 모르겠어요. 어째서 그런 일이 일어났는지. 이 배에선 아무도 아는 사람이 없는 고독한 여자였는데."

"그러게요."

월터가 말했다.

"저도 전혀 모르겠네요."

"꼭 그렇게만 말할 수도 없어요."

폴이 말했다.

"콘서트 조직위원회에 있었으니 누군가 아는 사람이 있었을 거예요. 출연을 희망하는 사람들을 모집하러 돌아다녔다는 사실도 잊지 말아야 할 점이고요."

"그렇다고 그게 살해될 이유가 될 순 없어."

"중간에 누군가를 깜짝 놀라게 했을 수도 있어. 거봐, 기억나? 향수를 뿌리러 선실에 갔다 왔을 때 한 이야기."

"아, 맞아. 그랬었지."

월터를 바라보며 바바라가 말했다.

"게임 중간에 한잔 하려고 쉬게 되었어요. 그때 캐서린은 화장을 고치러 선실로 갔었는데 돌아와서는 이렇게 말했어요. 복도에서 어떤 남자와 마주쳤는데 그 남자는 캐서린을 보자마자 무슨 유령이라도 본 듯한 얼굴로 방으로 뛰어 들어가더래요. 그래서 캐서린도 놀라서 자기 방으로 다시 돌아가 얼굴을 확인해 봤다고 하더라고요."

"잭은 그 이야기를 듣고 콘서트에 출연해 달라고 할까봐 도망친 남자일 거라고 했어요."

폴이 말했다.

"아마 그 말이 맞을 거예요. 그런 행동을 할 만한 다른 이유가 없으니까요."

월터는 긴장한 듯 헛기침을 했다.

"글쎄요, 뭐라 말할 수 없겠는데요."

5

저녁 식사 후 알머는 선실로 돌아가 바느질을 했다. 할 일이 있어 기뻤다. 조니는 바늘과 실뿐 아니라 골무까지 가져다 줬다. 승객들이 작정하고 의상 만들기에 돌입하면 재료부터 시작해서 소도구 등 놀라울 정도로 다양한 것이 어디선가 나오는 법이다. 그날 오후 보트 갑판을 산책하고 있자니 밧줄이 가발이나 수염으로 변하고 테이블 냅킨이 모자로 변하고 침대 커버가 로마시대의 의상으로 변해 있었다. 그다지 획기적인 아이디어는 아니었지만, 알머는 간호사로 변장하기로 했다. 그렇게 하면 그다지 사람들의 시선을 끌지 않으면서도 무도회에 참가할 수 있을 것 같았기 때문이다.

누군가 문을 두드렸다. 알머는 조니가 찾아왔을 거라 생각하고 일어섰다. 돌아가라고 할 작정이었다. 바느질은 내일 아침까지 완성해서 주기로 약속했었다. 어떤 이유에서건 밤중에 남자가 찾아오는 것은 무례한 짓이라 생각했다.

알머는 문을 조금만 열었다. 찾아온 사람은 월터였다. 그는 아무 말도 하지 않았다. 당연히 들여보내줄 것이라 믿고 있는 듯했다. 알머는 망설이며, 어젯밤의 불안을 불식시키려 노력했다.

월터의 얼굴은 위협을 느끼게 하기는커녕 오히려 지쳐 있었다. 알머는 뒷걸음질치며 그를 들어오게 했다. 포옹은 없었다.

월터는 팔걸이의자 쪽으로 걸어갔다.

"거긴 안 돼요."

알머가 말했다. 팔걸이에 바늘을 꽂아 둔 것이다.

"뭘 만들고 있는 거야?"

다른 의자 쪽으로 가면서 월터가 물었다.

"가장 무도회 때 입을 드레스. 다른 사람들과 비슷하게 만들려고."

"그거 좋겠네."

"내가 당신보다 훨씬 편해. 아무도 주목하는 사람이 없으니. 당신이 어떻게 지내고 있는지 걱정하고 있던 참이었어. 형사로 보이려면 굉장히 피곤할 것 같아."

"좀 힘들어. 하지만 다들 나를 듀 경감으로 보고 있어."

"어떻게 질문해야 되는지 잘 알고 있죠?"

"우습게도 질문은 별로 하지 않았어. 다들 알아서 이야기해 주던걸. 난 그저 열심히 들어주기만 하면 돼. 이름만 열심히 적어둘 뿐이야. 아직까지는 다들 나에게 경의를 표하지만 그게 언제까지 지속될지 걱정이야."

"목요일 아침이면 뉴욕에 도착해요. 앞으로 사흘이에요."

"몇 날 밤이 되건 상관없지만, 다들 내가 곧 어떤 결론을 내려 줄 거라 기대하고 있어. 오늘 밤 늦게 선장을 만나 이야기하기로 되어 있어."

"할 이야기는 있어요?"

"없지. 좀 미심쩍은 점이 있긴 한데 안타깝게도 살인과는 관계가 없어."

"그게 뭔데요?"

"살인이 일어났던 밤, 피해자와 호이스트 게임을 한 사람들과 이야기를 했어. 금발 머리를 뒤로 빗어 넘긴 달변의 영국 남자와 한눈에 봐도 부자인 듯한 젊은 미국인 커플인데 말이야, 그들 이야기를 듣고 있으니 옛날 뮤직홀 시절이 생각나더군. 전에 내가 무슨 일을 했었는지 이야기 했었지?"

"독심술 말하는 거죠? 당신 사람의 마음을 읽을 수 있잖아요."

월터는 고개를 저었다.

"그 정도는 아니고, 내가 하고 싶은 이야기는 청중 가운데에 조수를 심어두고 하는 방식이 생각났다는 거야."

"그 이야기도 들었어요."

"응, 이건 직감 같은 건데, 그 고든이라는 달변의 영국 남자 말이야, 그놈은 젊은 미국인 커플을 노린 사기꾼 같아."

"카드게임에서 속임수를 쓰려고?"

"결국에는 그럴 거라는 거지. 미국 청년인 웨스터필드가 어디선가 지갑을 잃어버렸고, 고든은 그것을 주워 승무원에게 맡겼어. 당연히 웨스터필드는 고든에게 답례하러 갔겠지. 두 사람 사이엔 신뢰 같은 게 생겼을 것이고 둘이서 한잔 하고 있는데 캐서린 매스터스가 말로는 콘서트 출연자를 모집한다며 다가왔어. 출연하는 대신에 카드게임을 하게 된 거지. 언뜻 보기엔 아주 자연스럽게 진행됐어."

"그럼 당신은 캐서린과 고든이 공모했을 거라 의심하는 거죠?"

"문득 그런 생각이 들었어. 그렇다면 대단히 치밀한 신용사기극이지. 고든은 내게 지갑을 주워 줬다는 이야기는 한마디도 안 했거든."

"그게 중요한 거예요?"

"그럼. 만약 지갑이 웨스터필드의 안주머니에서 꺼내져 고든이 주울 수 있는 자리에 놓여져 있었다면 말이야."

"누가 그런 짓을 했을까?"

"웨스터필드와 함께 배를 탔었던 포피라는 여자."

"굉장히 치밀한 전문가네요. 그럼 고든 일행은 돈을 왕창 땄나요?"

"아니, 잃었어."

알머는 동정하는 듯한 표정을 지으며 말했다.

"그렇다면 당신의 가설도 의미 없네요. 그렇죠?"

"아니야. 당신 말대로 이건 굉장히 치밀한 작전이야. 만약 계획된 것이라면 그들은 하룻밤의 승부를 노린 게 아닐 거야. 일주일 동안 점차적으로 따다가 마지막 밤에 결정적인 일격을 가할 계획이었겠지."

"그래서 일부러 져 준 거예요?"

"응. 처음 두 세 번은 이겼는데 그 이후엔 망쳤나봐. 캐서린이 고든의 게임 방식을 불만스러워했고 게임이 끝났을 땐 고든이 캐서린에게 심한 소리를 해서 울리기까지 했다는군."

"그것도 연출이었다는 거예요?"

"어쨌든 미국인 커플은 그 일 때문에 전혀 의심하지 않고 있어."

"하지만 그게 무슨 의미가 있죠?"

"고든과 매스터스 양이 서로 아는 사이가 아니며 둘이 한 팀이 되어도 그다지 게임을 잘 하지 못하니, 이 정도라면 이길 수 있을 거라는 인상을 웨스터필드에게 심어줬지. 미국 여자는 나중에 매스터스 양을 위로하다가 다음 날 밤에 브릿지를 하기로 약속했었다는군."

"듣고 보니 그럴듯하네요."

알머가 말했다.

"당신, 정말로 명탐정인걸요."

월터의 얼굴이 밝아졌다.

"정말 그렇게 생각해?"

"하지만 매스터스 양이 살해된 이유는 설명 안 되는데요?"

"응."

"게다가 당사자가 죽어 버린 이상 범죄를 입증하기도 어렵고."

월터는 시무룩한 표정으로 말했다.

"그저……."

"그저, 뭐?"

"캐서린이 정말로 콘서트 조직위원이었는지는 확인해 볼 수 있어요."

6

조반니 마르티넬리는 이발소에서 손톱 손질을 받으며 이발사와 이탈리아어로 한참 떠들고 있었다. 월터가 들어서자 갑자기 말을 멈추었다.

"안녕하세요, 마르티넬리 씨인가요?"

월터가 말했다.

유명한 테너가수는 한쪽 눈썹을 치켜떴다.

"방해해서 죄송합니다만, 저는 듀 경감입니다. 캐서린 매스터스 양의 불행한 사망에 대해 조사하고 있는데요, 귀하께서 확인해 주셨으면 하는 점이 있어서요. 그래서 찾아왔습니다. 매스터스 양이 살해되던 날 밤에 콘서트 조직위원회의 사회자인 당신을 대신해서 승객들에게 출연을 권하러 돌아다니는 것을 봤다는 사람이 있어서요. 그녀가 정말로 그런 임무를 맡은 위원회의 정식 멤버였는지 확인하고 싶습니다."

마르티넬리는 아무 말도 하지 않았다. 그저 월터를 바라볼 뿐이었다.

"이는 그저 증인의 진술을 뒷받침하기 위한 것일 뿐입니다. 형식적인 조사입니다."

월터는 자기가 한 말을 강조하듯 수첩과 연필을 꺼냈다.

마르티넬리의 표정이 갑자기 부드러워졌다.

"Sì." '좋습니다'라는 뜻의 이탈리아어다.

마르티넬리는 월터의 수첩과 연필을 받아들더니 뭔가 써서 돌려주었다.

거기엔 이렇게 써 있었다.

'G. 마르티넬리 모리나티아 호에서 1921년.'

7

월터와 이야기하면서 폴과 바바라 둘 사이에 생긴 이상기류는 그날 밤까지 계속되었다. 식당에서 저녁 식사 후 댄스가 있었으며 폴은 리빙스턴 고델 일가 테이블에 합석하여 바바라 맞은편에 앉아 있었다. 리비가 탱고를 추자며 마제리를 데리고 나갔을 때 폴은 좀더 바바라 가까이로 자리를 옮길 수 있었음에도 그렇게 하지 않았다. 바바라와 이야기를 나눌 수도 있었지만, 춤추고 있는 사람들을 구경했다. 바바라는 폴이 이럴 바엔 왜 자기들의 자리에 합석했는지 이해할 수 없었다. 탱고 춤이 끝나고 자리에 돌아온 마제리가 말했다.

"오늘 밤은 너희들 왜 안 추니? 늙은이들한테 자리 뺏기고도 괜찮니?"

"폴은 오늘 갑판 테니스 때문에 녹초가 됐어요."

바바라가 말했다.

폴은 바바라의 말을 무시하고 마제리에게 말했다.

"어머님과 리비의 춤은 좌중을 압도해요."

"폴도 참."

마제리는 듣기 싫지 않은 듯 어깨를 들썩이며 웃었다. 그 때문에 드레스에 달린 스팽글이 반짝였다.

"그럼, 다음 곡은 리비와 난 구경만 할 테니 너희들 둘이 한번 실력 발휘해 보렴."

다음 곡은 왈츠였다. 폴의 춤 실력은 웬만했으며 평상시라면 재미있는 이야기로 파트너의 주의를 끌며 불편한 동작에 얽매이지 않고 즐길 수 있었지만 오늘 밤은 그럴 기분이 아니었다. 곡이 끝나갈 즈음 바바라가 말했다.

"미안해."

"왜?"

"엄마 때문에 나랑 춤추게 되어서."

"그렇지 않아. 내가 너에게 부탁한 거야. 그렇잖아."

바바라는 끄덕였다. 드럼 소리가 곡이 끝났음을 알렸다.

"멋진 커플이군."

두 사람이 자리로 돌아오자 마제리가 말했다.

두 사람은 그 다음 두 곡을 건너 뛴 뒤 고전인 세인트 버나드 왈츠를 췄다. 그 곡에 맞춰 춤추기 위해서는 기교가 필요했으며 대화를 나눌 여유는 없었다. 곡이 끝나자 폴이 말했다.

"오늘 밤은 일찍 쉬자. 별로 좋은 상대가 못 되어 줘서 미안해."

"부모님과 합석해서 불편했잖아."

"아니야. 좋으신 분들이야."

"갑판에 산책하러 나갈래?"

"너무 추워. 바람이 불거든."

"그렇구나. 나 때문에 감기 들면 곤란하지."

바바라는 말하고 나서 아차 싶었다. 그럴 생각은 아니었는데 왠지 모르게 비난조의 말이 되고 말았다. 둘 사이에 생긴 불편한 마음이 이런 식으로 표현된 것이다.

"미안해. 하지만 아직 방으로 돌아가지 않았으면 좋겠어."

바바라가 말했다.

폴의 눈에 곤혹스런 빛이 스쳤다.

"바바라, 오늘은 이만하자. 응? 우리 둘 다 내일은 좀더 나은 정신상태가 될 거야. 그럼, 잘 자."

바바라는 혼자 테이블로 돌아왔다. 폴은 컨디션이 나빠 먼저 갔다고 그녀는 부모님께 거짓말을 했다. 마제리는 날카로운 표정으로 젊은 남자가 약해 빠졌다고 한마디 했다. 리비는 마실 것을 가지러 갔다가 돌아와서는 폴이 흡연실 바에 있다는 것을 사람들한테 들었다고 말했다.

"머리를 개운하게 하는 데는 위스키 두세 잔은 필요할 게다."

리비는 바바라에게 말했다.

"자, 나랑 추자. 너 아직 나랑 안 췄잖아."

바바라는 리비의 마음이 고마웠다. 리비는 종종 마제리가 내뱉은 말의 가시를 뽑아준다. 오늘 밤에 폴에게 버림받은 듯한 바바라의 마음을 위로하려 하는 것이다.

"그 녀석 일은 걱정하지 않아도 된다."

리비가 말했다.

"저래도 널 마음에 두고 있는 거란다. 내가 유심히 봐서 알지. 녀석은 아직 여자에 대해 모르는 게 너무 많아. 지금은 노력하고 있는 중이지. 폴에게 시간을 좀 줘라."

"친절하세요."

바바라는 의붓아버지의 뺨에 가볍게 입맞춤했다.

바바라는 두 곡 정도 더 구경한 뒤 잠자리에 들기로 했다. 리비가 포크댄스를 추기 위해 마제리를 데리고 나갔으며, 바바라는 두 사람

의 춤추는 모습을 바라보며 마제리가 리비의 진짜 장점을 알고 있을
까, 하고 생각했다.

"혼자세요?"

뒤에서 누군가 말을 걸어왔다.

뒤돌아보니 잭 고든이 몸을 숙이고 바라보고 있었다. 금발과 하얀
셔츠의 가슴 부분이 조명을 받아 빛나고 있었다.

"아니에요, 부모님이 춤추고 계세요."

바바라가 말했다.

"당신은 왜 안 추세요? 어떠세요, 저랑 추시는 건."

이전 같았으면 정중하게 거절했을 터이지만 지금은 망설이지 않았
다. 이내 자리에서 일어서 잭의 팔을 잡고 나갔다. 잭의 춤은 자신
만했다. 긴장하는 법 없이 상대방의 움직임을 활발하게 해주는 리
듬으로 바바라를 리드해 주었다.

"춤을 좋아하시는 줄은 몰랐어요."

바바라가 말했다.

"당신처럼 아름다운 아가씨의 몸에 팔을 두를 수 있는 기회를 주는
춤을 싫어할 정도로 바보는 아니니까요."

잭은 웃으며 말했다.

바바라는 남자들로부터 들은 말 중에서도 아주 의미심장한 말에 속
한다고 생각하며 머리 속에 주의경보를 울렸지만, 기분은 그리 나쁘
지만도 않았다.

"이제껏 이곳에서는 뵌 적이 없었어요."

"저는 이곳에서 당신이 혼자인 걸 본 적이 없었어요."

바바라는 좀더 일반적인 화제로 바꾸고 싶었다. 지금 상태로 가다
간 지나치게 개인적인 이야기가 되어 결국 난처해질 게 뻔했다.

"내일은 날씨가 별로 안 좋다죠?"

"저는 내일 일은 신경 쓰지 않습니다."

"저처럼 날씨가 신경 쓰이신다면 당신도……."

"그렇게 약한 마음 먹어서는 안 돼요, 바바라 양. 배멀미에 잘 듣는 특효약은 제가 알고 있어요."

"저도 어머님이 선실에 정제를 준비해 주셨어요."

"정제가 아니에요. 더 먹기 좋은 거예요. 2시간마다 브랜디를 한 잔씩 하면 돼요. 어떠세요. 지금 한 잔 하는 건."

바바라는 남자의 테크닉에 놀랄 뿐이었다.

"아직 춤추고 있는 중이잖아요."

"끝날 때까지 기다리면 되잖아요."

"말씀은 고맙습니다만 역시 사양할래요."

"왜요?"

"그런 모습을 보여주기 싫은 사람이 밖에 있거든요. 어디에 있는지는 모르겠지만 그 사람도 마시고 있는 중이라는 이야기를 들었어요."

"제가 아는 사람인가요?"

"그 말씀은 드릴 수 없네요."

"이리로 브랜디를 가져올게요."

"저는 부모님과 같은 테이블을 쓰고 있어요."

"다른 테이블로 옮기지 않을래요?"

잭의 집요함이 거슬리기 시작했다. 자신감 회복을 위해 때맞춰 찾아온 기회라고 생각되었던 것이 순식간에 퇴색되어 매력을 잃어가고 있었다.

"잭, 브랜디는 필요 없어요. 말씀은 고맙지만 오늘은 춤만 즐기고 싶은데요."

"그럼 브랜디를 포기하죠. 댄스를 즐깁시다. 끝나면 이곳을 빠져나가 어디 조용한 곳을 찾아봅시다. "

"아뇨, 저는 여기가 좋아요. "

"무얼 두려워하세요? 괴롭혀 드릴 마음은 없습니다. "

음악이 끝났다. 바바라는 잘자라는 인사를 하고 재빨리 그 자리를 떠나 리비와 마제리에게 합류했다.

"저건 누구야? "

마제리가 물었다.

"바람둥이 같은데? "

"나 좀 도와줘. "

바바라가 작은 목소리로 말했다. 그러나 이미 잭은 나가는 중이었다.

마지막 왈츠가 끝나자 세 사람은 D갑판의 선실로 돌아갔다. 바바라의 선실은 부모의 선실보다 세 개 정도 앞에 있었다. 잘 자라는 입맞춤을 하고 복도를 지나 핸드백에서 열쇠를 꺼내 문고리에 꽂았다. 문을 열었을 때 누군가 뒤에 서 있는 듯한 느낌이 들었다. 바로 뒤에 있었기 때문에 그의 숨이 목덜미에 닿는 듯했다. 폴이 지금까지의 일을 사과하러 온 것일지도 모른다고 생각하며 뒤돌아 보았다.

잭이 서 있었다. 그는 낮은 목소리로 말했다.

"당신 탓입니다. 이렇게까지는 하고 싶지 않았는데. "

바바라가 숨을 크게 들이마시고 비명을 지르려 하자 잭이 덮쳤다.

8

"카드게임 사기꾼이라고요? "

로스트론 선장이 말했다.

"그런 가설을 세웠을 뿐입니다만. "

월터는 조심스럽게 말했다.

두 사람은 선장실에 있었다. 승무원이 스카치가 들어 있는 데칸터와 소다 사이편과 크리스털 잔 두 개를 가져왔다. 월터는 시가를 물고 있었다.

"경감님의 지나친 생각이라고 말씀드릴 수는 없습니다만, 그런 일에 대해서는 충분히 경계하고 있습니다. 그야 물론 전쟁 전에는 한때 저희들로서도 감당하기 힘들 정도였습니다만, 지금은 더욱 강화된 경계로 인해——크나드사에 소속된 배에 한해서입니다만——다행스럽게도 아직 그런 행위는 일어나지 않은 걸로 알고 있습니다. 물론 승객분들의 카드게임을 일절 금할 수는 없기 때문에 여전히 범죄행위를 파악하는 데 어려움은 있습니다만 해양경비대와 그의 부하들이 전담하고 있는 이상……. 섹손 씨는 살인사건에 있어서는 셜록 홈즈와 같은 명탐정이 못 됩니다만, 카드게임 사기꾼에 관해서는 전문가입니다. 이는 분명히 말씀드릴 수 있습니다."

"저도 그 점을 의심하는 건 아닙니다."

월터가 말했다.

"주임 승무원들은 사람 얼굴을 기억하는 데 탁월한 능력이 있습니다. 프로 도박사가 승선했을 경우에는 저에게 통보해 옵니다. 대개는 잘 알려져 있거든요. 대서양을 횡단하며 살아가는 이들이니까요, 저와 마찬가지로."

"그럼 고든 씨와 매스터스 양이 사기치기 위해 한 팀이 되었다고는 생각지 않으시다는 거죠?"

"절대 아니라고는 말씀드릴 수 없습니다만, 적어도 그 두 사람이 이전에 모리나티아 호에서는 도박을 하지 않았다는 것만은 분명히 말씀드릴 수 있습니다. 하지만 대서양을 횡단하는 배는 저희 외에도 몇십 척이 더 있으니, 정 그러시다면 섹손에게 부탁해서 조사하도록 하겠습니다."

"아직은 괜찮습니다."

월터가 말했다.

"저 혼자 조사하고 싶거든요."

"전문 카드게임 사기꾼이 흡연실에 모습을 드러내는 일은 좀처럼 없습니다."

선장이 설명했다.

"보통 선실에서 문을 걸어 잠그고 게임을 합니다. 우선 상대방에게 거액의 판돈을 걸게 해 놓고 최종 게임에서 전부 회수하거나 나아가서는 배가 목적지에 도착한 뒤 열차 안이나 뉴욕의 호텔 등에서 최종 게임을 하죠. 그렇게 되면 의심은 가도 저희들로서는 손쓸 재간이 없습니다."

월터는 끄덕이며 둥근 담배연기를 내뿜었다. 로스트론 선장은 듀 경감이 뭔가 숨기고 있는 것 같았다. 그는 여하튼 이렇게 말수가 적은 사람은 드물다고 생각했다.

"만약 그 두 사람이 카드게임 사기꾼이었다면?"

선장은 과감히 물어 봤다.

"어째서 그중 한 사람이 살해된 거죠?"

"바로 그 점이 문제예요."

월터는 시가의 연기를 깊게 들이마셨다가 내뿜으며 의미심장하게 말했다.

"예전에 사기당한 사람이 사기꾼 두 사람의 정체를 알아채고 복수한 일이 있었습니다."

선장은 말했다.

"그렇다고 살인은 너무 극단적인 복수네요."

"극단적이죠."

월터는 맞장구를 쳤다.

"그렇게까지 한다면 이성을 잃을 정도로 화가 났거나 아니면 상당히 무신경한 사람일 겁니다."

"둘 중 하나겠죠."

월터가 말했다.

"네."

"그러게 말이에요."

두 사람의 대화가 단절되었다. 로스트론 선장이 듀 경감만큼 대화에 소극적인 사람을 대하는 것은 극히 드물었다. 그 때문에 선장은 듀 경감을 적대시하기에 이르렀다. 이 형사는 사람들과 이야기하는 것보다 머릿속으로 생각하는 게 훨씬 많을 것이다. 그것을 알아내기 위해서는 솔직하게 물어보는 수밖에 없다.

"저, 경감님. 매스터스 양이 왜 살해되었는지 아시겠습니까?"

"아직입니다."

"용의자는 떠올랐습니까?"

"용의자요?"

월터는 되물었다. 팔을 뻗어 잔을 집어 위스키 한 모금을 마셨다.

"아직입니다."

"그렇군요. 사건은 그리 쉽게 해결되는 게 아니군요."

월터는 곰곰이 생각했다.

"아뇨, 꼭 그렇지만도 않습니다."

"경감님을 만나 뵙자고 한 것은 살인사건에 대해 생각하시는 게 있을 것 같았기 때문입니다만, 지금 여기서 나눈 이야기는 피해자가 카드게임 사기꾼이었을지도 모른다는 사실뿐이군요. 설사 그렇다 하더라도 앞으로 어떻게 하실 생각이신지요?"

"잘 겁니다."

월터가 말했다.

"한숨 자고 천천히 생각해 보겠습니다."

선장은 자신도 모르게 한숨지었다.

월터가 헛기침을 했다.

"저……."

"말씀하세요."

"이거 참 괜찮은 위스키군요, 선장님."

"아, 네. 마음에 드신다니 기쁩니다. 푹 쉬세요. 지금 쉬셔야 합니다. 곧 스콜이 올 겁니다."

9

그날 밤 알머는 잠들지 못했다. 월터에게 쫓기는 꿈을 꿨다. 월터는 긴 외투를 입고 모자를 쓰고 있었다. 더 이상 월터 바라노프가 아닌 듀 경감이었으며 알머는 에셀 르 네브가 되어 있었다. 그에게 쫓기어 배 구석구석을 도망 다녔다. 그는 갑판에서 계단으로 이등실과 삼등실에서 조리실과 창고에 이르기까지 그녀를 쫓아왔다. 알머는 숨어 있던 곳이 발각될 때마다 아슬아슬하게 월터로부터 도망칠 수 있었다. 주변의 사람들은 하나같이 그녀를 적대시했으며 도망가는 곳마다 월터에게 알려주었다. 그러던 중 승객들은 무서워서 아무도 가지 않는 구역의 한 통로로 내몰리고 말았다. 쫓아오는 월터의 눈은 광기에 이글거리며 두 손은 마치 갈고리처럼 벌리고 있었다. 알머가 발버둥치듯 손을 내밀자 그 손끝에 문고리가 닿았다. 넘어지듯 문을 열고 들어가 문을 단단히 잠갔다. 그곳은 동굴과 같은 구조의 벽돌로 만들어진 방으로 많은 사람들이 부동의 자세로 서 있었다. 사형도구가 진열되어 있는 '공포의 방'이었다. 그때 갑자기 한 사람이 움직이기 시작했다. 검고 긴 망토를 입은 여자였다. 그 여자의 얼굴은 창백했으며 머리카락에는 해초가 휘감겨 있었다. 리디아였다. 리디아는 알머의 팔을 잡더니 악명 높은 살인자의 동상이 늘어서 있는 곳을 지나 안쪽으로 끌고 갔다. 그중 한 동상만이 따로 세워져 있었으며 이름표에는 H. H. 크리펜이라 적혀 있었다. 알머는 그 동상의 얼굴을 보고 비명을 질렀다. 조니 핀치였다. 사람들은 조니를 사형에 처하고 만 것이다, 착하고 죄 없는 조니를.

10

선임 해양경비대의 섹손은 월터를 데리고 다시 철계단을 내려가 전구 불빛이 어둠을 밝히고 있는 통로를 지나갔다. 철판을 깔아놓은 바닥을 걷는 두 사람의 발자국 소리는 카펫이 깔린 위층 복도에 익숙한 월터의 귀에 몹시 거슬렀다. 그럼에도 섹손의 발걸음은 일등실 구역을 거니는 대부호의 발걸음처럼 가볍고 의기양양했다. 오늘 아침의 섹손은 그야말로 대부호가 부럽지 않았다. 교살범인을 체포했으니 그럴 만도 하다.

"쉬고 계시는데 방해하고 싶지 않았습니다."

섹손은 금속 벽면으로 인해 높게 울리는 목소리로 말했다.

"정말로 방해하고 싶지 않았습니다. 경감님께선 이번 범죄의 동기를 파악하기 위해 고심하시고 스코틀랜드 야드에서의 경험을 총동원하시려다 보니 얼마나 지치셨겠습니까. 그러니 푹 쉬시도록 해드리는 게 제 도리죠. 일단 범인은 독방에 가둬 두었습니다. 물론 선장님께는 이미 보고 드렸습니다. 역시 자기 부하가 사건을 해결해서 기뻐하시는 눈치셨습니다. 여하튼 경감님께는 아침에 알리자는 것에 동의해 주셨습니다."

월터는 아무 말도 하지 않았다. 어젯밤 일에 대해선 바바라로부터 이야기를 들어 알고 있었다. 바바라는 잭 고든을 교살범이라고 믿고 있음이 틀림없었다. 분명 잭 고든은 바바라의 선실에 들이닥쳤다. 바바라의 비명소리를 들은 시민의식 강한 승객이 섹손의 사무실로 황급히 알려준 것은 바바라로서는 참으로 다행스런 일이었다. 섹손 씨와 그의 조수가 바바라의 선실 문을 열고 들어서자 잭 고든은 바바라 뒤에서 한 손으로는 목을 잡고 또 한 손으로는 그녀의 입을 막고 있었다. 월터는 바바라의 목에 생긴 멍도 이미 확인했다.

독방 앞에는 한 남자가 지키고 서 있었다. 섹손은 남자에게 말해 문을 열도록 하고 두 사람이 들어가고 난 뒤에는 다시 잠그도록 했다.

"연약한 여자를 교살하려 했던 범인도 경감님과 저에게는 어쩌지 못할 겁니다."

섹손은 월터에게 말했다.

"이런 짓하는 남자는 대개 겁쟁이죠."

잭 고든은 아직도 이브닝 셔츠와 바지를 입고 있었지만 나비넥타이와 신발은 벗겨져 있었다. 축 늘어져 누워 있던 매트리스에서 일어나며 한쪽 손으로 바지를 붙잡았다. 눈 주위가 붉었으며 언제나 단정하게 빗어 넘긴 머리카락이 헝클어진 채 이마를 덮고 있었다.

"듀 경감님과는 이미 만났었지?"

섹손이 말했다.

고든은 끄덕였다.

"자, 앉으시죠."

월터는 치과에서 쓰던 어투로 말했다. 섹손은 고든을 위해 나무의자를 한가운데 두고 자기는 그 뒤로 물러났다. 월터는 테이블 끝에 살짝 걸터앉았다.

"바바라 바린스키 양과 이야기하고 오는 길인데 그녀의 목에 멍이 들었더군요."

"멍이라고요?"

잭은 멍하니 되물었다.

"당신이 움켜쥐어서 생긴 상처죠."

잭은 고개를 저었다.

"그렇게 세게 잡지 않았을 텐데."

"잭 고든, 허튼 수작 부리지 마. 바바라 양을 교살하려는 현장을 바로 내가 목격했어."

뒤에 서 있던 섹손이 말했다.

잭은 뒤돌아보며 말했다.

"거짓말이에요. 비명 지르지 않게 하려고 했을 뿐이에요."

"죽이려 했어."

섹손이 말했다.

"아니에요!"

"듀 경감님도 교살하려다 생긴 상처를 확인하셨어."

"이런 어처구니없는 일이 어디 있어요? 교살하려 했던 거 아니에요."

"벌써 한 사람은 교살했잖아."

"지금 도대체 무슨 말씀 하시는 겁니까?"

"고든 씨, 매스터스 양을 교살한 것에 대해서는 부인하시는 겁니까?"

월터가 물었다.

"난 아무도 죽이지 않았어요. 이런 말도 안 되는……."

섹손은 잭에게 바싹 다가와 귀에다 소곤거렸다.

"여자가 두 명이나 피해를 입었어. 그중 살해당한 한 명의 목에는 교살범 손으로 생긴 멍이 있고, 다행스럽게도 살아 있는 또 한 명의 목에는 네 손자국 멍이 있어.

"제발, 제 이야기 좀 들어주세요. 같은 손에 의해 생긴 멍이 아니에요."

"무슨 소리 하는 거야?"

"멍 말이에요!"

잭이 필사적으로 말했다.

"멍이 다르다고요!"

잠깐 동안의 침묵이 있었다. 섹손은 굽히고 있던 몸을 쭉 펴고 입술을 일그러뜨리며 웃음 지었다. 그리고 거의 들리지 않을 정도의 작은 목소리로 말했다.

"그걸 네가 어떻게 알지?"

섹손은 웃기 시작했다.

"네가 어떻게 아냐고, 고든. 네가 어떻게 알아! 어떻게 아냐고?"

섹손은 소리 지르듯 말했다. 승리로 인해 격앙된 마음과 웃음으로 섹손의 몸은 떨고 있었다.

잭 고든은 고개를 푹 숙인 채 손으로 눈을 감쌌다.

"네 놈이 낸 상처를 봤기 때문에 아는 거 아냐?"

섹손은 소리쳤다.

"시체를 봤지?"

"네."

잭은 눈을 감은 채 말했다. 흐느껴 울고 있었다.

"다들 똑같습니다."

섹손은 월터에게 말했다.

"잡히면 자기연민에 빠져 약한 모습을 보이죠. 피해자에게는 조금의 동정도 보이지 않으면서."

섹손의 얼굴에서 땀이 흐르고 있었다. 그만큼 흥분한 것이다. 손수건을 꺼내 이마와 붉은 빛 콧수염을 닦았다.

"인정한 이상 진술을 받아야죠."

"그럼 전 이만 가 봐도 되겠군요."

월터가 말했다.

"밖에 지키고 서 있는 사람도 한 명 있겠다, 전 혼자 돌아갈 수 있으니 그럼 이만."

잭 고든은 갑자기 눈을 번쩍 뜨고 말했다.

"제가 죽인 게 아니에요. 제발 부탁이니까, 제 이야기 좀 들어 주세요. 캐서린을 죽인 건 제가 아니에요. 그녀는 제 아내예요."

월터는 고든 뒤에 서 있는 섹손을 힐끔 쳐다보았다. 그의 얼굴에는 설마 하는 표정이 역력했다. 섹손은 아닐 거라는 듯 고개를 저으며 눈을 깜박였다. 검지로 이마를 두들기던 섹손이 말했다.

"좋습니다, 경감님. 제게 맡기시겠다면……."

그러자 잭이 벌떡 일어나 월터의 팔을 잡았다.

"가지 말아주세요, 부탁입니다. 제 이야기 좀 들어주세요. 당신만이 제 희망입니다."

그러나 이렇게 말하는 동안에도 섹손에게 붙들려 의자에 강제로 앉혀졌다.

"이것만은 알아 둬."

섹손은 두 손으로 잭의 머리를 뒤로 재끼며 귓가에 대고 말했다.

"경찰관 손 빌리려 하지 마. 내 말 듣지 않으면 가만 안 둬둘 거야."

월터는 문을 향해 걸어가며 물었다.

"두들기면 밖에서 열어주나요?"

"제가 부르겠습니다."

섹손은 고든을 놓아주고 월터에게로 걸어왔다.

잭이 소리치듯 말했다.

"듀 경감님, 아내를 죽여서 바다에 버리는 남자가 어디 있습니까?"

월터의 어깨가 굳어졌다. 조수를 부르러 가려던 섹손을 제지하며 고든을 향해 돌아선 월터는 말했다.

"그런 짓을 할 사람은 없겠죠. 좋아요, 그럼 당신의 이야기를 들어 보도록 하죠."

테이블로 돌아온 월터는 잭과 마주앉았다.

섹손은 크게 한숨지었다.

"저는 보트맨입니다."

잭은 조금 전보다 침착한 어투로 말하기 시작했다.

"대서양 횡단 여객선에서 카드게임을 해서 먹고 삽니다. 믿어지지 않으시다면 제 선실 화장대 맨 위 서랍에 들어 있는 카드를 가져다 주세요. 제 손놀림을 보여드리겠습니다. 캐서린은 아내이자 동업자 예요."

"거짓말이야."

섹손이 말했다.

"목숨이 아까워 거짓말을 하는 거야."

"피해자의 손에 반지 자국이 있었어요."

월터가 말했다.

"의사도 결혼한 여자인 것 같다고 했어요."

"네, 그렇습니다. 캐서린은 배에 타기 전에 반지를 집에 두고 왔어요."

잭이 말했다.

"파크 테라스에 있는 제 집 어디에 반지가 있는지 정확하게 알려드릴 수 있어요. 배에서 저와 제 아내는 전혀 남남 행세를 합니다. 처음부터 함께 있으면 아무도 걸려들지 않으니까요. 여하튼 사람들은 카드게임 사기꾼에 관한 소문을 많이 알고 있어요."

"그런 소리 해봤자 소용없어."

색손은 더 이상 참을 수 없다는 듯이 말했다.

"카드게임 사기꾼에 대해서라면 나도 잘 알아. 넌 아니야."

잭은 조금 전에 비해 이성을 되찾은 듯 냉정한 목소리로 말했다.

"당신이 아는 사기꾼이란 실수해서 잡히는 놈들뿐이죠."

다시 월터를 향해 잭은 말하기 시작했다.

"저희들이 노린 상대는 젊은 미국인으로 폴 웨스터필드라는 남자였어요. 그 청년의 아버지는 엄청난 대부호이고 아들도 마찬가지죠. 저는 그 폴의 지갑을 빼내기 위해 여자애를 미끼로 써서……."

"포피를 말하는군."

월터가 말했다.

잭의 눈이 갑자기 커졌다.

"네, 맞습니다."

"그걸 어떻게 아세요?"

색손이 물었다.

"계속하게."

월터는 색손의 질문은 무시한 채 이야기를 진행시켰다.

"제가 지갑을 주운 것처럼 승무원에게 갖다 줬어요. 웨스터필드 군은 제 예상대로 고마워하며 한잔 사게 되었죠. 그때 캐서린이 와서 콘서트 조직위원회 사람이라는 구실로 우리들에게 말을 걸었고요. 자연스럽게 호이스트를 한판 하는 것으로 이야기를 이끌었어요. 청년은 여자친구인 바바라를 파트너로 불러오고 게임은 시작되었습니다. 캐서린과 저는 늘 하던 대로 처음 몇 번만 이기고 결국은 져주었으며, 상대방의 경계심을 늦추기 위해 일부러 싸우고 저는 선실로 돌아갔습니다. 그 후에는 남아 있던 캐서린이 다음 날 밤에 브릿지를 하자고 이야기를 꺼내도록 되어 있었습니다."

"다음 날 밤뿐만 아니라 그 다음 날 밤도 마찬가지겠지."

섹손이 끼어들었다.

"또 그 다음 날 밤도 마찬가지고. 난 너희들이 하는 짓거리 다 알아. 상대방에게 크게 벌 수 있을 것처럼 꾀었다가 맨 마지막엔 속임수를 써서 다 해먹는 거지."

"드디어 섹손 씨도 제 이야기를 믿어주시는 것 같군요. 여하튼 그날 밤 이후 무슨 일이 있었는지, 아내가 누군가에게 살해되었다는 것밖에 저는 알지 못합니다. 경감님, 제가 어제 말씀드렸죠. 캐서린을 죽인 범인을 꼭 잡아달라고요. 경감님께서 저를 부르지 않으셨어도 제가 먼저 찾아갔을 겁니다. 그리고 경감님께 저와 관련된 건 다 말씀드렸고요."

"캐서린이 아내라는 말은 안 했지요."

월터가 말했다.

"그것도 말했어야 했습니다."

"저희가 부부라는 건 아무도 몰랐습니다. 범인은 캐서린이 제 아내여서 죽인 것은 아닙니다."

"어떻게 그렇게 단정 지을 수 있지?"

섹손이 물었다.

"지금까지 수백 명의 순진한 사람들을 속여왔을 텐데. 그중 한 명이 이 배에 타고 있다가 너와 네 아내를 알아봤을 수도 있잖아."

"이 배에 누가 타는지는 승객명단으로 이미 조사했습니다. 전 프로예요. 대상도 제가 엄선해서 정합니다. 자세하게 조사하죠. 제가 목표로 삼았던 사람의 얼굴은 절대 잊어버리지 않습니다."

"그럴듯하군."

섹손은 말했다.

"그럼, 캐서린을 마지막으로 본 게 언제야?"

"토요일 밤 카드게임이 끝나고 내가 선실로 돌아갈 때가 마지막이었습니다. 그 이야기는 이미 했고요."

섹손은 덫을 놓아두었다가 사냥감이 자기 발로 걸어서 덫에 걸려든 것을 본 사람처럼 만족스러운 듯 웃었다.

"그럼 조금 전에 캐서린 목에 난 멍을 봤다는 네 말은 어떻게 설명할 거지?"

잭은 고개를 들어 월터를 보았다.

"이미 알고 계실 텐데요."

월터는 무표정했다.

"당신이 직접 설명하게."

잭은 어깨를 으쓱했다.

"그럼 말씀드리죠. 일요일 아침 바다에서 여자를 끌어올렸다는 이야기를 들었습니다. 그 여자가 캐서린일 거라곤 상상도 못했죠. 그럴 만한 이유가 없었으니까요. 그런데 시간이 지나도 캐서린의 모습이 보이지 않고, 식사 때도 나타나지 않아 무슨 큰일이 났을 거라고 생각되었어요. 캐서린의 방으로 갔지만 아무런 대답이 없더군요. 저는 드러내놓고 걱정할 수 없는 입장이었습니다. 캐서린이 무사할 수도 있는데, 자칫하면 저희 두 사람이 부부인 것이 탄로나 더 이상 카드게임 사기꾼으로 일할 수 없게 되니까요. 그래서 제 눈으로 직접 그 시체를 확인해 봐야겠다고 생각했습니다."

"그럴듯하군."

섹손이 말했다.

"사실일지도 모르지."

월터가 말했다. 그리고는 잭을 향해 말했다.

"그래서 어떻게 했지?"

"의무실로 가자 접수처에 보이가 있었고, 창문을 열려다 손을 다친 승객들의 이름을 정신없이 불러대고 있더군요. 그래서 말했습니다. 내가 시체의 신원을 확인할 수 있을지도 모르니 여기 와서 시체 안치장의 열쇠를 빌려오라는 부탁을 받았다고. 그러자 보이는 제 얼굴을 제대로 확인하지도 않고 열쇠를 내주었습니다."

잭은 여기서 더 이상 말을 잇지 못했다.

"두 번 다시 그런 경험은 하고 싶지 않습니다. 캐서린의 모습……. 정말 참혹했습니다. 도저히 더 이상 볼 수 없었습니다. 다리가 떨려서 비틀거리며 그 수많은 계단을 겨우 올라와 제 방으로 돌아와서는 분노와 슬픔에 정신을 잃고 침대에 쓰러지고 말았습니다."

"열쇠는 어떻게 했지?"

월터가 물었다.

"시체 안치장 문에 꽂아둔 채 돌아왔습니다."

월터는 섹손을 바라보며 끄덕였다.

"의사의 진술과 일치합니다."

섹손은 아직도 납득하지 못하는 모습이었다.

"만약 네가 아무 죄 없는 여자를 습격한 현장을 내가 덮치지 않았다면 네 이야기를 믿을 수 있었겠지. 하지만 그게 아내를 살해당한 남자가 할 짓이냐. 슬픔도 그리 오래 계속되진 않았나 보지?"

잭은 갑자기 주먹을 휘두르며 자리에서 일어났으나 섹손의 동작이 그보다 빨랐다. 잭의 손목을 잡고 힘껏 벽을 향해 내동댕이쳤다. 잭은 벽에 부딪히며 머리와 어깨에 강한 충격을 받고 바지가 무릎까지 내려간 채 바닥에 쓰러졌다. 섹손이 걷어차려고 다가갔으나 월터의 저지로 멈추었다.

"그만하면 됐습니다."

"경감님도 보셨잖아요. 제게 덤비려 했어요."

섹손은 소리쳤다.

"일으켜 세워 주세요."

월터는 어울리지 않게 권위적인 어투로 말했다.

"앞으로 호이스트만 해. 그게 널 위해서도 좋아."

섹손은 잭의 어깨 밑으로 손을 넣어 경고하면서 잭의 몸을 의자로 끌어당겼다.

잭은 왼손을 써서 바지를 허리까지 끌어올리며 어떻게든 자세를 바로잡으려 했다. 이브닝셔츠의 어깨 부분이 찢기고 벽에 부딪히면서 생긴 상처에서 피가 흐르고 있었다. 그는 오른팔을 굽혔다 폈다 하며 움직일 수 있는지 살펴보았다.

"뭔가 마실 거라도 갖다 주게."

월터는 섹손에게 말했다.

섹손은 문으로 다가가 조수에게 큰소리로 말했다.

"홍차라면 나도 한잔 부탁하네."

월터는 섹손에게 말한 뒤 잭을 향해 물었다.

"바바라에 대해 이야기해 보게."

"이야기하려 했어요. 전 아내를 깊이 사랑했기 때문에 저희 부부의 사랑에 대해 함부로 말하는 사람은 그게 누구든 용서할 수 없습니다."

섹손을 노려보며 말했다.

"캐서린은 저에겐 아까울 정도로 좋은 여자였습니다. 캐서린에게 항상 정직했다고는 할 수 없습니다. 캐서린과는 다른 부류의 좀더 젊은 여자들과 바람을 피우기도 했으니까요. 그 생각을 하면 몹시 부끄럽습니다. 캐서린이 죽은 게 확실하다는 것을 알고 범인에 대한 분노가 폭발했습니다. 제가 하려고 했던 짓이 복수였는지 아닌지는 제 자신도 모르겠습니다. 억울하게 살해된 캐서린의 영혼을 달래기 위해서도 살인범과 대결하는 것이 제 의무라는 생각에서 나온 행동 같습니다. 물론 알고는 있습니다. 그 일은 제 몫이 아니라 경감님 몫이란 걸요. 하지만 이는 지극히 개인적인 행동이었습니다. 경감님께선 살해된 사람이 당신의 부인이었다면 어떤 기분일지 상상이 되십니까?"

월터는 이 질문을 의문형을 가장한 평서문이라고 이해하며 말했다.

"왜 바바라 양을 공격했는지에 대해 설명하려던 것이 아니었나?"

"그렇습니다. 캐서린이 살해되던 날 밤, 제가 흡연실을 나설 때 웨스터필드 군은 마실 것을 가지러 갔습니다. 그래서 테이블에는 캐서린과 바바라 단 둘이 남게 되었습니다. 바로 그래서 말입니다만, 경감님께선 이런 생각이 떠오르시지 않으십니까? 캐서린과 바바라가 무슨 이야기를 했는지. 캐서린이 바바라에게 한 이야기 중에 우리들이 캐서린을 살해한 범인을 캐는 데 도움이 될 만한 무엇인가가 있지 않았을까 하는."

"우리들이라고?"

월터가 말했다.

"이놈은 우리들에게 자기의 도움이 필요하다는 듯이 행동하고 있어요. 아까부터 죽 그랬어요."

색손이 비꼬듯 말했다.

"홍차는 아직인지 좀 물어봐 주시겠어요?"

월터는 간호사에게 말하듯 했다.

"저는 경감님의 수사가 난관에 봉착했다고 생각되었습니다."

잭이 말을 이었다.

"그래서 제 스스로 좀 알아보려고 했습니다. 바바라 양으로부터 뭔가 알아낼 수 있지 않을까 생각되어 그래서 어젯밤 기회를 엿보다가 춤을 청했습니다. 바바라 양은 기꺼이 응해 주었습니다. 하지만 물론 당장은 말을 꺼내지 못했습니다."

"섹슨 씨는 자네가 바바라 양을 귀찮게 했다고 하는데."

잭은 고개를 저었다.

"그건 그냥 장난이었어요."

"거 봐."

섹슨이 말했다.

"자기 스스로 인정하잖아."

"바바라 양과는 한 곡 춤췄습니다."

잭이 말했다.

"그녀는 부모님과 동행했더군요. 그래서 더 이상 춤을 청하지 못했습니다. 진지하게 이야기할 수 있는 곳으로 그녀를 데리고 나가고 싶었습니다. 물론 제 착오였음을 인정합니다. 부드럽게 꼬드기면 따라올 거라 생각했거든요. 제 경험으론 대개의 여자들은 칭찬에 약하니까요. 하지만 바바라는 그렇지 않았습니다. 춤이 끝나자 바로 돌아서 버리더군요. 그때 포기했으면 좋았을 것을 저는 궁금한 마음을 참지 못하고 다들 잠자리에 들 시간에 선실까지 바바라의 뒤를 따라갔습니다. 문 앞에서 불러세워 제가 따라온 이유를 말하려 했으나 놀란 그녀는 비명부터 지르기 시작했습니다. 이번엔 제가 놀라서 얼떨결에 바바라를 방으로 밀어 넣고 저도 따라 들어가 문을 잠갔습니다. 바바라는 제가 덮칠 거라고 생각했겠죠. 저는 제 말을 좀 들어줬으면 하는 마음에 그녀를 진정시키려고 필사적이었습니다. 그래서 비명을 멈추게 하려고 손으로 입을 막았습니다. 그런데 그게 오히려 더 자극이 되어 상대방은 더 난리를 쳤습니다. 그러는 동안에 이 사람이 들어온 거죠."

잭은 섹슨을 가리켰다.

섹슨은 문을 열고 마실 것을 가지고 막 들어오던 참이었다.

월터는 김이 나는 따끈한 홍차 잔을 두 개 받아들고 하나는 잭에게 건넸다.

"섹손 씨가 당신을 감금한 것은 무리가 아닙니다. 당신은 뭐라 할 말이 없습니다. 그런 억지스런 일을 벌였으니까요."

"경감님께선 제 말을 믿어주시는 거죠?"

"뭐, 믿어도 될 것 같군요. 다른 사람들로부터 들은 이야기와 일치하니까요."

"그럼 풀어주시는 건가요?"

"우선 선장님을 비롯한 관계자 분들과 의논해야겠지요. 안 그렇겠습니까? 당신이 그냥 풀려난 것을 알면 모두에게 충격일 테니까요."

"바바라의 상태는 어떤가요? 저 때문에 기절했는데."

"이젠 괜찮습니다."

"사죄하고 싶습니다."

"고든 씨, 서두르지 마세요."

"경감님께서 바바라에게 설명해 주시겠어요?"

"그러는 게 좋겠죠."

"호이스트 후에 캐서린이 무슨 말을 했는지 물어봐 주시겠어요?"

"그 일이라면 벌써 물어봤습니다."

"뭐라던가요?"

"글쎄요."

월터는 애매하게 말했다.

"누군가의 이름을 말하지는 않던가요? 이 배에 타고 있는 사람들 중에 특히 눈에 띄는⋯⋯."

"당신 이야기밖에 안 하던데요."

잭은 한숨지었다.

"캐서린이 자기를 죽인 범인의 이름을 말했을지도 모른다고 기대하는 게 어리석은 일일지도 모르겠네요. 그렇다면 제가 바바라 양에게 한 짓도 전부 쓸데없는 짓이었군요."

월터는 말했다.

"그렇게 생각하셔도 할 말은 없습니다만, 저는 그렇게 생각지 않습니다. 사람 하나를 독방에 가두었다는 이야기를 듣고 승객도 승무원도 매우 안도하고 있습니다. 오늘 아침의 갑판은 마치 사육제처럼 들뜬 분위기였거든요. 승객들은 이전보다 서로 더 잘 지내고 있습니다."

"하지만 저는 교살범이 아닙니다!"

"다른 승객분들을 실망시키는 건 아깝지 않습니까. 자, 홍차를 한 잔 더하시죠."

"전 여기서 나가고 싶습니다."

"충분히 이해합니다."

월터는 진심이었다.

"다 말씀드렸는데 믿지 않으시는 겁니까?"

"자, 진정하세요, 고든 씨. 2000여 명의 안전을 책임지고 있는 저입니다. 당신이 이곳에서 편하게 지낼 수 있도록 손써 드리죠. 아침 식사는 드셨습니까?"

"선장을 만나게 해 줘요."

"그런 말 할 처지가 아닐 텐데요. 선장님께선 지금 다른 일로 바쁘십니다. 진로 방향에 스콜이 있다는 경보를 받으셨거든요. 지금부터 제가 하는 일에 대해 설명해 드리죠. 일단 당신의 진술을 뒷받침해야 합니다. 한 시간에서 두 시간 정도 걸릴 겁니다. 우선 당신 방의 열쇠가 필요한데……."

"그건 제가 갖고 있습니다."

섹손이 말했다.

"무엇 때문에 열쇠가 필요하죠? 아까 말씀드린 카드를 확인하기 위해선가요?"

"아닙니다. 갈아입을 옷을 가져오게 하려고요. 지금의 차림새는 이곳과 전혀 어울리지 않으니까요."

11

마제리는 바바라에게 오전 중에는 방에서 쉬라고 했다. 바깥은 회색빛 안개에 휩싸여 바람도 훨씬 차졌기 때문에 바바라도 그게 좋을 것 같았다. 뿐만 아니라 로스트론 선장이 몸소 찾아와 끔찍한 일이 있었음에 대해 깊은 염려와 사죄의 뜻을 표한 것이 고맙기까지 했다. 그 외에도 의사와 듀 경감이 다녀갔다. 의사는 바바라에게 목의 상처는 뉴욕에 도착하기도 전에 흔적도 없이 사라질 거라며 안심시켰다. 듀 경감은 날씨 이야기만 하다 갔다.

누구보다도 바바라를 기쁘게 했던 방문자는 12시가 되어서 나타났다. 커다란 캔디박스를 안고 온 그 남자는 폴이었다. 마제리는 폴을 기쁘게 맞이하며 두 사람과 함께 자리했다.

폴이 바바라를 몹시 걱정했음은 눈가 주름에도 쉰 듯한 목소리에도 나타나 있었다.

"일이 그렇게 돼서 내가 얼마나 속상했는지 말로 표현할 수도 없어."

폴이 말했다.

"내가 바보같이 일찍 자리만 뜨지 않았어도 놈이 네게 접근하지 못했을 텐데."

"어쩔 수 없는 일이었어. 그 남자가 무슨 생각을 하고 있는지 네가 어떻게 알았겠어."

"난 우울한 기분 때문에 다른 생각은 할 수 없었어, 바바라. 그런 자신을 도저히 용서할 수 없어. 그래도 네 비명 소리를 들은 사람이 있었으니 정말 다행이야. 멍이 든 거 외엔 아무 데도 다치지 않은 거야?"

"응. 별일 아니었어."

"정말 무서웠지? 잭 고든이 교살범이라니, 도대체 누가 생각이나 했겠어. 난 전형적인 영국 신사라고만 생각했었는데. 그 지갑 사건에서는 그렇게 양심적이었는데. 이런 짓을 했다니 도저히 믿어지지 않아. 도저히 뭐가 뭔지 모르겠어, 바바라."

"나도 도저히 이해가 안 돼."

"그렇겠지. 그런데 왜 하필이면 너를 노린 걸까?"

마제리는 폴의 말에 도저히 가만히 있을 수 없다는 듯 날카롭게 내뱉었다.

"그걸 얘가 어떻게 알겠어?"

폴은 얼굴을 붉히며 말했다.

"오해하지 마세요. 제가 하려고 했던 말은 녀석이 왜 바바라를 덮쳤는지 도저히 이유를 모르겠다는 뜻이었어요."

"그래?"

마제리가 말했다.

"네 낯짝엔 눈이 두 개 없니?"

이번엔 바바라가 얼굴을 붉혔다.

"엄마, 제발 날 곤란하게 하지 마. 폴이 여기 온 것은 너무 고마운 일이잖아. 캔디까지 가져와 줬는데. 엄마는 이 사람을 잡아먹을 듯이 으르렁거리다 모두 망쳐 버리고 나서야 속이 시원하겠어?"

마제리와 바바라 사이에 순간 긴장감이 감돌았다. 마제리는 처음으로 자기가 지나쳤음을 인정했다.

"미안해요. 내가 말이 지나쳤네요. 어젯밤 일로 신경이 예민해져 있던 탓에. ”

“모두 그럴 거예요. ”

폴이 말했다.

“바바라, 이번 사건으로 생각해 보지도 못했겠지만 오늘 밤 가장무도회가 있는데, 혹시 내킨다면 나를 네 파트너로 허락해 주겠니 ? ”

“맞아, 그랬었지 ! ”

바바라가 말했다.

“완전히 잊어버리고 있었네. 어젯밤 사건을 잊어버리기 위해 기분 전환이 필요했었는데, 잘됐어. 좋아, 기꺼이 파트너가 되어 줄게. ”

12

월터는 독방을 나섰을 때는 승객 구역까지의 길을 알고 있다고 생각했었다. 섹슨에게 이끌려 지나온 각 갑판의 길을 정확히 기억하고 있다고 생각했던 것이다. 도대체 어디서부터 틀렸는지 모르지만 얼마 안 가서 자신이 길을 잘못 들어섰다는 것을 인정하지 않을 수 없는 처지가 되어 어느 쪽이 선수(船首)이며 어느 쪽이 선미(船尾)인지조차 분간할 수 없게 되었다. 계단이 있을 것으로 생각했던 자리에 벽이 있었고 게다가 이 구역엔 사람의 그림자조차도 보이지 않았다.

문이 있어서 그 안쪽으로는 위층으로 올라가는 계단이 있을 것 같은 기대를 갖고 열어보자, 나선모양의 계단이 있었으나 그것은 내려가는 계단이었다. 계단을 따라 내려간 곳은 창고라고 짐작되는 커다란 방으로 식량이 들어 있는 포대며 상자가 천장까지 쌓여 있었다. 그곳을 지나 제2창고로 들어서니 기름 냄새가 코를 찔러서 처음에는 기관실로 들어온 모양이라고 생각했으나 바로 눈앞에 펼쳐진 광경은 전혀 달랐다. 로프로 바닥에 단단히 고정된 자동차들이 일렬로 죽 늘어서 있었는데, 바퀴마다 밑에는 나무 받침을 끼워놓은 것이 보였다.

그중 한 대는 란체스터 신차였다. 월터는 자동차광으로 언젠가는 란체스터를 갖고 싶다고 생각했었기 때문에 운전석 문을 만져보았는데 뜻밖에도 문이 열렸다. 기회다 싶어 안으로 들어가 핸들을 만져 보았다. 모리타니아 호의 쉬지 않고 돌아가는 터빈 진동음 때문에 마치 차가 움직이고 있는 듯한 기분을 느끼기에 충분했다. 시골길을 내달리고 있는 기분이 되어 경적을 울려보기도 했다. 여하튼 내장도 외관도 훌륭한 차였다.

누군가 갑자기 문을 열고 마치 귀머거리에게 말하듯 큰소리로 외쳤다.

"도대체 여기서 뭐하는 거야."

월터는 상대방을 곰곰이 살펴보았다. 그 남자는 작업복을 입고 있었다. 엄청나게 큰 작업복을 가슴을 풀어헤치고 입고 있었다. 남자의 몸이 워낙 커서 미처 단추를 잠글 수 없는 모양이었다. 풀어헤친 가슴부터 머리까지는 검은 털로 뒤덮여, 그저 솟아오른 코와 이글거리는 두 개의 갈색 눈만이 사람임을 알게 해주었다.

"제가 울린 경적 소리를 들어주셨군요. 감사합니다."

월터가 말했다.

"어서 차에서 내려."

작업복 차림의 남자는 말했다.

월터는 잠자코 그의 말을 따랐다. 월터도 180미터 이상의 신장이었지만 그 남자의 어깨에 겨우 닿을 정도였다.

"난 스코틀랜드 야드의 주임경관 듀입니다."

그러나 월터의 말이 통하지 않는 듯했다.

"선장 명령에 따라 조사 중인데요."

"이 자동차의 주인이 누군지 알아?"

"문을 잠가둬야지요."

월터가 말했다.

"정말로 조심성이 없군."

월터는 란체스터 뒤쪽으로 돌아가 트렁크 손잡이를 만져보았다. 그러자 트렁크가 열렸다.

"소중한 물건에 대한 관리가 허술하군."

월터는 말하며 다시 트렁크 문을 닫았다.

"이 일에 대해 보고해야겠군. 여기서 선교로 올라가는 가장 빠른 길은 어떻게 되지요?"

남자가 문을 가리키자 월터는 끄덕이며 빠져나왔다. 그 동안 두 사람은 한마디 말도 하지 않았다.

13

정오에 이르러 배의 기적 소리가 위층 갑판에 울려 퍼질 무렵 흡연실은 만석으로 입추의 여지도 없을 정도였다. 매일 24시간 동안 모리타니아 호가 달려온 마일 수가 발표될 때마다 승객들은 비상한 관심과 흥분을 표했는데 그것은 모리타니아 호의 성능에 대한 놀라움이라기보다 주행 마일 수를 맞추어 현상금을 받는 콘테스트 결과에 대한 흥미 때문이었다. 전부 20개의 숫자(마일 수)가 경매되고 수천 달러를 벌어들여, 이 행사의 사회를 맡은 풍채 좋은 승객대표와 흡연실 담당 승무원들이 상금의 10%를 받았다.

조니 핀치도 숫자 하나를 사두었다. 그것은 20개의 숫자 중 한가운데 숫자며 사람들이 가장 선호하는 540마일이라는 숫자였다. 핀치는 경매로 이 숫자를 사기 위해 그 마일과 거의 동일한 달러를 지불했다.

"항해에서 한번 정도는 운수의 길흉을 시험해 보죠."

핀치는 단순한 호기심에 발표를 보러 온 알머에게 말했다.

"아직 단 한 번도 맞춘 적은 없지만요. 가장 좋은 숫자를 최고가로 사들일 만큼의 배짱이 지금까지는 없었거든요. 아까부터 오른쪽 귓불이 간질간질한데 믿을 만한 길조겠지요?"

알머는 핀치의 귀를 힐끔 보았다. 분명 오른쪽 귀가 왼쪽 귀보다 혈색이 좋았다.

"아침에 갑판을 산책하시는 것과 관계가 있지 않을까요?"

알머가 말했다.

"그쪽이 바닷바람에 노출되는 귀니까요. 가끔은 시계바늘 방향으로 산책하시는 게 어떨까요?"

조니는 웃음을 터뜨렸다.

"그렇게 했다간 행운의 징조가 날아가 버리게요? 리디아 씨, 당신처럼 진지한 사람을 만난 적이 없기 때문에 너무 재미있어요. 이기든 지든 오늘 밤 함께 샴페인이라도 한 병 따서 당신을 웃길 수 있는지 한번 시험해 볼까요?"

"저 술 잘 못해요."

알머는 자신 없는 듯 말했다.

"그럼 조금이라도 드시면 웃으실지도 모르겠군요."

조니는 윙크를 하며 말했다. 그러면서 교묘하게 화제를 바꾸었다.

"교살사건 범인을 아직 못 잡았다죠?"

"어젯밤 미국 아가씨를 덮친 남자가 잡혔다는 말을 들었는데요."

"그랬는데 다른 사람이었다는군요. 듀 경감이 오늘 아침 그 남자를 신문한 뒤 석방했대요. 결국 그 남자는 교살범이 아니었다는 이야기죠. 제발 듀 경감님이 잘해 주셔야 할 텐데."

"정말이에요."

알머는 진심으로 하는 말이었지만 자신감 없는 말투였다. 월터가 자신이 저지른 행동에 대한 페어플레이 정신에 입각하여 살인범을 석방한 것이 아닐까 하는 의심이 알머의 뇌리 속을 스치고 지나갔다. '오늘 밤 내가 당한다면 월터는 어쩔 셈인지.'

경매 사회자가 마호가니 테이블을 두드렸다. 흡연실은 조용해졌으며 손을 맞잡고 행운을 비는 소리가 여기저기서 들려왔다. 여러 명이 동시에 숫자를 산 이들은 그들끼리 함께 모여 수군거리며 가지고 있는 숫자를 다시 한 번 확인해 보곤 했다. 조니처럼 단독으로 숫자를 산 사람들은 자기 숫자를 외우고 있었다.

"여러분! 지금 막 당직 선원이 모리타니아 호의 어제 정오 이후의 주행 마일수를 선교로부터 받아왔습니다. 그 숫자는 여러분께서 다들 관심을 가지셨던 숫자일 거라 생각됩니다."

"빨리 발표해."

뒤에서 누군가가 소리쳤다.

"550!"

누군가가 소리치자 장내는 여기저기서 숫자를 외치는 고함소리로 시끌벅적해졌다.

사회자가 테이블을 두들기며 진정시키고는 가지고 있던 쪽지를 다시 한 번 확인했다.

"당첨된 숫자는 5백 4십……."

"앗, 내 숫자다."

조니가 숨을 죽이고 말했다.

"6입니다."

사회자는 다시 한 번 말했다.

"546이 당첨 숫자입니다."

"너무해."

알머는 실망한 나머지 소리 질렀다.

"조니, 너무 안됐어요."

알머는 두 손으로 조니의 손을 움켜쥐며 말했다.

"뭐, 어쩔 수 없지요."

조니는 도통한 사람처럼 말했다.

"내 오른쪽 귀가 바닷바람을 맞아서라는 말씀이 아무래도 맞는 것 같군요."

"반드시 그렇다고만은 할 수 없죠."

"그럼요?"

"가장무도회 콘테스트에서 우승하시면 되잖아요. 그렇죠?"

14

점심 식사 시간이 지나자 바다의 상태는 우려할 정도는 아니었지만 배의 움직임이 분명 이전과는 다른 것이었다. 난간이 없는 곳에는 선원들이 밧줄을 설치하는 모습이 보였으며, 갑판에서는 아이들을 위한 스포츠 행사가 취소되고 대신 응접실에서 찰리 채플린의 단편영화가 상영되었는데 스크린이 흔들려 영화는 벽면을 이용해야 했다.

가장무도회는 별 영향을 받지 않았으나 단지 극히 몇 명의 승객만은 배멀미를 견디지 못하고 객실로 돌아갔다. 식당에는 색색의 조명등이 켜지고 파도 때문에 흔들리는 것 또한 무도회 분위기를 돋운다고 좌중은 즐거워했다. 그에 비해 샹들리에는 크리스털 부분이 고정되어 있어 배의 어떤 흔들림에도 영향을 받지 않았다.

마제리는 샌들을 신고 발목에 장신구를 착용하여 클레오파트라로 변장했고, 리비는 안토니로 변장했다. 마제리는 발톱에 매니큐어를 바르고, 리비는 침대커버를 둘러쓰고 테니스 운동화를 신고 있었다. 안토니 같은 체격은 아니었지만 마제리를 위해서라면 어떤 희생도 마다하지 않을 각오였다. 바지 단은 무릎까지 걷어붙이고 있어 필요하면 언제라도 1921년, 현재로 돌아올 태세였다. 두 사람이 댄스플로어 가까이에 자리를 잡자, 이내 폴과 바바라가 순례자 모습으로 변장하고 와서 같은 테이블에 앉았다. 폴은 낡아빠진 밧줄로 만든 가발을 흔들어 보이며, 심사위원들이 현재의 항해와 메이플라워 호에 의한 대서양 횡단과의 연관성을 이해해 주었으면 좋겠다고 설명했다.

"알아줄 거야."

리비가 말했다.

"오늘 밤 바다가 더 거칠어지면 내가 기도회를 리드하게 될 걸세."

바바라는 어젯밤의 끔찍했던 사건 때문에 아직도 안색이 좋지 못한 데다 긴 갈색 스커트에 흰 앞치마, 흰 재킷에 짧은 머리를 칙칙한 색상의 스카프로 감싼 모습이 순례자 그 자체였다.

"기분은 어때?"

마제리가 물었다.

"좋아요."

"듀 경감이 바바라와 이야기하더군요."

폴이 설명했다.

"그 사건은 오해 때문에 일어난 거래요. 잭 고든은 바바라에게 해를 입히려 했던 게 아니었대요."

"그 이야기라면 들었어."

마제리가 납득할 수 없다는 듯 말했다.

"나랑 이야기하고 싶었을 뿐이었대요."

바바라가 말했다.

"너 그 말을 믿니?"

"거짓말이 아닐 거예요. 경감님께서도 고든을 풀어줬거든요."

"그렇다며. 아직 멍도 없어지지 않았는데."

"엄마, 그 사람은 교살사건의 범인이 아니에요. 살해된 캐서린 일로 나한테 물어보고 싶은 게 있었을 뿐이래요. 캐서린은 그 사람 부인이래요."

"그것도 알고 있어. 카드게임 사기꾼이라며, 둘 다. 너희 둘을 속이려 했던 거야. 그에 대해 생각해 봤니? 고든 같은 놈은 인간 쓰레기야. 그렇게 멀쩡하게 돌아다니게 놔둬선 안 돼."

"실제로는 그 사람들 아무 짓도 하지 않았어요."

폴이 말했다.

"듀 경감은 잭 고든을 잡아둬 봤자 시간낭비라고 생각하셨겠죠."

"직접 물어보게."

리비가 말했다.

"본인이 이쪽으로 오고 있으니."

월터는 변장하지 않았다. 검은 양복에 줄무늬 넥타이 차림의 그는 이국적으로 변장한 사람들 가운데 단연 눈에 띄었다. 고든 일가가 자리한 테이블로 다가오자, 가볍게 인사를 한 듯했지만 워낙 등을 굽히고 있었기에 확실히 알 수 없었다. 2, 3분 실례해도 되겠느냐고 월터가 물었다.

"그럼요, 경감님. 그렇지 않아도 제 아내 마제리가 경감님 이야기를 하고 있던 중입니다."

리비가 말했다.

"리비!"

마제리가 그만하라는 듯 말했다.

"가장무도회 콘테스트의 우승 트로피는 단연코 경감님 몫이라고 말하려던 중이었습니다."

리비가 쾌활하게 말을 이었다.

"변장에 관해서라면 이 배에 타고 있는 사람들 중 누구보다도 경감님께서 제일 잘 알고 계실 테니까요."

월터는 희미하게 웃음 지었다.

"그렇군요."

"콘테스트에는 소란스럽고 우스꽝스런 경관이나, 중절모를 눌러쓰고 입에는 파이프를 물고 금발미인을 대동한 셜록 홈즈의 모습으로 나타나실 줄 알았는데."

"실은 따님과 좀 더 이야기를 나누고 싶어서 찾아왔습니다."

월터는 말했다.

"기분은 어떠신지?"

"덕분에 훨씬 좋아졌어요."

바바라가 말했다.

"한 가지 여쭤보는 것을 깜박했습니다. 매스터스 양에 대해, 아니 고든 부인이라 하는 편이 맞겠네요. 토요일 밤에 함께 커피를 마시고 난 뒤 그 부인은 곧바로 선실로 돌아가던가요?"

폴이 끼어들었다.

"그 질문에 바바라가 어떻게 답할 수 있겠습니까?"

"선실로 돌아가 잘 거라고는 했어요."

바바라가 말했다.

"바바라 양도 그쪽으로 함께 가시진 않았고요?"

"안 갔어요."

"저희는 악단의 연주가 끝날 때까지 두세 곡 정도 춤을 추기 위해 식당으로 돌아갔어요."

폴이 말했다.

"어, 지금 건 굉장히 컸는데."

폴이 이야기를 하고 있는 동안에도 배는 심하게 흔들리며 테이블 위의 와인 잔이 미끄러지는 것을 바바라가 떨어지기 전에 잡았다.

"자, 이렇게 하면 돼."

리비가 물병을 들어 테이블보 위에 물을 조금 따르고 젖은 부분에 잔을 놓았다.

"봐, 어때?"

"리비는 대서양 횡단 여행을 여러 차례 해봤거든요."

마제리가 자랑스러운 듯 말했다.

"어머? 저게 뭐야?"

다들 마제리가 가리키는 것에 시선이 쏠렸다. 하얀 침대커버를 뒤집어쓴 사람이 중앙 계단을 굴러 내려오고 있었다.

"유령이라면 정말 악취미야."

마제리가 비아냥거렸다.

"정말, 토요일에 그런 일이 있었는데도 무신경하게 말이야."

"유령으로 변장한 게 아닌 것 같은데."

바바라가 말했다.

"잘 보면 꼭대기가 뾰족한 게 상자 위로 뭐가 나와 있잖아."

바바라는 말을 잇지 못하고 웃기 시작했다.

"불쌍하게도 저 사람 좀 봐. 배가 이렇게 흔들리니 일어나지도 못해!"

"뭐가 뭔지는 모르겠지만 어쨌든 눈에 띄기는 하는데."

폴이 말했다.

"높이가 2미터 40센티미터는 될 것 같은데. 근데, 왜 아랫 부분은 파랗게 칠했지?"

"바다란 뜻이지."

리비가 말했다.

"빙산으로 변장한 거야."

"어머! 세상에……."

마제리는 말도 안 된다는 듯이 소리쳤다.

"유령보다 더 심하네. 오늘 같은 밤에 저런 짓을 하다니. 온몸에 소름이 다 끼치네. ”

“엄마, 그냥 장난일 뿐이잖아. ”

바바라가 말했다.

“장난도 장난 나름이지. 저걸 보고 리비가 마음이 어떻겠니. 타이타닉 호에 탔던 사람들에게 빙산은 장난거리가 아니야. 그렇죠? 여보. ”

리비는 잘 알지도 못하면서 말한다는 듯이 마제리를 쳐다보았다.

“마제리, 난 타이타닉 호에 탔던 적 없어. 내가 탔던 배는 루시타니아 호였다구. ”

“같은 말이지, 뭐. ”

마제리가 말했다.

“같지 않지. ”

리비가 말했다.

“어뢰에 명중된 거지, 빙산에 부딪힌 게 아니니까. ”

“게다가 풍랑도 없었고요. ”

생각지도 못하게 월터가 한마디 거들었다.

“그렇게 고요한 바다는 처음이었습니다. ”

“네? ”

리비가 말했다.

“듀 경감님께서도 그때 루시타니아 호에 타고 계셨어요? ”

“네, 혼자가 아니라 제⋯⋯. ”

월터는 말하려다 말고 갑자기 정신을 차린 듯한 표정으로 말끝을 흐렸다. 안색이 창백했다.

“아버지와 함께 타고 있었거든요. ”

“이상한데요? ”

폴이 말했다.

"작년에 〈새터디 이브닝 포스트〉에서 경감님에 관한 기사를 읽었는데 그런 이야기는 전혀 없던데."

"공표되지 않은 이야기니까요."

월터는 기지를 발휘하여 순발력 있게 둘러댔다.

"그때는 제가 다른 이름을 썼었거든요."

식당 끝에서는 알머가 조니 핀치를 비어있는 테이블로 안내하고 있었다. 조니는 침대커버를 뒤집어쓰고 머리와 몸통에는 상자를 붙이고 있었기 때문에 움직이는 것이 매우 힘들었다.

"제가 지금 사람들의 주목을 받고 있나요?"

조심스럽게 의자에 걸터앉으며 조니가 물었다.

"네, 다들 쳐다보고 있어요. 괜찮으세요? 핀치 씨?"

침대 커버 안에서 분명치 않은 목소리가 들려왔다.

"목이 너무 말라요."

"하지만, 제가 마실 것을 갖다드려도 드실 수 있겠어요?"

다시 웃음소리가 들려왔다.

"걱정하지 마세요. 조니 핀치는 당신이 생각하는 것만큼 둔재가 아니랍니다. 이 안에 휴대용 브랜디를 갖고 있어요."

"가장 행렬에서 똑바로 걸으실 수 있겠어요? 배가 너무 흔들리는데."

"발에 단단히 힘주고 걸을 테니 걱정하지 마세요."

행렬 개시를 알리는 북소리가 울릴 즈음엔 조니뿐 아니라 다른 사람들도 제대로 서서 행렬을 할 수 있을지 걱정해야 할 정도였다. 배의 상하 운동이 메트로놈처럼 규칙적이었으며 완만하기는 했지만 내려갈 때만은 계곡 아래로 추락하는 듯한 기세였다. 자신의 위치가 파도 꼭대기이며 다시 내려갈 것이라는 추측과 동시에 일제히 '아악!' 하고 비명을 지르는 무도회 참가자들 가운데는 차마 입 밖에는 내지 못했지만 자기가 용감한 짓을 하고 있다는 의식이 있었다. 체질이 허약한 사람들은 선실로 돌아가 버렸고, 그로 인해 빈 의자가 테이블에 부딪히지 않는 한 식당 중앙으로 미끄러졌다.

그럼에도 불구하고 위세 당당한 군대행진곡의 반주에 맞추어 행렬은 시작되었고 필요할 때는 즉각 몸을 지탱할 수 있는 테이블 사이를 구불구불 누비듯 행진했다. 가장무도회 콘테스트에 참가한 겁 없는 승객은 100여 명에 달했으며 발레리나와 팔짱을 낀 해적, 마녀를 동반한 기사, 두 마리의 말과 한 마리의 타조가 위태위태하게 움직이는 모습에 다들 웃음을 참지 못했으며 넘어지지 않도록 붙잡아 주었고, 그만한 용기가 없는 구경꾼들은 놀려댔다. 미끄러지고 부딪히는 사람들도 있었지만 그것도 애교일 뿐이었고 어떻게든 행렬은 무사히 끝났다. 간호사로 변장한 알머는 조니의 등을 받히면서 걸었는데 조금 전 조니가 자신만만하게 한 말은 허풍이 아니었다. 조니는 단 한번도 비틀거리지 않았다. 행렬의 앞쪽에서는 마제리가 리비의 팔을 잡고 다른 한손으로는 고대 이집트 의상을 종아리 부분까지 들어올리고 걷고 있었다. 폴과 바바라는 손을 잡고 서로의 손에 간간히 힘을 주며 마제리와 리비 뒤를 따랐다. 두 사람이 손에 힘을 주는 것은 배의 움직임과는 관계없는 일이었다.

로스트론 선장이 가장무도회 콘테스트의 심사위원이 되었어야 했지만 선장은 선교에서 자리를 뜰 수 없다는 방송에 이의를 다는 사람은 아무도 없었다. 선장을 대신해서 주임 승무원이 앞을 지나가는 갖가지 의상을 채점했다. 연주가 끝나자 행렬에 참가했던 사람들은 제각기 흩어져 자리에 앉아 심사결과를 기다렸다.

여자 부문에서 우승한 사람은 테니스 선수인 마드모아젤 랭그랑으로 변장한 사람이었다. 매일 밤 대부호인 빅 빌 텔텐과 춤추던 그자는 라켓을 들고 테니스복과 비슷한 드레스를 입고 있었지만 외모는

랭그랑과 전혀 달랐다. 마제리가 용하게도 이미 지적했듯이 크나드사로선 유명인 승객의 기분을 맞추는 것이 상책이었던 것이다.

찰리 채플린으로 변장했던 사람이 남자 부문 우승자였다. 배가 흔들릴 때마다 채플린 몸짓을 흉내내다 몇 번이나 비틀거리며 행렬에서 이탈해서 사람들의 박수갈채를 받은 것이 주된 이유였다. 아이디어상은 타조로 분장했던 사람이 받았다.

"아이디어상이 울고 가겠네."

조니가 침대커버를 뒤집어쓴 채 빙산의 아랫 부분으로 만든 상자에서 빠져나오면서 말했다.

"저건 무대의상 전문 제작자가 만든 거라고. 게다가, 대서양 횡단과 타조가 무슨 상관이 있냐고. 난 다음번엔 앨버트로스로 변장할 거야. 참, 한잔하기로 약속했었죠. 춤출 수 있는 옷으로 갈아입고 올 테니 잠시만 기다려 주시겠어요?"

"네, 기다릴게요. 그런데 샴페인으로 마실 수 있을까요?"

알머는 행렬이 시작되기 전, 월터가 앉아 있던 테이블을 곁눈으로 보며 말했다. 조니와 함께 가장무도회 콘테스트에 출연한 것을 월터가 봤을 거라고 생각하니 걱정되었다. 알머는 월터가 살인범이 되자 그를 보면 소름이 끼쳤다. 그녀는 조니와 함께 있을 때라야 안심하는 자신을 인정할 용기가 없었다. 조니와 함께 있는 모습을 월터가 보면 그렇지 않아도 위험한 입장을 더욱 위태롭게 할 뿐이었다.

월터가 어느새 그 테이블을 떠난 것을 보고 알머는 안도의 숨을 내쉬었다.

15

월터는 방수 가공된 레인코트를 입고 해양경비대의 부탁을 받아 보트 갑판에 나와 있었다. 승무원이 우현의 제5번 구명보트 부근에서 잭 고든을 봤다고 보고했기 때문이다. 이날 낮에 석방된 고든은 오늘 하루는 선실에서 나오지 않기로 약속했었다. 배의 공공구역에 고든이 모습을 나타내면 승객 중에는 두려워할 사람들도 있을 테니 근신하는 편이 좋겠다고 한 것이다. 그런데 고든은 약속을 어겼다. 이미 그의 선실을 조사해 보았지만 안에는 아무도 없었다.

월터는 우박 같은 것과 함께 불어치는 강한 바람 속으로 걸어 나가며 자신도 모르게 고든을 욕하는 말을 내뱉었다. 우박이라고 생각했던 것은 높게 인 파도에서 날아오는 물보라였다. 난간을 꼭 잡으라는 섹손의 주의를 상기하며 손을 뻗어 난간을 잡고 앞으로 나아가면서 수평선이 선교보다 훨씬 위에 있는 최상 선교탑보다 높이 올라갔다 선미 아래에서 사라지는 것을 바라보았다. 북서풍 때문에 밤하늘은 4분의 3 정도가 개어, 실 같은 구름이 끊어질 듯 이어질 듯 달을 가리고 있었지만, 이내 보트 밑 난간에 매달려 있는 방수 코트를 입은 사람을 알아볼 수 있었다. 잭 고든은 산 같은 파도가 부서지는 것을 정신없이 바라보고 있었다.

월터는 잭 바로 가까이까지 다가가 상대방이 미처 알아차리기도 전에 그의 팔을 잡았다. 무섭게 으르렁거리는 스콜 소리보다 큰 소리로 말해야 했다.

"밖에 나가지 않기로 약속했지 않나!"

잭은 월터를 바라보았으나 아무 말도 하지 않았다.

"약속했잖나!"

월터는 소리쳤다.

잭은 어깨를 으쓱했다.

"그렇게 떠드실 필요 없습니다. 여긴 우리 둘 뿐이니까요."

"이러면 곤란해."

"내버려 두세요. 가장무도회에나 가세요."

"함께 가요, 당신 방으로 돌아가요."

"싫습니다."

월터는 고든의 태도에 당황한 듯 조금 전보다 부드러운 태도로 말했다.

"이런 밤에 나와 있을 곳이 못 된다고."

잭은 아무 말 없이 바다만 바라볼 뿐이었다.

"여기가 안전할 것 같아서요."

월터는 웃었다.

"거짓말이 아니에요. 선실에 틀어박혀 있는 것보다 여기가 더 좋아요."

"어째서?"

"구명보트 가까이에 있는 편이 안전할 것 같아서요."

"이런 일은 많이 겪어봤을 거 아닙니까?"

"그때마다 무서웠어요."

잭이 소리치듯 말했다.

"제발 부탁이니 저 좀 혼자 있게 해 주세요."

완력이 아니면 잭을 데리고 내려갈 수 없을 것 같았다. 잭은 두려움에 떨고 있었다.

월터는 한 손으로 난간을 잡은 채 돌아가려 했다. 그러나 순간 그는 마치 누군가에게 엄청난 힘으로 가슴을 걷어차인 듯 뒤로 쓰러져 잭의 발에 부딪혔다. 잭마저도 넘어질 뻔했다.

"왜 그러세요?"

잭이 말했다.

월터는 신음소리만 낼 뿐이었다.

"괜찮으세요? 경감님."

"어깨가……."

월터는 오른손으로 왼쪽 어깨를 누르고 있었다. 일어설 수 없었다.

"아파!"

잭이 자리에 주저앉으며 말했다.

"어디, 보여주세요. 그렇게 세게 넘어지셨으니 관절 부분이 삐었을 거예요. 잡아드릴 테니 일어서실 수 있으시겠어요?"

월터를 일으켜 세우려 했으나 워낙 덩치가 커서 쉽지 않았다.

"제 어깨에 팔을 두르세요."

월터는 힘없이 팔을 들었다. 잭은 겨우 월터를 앉힐 수 있었다.

"도대체 어떻게 되신 겁니까?"

월터는 내뱉듯이 말했다.

"기절할 것 같아."

"저를 데리고 내려가려고 연극하세요?"

연극 같은 게 아니었다. 월터의 몸은 잭의 팔에 축 늘어져 버렸다.

"어쩔 수 없군요."

잭이 말했다.

잭은 일어나서 도움을 청하러 갔다. 승선 홀과 승무원실로 통하는 계단의 문이 있는 곳에 불빛이 보였다. 그가 그 문을 열기 위해 손을 뻗자, 피범벅이 된 자신의 손이 보였다.

16

알머가 눈을 뜨자 천장에 햇살이 비치고 있었다. 창문 가득히 볕이 들어오고 있었다. 고개를 벽 쪽으로 돌리니 빈 샴페인 병과 샴페인 잔 두 개가 침대 옆 선반 위에 놓여 있는 것이 보였다. 알머는 다시 눈을 감아버렸다. 지금 본 장면을 잊어버리려는 듯 눈을 꼭 감고 베개에 얼굴을 묻었다. 그러나 다시 눈을 뜨면 빈 샴페인 병과 잔이 그대로 있을 거라는 걸 알고 있었다. 바닥에는 지난 한밤중에 무슨 일이 벌어졌던가를 상기시키는 물건들, 가장무도회 때 입었던 드레스의 잔해가 흩어져 있었다. 비로드 망토에 타월로 만든 흰 두건, 가슴 부분에 십자가를 핀으로 달아 둔 흰 드레스, 회색 치마, 검은 망사 스타킹과 끈 샌들. 설사 최고로 정열적이고 최고로 로맨틱한 주인공조차도 결혼 후가 아니면 하지 않을 짓을 저지르고 말았음을 나타내는 증거품으로부터 도망칠 수는 없었다. 알머는 어젯밤 한 남자를 방에 들여 침대를 함께 했다. 이른바 에셀 M. 델에 대한 맹세도, 신에 대한 맹세도, 아니 월터에 대한 맹세까지 어기고 만 것이다.

'월터, 저는 용서받지 못할 죄를 짓고 말았습니다. 저는 당신에게 내 모든 것을 바치겠다고 맹세해 놓고선 조니에게 몸을 허락하고 말았습니다.'

더욱 한심한 것은 지금의 나는 조니를 사랑하고 있다는 것이다. 월터에 대한 내 마음은, 뭐라 표현했던가! 〈독수리의 길〉에서 가장 효과적으로 자주 나왔던 그 말. 그래, 그것은 '흥분'이었을 뿐 진정한 사랑이 아니었던 것이다. 월터에 대한 내 마음이 무엇이었든 간에 그것은 이미 사라져 버리고 조니에 대한 압도적인 사랑으로 변해 있었다. 그 사람, 나를 품에 안고 세상에서 가장 아름답다고 말해준 그 상냥함과 매력을 지닌 조니. 월터는 단 한 번도 그런 말을 해준 적이 없다. 당신의 눈을 보고 있으면 온몸이 불타오를 것 같다느니, 당신의 피부는 이물질 하나 섞이지 않은 순수 그 자체의 토기보다도 매끈하고 희다든지, 그런 듣기 좋은 말을 속삭여준 적이 단 한 번도 없었다.

사랑의 행위 자체는 내가 이전에 상상했던 것만큼 아픈 것은 아니었다. 처음에는 쉽지 않았지만, 나 자신도 깜짝 놀랄 만한 만족감과 쾌감이 모든 것을 잊을 수 있게 했다. 자신이 이제껏 경험이 없었음을 밝히지 않았으나 조니는 모든 것을 이해하고 기뻐해줬을 뿐 아니라 내가 고통을 넘어서 환희에 이르기까지 부드럽게 도와주었다.

그러나 월터에 대해서도 벗어날 수 없는 빚을 졌다. 월터는 내 이야기를 들어주었고 함께 계략을 짰고 내가 하자는 대로 해주었다. 그는 나 때문에 위험에 처한 것이다. 그는 리디아를 죽였다. 나만 아니었으면 그런 짓을 할 사람이 아니었다. 나만 아니었으면 지금쯤 영국에 있었을 것이고 리디아는 살아서 미국을 향해 가고 있었을 것이다. 나는 월터에게 충실해야 한다, 비록 마음은 조니에게 가 버렸다 하더라도. 알머는 얼굴을 베개에 묻고 소리죽여 울었다.

문을 두드리는 소리가 들렸다. 승무원이었다. 아침 홍차를 가져온 것이다.

"잠깐만요."

침대에서 일어나 빈병과 잔을 장 속으로 치우고 옷가지 또한 쓸어 넣었다. 그리고선 가운을 걸치고 장을 꼭 닫은 뒤 침대로 돌아왔다.

"이제 들어오셔도 돼요."

"좋은 아침입니다, 부인. 오늘 생일이신가요?"

아주 젊어 보이는 승무원은 스무 살 정도의 나이에 그다지 격식을 차리지 않으며 손이 빠르고 친밀감 있어 보였다.

"아뇨, 왜죠?"

"카드가 도착했거든요."

그는 말하면서 샴페인 병이 놓여 있던 침대 옆 선반 위에 놓았다. 축하 카드가 들어 있는 듯한 봉투가 밀크가 들어 있는 작은 병 옆에 세워져 있었다.

"그럼, 죽 주무셨어요?"

"무슨 말인지……."

"폭풍 말입니다. 한숨도 못 주무신 승객분도 많거든요. 아침 식사에는 많은 분들이 자리하지 못하실 거예요."

"그렇겠네요."

"실은요, 승객 분들께서 조용하신 것이 단지 날씨 때문이라면 저희들도 걱정하지 않는데요……."

"그럼 다른 무슨?"

"어젯밤 또 한분이 당하셨어요. 스코틀랜드 야드의 듀 경감이라는 분께서요."

"설마! 어떻게 된 거죠?"

"총에 맞았대요. 갑판에 나갔을 때 누군가에게 총을 맞았대요."

"어머! 그럼 목숨은……."

"그건 말씀드릴 수 없습니다. 함부로 말하지 말라는 상부명령이거든요. 그럼 다른 필요한 것은 없으세요?"

"됐어요."

알머는 떨고 있었다. 다시 베개에 얼굴을 묻었다. 월터가 총에 맞았다. 죽어 버린 것일까? 믿어지지 않았다.

잠시 동안 충격 상태에서 벗어나지 못하고 있었다. 도대체 누가 월터를 죽이려 했단 말인가. 동기가 뭐란 말인가. 알머는 너무나 무서웠다. 그러나 싫어도 자리에서 일어나 진상을 알아내야 한다.

정신을 차리지 못한 채 멍하니 봉투를 뜯어보았다. 안에 들어 있는 카드는 직접 그린 것이었다. 두 개의 하트가 하나의 화살로 이어져 있는 그림이었다. 카드를 펼쳐 안의 문장을 읽었다. 그것은 오래된 노래에서 인용한 두 문장의 짧은 시였다.

신이 그대를 내 것으로 허락하고
나를 그대의 것으로 허락하였으니

J

알머는 소리 내어 읽었다.

"아, 조니, 조니, 조니."

홍차도 마시지 않고 샤워도 하지 않고 그저 대충 몸단장만 하고 곧장 월터의 선실로 가서 문을 두드렸다.

간호사, 진짜 간호사가 문을 열고 약간 얕보듯 알머를 보았다.

"무슨 일로?"

"경감님께서 총에 맞으셨다는 이야기를 들었어요."

"그래서요?"

"친구예요, 개인적으로 친분이 있는. 제발 가르쳐 주세요, 증상이 어느 정도인지."

"글쎄요, 말씀드릴 수 없는데요."

"부탁이에요, 위독한가요?"

처음에는 진심으로 걱정했으나 점차 알머 뇌리 속의 반항적인 일부분이 월터의 죽음을 예상하며 그의 굴레에서 벗어나는 듯한 기분이 들었다. 난 자유롭게 조니와 결혼할 수 있다.

"위독하지는 않아요."

간호사가 말했다.

"간호사, 누구야?"

방안에서 월터가 아닌 다른 사람의 목소리가 들렸다.

"간호사는 알머에게 물었다.

"이름이 어떻게 되죠?"

알머는 망설였다. 월터의 의식상태가 어떤지 모르는 이상 리디아라고 밝힐 수는 없다. 아마 월터는 모르핀 주사를 맞았을 것이다. 리디아가 문 앞에 와 있다고 하면 충격으로 어떤 반응을 보일지 감히 상상조차 할 수 없다.

"이름을 말씀해 주시지 않으면 아무 말도 전해드릴 수 없잖아요."

"특별히 전할 말은 없어요."

알머는 뒤돌아서서 복도 끝에 있는 문을 향해 빠른 걸음으로 사라졌다.

간호사는 혀를 차며 문을 닫고 월터 침대 옆에 서 있는 해양경비대 경위에게로 갔다. 섹손은 의기양양했다. 신이 난 그의 모습에서 월터의 상태 같은 건 안중에도 없다는 것을 알 수 있었다.

"푹 쉬세요."

섹손이 말했다.

"경감님 임무는 이제 끝났습니다. 바깥 날씨가 너무 좋네요. 부디 화창한 날씨를 즐기십시오."

"그게 무슨 뜻인가?"

월터는 인정할 수 없다는 듯이 물었다.

"이미 진술을 마쳤으니 하실 일이 없습니다. 고든은 체포했습니다. 아직 자술서를 작성하지 않았지만 곧 하겠지요."

"고든이라고? 잭 고든 말인가?"

섹손은 싱긋이 웃었다.

"경감님께서 애당초 놈을 풀어주지 않았다면 어깨에 부상을 입지도 않았을 텐데요. 어떠세요? 많이 아프세요?"

월터는 머리를 일으키려 했으나 아픔을 견딜 수 없어 다시 눕고 말았다.

"아프신 것 같군요."

섹손이 말했다.

"잭 고든이 쏜 게 아닙니다."

월터가 말했다.

섹손은 간호사를 보고 말했다.

"대체 의사는 경감님께 무슨 주사를 놔 드린 거야?"

"난 그에게 등을 보이고 있었어요."

월터가 말했다.

"총알은 내 앞쪽에 맞았고요."

"기억이 잘 안 나시는 거지요."

섹손이 말했다.

"모든 게 다 헷갈리실 겁니다."

"아뇨, 똑똑히 기억하고 있습니다. 그에게 등을 돌린 순간 앞쪽에 맞았어요. 그래서 그대로 뒤로 넘어지면서 그에게 부딪혔거든요. 다른 누군가에게 맞았습니다."

"글쎄요."

"그 후 어떻게 되었지요?"

"고든이 계단까지 당신을 끌고 와서 도움을 청했어요. 놈도 바보는 아니니까요."

"소지품을 조사해 봤나요? 총을 소지하고 있었단 말인가요?"

"바다에 던져 버렸겠지요."

"고든은 아닙니다."

월터는 말하면서 부상당하지 않은 쪽 팔을 짚고 일어나 앉았다.

"고든은 어디에 있죠? 이야기를 하고 싶습니다."

"그건 무리입니다."

간호사가 말했다.

"오늘 하루는 쉬셔야 합니다. 선생님께서 당부하셨지 않습니까."

"의사 선생은 뼈에는 별 이상 없다고 하셨잖습니까?"

"진통제 주사를 맞으셨잖아요. 어지러워서 못 걸으세요."

"그럼 여기서 만나고 싶소."

"놈은 구금되어 있어요."

섹손이 말했다.

"그렇담 잘 됐군요. 어디에 있는지 알 수 있으니까요."

17

알머는 한참동안 조니를 찾았다. 늘 자리하던 테라스 의자에도 없었고, 갑판을 산책하는 사람들 가운데서도 찾아볼 수 없었다. 흡연실에서 늘 즐겨 마시는 더블 스카치를 마시고 있는 모습도 볼 수 없었다. 그는 선미 쪽 갑판에 있었다. 난간에 기대어 배가 지나온 곳을 바라보고 있던 조니는 돌아서서 알머의 손을 잡았다.

"내일이면 뉴욕이군."

"그렇게 심각한 얼굴 하지 말아요."

알머가 말했다.

"저까지 슬퍼져요."

"미국에선 뭘 할 거지? 연기?"

"아뇨. 그것도 이젠 끝이에요. 어떻게 될지 모르겠어요."

"어차피 누군가 마중 나와 있겠지?"

"꼭 그렇지도 않아요."

"하지만 미국에서 혼자 지낼 건 아니잖아."

"그렇지 않으면 좋으련만."

"누군가 있지?"

조니가 물었다.

"그렇지?"

알머는 스크류가 만들어내는 거품을 바라보았다.

"그 질문의 대답은 이미 알고 있잖아요. 조니, 어젯밤 가장행렬이 끝난 뒤 나와 헤어지면서 옷 갈아입고 오겠다고 했죠?"

"그럼, 정말로 옷 갈아입으러 갔었어."

"갑판으로 나갔던 건 아니고요?"

조니는 인상을 찌푸렸다.

"나가지 않았어. 그럴 필요가 뭐가 있어. 설마 듀 경감이 총에 맞은 사건과 내가 관련이 있다고 생각하는 건 아니겠지? 도대체 내가 왜 그 사건과 관련이 있겠어? 그럴 이유가 없잖아."

눈을 크게 뜨고 조니는 물었다.

"설마, 듀 경감이 당신 친구는 아니겠지?"

"더 이상은 묻지 말아요."

알머는 말했다.

"난 당신 생각만 하고 싶어요."

"난 아까부터 당신에게 날 한 남자로 봐달라고 부탁할 참이었어. 이래 보여도 나는 아직 젊어."

알머는 얼굴을 붉혔다.

"한번도 당신을 나이 들었다고 생각한 적 없어요."

"지금까지의 생활이 나빴던 것 같아."

조니가 말했다.

"이제껏 내 자신을 돌본 적이 없거든. 내가 좀 뻔뻔스러운 건가? 그야 물론 자동차 세일즈라는 게 국가공무원이나 증권사 일 같지는 않지만 그래도 장래성 있는 일이야."

알머는 웃음 지었다.

"지금 프로포즈하고 계신 거예요?"

조니는 살며시 알머의 뺨에 키스했다.

"리디아, 맞아."

리디아라는 이름을 듣고 알머는 눈을 감았다. 내 본명도 모르는 사람과 어떻게 결혼할 수 있단 말인가!

"왜 그러지?"

조니가 물었다.

"안 돼요……."

입안이 바싹 바싹 말랐다.

"아직 대답할 수 없어요. '좋아요, 프로포즈에 응할게요'라고 정말 말하고 싶지만, 그 사람과 의논해야 해요. 아, 조니!"

알머는 조니의 어깨에 얼굴을 묻고 흐느껴 울었다.

18

월터가 침대에 앉아 있자 섹손이 잭 고든을 데리고 왔다. 간호사는 방에서 나갔다. 섹손이 의자를 가리키자 잭은 무뚝뚝한 태도로 일관했다.

"섹손 씨, 당신은 여기 있을 필요 없어요."

월터가 말했다.

"총을 찾기 위한 실내수색이 지금쯤 시작되지 않았나요?"

"전 여기 있어야겠습니다."

섹손은 자기는 모든 것을 알고 있다는 듯이 말했다.

"고든 씨는 저에게 덤벼들거나 하지 않아요."

월터가 말했다.

섹손은 대답 대신 길게 숨을 들이마시는 것으로 자기 뜻을 표현했다.

"그렇다면, 저희들 대화 내용을 기록해 주십시오."

월터는 베개 밑에서 수첩을 꺼내어 섹손에게 건네주었다.

"제게 있습니다."

섹손은 퉁명스럽게 말했다.

"그렇게 하세요."

월터는 섹손에게 말한 뒤 잭을 보며 이야기를 시작했다.

"고든 씨, 어젯밤엔 제가 신세졌습니다. 고맙습니다. 그런데 제가 전해 듣기로는 고든 씨는 오히려 오해를 받고 계시다고요. 섹손 씨, 지금의 제 말 기록하셨습니까? 제 말이 너무 빠른가요?"

섹손은 수첩에서 눈을 떼지 않았다.

월터는 이야기를 계속했다.

"도움이 좀 필요한데 제 생각엔 누구보다 고든 씨께서 제게 도움을 주실 수 있을 것 같습니다."

"전 이미 제가 말씀드릴 수 있는 것은 모두 말씀드렸는데요."

잭은 의문스런 표정으로 말했다.

"네, 제 질문에 대해선 답해주셨죠. 하지만 질의응답만으로 필요한 정보를 얻을 수 있는 것은 아니니까요. 당신도 저도 댁의 아내를 살해한 범인을 찾고 싶습니다. 시간은 얼마 남지 않았고요. 내일 배가 입항해 버리면 범인을 체포할 수 있는 가능성은 전혀 없어져 버리고 맙니다. 그래서 당신과 함께 지혜를 모으면 뭔가 새로운 아이디어가 떠오르지 않을까 생각하는데……. 우선 이미 알고 있는 사실에 대해 다시 한번 정리해 봅시다. 당신과 부인은 폴 웨스터필드라는 미국인과 카드게임을 해서 왕창 돈을 벌어들일 목적으로 모리타니아 호에 오르셨죠."

"그 이야기라면 벌써 했습니다."

"네, 물론이죠."

월터는 잭의 초조함에 전혀 개의치 않는 듯 태연하게 말했다.

"제가 알고 싶은 것은 당신이 어째서 이 특정 배편과 폴이라는 특정 승객을 선택했냐는 겁니다. 그것이 이 사건의 의문점과 뭔가 관계가 있지 않을까 생각하는 중입니다."

"관계없을 겁니다."

잭은 말했다.

"저희들이 모리타니아 호를 선택한 것은 지금까지 단 한 번도 이 배에서 작업한 일이 없었기 때문입니다. 모리타니아 호의 선장과 승무원들에게 얼굴이 알려지지 않았기 때문이죠."

"모리타니아 호는 이번이 처음이라는 말씀이시죠? 알겠습니다."

"게다가 웨스터필드는 누가 봐도 좋은 봉이죠. 백만장자의 아들이니까요. 사교성도 좋은 데다 수학을 전공한 대학 졸업생이니까요. 도대체 경감님께서 무슨 생각을 하고 계신지 도무지 모르겠습니다만, 폴 웨스터필드가 저희 두 사람을 전혀 의심하지 않았던 것만은 확실합니다. 그 청년과 아가씨는 더할 나위 없는 봉이었어요."

색손은 방의 한쪽 편에서 매우 분한 듯이 이를 악문 채 팔짱을 끼고 서 있었다.

잭은 말을 계속했다.

"저희들에게 원한이 있는 사람이 아니겠느냐고 말씀하고 싶으신 거죠?"

"지금 하려고 했던 말입니다."

"경감님, 전 일요일부터 제가 아는 사람이 없나 배 안을 샅샅이 뒤졌습니다. 전에 나와 카드게임을 했던 사람으로 이 배에 타고 있는 사람은 남자든 여자든 단 한 사람도 없었습니다. 제 생각을 말씀드리자면 캐서린을 죽인 사람은, 여자라면 누구라도 죽일 수 있는 정신이상자입니다."

"저를 쏜 사람도 같은 정신이상자인가요?"

이는 별 뜻 없는 질문이었지만 잭은 이 말을 자기 생각에 대한 비판으로 받아들였다.

"거기까지는 생각해 보지 못했습니다. 여자를 목 졸라 죽이는 상습범이 총을 사용하는 일도 흔히 있는 일인가요?"

월터가 이 질문에 대해 아무런 대답도 하지 않았기 때문에 잭은 말을 계속했다.

"어젯밤 사건이 캐서린 살해사건과 같은 것이었다고는 단언할 수 없지 않습니까. 총을 쏜 사람은 대상을 선택해서 쏜 겁니다. 아닙니까? 문제는 범행의 동기가 무엇인가죠."

"저도 그 점에 대해 생각해 보았습니다만……."

월터가 말했다.

"범인은 내가 사건의 진상을 파악하기 일보 직전이라고 생각했다는 해석밖에 할 수 없습니다."

잭은 믿어지지 않는다는 듯이 인상을 찌푸렸다.

"지금 무슨 말씀 하시는 거예요?"

월터는 색슨을 힐끔 쳐다보았다. 색슨 또한 납득할 수 없다는 표정이었다.

"여하튼 나를 죽여야만 할 이유가 있었던 거요."

순간 침묵이 흐른 뒤 잭이 먼저 말을 꺼냈다.

"실례되는 말씀일지도 모릅니다만, 범인은 당신을 노린 게 아닐지도 모릅니다. 저를 노린 게 아닐까요?"

"당신을?"

월터의 눈이 한층 더 커졌다. 조금 실망한 듯한 눈치였다.

잭은 끄덕였다.

"얼마나 기억하고 계실지 모르겠습니다만, 경감님께선 저로부터 막 떨어져서 가려는 순간 총에 맞으셨어요."

"그거라면 기억하고 있습니다."

월터는 상처를 만지며 말했다.

"만약 그때 경감님께서 움직이지 않으셨다면 탄환은 제가 맞았을 겁니다. 경감님께선 넘어지면서 저에게 부딪히셨잖아요."

"음."

"이렇게 생각하는 편이 맞지 않을까요?"

잭은 망설임 없이 설명을 계속했다.

"우선 캐서린, 그리고 나. 누군가가 바로 저를 죽이려고 혈안이 되어 있는 겁니다."

월터는 고든의 해석에 대해 생각해 보았다.

"만약 그것이 사실이라면 색손이 당신을 구금한 덕에 목숨을 구한 거군요."

색손이 인상을 찌푸리는 것을 봐서 원치 않았던 일임을 알 수 있었다.

잭은 월터가 이야기를 풀어가기 좋은 말을 계속했다.

"결국 경감님께선 이번 사건이 정신이상자의 범행이 아니었다고 보시는 거죠? 그렇다면 캐서린과 나에게 원한을 품은 자의 짓이 분명합니다. 하지만 도대체 그게 누구죠?"

"그러게요. 그게 누굴까요?"

잭은 턱을 쓸어 만졌다.

월터는 침대커버를 만지작거렸다.

색손은 한숨을 푹푹 내쉬었다.

잭이 갑자기 손가락으로 소리를 냈다.

"폴 웨스터필드에요. 아무리 생각해봐도 결국은 놈으로 결론나네요. 제가 놈을 얕봤어요. 틀림없어요. 제가 생각했던 것보다 훨씬 치밀한 놈이었던 거예요. 경감님은 어떻게 생각하세요? 저희가 놈을 속이려 했던 것을 눈치 챘을 수도 있잖아요."

"그 점에 관해서는 당신이 가장 정확하게 판단할 수 있지 않을까요?"

월터는 이도저도 아닌 애매모호한 말로 되물었다.

"그렇다 하더라도 살인은 좀 지나친 반응이죠?"

잭이 말을 이었다.

"그런 정도로 살인을 한다면 머리가 어떻게 된 놈일 겁니다. 그때 놈은 전혀 내색하지 않았지만, 만약 원한을 마음 깊숙이 숨기고 있었다면……. 놈은 겉보기에는 정상적으로 보이지만 왠지 이상한 점도 있어요. 경감님, 폴 웨스터필드를 조사해 볼 필요가 있겠는데요. 어젯밤 경감님께서 총에 맞았을 때 놈은 어디에 있었는지 그걸 알아보면 되지 않습니까."

"그렇군요."

월터가 만족스러운 듯 말했다.

"고든 씨의 협조에 기대한다고 한 아까 그 말대로 되었군요."

"제 말을 믿어주시는 거예요?"

"당신의 말대로 하겠습니다."

"그럼 이제 전 풀어주시는 거죠?"

"저는 당신을 구금해 둘 필요가 없다고 생각하는데, 섹손 씨, 당신의 생각은 어떠세요?"

섹손의 신음소리는 어떤 의미로든 해석할 수 있었으나 월터의 생각과 다를 것임은 분명했다.

"그렇다면……."

잭은 자리에서 일어났다.

"또 한 가지 있는데."

월터가 말했다.

"무슨 일이십니까?"

"의사에게 잠깐 와봐 달라고 말해주세요. 이젠 일어나도 될 것 같거든요."

19

오늘은 마제리 리빙스턴 고델에게 있어 생애 가장 행복한 날이었다. 적어도 리비와 결혼한 이후 가장 행복한 날임에는 틀림없었다. 아침 식사 후 바바라가 폴로부터 청혼을 받았다고 알려왔기 때문이다. 전날 밤 그 무서운 폭풍 가운데 젊은 두 사람은 배의 조용한 한 구석에서 앞으로 한평생을 함께 할 것을 맹세한 것이다. 매우 로맨틱한 일이었다. 두 사람은 모두 아직도 순례자의 의상을 입고 있었다. 마제리로선 매우 사랑스럽고 로맨틱한 모습이었다.

폴은 예의 바르게 우선 부모님의 허락을 받겠다고 바바라에게 말했다. 단 리비가 바바라의 생부가 아니었기 때문에 폴은 잠시 망설였지만 마제리는 그런 것은 별 중요한 문제가 아니라고 생각했다. 리비가 부모를 대표하면 되는 것이다. 이런 일은 남자들끼리 이야기하는 편이 쉽기 때문이다.

"폴과 리비의 어깨에 힘 좀 주게 해주자."

마제리는 바바라에게 말했다.

"불쌍하게도 남자들은 이럴 때밖에 기회가 없잖니."

그리하여 정오에 리비가 흡연실로 가고 그로부터 1분 후에 폴이 찾아가는 것으로 약속해 두었다. 두 사람은 서로에게 해야 할 말을 하고 두 집안이 맺어질 것에 대한 정식 인사를 한 뒤 여자들과 함께 식사하기로 했다. 점심 식사 때는 리비가 샴페인을 한 병 주문하는 것으로 했다.

마제리와 바바라는 정성들여 채비를 갖추었다. 그러나 마제리가 리비에게 모든 것을 설명했을 때 놀랍게도 리비는 그다지 반기는 기색이 아니었다.

"당신만 좋으면 당신이 직접 해. 격식 차리는 건 내게 어울리지 않잖아. 그 청년은 당신과 이야기하는 편이 어울려."

"그렇게 긴장할 거 없어요."

마제리가 말했다.

"도대체 왜 그래요? 폴이 긴장하면 하지, 당신은 긴장할 거 없어요."

"아니, 진심이야. 난 방에서 책이나 읽고 있을래."

마제리는 순간 할 말을 잃었다.

"그런 심한 말이 어디 있어요? 리비, 바바라는 우리 두 사람의 딸이에요. 우리 결혼할 때 나와 약속했잖아요. 바바라를 친자식으로 생각하겠다고. 그 애가 일생일대의 중대한 결심을 했는데 당신은 무시하고 싶은 거예요? 바바라에게는 뭐라 말하죠? 자, 양복 입고 넥타이도 매요. 우리 두 사람보다 젊은 두 사람을 생각해요."

리비는 마제리와의 싸움을 계속할 만큼 둔감하지는 않았다. 그는 책을 덮고 옷을 갈아입기 시작했다. 감색 양복으로 차려입자, 누군가 문을 두드렸다.

"이제 준비됐어요?"

마제리가 방문을 열러 가면서 말했다.

"그야 뭐, 보기에 따라서겠지."

리비는 중얼거리듯 말했다.

"난 왠지 부족한 것 같아."

마제리는 방문을 열었다.

"어머, 실례했어요. 누가 오기로 되어 있거든요. 리비, 듀 경감님이 오셨어요."

"제가 방해한 건 아닌지요?"

월터가 말했다.

"괜찮습니다."

리비가 나와서 말했다.

"사람을 만나기로 되어 있습니다만 2, 3분 정도라면 괜찮습니다. 들어오시지요."

"경감님, 안색이 안 좋으세요."

마제리가 말했다.

"어젯밤 이야기 들었어요. 너무 끔찍해요. 총에 맞으셨다죠? 어디 맞으셨어요?"

"어깹니다."

"무슨 일이신지요."

"좀 여쭤보고 싶은 게 있어서요. 어젯밤 두 분과 동석했던 젊은 남자분 말인데요."

"폴 말씀이세요?"

마제리가 물었다.

"무슨 문제 있나요?"

"글쎄요. 바로 그 점을 여쭤보고 싶은 겁니다."

"그게 무슨 말씀이세요? 설마 무슨 일이 있는 건 아니죠? 조금 있다가 남편이 아래층에서 폴을 만나기로 되어 있어요. 폴이 저희 딸과 결혼하고 싶다고 정식으로 인사……."

리비가 갑자기 끼어들었다.

"여보, 그보다 경감님 이야기를 먼저 듣는 게 좋겠어."

월터는 헛기침을 했다.

"지금부터 제가 하는 말은 절대 비밀로 해주십시오. 웨스터필드 씨와는 언제부터 알고 지내셨죠?"

"2주일 전에 파리에서 만났어요."

리비가 말했다.

"바바라가 잘 알고 있습니다. 같은 대학을 나왔으니까요."

"바바라의 방은 이 복도 끝에 있어요."

마제리가 말했다.

"마제리, 그건 경감님도 이미 알고 계셔."

"아, 그렇군요."

"제가 여쭤보고 싶은 것은……."

월터가 말했다.

"그 사람의 행동에 수상한 점은 없었습니까?"

"그게 무슨 말씀이세요? 수상한 점이라뇨?"

리비가 말했다.

"이상한 점, 특이한 점 뭐 그런 뜻이죠."

"폴을 이상한 사람으로 보고 계신 건가요?"

"세상에!"

마제리가 말했다.

"폴이 제 딸과 약혼하려는데요!"

"그렇군요."

월터가 말했다.

"그렇다면 제 착각이었군요. 죄송합니다."

월터가 방문 손잡이를 잡으려 했다.

"잠깐만요."

리비가 말했다.

"그 청년에게 뭔가 안 좋은 점이 있다면 저희들도 알아야겠는데요."

"정말 그래요."

마제리가 말했다.

"아뇨, 별일 아닙니다."

월터는 두 사람을 안심시키려 했다.

"실은 어젯밤 가장행렬 후 폴이 어디에 있었는지만 아시면 의문점은 풀립니다."

"폴은 행렬에 참가했어요."

마제리가 말했다.

"기억 안 나세요? 폴과 바바라는 순례자로 변장하고 출전했어요."

"경감님께선 행렬 후의 일을 묻고 계신 거야."

리비가 말했다.

"행렬 후? 그렇담 두 사람이 어디 조용한 데서 폴이 바바라에게 청혼했을 때네요."

"바바라의 말이 사실이라면 그렇겠지."

리비가 말했다.

"그게 무슨 말이에요!"

"그 외에 폴에게 수상한 점이 있습니까?"

리비가 월터에게 물었다.

"확실한 건 아무것도 없습니다. 캐서린이 살해되던 날 함께 카드게임하신 것도 우연의 일치겠죠."

"저희 바바라도 함께 카드게임했어요."

마제리가 울음을 터뜨릴 것 같은 표정으로 말했다.

"바바라가 이번 사건과 관련이 있다고 말씀하시려는 건 아니시죠?"

"진정해, 마제리."

리비가 말했다.

"경감님, 토요일 밤, 저는 흡연실에 있었습니다. 폴과 이야기를 나누었지요. 그 부인에게 커피를 가져다줄 거라고 했고, 바바라는 테이블에서 그 부인을 위로하고 있었어요. 살인을 생각하고 있는 사람이 그런 짓을 하겠습니까? 분명 경감님의 착각이십니다."

월터의 어깨에 손을 올려놓으며 말했다.

월터는 통증을 호소했다.

"실례, 깜빡했습니다."

리비는 얼른 손을 내렸다.

"경감님, 죄송합니다. 자리에 앉으시지요."

"아뇨, 괜찮습니다. 이만 가보려던 참이었습니다."

마제리가 떨면서 문 앞을 가로막았다.

"아뇨, 아직 돌아가시면 안 돼요. 폴을 수상하게 생각하신 이유를 말씀해주셔야죠."

"이제 됐어, 마제리."

리비가 속삭였다.

"잘못하다간 하나밖에 없는 딸이 이상한 놈과 결혼할지도 모르는데 잘도 그런 말이 나오는군요."

마제리는 흐느껴 울었다.

"이젠 날 원망할 건가?"

리비의 목소리는 믿어지지 않을 정도로 신경질적이었다.

"당신은 바바라는 안중에도 없는 거야."

마제리가 소리쳤다. 어느 순간 마제리의 불안감이 노여움으로 변했다.

"내 생각은 하나도 안 해 주잖아. 그저 뭐든지 자기 위주라니까! 좀 더 일찍 리비 고델이라는 남자에 대해 알았어야 했어. 당신이 하는 일이라곤 옛 이야기에 그저 입바른 소리나 하고, 이젠 진절머리 나."

"내가 그런 걸 즐기기라도 한단 말이야?"

리비도 맞받아쳤다.

"이만 가보겠습니다."

월터가 말했다.

"아뇨, 안 돼요."

마제리는 손을 뻗어 월터의 팔을 잡았다. 다행히도 부상 입지 않은 팔이었다.

"경감님, 사실을 말씀해 주세요. 전 허우대 멀쩡한 사기꾼과 결혼해서 4년이란 세월을 허비하고 말았어요. 제 딸까지 그런 식으로 인생을 허비하게 할 순 없어요."

"내가 사기꾼이라고?"

리비가 날카롭게 쏘아붙였다.

"아님, 싸구려 깡패라고 말해줄까? 순진한 여자를 속여 결혼하고, 그 여자의 재산으로 먹고 살기 위해 악의 구렁텅이에서 손을 씻은 깡패였다고?"

"우리 결혼에 대해 당신이 그렇게 생각하고 있다면 이것으로 우리들의 부부생활을 정리해."

"좋아요. 내게 문제될 건 하나도 없어요."

마제리가 말했다. 이렇게까지 말하고 나니 기분이 개운했다. 이제껏 답답했던 가슴이 뻥 뚫린 기분이었다. 마제리가 이번엔 월터를 보고 손가락으로 가슴을 가리키며 말했다.

"경감님, 이번엔 당신 차례에요. 제대로 이야기해 줘요. 폴 웨스터필드가 미치광이라는 증거가 뭐죠?"

"그런 거 없습니다."

월터는 다시금 문을 향해 손을 뻗으며 말했다.

"그저 가설일 뿐이었습니다. 그 청년을 잘 알고 있는 사람과 이야기를 하며 가설을 시험해 보고 싶었던 것뿐입니다."

"경감님, 여기서 나가시는 게 좋겠습니다."

리비는 문을 열고 월터를 떠밀었다.

문이 닫히자 마제리는 자신이 하려고 했던 말이 생각났다.

"지금 한 말 들었어? 가설이라는군. 폴은 이상한 게 아니래. 지금 경감이 그렇게 말했지?"

"그런 말을 한 것 같아."

"그렇다면 처음부터 그렇게 말해 줬어야 할 거 아냐. 도대체 우릴 어떻게 보는 거야!"

"당신이 전부 다 이야기해 버렸으니 경감으로선 생각하고 말 것도 없어. 다 알아 버렸으니까."

리비는 괴로운 듯이 말했다.

"여보, 진심이 아니었어요."

마제리의 눈에서 눈물이 흘렀다.

"내가 어떻게 됐나봐. 그런 심한 소리를 하고."

두 팔을 벌리고 리비를 끌어안으려 했으나 리비는 허락하지 않았다.

"얼굴이나 씻어. 못 봐 주겠군."

"화난 거예요? 당신을 탓하는 게 아니에요."

"난 폴을 만나러 가겠어."

"참, 그랬었죠. 흡연실에서 기다리고 있을 거예요. 이 일에 대해 그에게 말하지 말아요."

"난 누구처럼 수다쟁이가 아냐."

마제리는 눈물지으며 콧물을 들이켰다.

"그런 소리 들어도 전 할 말 없어요. 처음부터 그렇게 생겨 먹었는걸 어떻게 하겠어요. 리비, 이런 일이 있은 직후에 그 두 사람을 만나 샴페인을 마셔야 하다니…… 난 도저히 그럴 수 없어요. 눈도 마주칠 수 없을 거예요. 그 두 사람이 우리의 모습을 보고 자기들의 미래를 상상할까 두려워요. 여보, 아이들을 만나기 전에 우리 키스라도 하고 화해해요."

리비는 고개를 저었다.

"속이는 짓 따위 하지 말자. 당신과 나 사인 이제 끝났어. 폴과 만나는 것은 어디까지나 바바라를 위해서지, 당신을 위해서가 아냐.
점심 식사 자리에서 보자고."
리비는 바로 나가 버렸다.
마제리는 눈을 감고 흐느껴 울었다.

20

모리타니아 호에서의 마지막 사교행사는 예전부터 콘서트로 정해
져 있었다.

장소는 메인 라운지로 일등실 손님 대부분이 참석했다. 로스트론
선장은 맨 앞줄 중앙에 자리를 예약해 두었다. 오늘밤은 여객선 전속
악단이 오케스트라로 변신하여 선장이 입장하자 '군함 비나폴 호'의
코러스 부분을 연주하였으며 선장은 그 곡에 맞추어 자리까지 걸어
들어왔다.

  만세 삼창 그리고 한 번 더
  비나폴 호의 용사 함장을 위하여

들뜬 분위기는 오늘밤이 바다에서의 마지막 밤인 데다 캐서린 외에
는 희생자가 없었던 것에 대한 안도의 마음에서 나온 것이었다. 승객
들은 듀 경감이 기대했던 것과는 달리 범인을 체포하지 못했지만 경
감이 배에 타고 있었던 덕분에 그 이상의 희생자가 나오지 않았다는
것엔 모두 동의했다. 콘서트 조직위원회에서는 콘서트 시작 부분에
길버트 앤 설리번의 코러스를 넣으면 어떻겠느냐는 안이 나왔을 정도
였다.

  경감의 임무를 수행하게 되면

경찰관 가업도 그리 녹녹치만은 않다

그러나 월터를 예로 들게 되면 교살사건의 피해자에게 실례라고 해서 그만두기로 했다.

휴식 후에는 프로그램 전부를 시뇨르 마르티넬리가 독점했다. 이 테너가수가 등장하자 로스트론 선장은 청중을 향해 항해 초에 불행한 사건이 일어나 여러분께서 항해를 충분히 즐기지 못하셨을 거라고 생각한다고 말하며 사건을 조사하고 승객 및 승무원의 안전을 보장하기 위해 듀 경감님께서 최선을 다해 주셨음에 다시 한번 감사의 뜻을 전한다고 말하자, 청중들 사이에서 박수가 터져 나오고 뒤에 서 있던 월터는 가볍게 목례를 했다. 로스트론 선장은 듀 경감이 부상당한 이야기는 하지 않았다.

콘서트가 끝나자 폴 웨스터필드는 두 사람 사이를 허락받은 바바라에게 말했다.

"오늘 밤 두 분은 여기 안 오셨나봐."

"응. 점심 식사 이후부터는 이야기를 못했어."

바바라가 말했다.

"말 안 해도 알아."

폴은 바바라의 손을 꼭 쥐며 말했다.

"20분 외에는 나랑 계속 함께 있었으니까."

바바라는 웃음 지으며 말했다.

"피곤하실지도 몰라. 점심 식사 때 보니까 두 분 모두 긴장하신 것 같았어."

"사랑스런 딸을 떠나보낼 생각에 울적하셨나봐."

"그렇지는 않으실 거야."

흡연실은 늘 이용하던 승객들과 배에서 알게 된 사람들과의 마지막 한잔을 하고자 하는 승객들로 금방 만원이 되었다. 화제는 뉴욕, 검역, 관세에 관한 것이었다. 아직 짐 꾸릴 일이 남아 있었지만 그런 하찮은 일 때문에 모처럼의 즐거운 분위기를 포기할 수는 없었다.

"고델 부부와 이야기해 보셨어요 ? "

잭이 바에서 가져온 스카치 하이볼을 월터에게 건네며 말했다.

"네, 이야기해 봤어요. 별 성과는 없었지만요. "

월터는 바바라가 폴과 약혼하기로 했다는 것까지 잭에게 말했다.

"폴이 이상자일지도 모른다는 저희들의 가설을 듣고, 그 두 사람은 몹시 기분이 상했습니다. 말하지 말 걸 후회됩니다. 웨스터필드 군은 결백하다고 생각합니다. "

"그건 분명합니다. "

월터는 눈썹을 치켜세웠다.

잭이 설명하기 시작했다.

"경감님께서 고델 부부를 만나러 가신 동안, 저는 폴과 바바라를 만나 이야기했습니다. 어젯밤 경감님께서 총에 맞았을 시각에 어디 있었냐고 하니까 필기실에서 폴이 프로포즈를 했다는군요. 승무원이 불을 켜자, 두 사람이 키스하고 있었답니다. 두 사람은 순례의 상을 입고 있었답니다. 승무원은 두 사람을 그대로 남겨둔 채 다시 불을 끄고 나갔답니다. 승무원에게도 확인해 봤습니다. 그 두 사람에겐 알리바이가 있어요. "

"고델 부부를 만나기 전에 그걸 먼저 알았으면 좋았을 것을. 참 안타깝습니다. "

"경감님께서 하시는 일은 사람들 마음까지 배려하기는 어렵습니다. "

"그야 그렇지만요. "

"저도 용의자로 지목되었을 때 가차 없이 취급당했거든요. "

"당신이 피해자의 남편인 줄 몰랐기 때문에 어쩔 수 없었죠. 행동도 수상했고요."

"시체를 보려고 시체 안치장에 갔던 것을 말씀하시는군요."

"그렇습니다. 하지만 지금 생각해 보면 대단하십니다."

"뭐가요?"

"그 시체 안치장까지 어떻게 찾아 가셨어요? 저도 그 주변까지 내려갔었는데 아래층은 마치 미로 같더군요. 저는 독방에서 올라오다가 길을 잃었거든요. 그런데 어떻게 혼자 힘으로 안치장을 찾아내셨어요? 모리타니아 호에 탑승한 건 이번이 처음이라고 말씀하셨잖아요."

잭은 조용히 웃음 지었다.

"간단합니다. 모리타니아 호는 자매 배가 있거든요."

"루시타니아 호 말씀이신가요?"

"같은 해에 건조된 거라 설계가 거의 비슷합니다."

"루시타니아 호엔 타보신 적이 있으시군요?"

"그 배에서 일했거든요. 그 무렵 저는 잭 해밀턴이란 이름으로 통했습니다. 선실 담당 승무원이었거든요. 그래서 배 아래층의 구조도 잘 아는 겁니다. 식사 나르는 일을 2년이나 하면 누구든 지름길을 외울 수 있죠. 꽤 고된 일입니다."

잭은 문득 만족스런 웃음을 지었다.

"테라스 의자에 누워 있는 일등실 승객들을 보면서 나도 그들과 같이 되려면 어떻게 해야 할지 고민도 많이 했습니다. 그러던 중 다른 승무원들이 흡연실에 상주하는 보트맨에 대해 이야기해 주었습니다. 백만장자들로부터 돈을 우려내서 호화롭게 생활하는 전문 카드꾼 말입니다. 저는 그들이 일하는 모습을 유심히 관찰해 보고 바로 이거라고 생각했어요. 저에게 딱 맞는 일이라고 생각했죠."

잭은 어깨를 으쓱하며 말을 이었다.

"이것으로 제 신상에 관한 이야기는 전부 다 했습니다."

"아주 흥미로운 이야기로군요."

월터가 말했다.

"크나드사의 배에서 일하는 것을 그만둔 것은 루시타니아 호가 전쟁 중 어뢰에 맞기 전이었나요?"

"아닙니다. 그때도 저는 루시타니아 호에 승선하고 있었습니다. 캐서린도 마찬가집니다. 그녀는 승무원으로 캐서린 버튼이라는 이름을 썼었죠. 저희 두 사람 모두 운 좋게 살아남았습니다. 배에서 마지막으로 내린 사람 가운데 있었죠. 한 시간도 넘게 물속에서 구조를 기다렸었죠."

"그게 안전했죠."

월터는 고개를 저으며 한숨지었다.

"한꺼번에 구명보트에 달려드는 바람에 많이 죽었으니까요."

잭은 월터의 얼굴을 뚫어지게 쳐다보았다.

"루시타니아 호에 타고 계셨던 건가요?"

"네, 아버지와 함께요. 저희 둘 모두 일등선실 승객이었거든요. 생존자라면 누구든 이야깃거리가 있죠. 저희 아버지는 한쪽 다리에 깁스를 하고 계셨어요. 저희가 맨 마지막에 식당을 빠져나왔는데, 그 덕분에 살아남을 수 있었던 것 같아요. 대부분의 구명보트는 유명무실했으니까요. 아버지와 저는 물이 올라오기까지 갑판에 있다가 배가 침몰하기 직전에 탈출했거든요."

"캐서린과 저는 하마터면 배와 함께 침몰할 뻔 했어요. 어뢰가 명중하자 B갑판 선실이 전부 비어 있는지 확인하라는 명령이 내려졌죠. 조사해 보니 승객들은 모두 나가고 없었지만 캐서린은 보석을 훔치던 도둑을 발견했어요. 그 놈은 보석함으로 캐서린을 내려쳐서 기절시키고 말았어요. 그리곤 문을 닫고 캐서린을 버려둔 채 도망 갔죠. 복도에서 저와 마주쳤지만 한마디 말도 없이 지나쳤어요. 저는 캐서린이 왜 늦는지 알아보러 갔죠. 그랬더니 피를 흘리며 기절해 있지 뭡니까. 어렵사리 정신을 차리게 해서 갑판까지 데리고 나왔죠. 그리고 나서 정말 기쁘게도 한 달 반 뒤에 캐서린이 저와 결혼해 주었어요."

"그 도둑은 어떻게 되었는지 모르세요?"

"네, 살아남았는지조차 모릅니다. 다시 만난다 하더라도 그를 알아볼 수는 없을 겁니다. 얼굴을 제대로 못 봤거든요. 감색 양복을 입은 작고 통통한 남자였어요. 그때는 정말 상황이 말이 아니었죠. 지금도 그 꿈을 꾸거든요. 믿을 수 없을 정도로 배는 기울어지고, 부축하고 있는 캐서린은 기절해서 정신도 못 차리지, 지금이라도 당장 물은 밀려들 것 같지, 정말 제정신이 아니었습니다."

"그래서 어젯밤에도 폭풍에 그렇게 놀라셨던 거군요."

잭은 끄덕였다.

"배는 두 번 다시 타지 않을 거라고 맹세하지 않았습니다. 그랬다면 이런 일을 생업으로 삼지는 않았을 테니까요. 하지만 만에 하나 그와 같은 일이 벌어진다면 배 안에 갇히는 일은 없도록 해야죠."

"이해합니다, 그 마음."

월터는 말했다.

"정말 끔찍한 경험이었을 겁니다. 그때 도둑이 살아남았다 하더라도 알아볼 수 없을 거라고 말씀하셨지만 부인이라면 다르겠지요?"

"그럼요, 항상 한눈에 알아볼 수 있을 거라고 말했었거든요."

"그래요? 그거 재미있군요."

"무슨 말씀이세요?"

"놈이 이 배에 타고 있다면 부인을 죽일 만한 이유가 되지 않습니까?"

"그렇군요!"

"단언할 수는 없지만요."

월터는 이 가능성을 입 밖에 낸 것을 후회하는 듯이 말했다.

"이것도 하나의 가설이지요."

"사실과 부합되는 가설은 이것뿐입니다."

잭은 단언했다.

"사우샘프턴에서 승선해서 캐서린을 봤다면 놈은 혼비백산했을 겁니다. 루시타니아 호가 침몰했을 때 캐서린도 죽었을 거라고 놈은 생각했을 테니까요. 닷새 동안이나 같은 배에 타고 있으면 언젠가는 반드시 들킬 거라 생각하고 캐서린을 죽였을 겁니다. 범인은 캐서린이 혼자 여행하고 있는 줄 알고 시체를 바다에 던졌겠죠. 캐서린이 행방불명됐다 하더라도 자기가 의심받을 리는 없을 테니까요. 도둑이니 만큼 캐서린 방에 들어가는 것은 일도 아니었을 겁니다. 캐서린을 목 졸라 죽이고 사체를 창문으로 던졌죠. 그런데 바로 거기서부터 일이 꼬이기 시작한 겁니다."

"시체를 바다에서 찾아낸 거."

월터가 말했다.

"바로 그게 첫 번째 예상 밖의 결과죠. 두 번째는 마침 유명한 스코틀랜드 야드의 형사인 당신이 배에 타고 있었다는 것. 세 번째는 바로 저, 캐서린의 남편이 타고 있었다는 것. 범인은 소문을 듣고 제가 경감님과 이야기하고 있는 것을 보기 전까지는 캐서린이 유부녀인 줄 몰랐겠죠. 어쩌면 놈은 제 얼굴도 기억하고 있었는지도 모릅니다. 여하튼 제가 루시타니아 호에서 있었던 일을 경감님께 틀림없이 이야기할 것이고, 경감님은 크리펜을 체포한 뛰어난 형사로서 지체 없이 자기를 체포할 것이라고 범인은 생각했을 겁니다. 그래서 이성을 잃고 즉흥적으로 대처한 겁니다.

"그래서 나를 쐈다?"

월터가 말했다.

"그렇습니다. 당신을 노렸든 저를 노렸든 그것은 더 이상 의미가 없습니다."

"그럴까요?"

월터는 굳어진 어투로 이의를 제기했다.

"놈의 입장에서 보면 결과는 같습니다."

잭은 약간 흥분한 어투로 말했다.

"누구든 죽으면 루시타니아 호에서의 일이 알려지지 않게 되니까요. 하지만 아무도 죽지 않았죠. 자, 이것으로 사실관계가 명확해졌습니다. 앞으로 어떻게 하실 생각이시죠?"

월터는 그에 대한 답변이 잔에 들어있기라도 한 듯 손에 든 잔을 뚫어지게 들여다봤다.

"짐을 싸야죠."

잭은 순간 멍하니 입이 벌어졌다.

"범인을 찾아내야죠. 놈은 제 아내를 죽였어요. 당신도 죽을 뻔했잖아요."

"하지만 이제 더 이상은 아무 짓도 하지 않을 겁니다. 게다가 배에서 도망칠 수도 없고, 내일 아침 만나러 가겠습니다."

"누군지 아세요?"

잭은 숨을 죽인 채 물었다.

"알 것 같습니다."

월터는 조심스럽게 답했다.

"가르쳐 주실 수 없습니까?"

"모르시는 편이 좋습니다. 하지만 협력해 주셔서 감사합니다."

21

알머는 거울에 비친 자신의 얼굴을 보고 립스틱을 집었다. 거울에 비친 모습이 유령 같았다. 앞으로의 일이 걱정되어 견딜 수 없었다. 월터가 오기를 기다리고 있었다. 월터의 방문 밑으로 만나러 와달라는 내용의 쪽지를 넣어두었다. 만나면 그동안 착각했었던 거라고 말할 생각이었다. 당신을 사랑한 게 아니었다고, 그건 단지 한때의 불장난 같은 것이었다고.

그러나 이내 월터에게 쪽지가 발견되기 전에 없앨 수 있는 방법은 없는지 고민하게 되었다. 월터가 두려웠다. 하필이면 만나자고 한 장소도 이 방, 리디아가 죽은 이 방에서 월터에게 그런 이야기를 하려 했던 건 참으로 어리석은 생각이었다. 알머는 지금 조니에 대한 사랑으로 버티고 있는 것이다. 그렇지 않았다면 벌써 도망쳤을 것이다. 조니와 결혼할 수 있는 기회를 포기할 정도라면 차라리 죽음을 택하겠다는 심정이었다.

그럼에도 알머는 역시 죄책감에 시달릴 수밖에 없었다. 마음속으로는 몇 번이나 자신의 인생과 월터의 인생이 뒤엉키게 된 이제까지의 경위를 반추해 보았으나 그때마다 결론은 하나였다. 만약 월터가 나를 만나지 않았더라면 그 사람은 부인을 살해한다는 것은 꿈에도 생각지 않고 지금쯤 영국 어딘가에서 치과의사 일을 찾아보고 있었을 것이다. 그 사람은 내가 멋대로 상상했던 세련된 남자가 아니었다. 신사적이며 믿음직하지만 견딜 수 없을 정도로 지루한 사람인 것이다. 그에게서 활기찬 생명력이라곤 조금도 찾아볼 수 없다. 나는 월터에게 매료되었던 것이 아니라 하나의 관념에 매료되었던 것뿐이다. 이제 와서야 뼈에 사무치도록 분명히 알 수 있었다. 자기 아내를 죽이고 직업도 집도 모든 것을 버리고 남은 삶을 나와 함께 살고자 했던 남자와의 위험한 사랑에 매료되었던 것이다. 그러나 이제 더 이상 그런 사람은 원하지 않았다. 그는 여전히 견딜 수 없을 정도로 지루한 사람이니까…….

살인은 십중팔구 지루하고 불쌍해 보이는 사람이 범한다는 이야기를 어딘가에서 읽은 일이 있다. 알머는 그 이야기를 믿지 않았었다. 에셀 르 네브도 믿지 않았을 것이다. 그러나 만약 크리펜이 영영 체포되지 않았더라면? 만약 에셀이 한평생 크리펜과 살 수 있었다면? 역시 크리펜을 지루하기 짝이 없는 남자라고 생각했을 것이다.

살인을 한 이후에도 월터는 매력적인 남자가 되지 못했다. 살인한 덕분에 변한 것이라곤 단 하나, 이제는 그가 위험한 남자가 되었다는 것뿐이다. 지루하고 위험한 남자, 살인하고서도 그 사실을 끝까지 숨길 수 있는 남자는 결코 무시할 수 없는 인물이다.

문을 두드리는 소리가 들리자 알머는 숨이 멎을 듯 놀랐다. 실크블라우스를 입고 있었는데 그 블라우스까지 불안에 와들와들 떨렸다. 알머는 깊게 숨을 들이마신 뒤 문으로 다가갔다.

월터는 손에 쪽지를 들고 서 있었으며 알머를 보자 하고 싶은 말이 있는 듯 눈썹이 치켜 올라갔다.

알머는 최선을 다해 웃음 지었다. 옆으로 비켜서며 월터를 방에 들이고 문을 닫았다.

"월터."

알머가 말했다.

"아주 급한 일이 아니고선 만나지 않기로 했던 약속 잊어버린 건 아니에요."

"그럼 급한 일이 생겼다는 뜻인가?"

알머는 끄덕였다.

"좀 자리에 앉아요. 오늘이 가기 전에 당신에게 꼭 할 이야기가 있어서 오시라고 한 거예요. 어디서부터 말해야 할지 모르겠어요. 당신은 처음에 우리가 예상했던 것보다 훨씬 더 많은 일들을 겪어야만 했죠?"

월터는 그런 건 아무것도 아니라는 듯 어깨를 으쓱했다.

"그리 어려운 일은 아니었어. 덕분에 기분전환이 됐지."

"하지만 총에 맞았잖아요. 아직 아프죠?"

"그렇지 않아. 그냥 좀 신경이 쓰일 정도야."

"생각해 보니 일이 이렇게 된 건 모두 제 탓이었어요. 전 당신보다 이런저런 일을 생각해 볼 여유가 있었잖아요."

"무엇을 자신의 탓으로 돌리는 거지?"

"모든 것이요. 리디아가 죽은 것도 포함해서."

"그거라면 함께 결정한 일이잖아."

"나를 만나지 않았더라면 당신은 그런 생각조차 하지 않았을 거예요. 이 배에 오르지도 않았을 것이고, 이 방에서의 일도 없었을 것이고, 형사 노릇을 해야 하는 일도 없었을 거예요."

월터는 놀란 얼굴로 눈을 깜빡일 뿐이었다.

"그런 건 그다지 어려운 일이 아니었어. 오히려 즐겼을 정도니까."

"즐겼다고요?"

"이제껏 남한테 이렇게 후한 대접을 받아본 적이 없었거든. 처음엔 어려운 역할이라고 생각했지만 그렇지도 않았어. 노련한 질문을 할 필요도 없었고, 숨겨진 단서를 찾아낼 필요도 없었어. 형사 일이란 게 그저 상대방이 이야기하도록 하는 것뿐이더라고. 난 듣는 건 잘하는 편이거든. 그것도 리디아 덕분이지만 말이야. 여하튼 상대가 말하도록 놔두면 무엇이든 알아낼 수 있고 진상을 밝힌 공로는 내 차지가 되는 거지."

알머는 월터의 말을 자신이 이해했다고 생각했다.

"그렇죠. 모든 사람을 속였으니 당신은 머리가 무척 좋은 거예요."

"속였다니?"

속였다는 말에 무슨 독이라도 들어 있는 듯 월터는 날카롭게 되물었다.

"의문의 사건을 해결하는 중인 것처럼 사람들을 속였잖아요."

"난 벌써 사건을 해결했어. 누가 살인을 범했는지, 왜 범했는지도 알아냈어. 난 그 이야기를 하고 있는 거야. 난 매우 우수한 형사라고."

"월터, 그건 있을 수 없는 일이에요."

월터는 팔짱을 끼고 의자에 기대어 말했다.

"뭐, 곧 알게 될 거야."

알머는 월터의 머리가 어떻게 된 것이 아닐까 생각하며 바라보았다. 아무래도 그는 자기가 정말로 듀 경감이 된 줄 안다. 자기가 명탐정이라 착각하고 있는 것이다. 그 범죄를 해결했다고 믿고 있는 것이다.

착각에 사로잡힌 나머지 의기양양하게도 자기가 리디아를 죽인 범인이라고 존재를 밝힐지도 모른다, 게다가 공범자인 나까지도. 그것이 가짜 경감 듀의 처음이자 마지막 공로가 되는 것은 아닐까?

알머는 목숨을 구걸하는 사형수 심정으로 말하기 시작했다.

"월터, 제 말 잘 들어줘요. 지금 이런 말 해서는 안 되는 것도 알아요. 쥐구멍이라도 있으면 숨고 싶을 만큼 제 자신도 창피해요. 하지만 꼭 말해야 되겠어요."

알머는 월터의 손을 잡고 진지한 눈으로 바라보며 월터가 앉은 의자 옆에 주저앉았다.

"저 마음이 변했어요. 치과에 치료받으러 다닐 때는 당신을 우상

보듯 했었죠. 그때까지만 해도 그렇게 자신만만하고 힘이 느껴지면서 잘생긴 남자와 이야기해 본 적이 없었거든요. 제가 경험부족이었다고밖에 말할 수 없겠네요. 가족 이외에 제가 아는 남자라곤 모두 책 속의 등장인물들뿐이었으니까요. 책 대여하는 가게에서 빌려 볼 수 있는 연애소설 속 등장인물이죠. 당신은 그런 소설 속 인물과 똑같았어요. 세련된 태도에 바라노프라는 외국사람 같은 이름까지. 게다가 책의 도입부에 등장하는 남자처럼 감히 내 손에는 닿을 것 같지 않는 곳에 있었죠."

"하지만 우리 함께 그런 것들을 극복했잖아."

월터는 의젓하게 웃으며 말했다.

"그렇죠."

알머는 침을 꿀꺽 삼켰다.

"그렇게 하는 것이 영원한 행복을 위한 길이라고 제 자신에게 믿게 했죠. 오직 내 생각만 한 이기주의자였던 거예요. 당신을 사랑한다고 믿으면서 그 어떠한 것도, 당신의 법적인 아내까지도 내가 이루고자 하는 것을 방해할 수는 없다고 생각했어요. 하지만 그건 집착일 뿐이었어요. 전쟁 내내 꿈꿔왔던 것이나 욕구불만이나 환상 같은 것들이 모두 당신에게 향해졌죠. 월터, 난 28살의 노처녀이면서 마치 여학생 같은 짓을 한 거예요."

"그건 부끄러워할 일이 아니야."

"아니에요. 지금까지 나 자신과 당신을 우롱했던 거예요. 배에서 지내면서 이제야 분별력이 생겼어요. 당신에게 상처만 주고 이런 말을 하다니……."

"날 사랑하지 않는군."

월터는 담담하게 말했다.

알머는 시선을 피했다.

"미국에서 함께 지내고 싶지 않다는 뜻이지?"

알머는 고개를 떨어뜨렸다.

"다른 남자가 있는 거야?"

"네."

알머는 흐느껴 울기 시작했다.

월터는 알머의 머리를 쓰다듬었다.

"말해 줘서 고마워. 솔직히 나도 마음이 홀가분해졌어. 나는 그동안 당신에게 떳떳하지 못했어. 나를 향한 당신의 마음을 이용한 거니까. 나 혼자서는 도저히 그런 용기를 낼 수 없었을 거야. 당신이 도와줬기 때문에 해낼 수 있었어. 당신과 마찬가지로 나도 이번 경험에서 배운 거지. 이젠 혼자 해낼 수 있을 것 같아."

월터는 냉정하고 정확하게 자신을 파악하고 있었다. 이 말은 진심이었으며 거짓은 조금도 없었다. 알머는 몸을 내밀어 월터의 볼에 살며시 키스했다.

"이 방에서 일어났던 일은 우리 둘만의 비밀로 해요. 무덤에 들어갈 때까지요."

월터는 고맙다는 말을 하고 자리에서 일어섰다.

"창고에 맡겨둔 리디아의 트렁크가 몇 개 있을 거야. 미국에 도착하면 찾아가 줘. 가져가는 사람이 아무도 없으면 의심할 테니까."

"물론이죠."

알머는 말했다.

"완전범죄였네요."

월터가 문으로 다가갔을 때 알머가 갑자기 한 말이었다.

"90퍼센트 정도."

월터는 말했다.

"핀치 씨와 행복하게 살아."

알머는 다시 혼자가 되었다.

22

모리타니아 호가 뉴욕에 입항하는 수요일 오전 7시 조금 전에 선장
실에서 미팅이 있었다. 선실담당 승무원이 월터를 데리러 왔다. 맨
처음 살인사건 조사를 부탁받았던 선장실에 다시 가보니 선장 외에도
해양경비대 경위 섹손과 폴 웨스터필드 2세, 그리고 바바라와 눈물범
벅이 된 마제리 리빙스턴 고델의 모습이 보였다. 선장이 말없이 턱으
로 의자를 가리켜 월터는 자리에 앉았다. 바로 앞에는 섹손이 자리하
고 앉아 험악한 눈으로 노려보고 있었다.

"경감님, 짧게 설명드리겠습니다."

로스트론 선장이 말했다.

"또 한 사람의 승객이 사라졌어요. 이 부인의 남편이신 리빙스턴
고델 씨가 어제 오후부터 모습이 보이지 않으셨답니다. 밤이 되어
도 선실에 돌아오지 않으셨고요. 고델 부인께서 오늘 아침 3시에
통보하셔서 해양경비대와 그의 부하들이 함께 수색했습니다. 다들
선내 수색에는 경험 많은 전문가들이죠. 밀항자가 숨어 있을 법한
곳을 모두 알고 있습니다. 그런데 3시간 이상이나 찾았는데도 고델
씨의 모습은 보이지 않았습니다. 그래서 듀 경감님께 알려야겠다고
판단했습니다."

월터는 고개를 끄덕일 뿐이었다.

"죽은 거예요."

마제리가 말했다.

"리비는 죽은 거예요. 난 알 수 있어요."

바바라가 마제리에게 침착한 목소리로 말했다.

"엄마, 그럴 만한 이유가 없잖아. 어디 아는 사람 방에서 카드놀이

라도 하고 있을 거야. 카드놀이란 게 몰입하게 되면 시간개념이 없어져 버리거든. 틀림없이 아침 식사 때는 나타날 거야. '도대체 왜 이렇게 당황하는 거야'라면서……."

"당황하지 않았는데요."

섹슨이 퉁명스럽게 말했다.

폴이 헛기침을 했다.

"두 경감님께 좀더 자세하게 사정을 말씀드려야죠."

월터를 향해 말했다.

"어제 저는 리비에게 바바라와의 결혼을 허락해 달라고 부탁했죠. 리비는 무슨 다른 생각을 골똘히 하고 있는 것 같았지만 결혼을 허락해 주었죠. 그래서 다함께 샴페인을 터뜨리며 점심 식사를 했습니다."

"많이 드셨나요?"

섹슨이 물었다.

"글쎄요. 그건 기억이 잘 안 납니다. 한 잔 반 정도일 겁니다. 별 말씀 없으셨지만 흔히 볼 수 있는 모습이니까요. 리비가 입을 여는 때는 혼잣말처럼 농담 한마디 던질 때 정도니까요. 하지만 평상시와 달랐던 것만은 분명합니다."

"뭔가 마음에 걸리는 게 있는 듯 자꾸만 레스토랑 안을 둘러보았어요."

바바라가 말했다.

마제리는 눈물을 글썽이며 코를 훌쩍였다.

"모든 것을 말씀드리는 편이 좋겠어요. 제가 먼저 말씀드리지 않더라도 경감님께서 물어보실 테니까요. 점심 식사 전 경감님께서 저희 선실에 다녀가시고 난 뒤 리비와 저는 결혼 후 처음으로 다퉜어요. 지난 3년 동안 더할 나위 없이 행복했는데 이제 와 일이 이렇

게 되다니. 게다가 이 두 사람 덕분에 저희들도 매우 행복했어야
할 그 날에 그런 일이 일어났으니까요. 둘이서 서로를 심하게 헐뜯
고 난 직후 식사 시간에 즐거운 척하는 것은 엄청난 고역이었어
요."

바바라가 마제리의 손을 잡으며 말했다.

"엄마, 난 아무것도 몰랐어요. 왜 싸우셨어요?"

"별일 아니었어. 내가 경감님께 쓸데없는 소리를 했는데 그 일로
다툰 거야. 내가 예민해져 있었거든."

"왜?"

"별일 아니니 다음에 이야기해 줄게. 그렇죠, 경감님?"

마제리는 원망하듯 월터를 힐끔 쳐다보았다.

월터는 마제리의 말에 맞장구를 치며 고개를 옆으로 저었다.

두 사람의 행동을 유심히 지켜본 로스트론 선장은 뭔가 있다는 것
을 알았다. 그냥 넘어갈 수 없다고 생각한 선장은 월터에게 물었다.

"경감님, 정말로 그랬습니까? 어제 리빙스턴 고델 부부와 만나셨
다고요?"

"네. 그렇습니다."

월터가 좀더 자세하게 설명해 주길 모두 기다렸으나 월터는 더 이
상 아무 말도 하지 않았다.

그러자 선장이 물고 늘어졌다.

"그렇다면 캐서린 매스터스 살인사건 조사와 관련이 있었던 거군
요?"

"그렇다고 단언할 수도 없습니다."

마제리는 마치 기도하듯 두 눈을 감았다.

"하지만 만나러 가신 것은 그만한 이유가 있었기 때문이지 않습니
까?"

선장은 집요했다.

"네, 그렇습니다."

"그 총격 사건!"

섹슨이 무심코 내뱉었다.

"그 사건 때문에 갔었군요!"

"그렇습니다."

월터는 주저 없이 말했다.

"총 때문이었습니다. 총을 찾고 있었거든요."

마제리가 눈을 크게 뜨며 말했다.

"맞아요, 그랬어요. 리비의 총 때문에 오셨어요."

"남편 분께선 총을 갖고 계셨나요?"

선장이 물었다.

"엄마, 도대체 무슨 말씀 하시는 거예요?"

바바라가 충격 받은 듯 물었다.

"아! 하느님 제발……."

마제리가 중얼거렸다.

"그렇습니다."

마제리 대신 월터가 태연하게 답했다.

"어떻게 아셨어요?"

섹슨이 물었다.

"경험이죠."

월터는 이때다 싶어 말했다.

"총을 압수하시지는 않으셨잖아요."

"그럴 수 없었던 거죠."

월터가 말했다.

"선실에 없었으니까요."

"바다에 던졌을 거예요."

마제리가 말했다.

"그 사람 아주 치밀한 사람이에요……. 불쌍한 리비! 그렇게 필사적으로 자기 과거에서 벗어나려 했는데, 다른 사람도 아닌 내가 그 사람의 비밀을 경감님께 폭로해 버리고 말았으니……."

두 손으로 얼굴을 감싸는 마제리에게 바바라가 위로하려고 자리에서 일어섰다.

"그를 의심하고 있었으면서 저한테는 한마디도 안 하셨던 거예요?"

섹손이 책망하듯 월터에게 말했다.

그때 로스트론 선장이 끼어들었다.

"섹손. 경감님의 수사방식을 트집 잡지 말게. 경감님께선 그렇게밖에 할 수 없는 나름대로의 이유가 있으셨을 테니까."

그렇지 않으냐는 듯 월터를 쳐다보았다.

"몇 가지 이유가 있었습니다."

월터가 선장의 말에 응했다.

"도대체 지금 무슨 말씀을 하시는 건지 설명해 주세요."

폴이 말했다.

월터는 고개를 저었다.

"우리 숙녀 분들을 슬프게 하지 맙시다."

"아니에요."

마제리가 손수건으로 눈물을 닦으며 말했다.

"폴, 당신은 알아야 할 권리가 있어. 내가 이야기해 줄게. 어제 경감님께서 리비와 나를 만나러 오셨어. 알다시피 경감님은 이전부터 계속 우리 주변을 맴돌았기 때문에 예민해져 있었지. 경감님은 아주 뛰어난 탐정이셔, 폴. 그러니 들이닥쳐야 할 타이밍을 정확하게 알고 계셨지. 우선 처음엔 뜬금없는 이야기를 꺼내시면서 우리들을 당황케 하셨어. 물론 그 이야기는 진실이 아니었고, 이제와선 아무 의미 없는 이야기지만 여하튼 그 때문에 우리들 두 사람 모두 냉정을 잃고 말았어. 그래서 하지 말았어야 할 말까지 하게 되었고, 나는 리비를 악당이라고 표현하고 말았어. 그런 말은 입이 찢어지더라도 하지 말았어야 할 말인데, 그땐 몰랐어."

바바라가 갑자기 끼어들었다.

"엄마, 말도 안 되는 소리예요. 리비가 악인이었다고 말하려는 거예요?"

"그래, 그랬어, 결혼하기 전에는. 도둑이었거든. 잠긴 문 여는 데는 도사였지. 대서양 횡단 여객선에서 승객들 방의 돈을 훔쳤어. 그래도 몽땅 훔치지는 않고 자기가 생활하는 데 필요한 정도의 금액만 훔쳤기 때문에 거의 대부분의 피해자가 모르고 넘어갔어."

"그런 일이……"

폴이 말했다. 천천히 고개를 가로젓고 있는 그의 표정에 희미한 웃음이 떠올랐다.

"리비는 예전에 사업상의 이유로 여객선을 타는 일이 많았다고 했어요. 수출입 업무라고 했었는데."

"그의 유머지."

마제리가 말했다.

"경감님, 루시타니아 호에서의 일을 이분들에게 직접 이야기해 주시겠어요?"

"원하신다면."

월터는 잭 고든으로부터 들은 대로 말했다. 캐서린을 때려서 기절시키고 가라앉기 시작한 배의 선실에 남겨둔 채 도망친 도둑이 바로 리비였다고 설명한 것은 말할 것도 없다.

"어제 점심 식사 후까지만 해도 그런 사실은 몰랐습니다."

마제리가 말했다.

"모든 것을 이야기해 준 것은 그 이후였습니다. 영국을 떠나 맞이한 첫날 밤에 이 배에 그때의 여자 승무원이 타고 있다는 것을 알고 놀라서 두려움에 떨었다고 합니다. 선실을 막 나오는데 그 여자가 자기에게로 다가오고 있었답니다. 루시타니아 호에서 죽은 줄 알았는데 마치 복수하려는 유령처럼 나타나 그는 기절초풍해서 다시 선실로 뛰어 들어와 문을 걸어잠갔다고 했어요. 하지만 정말로 끔찍한 일은 그 다음부터 일어난 거죠."

"그 여자가 나와 카드놀이하고 있는 것을 리비가 봤군요."

바바라가 말했다.

마제리는 끄덕이며 말했다.

"그 사람 말에 의하면 카드놀이가 끝나고 여자는 너와 함께 뭔가 열심히 이야기하더래. 그래서 무슨 일인지 폴에게 물어봤다고 했어."

"생각났어요."

폴이 말했다.

"틀림없이 그 여자가 바바라에게 리비에 대해 폭로하고 있거나 아님 그러려 한다고 생각했을 거예요. 저더러 빨리 두 사람한테 가서 '그만두게 해!'라고 했거든요. 그리고는 그녀의 방에 숨어들어가, 그녀가 돌아오기를 기다린 거죠."

마제리는 깊게 숨을 들이마시며 말했다.

"고델 부인, 더 이상은 말씀하지 않으셔도 됩니다."

로스트론 선장은 부드럽게 말했다.

선장의 말은 그 자리에 있던 모든 이의 마음을 표현한 것이었다. 리비가 캐서린의 목에 손을 대고 있는 모습을 상상하면 설명할 필요도 없는 것이었다. 그저 잠시 동안의 침묵이 모든 것을 대신할 수 있었다.

"그만해, 리비! 제발 그만해."

고통스런 나머지 바바라가 갑자기 소리 질렀다.

폴은 옆으로 다가가 바바라를 끌어안았다. 그리곤 선장에게 말했다.

"이제 됐죠? 그만 숙녀분들을 데리고 나가고 싶군요."

"마음은 충분히 이해합니다만 고넬 씨가 어떻게 되었는지 알아내는 일이 아직 남아 있습니다. 조금만 더 견뎌주시면 듀 경감님께서 틀림없이 고넬 부인으로부터 남편이 모습을 감추기 전에 뭐라 했었는지 물어보시겠지요."

"네, 말씀해 주시면 고맙겠습니다."

월터가 말했다.

마제리는 머뭇거리며 말했다.

"개인적인 이야긴데요."

"말씀해 주시면 남편분을 찾는 데 단서가 될지도 모릅니다."

선장이 부드럽게 말했다.

"그렇지 않을 거예요."

마제리는 슬프게 말했다.

"하지만 말씀드리죠. 경감님을 쏘고, 총은 바다에 버렸다는 것 등, 이제까지의 일을 모두 이야기하고 나서 그는 말했어요. 당신에게도 바바라와 폴에게도 정말 미안하다고. 루시타니아 호에서 있었던 일을 좀 더 일찍 말해 뒀으면 좋았을 텐데, 그것을 자신과 자기 양심의 문제라고 생각했었다고. 그러고 난 뒤 문으로 다가가다가 갑자기 돌아보며 한마디 했어요. 그 말을 듣고 저는 이제 더 이상 그와 영원히 함께하지 못할 거라는 걸 알았어요."

"뭐라고 했는데요?"

한줄기 눈물이 마제리의 뺨을 타고 내려갔다.

"무슨 말인지 이해가 안 되실 겁니다. 리비는 이렇게 말했어요. '자기 과거의 인생이 한순간에 마음속을 스쳐지나간다는 게 사실이었으면 좋겠어. 빌트모아 호텔 엘리베이터에서 본 이 세상에서 가장 멋진 발목을 다시 한 번 보고 싶거든'이라고요. 그렇게 그 말만 남기고 나가 버렸어요."

순간 선장의 시선이 살짝 아래쪽을 향했다가 다시 곧바로 정면으로 향했다.

"과연 그렇군요. 결정적인 말이었네요. 감사합니다, 부인. 이런 상황에서 존경스러울 정도의 용기를 보여 주셨어요."

폴은 고개를 끄덕이고는 일어서서 바바라와 마제리를 데리고 나갔다.

세 사람이 나가고 난 뒤 섹손이 선장에게 말했다.

"아무래도 배에서 뛰어내린 것 같군요. 이제 그만 수사를 종료시킬까요?"

선장은 눈썹을 치켜 올리며 월터를 보았다.

"선실은 모두 찾아보았습니까?"

"물론 찾아보지 않았습니다. 승객분들이 모두 쉬고 계시니까요. 한밤중에 선실 수색을 어떻게 합니까?"

섹손은 월터를 노려보며 말했다.

"하지만 낮에는 할 수 있잖나. 경감님 말씀대로 수색해 보게. 그럼, 섹손 군, 준비해 주게."

선장은 말했다. 그리고 섹손이 나가자 선장은 월터에게 섹손에 대해 이야기하기 시작했다.

"수완은 좋은데 왜 뛰어난 형사가 못 되는지 아시겠죠? 전 이만 선교에 올라가 봐야 합니다. 암브로즈 등대가 슬슬 보이기 시작할 테니까요. 항구 안내원이 곧 올 겁니다. 그럼, 가능하다면 입항한 뒤 뵙고 싶군요."

"좋습니다."

월터가 말했다.

갑판에 나가보자 이미 선실에 있던 트렁크들이 죄다 쏟아져 나와 있었다. 월터는 그 가운데를 누비듯 통과하여 미국 땅을 바라보았다. 바다 위로 보이는, 바다색보다 진한 청색의 띠, 그것이 미국이었다. 월터는 웃음 지었다.

여객선은 항구 안내원을 태우고 온 소형 보트를 바싹 붙이기 위해 멈춰 서 있었다. 승객들은 난간에 모여서서 작은 사람 그림자가 밧줄로 만든 사다리를 타고 올라오는 것을 지켜보았다. 배의 기적이 울려 퍼졌다. 다시 움직이기 시작한 것이다. 선디 곶의 먼 바다를 지나 로만 안을 따라 내로 해협으로.

'검역'이라는 말로 알려져 있는 스타틴 섬 근해에서 한 번 더 멈추자 이민국 담당자가 배에 올랐다. 그와 함께 우편물도 도착했다.

주임 승무원의 조수가 월터에게 다가와 기자단을 만나겠느냐고 물었다. 월터는 거절했다. 아무 할 말이 없다고 하며 짐을 꾸리러 선실로 가야 한다고 돌아서려는데 뭔가 앞에서 펑 하고 빛을 발하며 터졌다. 일간지 〈키스튼〉이 듀 경감의 사진을 찍어 버린 것이다.

맨해튼이 수면 저편에서 반짝이며 모리타니아 호는 기적 소리를 드높이 울렸다. 대서양 횡단이 처음인 사람들은 월 워스 빌 등의 유명한 명물을 찾아내며 흥분했다. 자유의 여신상이 바싹 다가오며 맨해튼의 빌딩 숲이 눈앞에 펼쳐졌다.

갑판에서는 승객들이 승무원들에게 마지막 팁을 건넸으며, 같은 테이블에서 식사했거나 함께 카드놀이를 즐긴 사람들이 아쉬운 작별 인사를 주고받았다. 하급선원들이 짐을 끌어올리는 승강구의 잠금쇠를 풀고 갑판 기어를 세우기 시작했다. 88호 부두를 향해 천천히 배가 들어가자 마지막 기적 소리가 울렸다.

알머는 조니의 팔을 꼭 잡고 그가 하선수속을 설명하는 걸 듣고 있었다. 짐은 부두로 운반되어 알파벳순으로 놓여졌기 때문에 바라노프의 B는 핀치의 F에서 70미터 정도 떨어져 있어, 두 사람은 잠시 헤어져야 했다.

"하지만 걱정할 것 없어. 짐을 확인하고 세관원의 조사만 받으면 돼. 수속이 끝나면 나를 기다려 줘. 란체스터를 통과시켜야 하지만 그리 오래 걸리지는 않을 거야. 그런 다음에 월도프 호텔에서 맛있는 점심 식사를 하자."

그로부터 한 시간 내에 알머는 조니의 결점 한 가지를 찾았다. 그는 지나치게 낙천적이었다. 트랩을 건너 짐이 알파벳순으로 놓여진 부두에 도착해 보니 선실에 있던 트렁크만이 운반되어 있을 뿐이었다. 란체스터도 배의 창고에서 도착하지 않았다. 그럼에도 알머는 삐걱거리는 블록이나 윈치, 발전기의 울림 옆에서 와자지껄 작업하는 모습 등을 두근거리는 가슴으로 바라보았다.

"아직도 기다리고 있는 거야?"

목소리가 난 곳을 돌아보니 월터가 옆에 서 있었다.

"뭐 도와줄 게 없는지 와 봤어."

알머는 고마웠다. 이 남자는 나에게 항상 친절했다.

"아직 짐이 다 도착하지 않았어요. 리디아 트렁크가 있는데."

월터에게 말했다.

"3개야, 저기 있잖아."

짐은 알머가 생각지도 못한 곳에 놓여 있었다. B라는 글자에서 많이 떨어진 곳이었다. 월터는 짐꾼을 불러 알머가 가지고 내린 짐 옆으로 리디아의 트렁크를 가져오게 하고 세관원을 찾아서 불러와 조사하도록 했다. 그 동안 뱃머리 쪽 제2창고에서 란체스터가 들어올려지는 것이 보였다. 부두 위로 높이 들어올려진 차체가 위태위태해 보였지만 무사히 내려지고 조니가 그 밑에서 차체에 흠이 가지 않도록 작업하게끔 지시하고 있었다.

"자, 가자."

월터가 말했다.

"작은 짐을 들어."

"당신 짐은?"

"그냥 잠깐 두면 돼. 어차피 다시 배에 올라 선장과 만나야 하니까."

그는 트렁크를 들어 알머와 함께 산더미 같은 짐들 사이를 지나 차가 끌어올려진 곳으로 갔다. 조니는 차에 흠집이 나지 않았는지 살펴보다가 알머의 모습을 발견하고는 다가왔다.

"아이고 이런, 이런, 신경써 주셔서 감사합니다, 경감님."

"아닙니다."

월터가 말했다.

"짐을 트렁크 안에 넣을까요?"

"아닙니다. 그냥 두세요, 잠겨 있거든요."

열쇠를 찾기 위해 주머니를 뒤졌다.

"그러실 필요 없습니다."

월터는 말했다.

"열려 있을 테니까요."

트렁크 손잡이를 잡고 열어젖혔다.

"아니, 도대체!"

놀란 조니가 소리 질렀다.

트렁크 안에는 반쯤 담요로 가린 고델이 숨어 있었다. 리비는 햇빛을 받아 눈을 끔벅이며 일어나 정말 졌다는 듯이 월터에게 말했다.

"경감님, 당신일 줄 알았어요."

그러나 월터는 알머를 바라보고 있었다. 월터의 웃음이 만족을 뜻하는지 놀라움을 뜻하는지는 알 수 없었다.

23

"경감님, 뭐라 감사해야 될지 모르겠습니다." 로스트론 선장이 말했다.

"그야말로 탐정 기술의 승리군요. 크리펜 사건을 능가하는 성과지 않습니까. 전 세계 사람들이 경감님께서 세운 공적을 알게 될 겁니다."

"고맙습니다."

월터가 말했다.

"하지만 사람들에게 알려지는 것은 원치 않습니다."

선장은 웃음 지으며 말했다.

"그게 가능할지 모르겠습니다. 뉴욕의 기자단이 지금 경감님을 기다리고 있거든요. 귀빈을 능가하는 환대를 받게 되실 겁니다. 그만한 일을 하셨으니까요."

"마음은 고맙습니다만 저는 환대 같은 건 받고 싶지 않습니다."

월터는 소매를 만지작거리며 말했다.

"혼자 있고 싶습니다. 기자단을 피할 수 있는 방법은 없을까요?"

"그럼 내리지 않으셔도 됩니다."

월터의 눈이 크게 떠졌다.

"농담이 아닙니다."

선장이 말했다.

"지금까지처럼 선실에 계시면 됩니다."

"하지만 언제까지 거기 있을 수는 없지 않습니까. 이 배는 영국으로 돌아갈 테니까요."

"음."

선장은 검지를 세우며 말했다.

"그렇지 않아도 지금 말씀드리려던 참이었습니다."

"무슨 말을……."

월터는 당황하며 되물었다.

"위스키 한잔 더 어떠세요. 죄송합니다만 오늘 저와 함께 영국으로 돌아가실 것을 부탁드리려던 참이었습니다."

"뭐라고요?"

"이렇게 말하면 어떨지 모르지만, 저는 당신이 경찰관이 아니라는 것을 알고 있습니다."

월터는 위스키를 단번에 들이켰다.

"그러니까 은퇴하신 뒤, 그렇단 얘기죠."

선장은 설명했다.

"그러니 정말로 죄송스럽습니다만 저로선 달리 방법이 없거든요. 고델은 재판을 위해 영국으로 데려가야 하며 당신은 고델의 용의를 굳힌 공로자니 당연히……."

"하지만 고델은 미국인이지 않습니까."

월터가 말했다.

"미국에서 재판을 받을 수는 없나요?"

"자국법을 잊으셨습니까?"

선장은 웃으며 말했다.

"고델은 공해상을 항해중인 영국 배에서 기소 가능한 범죄를 저질렀어요. 반드시 데리고 가야 합니다. 물론 사우샘프턴에 도착하면 경찰이 승선하도록 하여 고델을 데려가게 할 작정입니다. 거기서 또다시 당신이 공중 앞에 나서야 할 필요는 없습니다. 하지만 경찰 재판소 법정에서는 반드시 당신이 필요합니다. 솔직히 말씀드리자면 당신의 협력 없이는 고델의 재판에서 승소할 수 없습니다."

"하지만 저는 이미 미국에서의 계획이 있는데요."

"보상은 두둑할 겁니다."

월터는 말없이 선장을 바라보았다.

"시간이 별로 없습니다."

선장은 월터가 놀라지 않도록 배려하며 조심스럽게 말했다.

"이번 항해는 바로 귀항할 예정이거든요, 내일 다시 출항합니다."

월터의 팔을 잡으며 말했다.

"경찰로부터 대단한 환영을 받으실 겁니다."

제6부 이민

1

다음날 오후 모리타니아 호는 노스 리버의 항로까지 예선되어 그곳에서 방향을 바꿔 다시 대서양으로 향했다. 이번 항해는 올 때보다 승객이 적었다. 1921년도 유럽 관광 시즌이 사실상 끝났기 때문이다. 승객 명단에 적힌 내용을 보면 승객들은 대부분 실업가들이었다. 2등 선실 명단에는 미스터 월터 브라운이란 이름이 있었다.

월터는 식사를 선실로 가져오게 했다. 운동은 갑판에 사람들이 없는 시간을 택해서 했다. 월터는 유명인이었다. '듀 주임 경감, 모리타니아 호의 교살 범인을 밝혀내다'라는 매혹적인 뉴스가 뉴욕 신문에 대대적으로 보도되었다. 시내 어느 신문에든 제1면에 그의 사진이 크게 실렸다.

선장의 지시에 따라 월터가 호기심 많은 승객이나 성가신 기자들에게 노출되지 않도록 만반의 조치가 취해졌다. 월터의 선실에 출입할 수 있는 사람은 선실담당 승무원과 의사뿐이었다. 의사는 어깨 상처의 붕대를 갈아주기 위해 매일 찾아왔다. 월터는 의사에게 답례를 하며 자신이 보기엔 다 나은 것 같으니 이제 더 이상 선생님의 시간을 빼앗을 수 없다고 말했다.

"맞습니다. 치료 경과는 순조롭습니다. 하지만 감염의 위험은 아무리 사소한 것이라도 막아야 합니다. 사우샘프턴에 도착할 때까지는 완치돼야 하니까요. 기자단에게 시달리실 텐데 어깨에 상처가 있어선 곤란하시잖아요."

월터가 영국에 도착할 때 어떤 마중을 받게 될 것인지 궁금했다 하더라도 그 의문은 무선실로 도착하는 대량의 전보더미 속에 묻히고 말았다. 축하전보도 있고, 초대하고 싶다는 전문도 있고, 일류 신문사들로부터 독점 인터뷰 요청도 쇄도했다. 다들 충분한 개런티를 약속하고 있었다.

토요일 아침 의사가 말했다.

"들으셨어요? 당신이 듀 경감이 아니라고 주장하는 남자를 〈데일리 스케치〉가 찾아냈다고 합니다. 그 남자는 크리펜을 체포한 사람은 바로 자신이라고 주장하고 있답니다. 신문에 나오고 싶으면 무슨 짓을 못하겠습니까!"

같은 날 밤 선장이 방문했으나 그저 인사차 온 것이어서 월터는 안심했다.

"지내기 어떠십니까? 프라이버시를 침해한 사람은 없었죠?"

"좋습니다. 아주 조용해요. 고맙습니다, 선장님."

"그거 다행입니다. 영국에서 난리가 났다는 거 알고 계십니까?"

"네, 대충 전해 들었습니다."

"정말 뻔뻔스런 놈도 다 있습니다. 하지만 당신이 곤란해하고 있다는 걸 아는 사람도 있어요. 경찰청에서 전문이 도착했습니다."

월터는 전문을 읽었다.

"보도진을 피해 셰르부르에서 하선하도록 수배해 두었다고 듀 경감에게 전할 것."

"정말 감사합니다."

월터는 말했다.

"천만에요. 이번 일로 성가시게 해 드린 것을 생각하면 이만한 일
은 당연하지요."

선장이 말했다.

"셰르부르에는 화요일 아침에 도착할 예정입니다. 아마도 마중 나
오는 분이 있으실 겁니다."

그로부터 항해는 무사태평했으며 그만큼 시간 가는 것이 더디게 느
껴졌다. 월요일 밤 늦게 비숍 곶의 등대 불빛이 수평선 위로 보이기
시작할 때 월터는 갑판에 서 있었다. 12시를 조금 지난 시각으로 불
빛에 반짝이는 영국 남해안이 좌현으로 보였다. 월터는 그 광경을 바
라보다가 잠자리에 들었다.

아침이 되자 비가 내리고 있었다. 내항까지 승객을 실어 나르는 소
형 보트로 갈아타는 장소인 방파제에서는 셰르부르의 거리풍경이 거
의 보이지 않았다. 월터는 외투 깃을 세우고 보도진처럼 보이는 사람
을 보면 되도록 가까이 가지 않으려 했다. 항구에 모여 있는 군중들
사이로 모습을 감추고자 했던 계획은 수포로 돌아갔다. 땅을 내딛는
순간, 제복차림의 남자가 다가와 본토박이 영국식 영어 발음으로 말
을 걸어왔다.

"실례합니다, 혹시 귀하의 성함이 월터 바라노프 씨 아닙니까?"

월터는 안면근육이 마비되는 듯했으나 이 말을 부정하지는 않았다.
고개를 한 번 끄덕였다.

"귀하를 뵐 수 있어서 참으로 다행입니다."

남자는 말했다. 경찰관 제복은 아니었으며 챙이 달린 모자에 단추
가 위편에 달린 튜닉, 게다가 운전기사들이 사용하는 각반을 착용하

고 있었다.

"이쪽으로 오시죠. 형식적인 세관수속만 거치시면 됩니다. 짐은 나중에 가져다 드리겠습니다."

월터는 남자의 뒤를 따라 항구 구내를 지나 세관까지 갔다. 즉각 통관 허가가 내려졌다.

밖으로 나가자 자갈이 깔린 안뜰을 지나 검은색 리무진이 대기하고 있는 곳까지 갔다.

"어디로 데려가는 건가?"

월터가 물었다.

운전기사는 뒷좌석 문을 열었다.

"타세요."

월터는 고개를 숙이고 한쪽 발을 발판에 올려둔 채 얼어붙은 듯 꼼짝할 수 없었다.

한 여자가 타고 있었다.

"월터! 아님 경감님이라 부를까?"

여자는 리디아였다.

2

"그 전보, 정말 좋은 아이디어였죠?"

리디아가 물은 것은 칸 시의 바 레스토랑 야외 테이블에 자리했을 때였다.

"일부러 검찰관 이름까지 알아뒀어. 혹시 물을까봐. 하지만 별 저항 없이 순순히 따라줬네?"

리디아는 웃음 지었다.

"당신 좀 겁먹었었지?"

"응."

월터의 안색은 아직도 창백했다.

"내가 듀 경감 행세한 거 어떻게 알았어?"

"신문에 난 사진을 봤지. 정말 놀랐어. 처음 본 순간엔 정신이 멍할 정도였다니까. 내 사랑스런 남편이 〈데일리 선〉에 1면을 장식하고 있잖아. 그리고 나서 듀 경감이라는 이름을 보고 이렇게 생각했지…… 그래, 세상엔 꼭 닮은 사람도 있는 법이라고, 이건 내 남편을 쏙 빼닮은 전혀 다른 인물이라고. 하지만 이틀 후, 어떤 사람이 자기가 진짜 월터 듀라고 밝혔다는 신문 기사를 읽고 만약 그게 사실이라면 사진의 남자는 누굴까 하다가 역시 그랬었구나 했지. 도대체 내 남편 월터는 무슨 짓을 한 것일까 했어. 배가 사우샘프턴에 도착하면 당신이 곤경에 처할 게 불을 보듯 뻔했어. 보도진들이 얼마나 찰거머린데. 게다가 경찰은 말할 것도 없고. 그래서 그런 전보를 친 거야. 이로써 수수께끼 인물이 세상에 밝혀질 길은 영원히 없어진 거지."

"그러길 바라고 있어. 고마워, 리디아."

리디아는 월터의 손을 꼭 잡았다.

"여보! 당신이 그렇게 남자답고 멋진 모습을 보여줬는데 이 정도 일은 당연하지."

"남자답다고?"

리디아가 키득키득 웃기 시작했다.

"변함없이 본래의 월터 그대로야. 전혀 잘난 척하지 않으니. 당신, 이별의 키스 후 역시 아내 없이는 살 수 없다는 것을 깨닫고, 대서양 횡단 여객선에서 아내와 재회할 생각으로 일을 꾸미는 남편만큼 남자답고 로맨틱한 사람이 어디 있겠어? 너무나 애틋한 이야기야. 안타깝게도 내가 그 배에 타고 있지 않았던 관계로 말할 수 없이 비극적인 이야기가 되고 말았지만."

월터는 인상을 찌푸렸다.

"하지만 탔었잖아. 당신이 타는 것을 봤어. 짐도 선실에 있었고, 당신 방에서 몇 시간이나 기다렸다고."

리디아는 엄지와 검지로 월터의 볼을 살며시 꼬집었다.

"당신도 참. 당신이 무슨 생각을 하고 있는지 내가 어떻게 알아?"

숨을 한번 길게 내쉰 뒤 리디아는 말을 이었다.

"정말 멋진 기회였는데 생각할수록 아까워 죽겠어. 여보, 이렇게 된 거야. 당신도 봤듯이 선실에 들어가 짐도 풀었어. 배는 움직이기 시작했고. 하지만 배멀미에 조심하라는 당신 말이 생각나서 점심 식사는 거르고 침대에 앉아 사가지고 온 신문을 읽었어."

"침대 위에 있더군."

"당신도 읽었어? 나도 읽었거든. 그리곤 당황했지. 제1면에 찰리 채플린이 영국에 도착할 거라는 기사가 실려 있었거든. 올림픽 호를 타고 이틀 후면 사우샘프턴에 도착할 예정이라고. 그런데 난 채플린을 만나기 위해 반대방향으로 바다를 건너려 하고 있고. 그때의 낭패란……. 눈물범벅이 되어 갑판으로 뛰어나가 벌써 어디까지 와 버렸는지 확인했지. 영국 해안은 벌써 몇십 마일이나 떨어져 있었어. 어떻게 해서든 배에서 내리지 않으면 영화계에 진출할 수 있는 기회를 놓치게 되는 거야. 그래서 내가 어떻게 했을 것 같아?"

월터는 고개를 저었다.

"셰르부르에서는 내리지 않았어. 젊은 여자가 혼자 내렸지. 그 외에는 아무도 안 내렸는데."

"아니지. 그땐 이미 난 벌써 내리고 없었어. 해안 안내선을 타고 말이야. 어떻게 해야 좋을지 필사적으로 생각하고 있을 때 해안 안내선이 마침 여객선에 바싹 붙더군. 그래서 그냥 그대로 갈아탔어.

사우샘프턴에서 출항 벨이 울렸을 때 미처 내리지 못한 배웅 나온 사람들과 함께 말이야. 그러니 짐 챙길 여유도 없었지."

"그랬구나."

리디아는 다시 월터의 손을 꼭 잡으며 말했다.

"불쌍한 월터! 걱정 많이 했지? 바다에라도 빠진 줄 알았을 거 아냐. 그래서 어떻게 했어? 나 찾는다고 난리 났었어?"

월터는 사실대로 말했다.

"앉아서 당신이 오기를 기다렸어. 짐이 있는 이상 틀림없이 당신이 배에 타고 있다고 생각했으니까."

리디아는 눈을 동그랗게 뜨고 말했다.

"무슨 생각을 했는지 상상이 가. 나에게 동행자가 있을 거라 생각했겠지? 제발, 월터. 그런 생각 꿈에도 하지 마. 나를 그런 여자로 보는 건 아니지?"

월터는 아무 말도 하지 않았다. 대신 이렇게 말했다.

"한밤중이 되어 이등실 내 방으로 돌아갔어."

"듀 경감이란 이름으로 선실을 예약했었어?"

"아니 듀라는 이름으로. 사람들이 멋대로 듀 경감이라 생각한 거지."

리디아는 온몸을 들썩이며 웃었다.

"하지만 당신이 또 워낙 사람이 좋다보니 아니라고 부정도 못했겠지. 월터, 당신 다시 봤어. 도대체 왜 가명 같은 걸 썼어?"

"당신을 놀라게 하려고."

리디아의 얼굴이 환해졌다.

"어쩜 그렇게 멋진 생각을! 나 너무 감동했어. 이렇게 로맨틱한 일은 상상도 할 수 없어. 그런데 나는 모든 것을 망쳐 버렸으니 바보도 이런 바보는 없을 거야. 게다가 그렇게 애쓴 보람도 없이…

…."

"무슨 소리야? 채플린을 만나지 못한 거야?"

"그게 말이야, 그 사람이 투숙하고 있는 리츠 호텔에 갔어. 그랬더니 겨우 들여보내 주더라고."

"당신을 기억하고 있었어?"

"물론이지! 마치 어제 일처럼 생생하게 기억하고 있던걸."

"영화에 출연시켜 주겠대?"

월터는 흥분해서 물었다.

리디아는 한숨지으며 말했다.

"문제는 그거야. 당장에라도 나를 할리우드에 데려가고 싶다고 했지만, 눈이 문제가 돼서."

"눈이? 당신 눈에 무슨 이상이 있었어?"

"그게 아니라 눈 색깔 때문에. 갈색 눈은 스크린으로 보면 검게 보여 영화를 망쳐 버린대."

"그런 이야기 처음 들어."

"나도 마찬가지야. 여하튼 그렇게 됐어. 그가 꾸며낸 이야기는 아니겠지?"

월터는 마치 뭔가 골똘히 생각하는 양 턱을 어루만졌다.

"뭐, 이젠 아무래도 좋아."

남아 있던 와인을 단숨에 들이키며 리디아가 말했다.

"한 가지 공부가 됐어. 난 나를 소중히 생각하는 남자와 결혼생활을 하고 있다는 것. 언제까지나 그 사람과 헤어지지 않을 거라는 것"

"앞으로 어떻게 할 생각인데?"

"아무리 생각해 봐도 영국으로 돌아갈 수는 없어, 이 소동이 진정될 때까지는. 파리로 갈까 해. 입을 옷이 전혀 없거든. 옷이 준비되면 프랑스를 자동차로 여행하는 건 어떨까?"

"그 다음엔?"

"글쎄, 모르겠어. 당신 생각은 어때?"

월터는 생각나는 대로 말했다.

"요트 여행은 어떨까?"

화법과 플롯의 교묘함이 빼어난 구성

미국에서 대성공을 거둔 채플린이 런던에 개선 귀국하는 장면에서 이 이야기는 시작되는데 이것이 얼마나 중요한 복선이 되는지는 책을 다 읽고 난 뒤에야 비로소 깨닫게 될 것이다. 역사미스터리의 중심적 인물이라고 할 수 있는 피터 러브시의 《가짜 경감 듀》는 로맨틱하고 세련된 문장 외에도 발군의 트릭으로 미스터리 팬들을 설레게 하는 작품으로 그 줄거리는 다음과 같다.

사랑을 해본 적이 없는 28살의 여성 알머는 늘 꿈속에서 살고 있다. 연애소설에서 등장하는 완벽한 만남과 사랑을 떠올리며 여자 주인공들과 자신을 일체화시켜 무의식 속에서 그런 만남을 기대했다. 어느 날 이빨을 치료하려고 병원을 찾게 된 알머는 드디어 월터와 운명적인 만남을 경험하고, 두 사람은 월터의 아내 리디아를 살해할 계획을 짠다.

이윽고 미국행 호화 여객선에 방해물을 처치하려고 가명으로 숨어 든 두 사람. 그런데 월터가 그만 명탐정의 이름을 대며 자기를 소개해 버렸다. 그리고 배에서 일어난 뜻밖의 살인사건에 은퇴한 전직 명경감이 수사에 착수하는데 과연 월터와 알머의 운명은 어찌 될 것인가?

바다 위 호화 여객선이라는 밀폐된 공간을 무대로, 신분을 위장하고 완전범죄를 꾀하는 남녀가 어쩌다보니 어려운 사건을 해결해야 할 입장에 처한다는 난처하고 우스꽝스러운 상황이지만 마지막 결말은 충분히 기대해볼 만하다.

전체적인 인상은 세련된 기교가 가장 두드러진 특징처럼 느껴지며, 군더더기 없는 깔끔한 문체는 과장된 장식없이도 더없이 유창한 맛을 전해준다. 전편에 걸쳐 잔혹한 운명을 묘사하는 가운데서도 이따금 세련된 유머를 듬뿍 담은 근사한 문장이 슬며시 자리잡는 등, 아주 기교적인 놀라운 구성력을 자랑하고 있다.

1920년대 미국이라면 금주법과 이에 따른 갱들의 이권 다툼이 화려하게 펼쳐지고, 콧수염을 달고 스틱을 든 채 뒤뚱뒤뚱 걸어가던 찰리 채플린이 무성영화로 전성기를 구가하던 시절이었다. 《가짜 경감 듀》는 바로 이 시대를 배경으로, 당시 대서양을 횡단하던 호화로운 대형 여객선을 무대로 삼아 첫머리에서부터 느닷없이 최고의 스타 채플린을 등장시키고 있다.

이 얼마나 상징적인가!

하지만 그런 이야기는 4페이지 정도에서 막을 내린다. 따라서 독자들은 러브시가 채플린을 등장시키고, 각 장의 제목이 채플린의 영화 제목을 그대로 인용하고 있는 것을 그저 1921년이라는 시대적 분위기를 내기 위한 소도구 정도로만 짐작할 뿐이다. 그러나 아니다. 그만하자. 독자의 즐거움에 찬물을 끼얹는 짓을 한대서야 판매에도 영향이 많을 테니까. 그저 이 정도만 밝혀두어도 충분할 것이다. 채플린의 시대가 이 이야기의 배경이 된다고.

제1차 세계대전과 대공황 사이에 끼어 있던 가느다란 아지랑이 같은 번영의 시대. 세계 역사에서 찾아볼 수 있는 마지막 '과거의 영광'. 그 시대의 정수를 박진감 있게 따라잡은 원작자 러브시의 교묘한 솜씨와 뛰어난 흡인력에 독자는 빨려들기만 하면 된다.

과거의 아름다움을 이토록 잘 표현하고 있는 미스터리도 드물다. 그렇지만 《가짜 경감 듀》는 시대소설이 아니다. 선상 미스터리인 것이다. 1983년 영국 미스터리작가협회상 골드 더거 상에 빛나는 영광이 이를 잘 대변하고 있다.

미스터리 소설로서는 특이하게 주된 인물의 성격묘사를 교묘하게 집어넣은 도입부와, 영국에서 진짜로 있었던 유명한 살인사건 '크리펜 사건'을 숨가쁘게 엮어짜면서 진행되는 전개부, 그리고 마지막의 ……. 아차! 이것도 덮어두는 것이 미스터리 팬에 대한 예의가 되겠다. 이 본격 장편을 손에 든 사람이라면 치밀한 묘사와 놀라운 줄거리, 그리고 탄탄한 구성이 주는 러브시의 매력에 빠져들어 단숨에 읽어내릴 것이 분명하다.

러브시는 빅토리아 시대를 배경으로 탐정역에 클립 형사부장, 왓슨역에 사커레이 경관이 활약하는 장편 시리즈로 명성을 떨쳤다. 그 작품들은 빅토리아 시대에 대한 치밀한 조사와 철저한 고증을 통하여 당시의 생활 풍습 중 일반인들이 잘 모르는 세세한 부분까지 놀랍도록 생생하게 재현되어 있다.

《가짜 경감 듀》가 성공한 원인 가운데 하나가 바로 그런 철저함일 것이다. 물론 이 작품에서는 그 열정이 비록 다른 시대를 향하고는 있지만.

성공을 거둔 가장 큰 이유로는 독자들의 흥미를 잠시도 느슨히 풀어지지 않게 앞으로 앞으로 이끌고 가는 교묘한 화법과 플롯의 교묘함을 들 수 있다. 러브시는 작품 속에서 어떤 등장인물에서 다른 인물로, 어떤 배경에서 또 다른 배경으로 펄펄 날아다니듯 독자들을 몰고 간다. 그러니 전편을 읽는 동안 독자가 정신없이 끌려다니는 것도 무리가 아니다.

늘 독자가 책에서 손을 놓을 수 없도록 궁리를 거듭하는 그는 그러한 플롯을 돋보이게 하려고 일부러 화려한 문체를 사용하지 않는다. 그 대신 독자들의 마음속에 늘 의문이 생기도록 부추긴다. '그럼 이제 어떻게 되는 거지? 다음은?' 독자들은 끊임없이 일어나는 의문의 답을 알기 위해서라도 끝까지 책장을 넘길 수밖에 없는 것이다.

그럼에도 역사적 배경묘사는 첫머리에서부터 정확히 제시된다. 1915년에 어뢰 공격을 받고 침몰한 호화여객선 루시타니아 호 침몰에 대한 정확한 기술(아주 작은 픽션이 한두 개 섞여 있기는 하지만)이 6페이지에 걸쳐 빼곡하게 이어진다. 루시타니아 호 침몰로 약 1,200명의 인명을 앗아갔는데 그들 가운데에는 억만장자 알프레드 밴더빌트, 유명한 프로듀서 칼 프로맨도 포함되어 있었다.

이 사건이——여기에 최종적인 열쇠가 숨어 있는 이 사건이, 마치 신문기사를 읽는 듯한 착각을 불러일으킬 만큼 간결하고 상세하게 서술된다. 그리고 현명하게도 러브시는 그러한 문체를 그대로 유지하면서 진짜 이야기로 화제를 옮겨가는 것이다. 너무도 자연스럽게 본소설로 넘어가기 때문에 독자들은 당연히 모든 것이 진짜로 일어난 사실이었던 양 착각하게 되는 것이다.

게다가 목적지로 향하는 모리타니아 호에 대한 묘사도 사실적이어서 충분히 신뢰할 수 있다. 탱고며 폭스트롯과 같은 그 즈음의 댄스들, 갑판 위에서 벌어지는 게임, 아마추어 버라이어티 콘서트, 승객 전원이 참가하는 가장 콘테스트도 마찬가지이다. 승객들은 저마다 궁리에 궁리를 거듭해 로프를 풀어 가짜 수염을 만들어 붙인다든지, 침대커버로 로마시대의 의상을 만들어 입기도 한다. 그리고 이 거대한 배의 작업장에 대한 묘사도 들어 있다.

내려간 곳은 창고라고 짐작되는 커다란 방으로 식량이 들어 있는 포대며 상자가 천장까지 쌓여 있었다. 그곳을 지나 제2창고로 들어가니 기름 냄새가 코를 찔러서 처음에는 기관실로 들어온 모양이라고 생각했는데 눈앞에 펼쳐진 광경은 전혀 달랐다. 로프로 바닥에 단단히 고정된 자동차가 일렬로 죽 늘어서 있었는데 바퀴마다 밑에는 나무받침을 끼워놓은 것이 보였다.

여기 나오는 이런 '나무받침'이야말로 러브시가 특기로 하는 세부 묘사의 전형이다. 또는 등장인물 하나가 몸에 뿌리는 향수로 1970년대에 인기가 있었던 스테파노티스의 엣센스가 등장하기도 한다.

이러한 모든 것들이 러브시의 안정된 문장력으로 뛰어난 현실감을 불러일으키고, 작품으로서도 성공하게 만들었다. 이것이 곧 그의 목적이었다.

'역사를 무대로 하는 미스터리는 독자에게 현실 생활에서의 도피를 제공한다. 그러나 우리는 SF 작가처럼 떠오르는 대로 자유롭게 붓을 내달릴 수 없다. 우리의 도피처는 현실에서 존재하는 세계이기 때문에……'

《가짜 경감 듀》에서 러브시는 과거에 실재했던 세계로 도피하는 계획을 짜면서 다양한 뼈대와 갖가지 색채를 더 보탰다.

이 작품의 또 다른 특색으로는 희극성을 빼놓을 수 없다. 물론 살인이 일어난 이상 비극적인 분위기가 지배적인 것이 당연하지만 전체적인 색채는 코미디풍으로 완성되어 있음을 절대 놓쳐서는 안 된다.

이 소설이 가진 맛을 충분히 음미하기 위해서도 꼭 필요한 점이니까.

가짜 경감이라는 자가 실은 누구누구라고 드러나는 부분이라든지 의외의 결말도 코믹하지만 세부묘사 곳곳에서 유머가 슬쩍슬쩍 얼굴을 내비치고 있다. 한 가지만 예를 들어보자. 남자 경험이 전혀 없는 알머는 연애소설을 읽으며 대리만족을 한다. 다시 말해 '순정'적인 몽상가라고 할 수 있는데 마침 손에 들고 있던 책에서 여자 주인공이 스스로가 아름답다는 사실을 인식하지 못하였다는 대목이 나오자 알머는 드디어 자기 뜻대로 되었다고 좋아한다.

그 구절을 러브시는 다음과 같이 표현하였다.

알머도 자신이 대단한 미인이라는 사실을 전혀 깨닫지 못하고 있었다.

이 부분을 읽는 독자는 혼자서 폭소를 터뜨리리라. 정말로 자기가 미인임을 알지 못하는 여자라면 절대 이런 감정을 품을 리가 없지 않은가. 게다가 러브시는 '알머도 자신이 대단한 미인이라는 사실을 깨닫지 못하고 있을 뿐이라고 생각했다'고 곧이곧대로 쓰는 대신, 반어법을 사용하여 도리어 효과를 더한 것이다. 요란스레 치장하지는 않지만 멋스런 화법의 마술을 보여준 셈이다.

이상은 거의 사소한 예에 지나지 않는다. 한 줄, 한 줄, 아니 그 줄 사이 사이까지도 주의해서 읽어보고 그러한 유머를 독자들도 빠짐없이 맛보길 바란다.

피터 러브시의 그 밖의 작품들로는 빅토리아 시대를 배경으로 런던 경시청의 형사부장 클립이 활약하는 8편의 장편 시리즈가 있다. 그 밖에 〈밀실〉 같은 단편도 유명하다.

나는 이 작품을 병상의 고통 속에 옮기면서 피터 러브시의 화법과 플롯의 교묘함이 빼어난 구성에 경탄을 보내지 않을 수 없었다. 어쩌면 마지막 번역 작업이 될지도 모르는 《가짜 경감 듀》로 즐거운 시간을 갖을 수 있었다. 그에게 감사를 보낸다.